流星のソード

名探偵・浅見光彦 vs. 天才・天地龍之介

柄刀 一

祥伝社文庫

目次

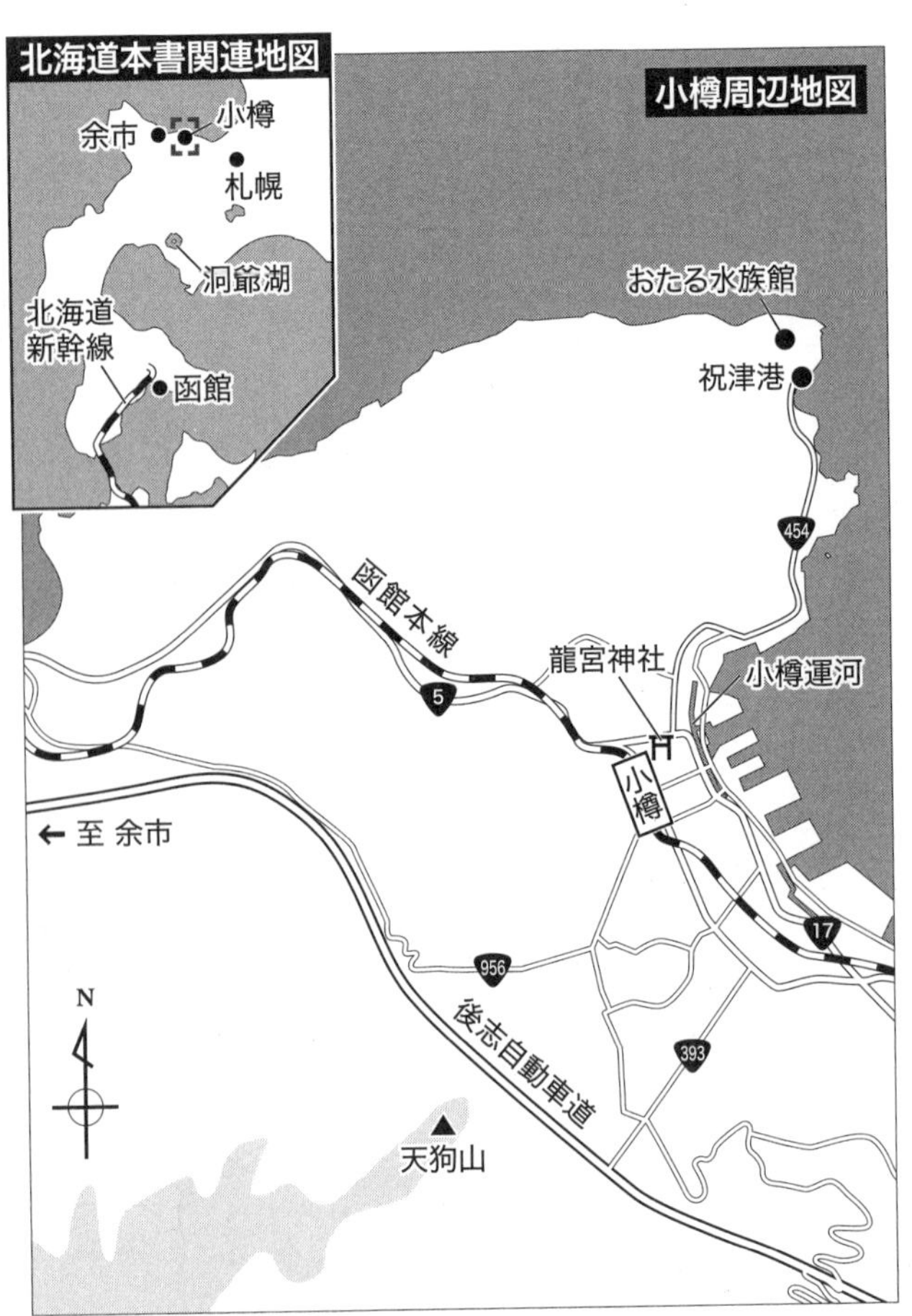
北海道本書関連地図
小樽
余市
札幌
洞爺湖
北海道
新幹線
函館
小樽周辺地図
おたる水族館
祝津港
454
函館本線
龍宮神社
小樽運河
5
小樽
至 余市
17
956
後志自動車道
393
N
天狗山

【主な登場人物】

浅見光彦	フリーランスのルポライター
天地龍之介	生涯学習施設の所長
天地光章	龍之介の従兄弟
長代一美	光章のガールフレンド
中嶋千小夜	龍之介らの友人
中嶋優介	千小夜の息子
清水恒拓	「小樽北門新報」の記者。 千小夜の幼なじみ
牧野ルイ	箔文堂出版の編集者
比留間藍公（益刻）	四条派本家・比留間家の当代刀工
比留間久展	藍公の兄。北産コーポレーションの社長
比留間雄太郎	比留間家の先代。久展・藍公の父
尾花壮	久展の秘書
前原厚子	久展のビジネスパートナー。 財閥関連企業のコンサルタント
細島幸穂	比留間家の遠縁にあたる家の娘
鳥羽刑事	小樽警察署の刑事

図版作成／三潮社

十年後、僕は老いて彼（浅見）を支える力を失っているかもしれない。
しかし、浅見光彦が蒔いた種は根を張り、花を咲かせていることを信じています。
いまにして思うと、彼に限りなく変わらない若さをプレゼントしたのは、
そのためだったような気がするのです。

内田康夫

プロローグ1　浅見(あさみ)家の食卓

浅見光彦が、「もちろんチンにしてよ」と答える前から、お手伝いの須美子(すみこ)はトースターではなく電子レンジの前に向かっていた。彼女が、「トーストにしますか、チンにしますか？」と尋(たず)ねてくる以上、そのパンは一昨日以上前のものなのだろう。

でも、少々固くなったパンは、電子レンジにかければ充分においしく生まれ変わる。しっとりとした食感が戻り、トーストしたものよりもこちらのほうが浅見は好みだ。ところが誰も、このささやかで手軽なグルメを支持してくれない。呆(あき)れたように聞き流すだけだ。

須美子も、彼女にとってのこの非常識は馴染(なじ)みのものであり、ほんの儀礼的にお伺(うかが)いを立てただけのはずなのだ。いや、それどころか、まだこれを続けるのですか？　という非難の色合いも含まれているだろう。

「また、こんな時間に朝食ですか、光彦。もう九時ですよ」

リビングから現われた母、雪江(ゆきえ)が、厳しい視線を注(そそ)いでくる。後ろに兄嫁もいたから、寝ぼけ眼(まなこ)だった浅見は、もう一度顔を洗ったかのように背筋をのばした。

「込み入った仕事だったのですが、朝方まで集中することで仕上がりましたので」

「いつも、そのようなことばかり言って。健全な生活リズムに仕事のペースを合わせることをそろそろ覚えたらどうです」

「はあ、すみません」

「ルポライターというお仕事をいったい何年やってきているのです?」

「最初に原稿依頼をもらったのが、あれはたしか……」

「具体的な年月を訊いているのではありません」

雪江は、次男坊の真正面の席に腰掛けた。隣に義姉の和子も腰をおろす。

「まったくいつまでたっても」

と母は小言を続け、浅見は、パンにバターを塗る技法を研究中であるかのように集中しているふりをした。

「比べて陽一郎さんは、国際的な秘密任務をこなさなければならないほどなのに」

比べて……という言葉は、少年時代の浅見にとっては、ダメージを蓄積させ、密かな劣等感をも生むものだった。今でこそ、苦笑しつつも同意して、兄が評価されるのを受け入れていられる。しかし、有能すぎる兄を持つのは、幼い弟にとっては重荷であった。

救いだったのは、兄・陽一郎が真に、手本とすべき男だった点だ。十四歳も年上の兄は、早くから一家の大黒柱として浅見家を守ってきた。父親同然であり、社会的な鑑であり、教育者であったが、反感を持たせるような〝教育〟の仕方はしなかった。東大法学部を首席で卒業するような学業優秀なエリートで、警察庁の刑事局長の地位までのぼり詰めながら、変わらず、穏やかな人格者である。

　尊敬するしかない姿がそこにあり、時には意見を衝突させながらも、バランスを欠く敵対心などは生まれることもなかった。根幹に返って言えば兄は兄であり、一緒に育ったいいアニキだ。

「いや、お母さん」浅見は小さく笑った。「さすがに、秘密任務はないでしょう」

　和子もコロコロと笑う。

「そうですわ、お義母さま。秘密任務は少し大げさです」

「でもあなたたち、サミットに参加するのですよ、陽一郎さんは。日本を代表するのですし、わたくしたち家族からの連絡も遮断されるとか」

　浅見は兄嫁に訊いた。

「義姉さん。国際刑事局長サミットがひらかれるのはいつでしたっけ？」

「五日後よ。九月十日」

　世界各国の、日本でいう警察庁の刑事局長に相当する幹部が顔を合わせての国際会議が開催される。場所は、北海道の洞爺湖町。テロも珍しくなくなった時勢に鑑み、警察幹部たちの安全を守るために、彼らの動きや行事内容は部外秘となっている。

「義姉さんでも、兄さんと連絡できなくなるのですよね？」

「ええ。でも三日先の日曜日までは大丈夫ですよ。家にも帰って来ます」

「心配ではありませんか、和子さん？」雪江こそ、不安を隠し切れないという様子である。「夫がどこにいるかもはっきりとは判らず、連絡も取れないなんて」

「そこまで安全対策を敷いてくれているということですから、心強いものと信じます」

顔立ちも、肌の質も、物腰も、すべてがたおやかに感じられる兄嫁だが、やはり刑事局長の妻としての芯の強さがある。

須美子の淹れてくれた紅茶は、浅見の好みの銘柄、プリンスオブウエルズ。それを一口含み、浅見は声を高めた。

「北海道といえば、近日中に、僕も仕事で行く予定です」

「あら、どのようなお仕事なの、光彦？」

仕事があることを喜ぶよりも、雪江はどこか不安そうだ。

「小樽で、冬の観光用の、〝雪あかりの路〟を取りあげたポスターが毎年制作されるのですが、今回公募されたコピーの一つに、僕の作品が選ばれたのですよ」

「まあ！」と、異口同音に、笑顔の和子と須美子が感嘆の声をあげた。

雪江は比較的冷静だ。

「以前にも、同じようなことがありましたね」

「はい。観光客誘致のためのキャッチフレーズですね。スポンサーは、小樽市観光連盟とフェリー会社でした。あの時は、このキャッチフレーズの作者に小樽の紹介記事も書いてほしいということで、小樽へ招かれました。今回は、ポスターのラフ制作現場への立ち会いと、ちょっとした受賞セレモニーに呼ばれたのです」

「すごいじゃありませんか、坊っちゃま」ここは素直に、須美子も大層喜んでいる。「受賞セレモニーだなんて」

「小さな部屋で、認定証のような物を受け取るだけだろうけどね。明日の昼までに新潟まで行き、後はフェリーです」

「光彦。そうしたことをどうして早く言わないのですか」

「目の前の仕事に追われていましたから」

小言が続かないように、浅見は急いで情報を付け加えた。

「今回の小樽行きには、もう一つ仕事が重なっています。現地の小さな出版社なのですが、旅行ガイドを発行していまして、そこの編集者さんが、かつてのキャッチフレーズの作者も僕であることを覚えていてくれたのです。その人が言うには、キャッチフレーズに類することで二度も採用されるのは、小樽との相性がとてもいいのでしょう、ということでした。それでこの際、小樽の発展史や観光状況を丸ごとルポしてほしいとの依頼なのですよ」

ここで須美子の視線が、懸念を含むようにやや険しくなった。

「坊っちゃま。その担当編集者さんは女性ですね？」

「そう……だけど。どうして判ったの？」

「坊っちゃまの顔を見れば判ります」

「ははは、そんなばかな」

　言い返しつつも、いつもこうなので、浅見自身、もしかすると本当にそうなのかと信じそうにもなっている。

（まったく、うちの女性陣は……）

　しみじみと嘆きたいところであるが、〝敵陣〟に三人もいるので、嘆息はおくびにも出すことはできない。しかし、そのつもりではあっても、こうした内心も彼女たちには読み取られているのだろうか？

「光彦」

　母の声を、ビクッとしながら浅見は聞いた。

「洞爺に近いからといって、陽一郎さんの邪魔などしに行っては絶対にいけませんからね」

「僕は」浅見はパンを飲み込んだ。「兄さんの邪魔をしに行ったことなどありませんよ」

「お時間を取らせるだけでも支障が生じます。それも、今回のように大きな会合がある時はなおさらです」

「その点はもちろん、深く留意しておきます。今回は出向いたところで、保安体制上、会うこともできないでしょうしね。それとお母さん、小樽と洞爺は、それほど近くはありませんよ」

「同じ北海道でしょう」

「北海道の面積は、東京都の四十倍近いはずです。小樽と洞爺の距離でしたら、百キロ以上あるのではないですかね。この北区からですと、埼玉を越えて群馬県まで到達できます」

話すうちに浅見の脳裏には、何度も訪れた北海道の様々な光景が立ちのぼってきていた。大地の広がり、空の高さ。海岸線は果てしなく、孤独を感じ始めるほど距離があくと、大きく小さく、点在する町が見えてくる。それらの生活の場は、必ず凍土となる大地に爪を立てるように築かれているとも見えた。

あの北の地には、人が営むあらゆる環境が揃っているようだ。離島があり、山深い集落があり、港湾都市や漁村もある。

（小樽か……）

東京の住人の感覚で洞爺の環境についてあれこれ論じ始めた雪江と和子の傍らで、浅見は、今朝窓から見た空を思い浮かべた。

台風の話題も出始めているがまだ九月。残暑を閉じ込める空は、雲で薄くけぶるようだった。あの空の色が、小樽で見た日本海を連想させもする。

北の地で出合った事件には、もの悲しいものが多かった。事件は大抵人の死がからんでいるので、悲痛であり哀切なのだが、小樽、あるいはその近くの余市に端を発した事件などでは特に、姉妹や夫婦、親子の情が、胸に迫る陰影を持っていた。

その余市だが、去年、二〇一八年の十二月にインターチェンジが完成し、札幌・小樽方面からの高速道路とつながった。今回のルポでは、それも話題として取りあげましょうと、担当編集者には伝えてある。

かつてのあの風景が、どのように変わっているだろうか。

佐和子、と、妹の名が聞こえてきたので、浅見は母たちの会話に意識を戻した。

「えっ？」

驚きの声をあげたのは須美子だ。珍しいことだが、この話題はたまたま、彼女の耳には入っていなかった。

末っ子の佐和子がニューヨークで暮らし始めて何年が経つだろうか。

「佐和子さんが帰国なさるのですか？」

「そうなのよ、須美ちゃん」和子は笑顔だ。「陽一郎さんが参加するサミットの、スタッフの一員になるのですって」

まあ！　と目を見張った須美子は、矢継ぎ早に質問を発する。

「どうしてそんなことに？　どんなお仕事なんですか？　旦那様が呼び寄せたのですか？」

「落ち着きなさい、須美ちゃん」姿勢正しく雪江は言う。「通訳なんだそうですよ。アメリカを代表して来られる方々の通訳なのだそうです。いつの間に、そのようなお仕事をしていたのかしらねえ」

「素晴らしいではないですか」両手を胸の前で握り合わせる須美子の目は、ますます輝いている。「お二人が洞爺湖で！　最初に佐和子さんと顔を合わせるのは、旦那様になるのですね。それにしても、一国を代表する人たちの通訳だなんて、立派なお仕事です」

「お仕事のこと、向こうでの生活のこと、ゆっくり聞けると思いますよ」和子は、楽しい未来を思い描いている顔だ。「今回は長く滞在できるそうですから」

「何週間か、何ヶ月でしょうか？」

「もういっそ、日本に戻って来ればいいでしょうにねえ」雪江の声と表情には、母親としての情が覗く。「そう思うでしょう、光彦？」

「はい。海外にいるから心配が増すということもないですが、やはり、身近で顔を見ているほうがなにかと……」

しっかりと頷く母を見れば、浅見には、（みんな、佐和子がこの家で生活するのが当然と思っているのだろうなあ）と、簡単に予測がつく。それがいいと、浅見も思う。しかしそうなると、自分がこの家にいる不自然さが増すというか、自分の内面での屈託が強まるのは間違いないだろうとも思われた。

和子にとって小姑も加わる家に、その兄もまだ居座っているというのはどうなのだ？

佐和子は、アメリカ社会の様々な制約や厳しさと渡り合って自らの道を歩いている堂々たる一人の生活者だ。だから日本でも、独立した生活の場を設けるだろうと当然予測できる。その場合でも、妹が独立しているのに、兄である三十すぎの次男坊が、母親と長男夫婦が仕切っている家で暮らしていることは変に目立ってしまうだろう。

佐和子の長期帰国は、自分がいよいよこの家を出るきっかけになるかもしれないと、浅見は身の振り方も視野に入れて心が揺れる。

考え込んでいる自分に、母が視線を留めていることに気がついた。

「光彦」雪江は口をひらいた。「おかしな風に気を回して、あなたがこの家を出て行く必要などないですからね」

（お見通しのようだ……）

「どうして出て行くのです？」須美子は、恐ろしいことを聞いたかのように驚いている。

「同居する家族が一人増えようと、佐和子の立場がどうであろうと、光彦、あなたもこの家庭からは切り離せない存在なのですよ」

「そうですとも」和子も、笑顔ながら真剣な口調だ。「光彦さんがいてくださらないと寂しいわ」

「陽一郎さんは申し分のない息子であり家長ですが、いささか四角四面なお堅さがありますからね。あなたのように、空気をちゃらんぽらんに掻き回す、世話の焼けるぼんやりさんは、家庭内の空気を和らげます」

「はあ……」褒められている感じとは程遠い浅見だった。

「わたしも仕事のしがいがあります！」と、須美子にも宣言される始末だ。

「智美と雅人の、あれほどいい話し相手になれるのは、光彦さんだけですよ」和子は、長女と長男の名をあげる。「出て行くなどとおっしゃっては、あの二人にも恨まれますからね」

　高校生や中学生の盛りあげ役だろうか？　とまでのひがんだ見方はさすがにしない浅見ではあるが、どうにも、男として重く見られている感触はまったく得られない。

「いいですか、光彦。あなたが家を出たりしたら、あそこの口うるさい母親が追い出したに違いないなどと、わたくしが痛くもない腹を探られるのですからね。ご近所に余計な波風を立てないためにも、軽挙はいけませんよ」

　半分、頷いておく。

　そうしながら浅見は、母親の日頃のお小言を思い返す。しっかりしなさい。男子にふさわしき仕事を持って社会に貢献しなさい。いつまでもふらふらしていないで大樹のように構えなさい。

　そうした意見や説教を続けながら、いざ、次男坊の独立の気配が見え始めると、この家にはいろと言う。……矛盾を含む、これも母心の一つなのだろうか。

「佐和子さんも連絡がつかなくなるのでしょうか？」

　須美子がそう問い、浅見にとって幸いなことに、話題は妹のほうに戻っていた。

「そこまでは詳しく聞いていないの」和子が答えていた。「サミットが開催されてからはそうなるのかもしれないわね。でも、新千歳空港に到着する便のこととか、来日のスケジュールは伝えてきていますよ」

「周辺スタッフの一人一人までに、箝口令を敷くような厳重な警護はしないでしょう」浅見は推測を口にした。「ものものしくしては、かえって目立ってしまいます。そうした上で関係者全員に高度で隙のない警護をするだなんて、それでは非効率的ですよ」

「ＶＩＰと主要メンバー以外のスタッフは、ごく自然に振る舞って洞爺へ集まるのですね」和子が納得する。

「光彦。小樽でのお仕事に都合がつくのなら、サミットに合流するまでは佐和子の近くにいておあげなさい。久しぶりの日本で戸惑うかもしれませんし、きちんと守って、大役を果たす場所まで送り届けるのがいいでしょう」

やや心配性の母親から厳命がくだる。

「そうですね。もちろん早く会いたいですから、時間調整もしてみます」

陽一郎が大役を果たす洞爺湖町には近付いてはいけないが、佐和子のガードとして現地までは送れ、との仰せだ。ロボットならば、この二つの命令の間で立ち往生しかねない。しかしとにかく、キャンペーン行事出席とルポ以外にも、北海道での楽しみと目的ができた。遠路はるばる出かける意義もあるというものだ。

（佐和子が日本に帰って来るのか……）

改めてそれを思うと、心が浮き立つのを感じる。兄・陽一郎も、キャリアにとっての大きな一歩を刻むだろう。

（ただ……）

好事魔多し。

大きな躓きと遭遇しないためにも、気は緩めないほうがいい。

三、四日後には、かなりの被害が予測される台風も本州を北上しているはずだ。天候は仕方がないが、それ以外で、花に嵐——とはならないことを浅見は祈った。

プロローグ2　小樽の海岸・夜陰

聞こえるのは波の音だけだ。

いつもより荒れているだろうか。大きな波音が聴覚を圧し、頭の中まで侵入して揺さぶり立てているように感じるのは、罪の意識もあって恐慌状態に陥っているせいなのかもしれない。大きく打ち続ける鼓動が、血と共に体をのぼり、脳髄で波の音と共鳴する。

辺りはもう、ただただ闇。それでも、乏しいはずの月明かりが、思った以上に、景色の輪郭を朧に浮きあがらせている。ごつごつとした岩場と、浜辺にありながら乾燥し切っているかに見える植物。打ち寄せ砕ける波頭。

闇そのものに濃厚な潮の香りがあり、体にまとわりついてくる。

岩場を踏みしめて小舟の縁に両手を突き、呼吸を整える。多少、吐き気もあるだろうか……。

うち捨てられている廃船は、破損箇所も目に留まる。もはや、灰色の骸である。そして、骸の中に骸がある。

船体の中には、この手で命を奪った死体が横たわっているのだ。争った上での不幸なる結果だ——と、まずは自分に言い聞かせてみる——もう何度にもなるが。倒れた場所と倒れ方が不運だったのだ。後頭部がぶつかった岩の形も悪かったのだろう。

その死の現場は、すぐ近くだが、目をやったところでもう暗闇しか見えないに違いない。こんな人気のない海岸を密談場所の一つとして提案した相手は、念を入れ、滅多に通らない車のドライバーにも不審を感じられないように、夜景撮影の現場を装っていた。三脚には、大きな望遠レンズをつけたカメラがセットされている。乾電池で灯るランタンも置かれていた。しかしそのランタンは、男を殺してしまった後、すぐに消した。怯えて、息を乱したまま、慌てて闇を求めた。

自分は闇の中で蠢く生き物となったのだ。

まったく予想もしていなかった岐路。今まで人として歩いて来た道を、取り返しのつかないほど大きく踏み外してしまった——。

だから、あのような罰も仕方がないのか？　まさかこんな場所で目撃されるとは思わなかった。見られていたとは。

目撃者の存在を知らなかった時、懸命に頭を働かせたのは保身のための手立てだった。その思案の末、遺体隠蔽が最も望ましいと考えた。かなり朽ちているとはいえ、小舟がそばにあったのは好運ではないか。その好運にすがりつき、気力を奮い立たせて死体を船の中に転がすように落とした。

船底にも亀裂があるから、海に流して二、三十分もすれば船は沈み始めるだろう。死体にも錘を付けておけば、ある程度の沖合で沈むことになる。これ以上望むべくもない隠蔽方法だ。

だが、小舟を押し始めることはできなかった。思い返してもぞっとする、間近で聞こえた目撃者の声――。その瞬間、文字どおり跳びあがった。奈落の底へ突き落とされるような気分。

その相手への対策を練る間、自分はどんどん人間から遠ざかっていった。

〈塵と雨とに曇りたる……〉か。

そして今は、真夜中を迎えようとしている。日付が変わり、自分も別の人間へと完全に変わる。普段は今までどおりの人間を装いながら。

新たな事態において身を守るために、計画を変更し、小舟も死体もこのままにしておく。もう一度、指紋の残っていそうな場所を拭いて回る。そして、岩に足を取られながら、海の轟きに背を向けて歩き始める。

あまりに異常な体験を続けたためか、夜空を見上げると、めまいを起こしたかのように体が揺れた。周りの景色が揺れる。いや、渦（うず）を巻くように旋回（せんかい）したのは周囲の空間のほうか。翻弄（ほんろう）され、これはもう運命だと思う。運命の渦に捕まり、闇に見おろされ、冷酷な道を機械的に進む。

やり切るしかないだろう——。

そう覚悟を決めたつもりが、黒い海の彼方から、まったく逆の、呼び止める声が聞こえてきたような気もする……。

第一章　流星刀の前で

1

学生時代に友達と来て以来、小樽には二度めの訪問になる。一美さんも似たようなものだ。そして、龍之介は初めて。

秋田県にかほ市でオープンした、娯楽型文教施設〝体験ソフィア・アイランド〟の所長である龍之介は、しばらく働きづめだった。めでたいことに運営は順調にきているが、少なからず小心なところのある我が従兄弟は気が休まることもない。経験不足を補うために懸命なのは当然で、めまぐるしく出現する新たな出来事に目を配り続けるのも判る。だが、さすがにオーバーワークだ。人にまかせて力を抜くことも、性格的にまだ体得できない。

童顔にはまったく似合わない隈が目の下にできただけでも危険信号と思えた。記憶力が完璧で数字オタクでもある龍之介が、小樽の郵便番号の、この辺りの地域番号である〇四七を見て、四十七が素数であることも気づかずにいたほどである。

そうした理由で今回は、ちょっと強引に休暇を取らせた。同居人にして年上の従兄弟である、この天地光章としての采配だ。この休暇には、〝体験ソフィア・アイランド〟の従業員たちも諸手をあげて賛成してくれた。誰もが、新米所長の働きすぎを心配できる心の持ち主だ。

強引に、とは言っても、この小樽行きには、龍之介も喜んで飛びつく理由があった。

流星刀である。

なんと、隕石から採取した金属で作った短刀だという。それもまだ、明治の時代に。

流星から生み出された刀というだけでもロマン心をくすぐられるが、作らせたのが歴史上の重要人物だ。榎本武揚。北海道に結びつければ、いわゆる箱館戦争の指揮官としての名前が忘れられないだろう。明治三十一年に、彼が、隕石から取り出した鉄分——隕鉄で四振りの刀を作らせた。二本の長刀と二本の短刀だ。長刀の一本は天皇家に献上されたという。日本で初めてである隕石由来のこれらの刀に、流星刀と名付けたのも榎本である。

そして、短刀の一本が、縁あってこの龍宮神社に奉納されている。

今日、九月の第一土曜日は、この神社にあっての〝秘宝〟ともいうべき流星刀が公開される貴重な日である。今日と明日の二日間、公開式典が行なわれる。次回公開されるとしたらそれは、龍宮神社の創建百五十周年にあたる十年近くも先になるそうだ。龍之介ならずとも、この日を逃すまいとする人々が、胸を躍らせ目を輝かせてその時を待っている。

午後四時からは、流星刀作りにかかわった家の末裔の方のトークイベントも予定されていた。

私たち三人は、札幌に一泊して、朝早くからこの地にやって来た。龍之介は土日と休みで、月曜日が〝体験ソフィア・アイランド〟の定休日。三連休になる。

勤め人である私と一美さんは、久しぶりに三人揃ってたっぷり羽根をのばそうと、月曜に休みをもらい、三連休とした。私と一美さんは広告代理店勤務で、彼女は東京本社、私は秋田支社に勤めている。私と龍之介は共同で間借りしているが、一美さんは週末だからといって常に自由に遠出できるものでもなく、三人だと、どこで集まるにしても頻繁にその機会があるわけではなかった。

小旅行は久しぶりだ。

日盛りになればどうなるか判らないが、今は気温もほどよく過ごしやすい。

流星刀公開時刻の三十分前。八時半である。

小樽の中心地に鎮座している龍宮神社は、明治の初期に、榎本武揚が小さな社を設け、後に、遠祖である桓武天皇を合祀したりしたのが始まりだそうだ。この小樽という都市自体、榎本武揚が発展の礎を築いたといってもいいようだ。ここを、殖産の地、そして資源積み出し港として開拓していこうと、榎本は同志と共に払い下げられた国有地を購入した。

私は、歴史あるこのような神社が小樽駅から歩いて五分という近さにあることに当初は驚いたが、開拓の歴史を知ればそれも当然なのかと納得できる。榎本たちの活動拠点に、市の要所が集中しているのだ。

そのような立地であるから、龍宮神社は周辺住民の生活と実に密着している。例えば、すぐ近くで隣接している幼稚園だ。

ほぼ南に正面を向ける社殿本殿が、園舎と向き合っている。三方向から園庭を囲むカギ型の建物だ。すでに集まっている見学者たちに挨拶(あいさつ)をしに出て来た宮司(ぐうじ)に、しゃきしゃきとした性格である一美さんが訊(き)いたところ、社殿前の敷地と幼稚園の園庭は両者の共有地所になっているという。それどころか、社殿の左側は園庭そのもので、ブランコや滑(すべ)り台などの遊具があるのだ。一美さんは、子供たちのはしゃぐ声と一体化しているような神社も素敵ね、と言っていた。境内(けいだい)と園庭の境には、とても太いプラタナスの木が生えていてしめ縄が回され、ご神木だという。

社殿前にはすでに、二十人ほどの人が集まっている。刀剣女子(とうけんじょし)というのか、日本刀に興味があるらしい若い女性の姿もけっこう見える。彼女たちは、榎本武揚や土方歳三(ひじかたとしぞう)を、秘められた短刀に擬人化(ぎじんか)して見るのかもしれない。その短刀の元は流星であったとなれば、それはもうそのままアニメの設定にもなりそうだ。

見学者、参拝者に混じって、新聞記者らしい取材陣の姿も見受けられる。

その一方、生活に密着した光景も目に入ってくる。下の道路とつながっている幼稚園側の階段を、ランニングコースに使って上下する人。線路際にイーゼルを立てて写生している人。

ざっといえば、境内のすぐ西側に、函館本線である鉄路が走っているのだ。社殿に向かって左側が遊具のある園庭で、さらにその左が線路という並びになる。

その線路側に、大きな錨を傍らに置いた榎本武揚の像が立っており、龍之介は先ほどからそれを観賞していた。満足したらしく、回れ右をして戻って来る。

どう見ても、所長と呼びたくなるような三十男ではない。施設の長であるという貫禄や重々しさはないし、顔立ちは新卒と言っても通りそうな初々しい青年だ。

うっかりすれば、遠出を知的に楽しんでいる少年にも見える天地龍之介が目の前に来た。

「榎本武揚公の没後百年記念祭で企画された像だそうです。完成は二〇〇九年ですね」

「没後百年……」今回のことで情報を得るまで、私の知識はお粗末だった。「榎本武揚っていうのは、箱館戦争で捕らえられて、獄死したか刑死したと思っていたからな。明治政府で要職を歴任して、大活躍していたとは」

「皮切りは、開拓使四等出仕としての北海道鉱山の調査でしょうかね。海軍中将にもなり、対ロシア領土問題処理の特命全権公使を務めました。外務大輔。海軍卿。皇居造営事務副総裁。初代逓信大臣。農商務大臣。文部大臣。電気学会初代会長。現在の東京農業大学を設立して黌主に」

「農大もそうなのか。すごいな」

「その縁なのね」一美さんも言う。「流星刀の長刀の一本が東京農大におさめられているのは」

それも見てみたいわ、という顔をしている。目に興味の光があり、前向きの明るい表情。中規模とはいえ、広告代理店東京本社の最前線受付業務の顔にふさわしい。黒髪が光るクールビューティーの長代一美さんが、私などと個人的に付き合ってくれているのは、時々夢ではないかと疑いたくなるほどの僥倖だ。

「他にも、大日本気象学会の会頭。工業化学会の初代会長。殖民協会の会長も務めましたからね。万能の人ですよ」

と龍之介が認めている。

「でも……」自分の勉強不足を棚にあげるわけではないが、「それほどマルチに明治政府を支えた人の割に、人口に膾炙している様子が見られないんじゃないか？　業績が知られていないだろう？」

「それも、榎本武揚公の特色ですね。不思議といえば不思議です」

一美さんも、

「それに、旧幕府軍の先頭に立って戦った榎本武揚は、新政府にとっては許せない敵じゃないの？」

「賊軍と呼ばれましたよね」

「その最高責任者が、新政府で重用されるなんてことがあるの？　変じゃない？」

そんな話をしている時、視野に、ちょっと異質な人影が入ってきた。一人の制服警官だ。早々と人混み規制にでも来たのかと思ったが、そうでもないようだ。観光都市にとって大事なイベントに配慮しているのか、幼稚園側で目立たないようにしている。小太りだな。

するといと幼稚園のドアがあいて、若い女性が現われた。緊迫した面持ちで巡査に近付き、何事かを話し始める。彼女が巡査を呼んだのだろうか。すると、事件でも起こったのか？　いや、警官一人だけで来ているし、物々しい様子もないから、相談事でもあるのかもしれない。流星刀見学予定者の中では、我々三人が距離的には彼らに一番近い。

なにかを訴え、まくし立てる調子だった女性がつかつかと足を進めたのが、アンケート台の前だった。流星刀公開式典にやって来た人を対象にしたものだ。書き終えたアンケートは、少し深めの、四角い物入れケースに入れるようになっている。アンケート用紙はもう使い切られていて、社務所の者が気がつけば補充されるだろう。

女性は投入ケースの一番上の一枚を手に取り、険しい目つきでそれに目を通すと、巡査に突きつけた。さらに訴える彼女の表情は、真剣で切羽詰まり、泣き出しそうにも見える。

ストーカーという言葉が聞こえてきた時、一美さんがスッと近付いて行った。

「なにかあったのですか？」と、そっと尋ねる。

私と龍之介も、少しずつ距離を詰めた。

部外者として追い払われるかと思ったが、意外なことにというか、新たな聞き手は両者から歓迎された。女性は、耳を傾けてくれる者を望み、巡査は、冷静な仲裁者を求めたようだ。

女性は、この幼稚園の先生だという。三ヶ月ほど前からストーカー被害に遭っているというのが彼女の話だ。視線を感じるし、夜道で振り返った時に逃げて行く人影を見たし、自宅から出したゴミ袋を漁られたりもしたという。そして、今朝。つい先ほど、怪しい男を目にした。

今日は休園日だが、彼女には済ませておきたい雑務があったし、大勢の人出が予想されるので、園舎や園庭に問題が発生しないか目を配る役でもあったという。

「十数分前です」彼女は青ざめた顔で言う。「窓に顔を近付けて、じーっと覗き込んできていた男がいたんですよ」

彼女が指差したのは、廊下が見える園舎の窓だ。

私たちがそちらに移動する間も、女性の説明は続いた。

「この廊下の左側の教室に入ったのですが、忘れ物に気がついてすぐに出ようとしたのです。でも、ドアをあけたところで手が止まりました」

「覗き込んでいる男が見えたのですね」と龍之介。

「じーっと、奇妙な目をしていました。今日は朝から、なにか見られているような嫌な気配を感じていたので、ハッとしました。直観的にこの人だと思いました。わたしはドアを細くあけたまま、じっとしていました。するとそのうち、去って行きましたけど。四十歳ぐらいの、がっちりとした男です」

園舎の窓のそばで皆が立ち止まると、小太りの巡査が口をひらいた。

「ただ単に、この幼稚園そのものに興味があった人かもしれないでしょう」口調に熱心さはない。「建物の中も見学したんですよ」

この巡査は、女性のストーカー被害事案を担当している警官だそうだ。捜査対応したケースも二、三あるが、被害女性が神経質になって騒ぎすぎている場合もあるので、なだめたり客観的な視点から検討したりして、事件性のふるい分けをする必要があるらしい。

「わたしの動きの後を追うみたいに、ここだけを覗いていたんですよ」女性は声を張った。「わたしが知る限り、あの人は園舎を見て回ったりしていませんでした。それに、こんな普通の廊下を凝視してても仕方ないでしょう」

確かに、当たり前の構造の廊下が左右にのびているだけだ。園児の作品なのだろう、カタカナや数字が筆で書かれた紙が貼り出されているが。

「並んでいるあの書道の作品を書いた誰かの保護者が、我が子の字を見ていたということでもないのですね？」

一美さんが念のために確認すると、女性はやや怒ったような目になった。

「保護者さんのことは全員知っています。覗きの男は、園とは無関係です。それに、おかしいのはこのアンケートもそうなのです」

手にしていたその紙を振って、彼女は説明した。園舎の中からたまたま見ていたという。最後のアンケート用紙に記入したのが、ストーカー容疑者のその男であったらしい。書き終えると男は、用紙をケースに入れた。彼女は、その時はそれで目を離し、数分後、窓から覗かれていることに気づいたのだ。

「見てください、この内容」

無記名のアンケートだ。

女性が皆の注意を向けさせたのは、二つの項目。あなたは龍宮神社の例大祭に参加なさったことがありますか？　と、参加した人のみの記入項目で、どの行事に参加したかを問われている。男が勢いよく○をつけたのは、〈参加していない〉と、〈カラオケ〉だった。

「でたらめじゃないですか」という女性の主張はもっともだ。「参加していないのに、カラオケ行事には参加したって、どういうことですか」

「単純ミスかもしれないし……」

反応の鈍い巡査に、女性は苛立ちを抑えつつ仮説をぶつけた。

「園舎の中からわたしに見られていることに気づいたストーカーが、咄嗟に、アンケートを書いている風を装ったのですよ。だから、内容はいい加減なのです」

有り得ない仮説ではないだろう。もし本当にその男がストーカーなら、アンケート用紙に指紋が残っているはずだから、あまりむやみに触らないほうが――。

そう思っていると、意表を突く龍之介の次の言葉が、全員の驚きを誘った。

「その男性は韓国人なのですよ」

――はあっ⁉

呆気にとられて誰も反応を返せない中、最初に口をひらいたのは巡査だった。

「韓国人……ですって？」

答える代わりに、龍之介は幼稚園の先生に問いかけた。

「その男性の人種や国籍については、あなたはなにもおっしゃらなかったから、相手は東洋系なのですよね？」

「え、ええ……」むしろ、人種のことなど頭になかったという混乱の顔色である。「日本人だとしか……」

龍之介は、アンケート用紙に目をやって、

「選択した項目に○を書くのは、日本と韓国だけなのですよ。他は概ね、✓（チェック）ですね。このアンケートの○は、勢いよく、ごく自然に書かれています。日頃の習慣どおりに書いたことを示していると思います。まあ最近では、日本でも✓による記入が広まってきていますけれど」

気づいたように一美さんが、

「韓国のその人は、日本の文字はうろ覚えだったのね。でもなんとか、アンケートに答えてみようと思った。でも、というか、だから、というか、内容は不正確になった」

「いや、でもさ……」面白い着眼だが、私としては公平に、疑問を呈さずにはいられなかった。「そこまで断定的には言い切れないだろう、龍之介。韓国人全員が○を書くわけじゃないし、中国の人だって○を書くことがあるかもしれない」

「確かにこの点だけですと、不確かな可能性の余地を残してしまいます。ただ、覗き込まれた廊下の問題も観点に入れますと、この二つはきれいに補完し合いますよ」

龍之介は平静な様子で、窓の中を指差している。

「廊下の中の観点って、なんだ？」私は訊いた。

「右から二枚めの、園児の書いた文字です」

全員の視線がそこに集まる。視野を妨げるガラスへの映り込みを避けて、それぞれが顔の角度を変えたり、目を細めたりしながら……。

カタカナで、縦に三行。

コビト
サイフ
ツキヨ

龍之介が言った。

「園児は一生懸命書いていますが、きちんとしたカタカナにはなっていません。文字が寄っていたり、〈ト〉の横棒がとても小さかったり。それで、似てしまっているのですよ――韓国の文字、ハングルの、サイズや大きさという意味の言葉に。一番下の文字を、左側から見ます……」

そこまで言って龍之介は、アンケート用紙の上で指をゆっくりと動かし、そのハングル二文字を示して見せた。

크기

「ああ……」

私の声が一番大きかったろうが、誰もが同じような声と息を漏らしていた。幼稚園の先生も。

――これはたまげた。

つまりこういうことではないでしょうか、と、龍之介が話し始める。

「アンケートを書いているその男性のことを先生は見ていたとおっしゃいましたから、向こうでも視線に気がついたかもしれません。それで建物に寄ってみた。すると今度は廊下の壁に、ハングルが見えるような気がする。それで窓まで近付いてじっと観察したのでしょう。ここが幼稚園だと判っていなかったかもしれませんね。サイズなどと書かれているから、洋服や靴の販売コーナーと思ったかもしれませんが、そのような様子はないし、他の文字も見ていて気がついたでしょう。たまたまハングルに見えただけだ、と。それで、程なく立ち去ったのです」

この観光都市では外国人は多い。中国人もそうだし、韓国人も。

巡査が頬をこすりながら言った。

「韓国の人が日本で、三ヶ月間もストーカーをしていたとは考えられませんなあ」

幼稚園の先生からも、反論はもう出てこなかった。龍之介の推測に異を唱える隙がないのだ。

それでも納得し切れない、生理的な直観を口にせずにはいられないらしく、

「でも……。本当に今朝から、気になる雰囲気が……。神社のイベントの人だかりとは関係なく……」

これには一美さんも、共感するように同情を寄せる顔だ。気になるなにかを察している時ってあるよね、と言いたげに。

私の耳には、「それが錯覚でないとしたら……」という龍之介の小さな声が聞こえてきていた。

見ると、彼は別の方向に目を向けている。初老の男性が歩いていた。スマホをズボンのポケットに入れつつ、油絵の載っている三脚イーゼルに近付いている。

龍之介が追うように歩き、遠慮がちに声をかけた。

「あのう、すみません。その絵を描いていらっしゃる方ですか？」

ごく日常的な服装の、細身のその男性は、素朴に照れる笑みを見せた。

「お恥ずかしいものを見られました。下手の横好きにも至らない、素人芸です」

いかにも素人の絵だ。線路の向こうの景色を描いている。半分ほどの仕上がりだろう

か。

場所は、小さな祠と、幼稚園の壁の間の狭いスペースだ。

「何日か通っておられて？」

「そうです、ここ四、五日は」

一美さんはもちろん、幼稚園の先生も巡査も、なんとなく近寄って来ている。

「失礼ながら、イーゼルの位置を毎回変える理由がなんなのか、教えていただけますか？」

龍之介に尋ねられて、男の表情が冷めた。

「私が、位置を変えているですって？」

龍之介が地面を指差した。今イーゼルがある場所より三メートルほど前方だ。

「イーゼルの脚がつけた深い跡があります。三日前、ここは一日中雨だったはずです。二十三時ぐらいまで」

龍之介は出かける予定であった小樽の天気は事前からかなり気にしていたし、一度記憶されればそれは盤石のデータとなる。

「その次の日、つまり二日前、あそこにイーゼルを立てたのでしょうね。雨上がりで地面がとても柔らかく、跡が深く残った。そして昨日はそこです」

深いイーゼル跡の、一メートル半ほど後ろだ。イーゼル跡は多少見えている。その後ろで立ち作業をしていた人間の、入り乱れた足跡も。

なぜか急に、男はサングラスを取り出してかけた。口は不機嫌そうに結ばれている。

「プロの絵描きさんなら……」一美さんが、頭の中の考えを声に出している。「微妙な光の加減を求めて場所を変えるということもするかもしれないけれど——いえ、それでもそんな話、聞いたことないわね」

「むしろ視点は固定させるだろうな」不思議に感じ始めた私も、一美さんと会話する形で思うところを言った。「風景画を描くために何日か通うのなら、場所がずれないようにマークするぐらいのほうが普通じゃないかな」

「なんだ、お前たちは！」毒々しい響きの怒声（どせい）だった。素朴で物腰の柔らかそうな印象は消し飛んでいる。「どこで絵を描こうと勝手だろうが。気分にすぎない。自由だ」

——本当にそれだけならば、なぜそれほど激高する？

制服警官がすぐそばにいるので、男はそれでも、それ以上の荒っぽい言動をこらえている様子だ。巡査は興味ありげな眼光で男を見据えている。

「そのぅ」龍之介の話には当然、先があるようだった。「た、単に場所を変えただけではなくて、この方（かた）の移動には規則性があります。少しずつ、後ろにさがったのです」

これに機敏に反応したのは巡査だった。

辺りを探るように動かして左側に向けた目を、素早く男に戻し、

「あんた」と、強い口調になった。「ここからだと、幼稚園の窓の中が見やすくなるな」

その指摘を聞いて、幼稚園の先生は青ざめた。男はそっぽを向いている。

私は自分の目で確かめた。確かにここからだと、園庭に向いて並ぶ窓の中が見やすくなる。一メートル半前だと、角度がまだ急で、さほどの視野は得られない。もう二メートルほど後退すれば、園舎の中はかなり覗けるだろう。無論、園庭そのものにも大接近だ。

「じゃあ……」一美さんも表情を硬くしている。「この人、都合よく覗き込める場所まで、目立たないように徐々に移動して来たってこと？」

私は頷いた。

まだ仮説にすぎないが、この初老の男が問題のストーカーなら、やったのはこういうことだろう。目当ての女性のすぐそばに長時間いられる手を思いついた。幼稚園の責任者に許可をもらい、写生ポイントに使わせてもらう。そこは、窓もない園舎の側面だ。何日か通い、絵を描いている自分の姿を自然なものにしていく。いわば、自分の姿も風景の一部に溶(と)かし込んだというところか。周囲にそうした意識付けをしたうえで、少しずつ、女性を充分に眺められる目当ての場所まで移動して来ていたということだ。

「もう一つ失礼ながら……」本当に申し訳なさそうな様子で、龍之介がおずおずと言う。

「あなたの年代にしては珍しく、スマートフォンを二台お持ちですね」

我が従兄弟(いとこ)が身振りで示したのは、男が使っている椅子の上だった。絵の道具と一緒に、スマホがある。

「そ、それも、デザインの趣味がかなり違います」

椅子の上にあるのはカラフルで、日曜画家の持ち物らしくもあるし、孫からのプレゼントとも見える。一方、男がさっきポケットに押し込んだのは、チラリと見えただけだが、無地の紺か黒の、地味でシンプルな物だった。

ここでも巡査はいい反応を見せた。

「日常用と盗撮用！」

びしりと言い、男をにらみつけている。若いながらこの巡査は、ストーカーの手の内に通じているらしい。

その経験が容疑をぷんぷん感じさせるのだろう。男に対して、巡査は手を突き出した。

「いま所持しているスマホ、中をちょっと見せてもらえませんか」

「そんな――、警官だからってそんな権利があるのか！」

「犯罪を充分に予測させるのであれば、令状はいりませんよ」

巡査は小声になり、男の耳元に囁（ささや）きかけた。

「ここで騒ぎ立てると人目を引いて大事（おおごと）になります。駅前交番まですぐですから、ご足労願って、弁明なり主張なりなさってはどうです？」

男の気配はまた急変していた。いかにも人目を忌避（きひ）するようにうじうじとし、逃避的な仕草で目を伏せる。

椅子の上にあるスマホを手に取った巡査に背を押されると、男は抵抗しなかった。

通りすぎた列車の音が、ありがたいほど日常のリズムを刻んでいく。

2

小樽に向けてソアラを走らせながら、浅見光彦は助手席に声をかけた。

「窓をあけてみます?」

「そうですね」

明るい返事と共にウィンドウが少しさがり、風が心地よく入ってくる。

助手席の女性は、風になびくほど髪は長くない。爽快(そうかい)そうな笑顔には元気があり、てきぱきと動く様はエネルギッシュ。体も大柄だ。社内では、負けん気の牧野(まきの)で通っているらしい。

牧野ルイ。箔文堂(はくぶんどう)出版の若き編集者にしてライターだ。小樽市内に本社を構えるこの出版社は、創設者・大津博文(おおつひろふみ)の名前を音読みして、〝はくぶん〟の〝はく〟に違う漢字を当てて社名としたらしい。社員十名以下の小さな会社だ。

社長だって現場のあれこれをします。と、挨拶(あいさつ)の後で牧野ルイは社内事情をからっと話した。自分の二の腕を叩き、だからわたしも、取材はもちろんですが、荷物運びも運転手もなんだってしてします！　と張り切って見せる。ソアラも運転してみたいようだが、ハンドルをまかせていいかどうかは、浅見はまだ決めていない。

箔文堂出版は季刊で地方総合誌を発行し、季節ガイド雑誌を毎月出している。でも利益を出すには細かな仕事が重要らしい。企業の広告チラシやポスター、社史制作。イベントや観光の各種パンフレット。個人出版の手伝い。諸々……。

零細事業主といえる細腕ルポライターとしては身につまされる。だから二人で、今回の仕事では上々の成果を出したい。

浅見の作ったキャッチコピーが選ばれた、〝小樽雪あかりの路〟という冬の行事の広告。このポスター制作をまかされているのが箔文堂出版だ。二月の夜に、十日あまりにわたって開催されるこの行事は、アイスキャンドルやワックスボウルなどが小樽中を静かに飾る。運河で、商店街で、かまくらで、教会の前で。その灯火は、雪の街に淡い情緒を醸し出す。

五十万人もの人が足を運ぶ人気で、国土交通省選定の、手づくり郷土賞のグランプリも受賞したばかりである。

雪あかりの路という名称は、小樽所縁の文学者、伊藤整の詩集『雪明りの路』に由来しているそうだ。

浅見は箔文堂出版から、総合誌に載せる小樽の歴史と観光をめぐるルポを依頼され、そのサポート役である牧野ルイとは、今朝、小樽駅前で合流した。ガイドであり、取材の助手であり、明日までなにかと尽力してくれるそうだ。合流してから二人はまず、余市を目指して国道を西へと向かった。復路の今は、余市インターチェンジから高速道路に入っている。四百円を先払いするというシステムだ。

余市駅前にある観光ポイントの一つ、ニッカウヰスキー余市蒸留所には、浅見にとって縁の深い二人の女性がいるけれど、まだ就業開始前だったので建物を外から眺めるだけで済ませていた。今回の北海道滞在で時間ができれば、訪ねてみるのもよさそうだ。

「余市インターチェンジから先の建設も、すでに始まっているのですよね」

浅見は再確認した。

「そうです。倶知安（くっちゃん）までのルートです」

「全面開通時期は未定だそうですけど、二〇三〇年度末予定の札幌までの北海道新幹線開通よりは絶対に早いですよね」

ルイは微笑（ほほえ）んだ。

「絶対に間違いなく。そうなることを望みます」

函館から北へとのびる新幹線は、やや日本海側にルートを取り、この近辺では倶知安と小樽に駅が建設される予定だ。小樽から先は、道都札幌へと向かう。

浅見は頭の中で地図を描き、

「新幹線が運行されるようになったら、この高速道路との連係は当然期待されるでしょう。積丹方面まで人員が移動したり、物産が流通したりする」

「それはもちろん視野に入れて、様々なことが整備されていくでしょう。ニセコも重要な拠点になると思います」

「スキー場で有名な」

「はい。ニセコ経済圏として、総合的な構想を進めていますから」

よく知られている歴史だが、明治期の小樽には、〝にしん御殿〟が珍しくないほどの豊漁の時代があり、北海道でも有数の大集落であった。海一面が魚影で埋まる光景は、そのまま小樽の活況を象徴する隆盛の証だった。しかし、魚卵まで採り尽くすような、勢いだけの漁法は当然の帰結をもたらす。無限ではない種族は、人のいる湾岸からは姿を消したのだ。

小樽は石炭の積み出し港としても重要な時期を担った。しかしこれも、石炭の枯渇で役目を終え、後に続くものを残さない。

資源だけに頼るような、あえて美名をつければ大陸的な精神は、しかしこの地方に長い衰退をもたらすことになった。

（でも、今は――）

人口流出などの厳しい現実を多数抱えながらも、この小都市は新しい途を進み始めていると浅見は感じる。主に経済的な辛苦に、長く日常的に揉まれてきた人々が、足元から努力を積みあげる感覚でもって多様なチャンネルに目を向けているのではないか。

貴重な海産物を、おしゃれに、高品質で提供する姿勢がまとまりを見せている。エキゾチックでもある石造りの建物とムードを一つにするような、芸術的なガラス製品の数々。小規模だから身近な距離感を味として出せる美術館も、新しく造られている。

「北海道横断自動車道の完成や、北海道新幹線延伸による恩恵を目指して、小樽は準備を整えつつあるでしょうね」

そう感想を述べた浅見の横顔を、ルイは、明かりを灯したような目で見てきた。

「外部の、経験豊かな批評眼を持つ方にそう言っていただけると嬉しいです」

「ははは。僕のどこに、豊かな経験や批評眼があるのですか？　お眼鏡違いの過大評価です。まあ、日本中回りましたけどね。小樽には、夏は海や運河でのクルーズがあり、冬は〝雪あかりの路〟をはじめ白銀の定番行事が育っている。こうした試みや機運がしぼむことなく、広く認知されていけば……」

「新幹線を、諸手をあげて迎えられるでしょうね」

そうした未来像に期待しながら、浅見は、真新しい高速道路の走行感を車体越しに味わった。

最初のインターチェンジが見えてきている。

「この塩谷でもうおりるのですね？」

「この先まで行くと、小樽市内をかなり通り越しますから。ここでおりると、次の目的地の天狗山まで近いのです。向かいましょう」

ナビゲーターの元気のいい声が、ぐいぐいと舵を切る。

「了解です」

浅見は微笑んだ。

3

メンバーが三人増えている私たちは、九時四十分ほどに流星刀の見学を終えた。

途中から加わった一人は、大学時代からの一美さんの友人、中嶋千小夜さんだ。私と龍之介も、もう何度も会っている。千小夜さんは、シャープな美形である一美さんとはタイプが違う、和風の美人といえようか。おっとりしているのはいいとしても、ちょっと浮世離れしている印象もあり、そうした点では女バージョン天地龍之介と見ることもできる。三歳十ヶ月の男の子、優介と一緒である。

千小夜さんは、揺れる波紋を淡く絵柄にしたような水色のワンピース。チェック柄の半袖シャツにショートパンツを身につけた優介は、女の子に似合いそうな黒いニーソックスを穿いている。いや、見事な着こなしだ。当人には毛頭、そんな意識はないだろうけれど。ママの絶妙なセンスだな。

初顔合わせであるもう一人の参加者は、千小夜さんの幼なじみ、清水恒拓。朝刊のみを発行している地元新聞社、小樽北門新報の記者であるらしい。体形も顔立ちも、すらっとしている。今日は休みをもらったそうだが、仕事中であるかのようなスーツ姿だ。ネクタイはしていないけれど。

曇り空がちょうどいい気温を作り出してくれている中、私たち六人は龍宮神社の敷地の脇にいる。ぎっしりと混んでいるわけではないが、蛇行して作られた順路に沿って行列がまだ続いていた。

ストーカー騒動の後、単独で来させると迷子になるかもしれない千小夜さんをホテルまで迎えに行き、清水記者とも落ち合ってここへと引き返して来た。もちろん、行事開始の九時前だったが、すでに行列がかなり長くなっていた。流星刀公開式典は、白装束に身を包んだ宮司のお話から始まった。この神社と榎本武揚の縁、流星刀の来歴、この式典の意図と意義。そうしたことが語られ、それから公開の儀となったのだ。

本殿の中は広くないので、十人ほどずつが一グループとなって中に入り、二分あまり見学するという流れだった。

「あの刃紋……」龍之介は、視覚記憶の中にある映像をうっとりと再生している気配だった。「不思議な美しさがありましたね。なかなかダイナミックで、砕(くだ)ける波か、夜空の雲を連想させられました」

「ほんとです」千小夜さんは、こくっと頷く。「流星刀という名前からの印象ですと、星雲のうねりみたいでもありましたね」

「ああ、それです、それです」

龍之介だけではなく、皆が同感だった。

切っ先鋭い真剣であるから、安全対策のため、流星刀はガラスケースにおさまっていた。傍らには鞘(さや)も置かれ、それには、流星刀を鍛錬(たんれん)した刀匠(とうしょう)、岡吉國宗(おかよしくにむね)の銘が入っていたのを思い出す。

世界に冠(かん)たる日本刀を作り出す名匠たちの技といおうか、生まれてから百数十年経っても変わらず、流星刀は目の覚める輝きを保っている。

まだ小さいから、優介は、本物の短刀を見たという感慨を持ち得ないだろうけれど。

「あれが……」

それでもやはり、興味はあるらしく、優介は小さく声を出した。人見知りだそうで、ママの体に半分隠れている。

「流れ星から取り出した短剣？」

「そうですよ」龍之介がソフトに応じる。

「お、お星様はどこにいったの？　どこにあるの？」

千小夜さんは、玉子をパカッと割る仕草を見せ、

「流星からポコッと出るわけじゃないのよ」

「星に刺さっていたのを抜いたんでもないんだ」

私は、優介がアニメ的な聖剣のイメージを持っているかもしれないと感じてそう答えたが、

「じゃあ、短剣はどうなっていたの？」

と真剣な目を向けられてドキッとした。真っ直ぐな、黒々と光る瞳。大げさに捉えるつもりはないが、そのまま、理屈の及ばない宇宙の奥行きにもつながっていそうな目を、子供たちはすることがないか？　視線を逸らすことができず、吸い込まれそうな……。

「元からあの形だったんじゃないんだ。あの短刀は、まあ、人間が作ったわけで……」

助け船を出すように一美さんが言う。「あの短刀の原料が、地球に落ちた流れ星だったということよ」

「短刀の刃は、鉄から作らなければならなくて、それを隕石から抽出する——取り出す必要があったのですよ」

龍之介の解説が科学的な熱を帯びそうなことを察したらしい一美さんが、ここでも一言

でピリオドを打つ。

「流れ星が短刀に形を変えたと思っていればいいと思うよ」

一応の納得顔を、優介は本殿のほうに向けた。

「刀を作る映像を見せないと判りづらいかしらね」千小夜さんが小声で言う。「トンテンカン、と」

「真っ赤に焼けた玉鋼を打っているシーンだね」

そう言って清水が、槌を振るうポーズをすると、千小夜さんは、

「すごく重たそうな杵で」

「杵じゃなくて、槌かハンマーだよ、チサ。餅つきじゃないんだから」

一美さんの一言で笑いが起きる。

「でも、僕たち素人が刃紋と言っているあの模様だけど」と、清水が幾分真面目に口調を切り替えた。「磨きあげて浮かびあがらせた一般の刃紋ではないって言う刀工さんもいたんですよ。刀身用の金属として充分に錬成されていないからああなっているだけだって。刀身自体の雑味のようなものなんだとか」

「刀鍛冶の腕が未熟だったのかしら」

「いえ、違います、長代さん」龍之介は、さらっと否定する。「岡吉國宗は、さすが榎本公が選んだだけはある名匠だったようです。問題は、玉鋼とする素材そのものにあるんで

すよ。隕石は当然、都合のいい鉄分だけでできているわけではなく、ニッケルなどの不純物も含まれています。このような金属組成はもともと、刀身作りには不向きなのです」

「その不向きな金属で、刀身を作るように求められたのね」と、一美さん。

「無理難題だったでしょうね。でも、刀身を作ることができるのは間違いなかった。ロシア全権公使を務めている時に榎本公は、アレキサンダー一世が所蔵していたそれを見ていたからです。星の鉄の刀と書く、星鉄刀と呼んでいたはずです。先ほど、榎本公のことを万能の人と言いましたが、本当にそうで、語学力に秀でて、政治、経済、外交、鉱物学、天文学、あらゆる分野で才能を発揮でき、またあの人は科学者でもありました。さらに、西洋的なロマンも解する人だったのではないですかね。だから一際(ひときわ)、隕石から作られた刀剣には感銘を受けていた」

「そして自分でも作りたくなった。隕石が手に入ると知ったからでしょうね」

「そのとおりです、長代さん。入手したのは明治二十八年のことです。農商務大臣の頃ですね。富山(とやま)県の当時の白萩(しらはぎ)村で発見されていた隕石です。それは購入者が決まっていたのですが――」

清水が思いつきを挟んだ。

「隕石コレクターじゃないかな」

「そうかもしれませんし研究者かもしれませんが、その相手は海外の人だったようです」

海外流出の〝危機〟か。

「大きさもある貴重な隕石ですから、榎本公は、世界にも例が少ない、天からの授かり物を元にした刀剣を作りたいのだという趣旨を伝えて説得、大枚をはたいてこれを譲り受けたのだそうです。しかし、隕石から取り出した金属、隕鉄を精錬して日本刀を作るというのは並大抵ではなかったというわけです」

材料が限られているから、失敗を繰り返して、というやり方はできないだろう。そう思って私が言うと、

「刀匠岡吉と榎本公で、大変な研究をしたようですね。隕鉄の成分分析も精緻に行なっていて、含有率は錫が〇・〇一一、コバルトが〇・八二七といった具合に、もう立派な研究論文です。榎本公自らこれを『流星刀記事録』として公表。これが日本で初めての、隕石という呼称を使った科学的研究論文とされています」

「へえ。すごいな」

感嘆が漏れる。皆も同様の表情だ。

——ああ。もしかすると慣れていない清水あたりは、龍之介の記憶力に、半信半疑ながらも舌を巻いているのかもしれないな。

「そうしたうえでも、と言いますか、知れば知るほどと言いますか、この隕鉄で満足な日本刀を作るのは困難と判ります。それで岡吉國宗は、氷川神社に祈誓し、三週間の精進

潔斎をして鍛錬に臨み、工夫と才覚と熱意で四振りの刀剣を作り出すのです」

　プレッシャーも相当なものだよな。明治の世だから、切腹はないにしても。

「ですから、流星刀の刃紋と見えるものは、刀身そのものの異例な斑紋と言えるかもしれませんが、それを、あれほどの心を打つ紋として見せる姿に持っていったのですから、刀匠岡吉の力量は究極の賞賛に値します」

「そうなんですねえ」と千小夜さんは、心底からの感心の声だ。

　母のそんな反応に共鳴して、優介もまた、すべてを理解できないながらも感心の素振りである。

「そういえば」清水が、記憶を探る体で顎をさすっている。「四振りの流星刀のうち、最も刃紋が美しいものが、龍宮神社に奉納されたあれらしいですね」

　それから彼は、

「ちょっと失礼」と、断りを入れた。「同僚がこの式典の取材に来ているんですが、目が合っちゃいました。挨拶してきますから」

　私と一美さんからは距離をあけて、中嶋親子と龍之介は背を見せて街のほうを向いている。社務所から下に続く階段の先には、大きな鳥居が望める。

　救急車のサイレンが遠く通りすぎ、運ばれた人はすぐよくなるといいですね、と呟いて

から、千小夜さんは、龍之介からの問いかけに答え、

「わたしには、近付くサイレンの音は、ミの♭(フラット)とラの♭に聞こえます」と言った。

彼女は絶対音感の持ち主で、東京都(とうきょうと)の区民楽団でバイオリニストを務めたこともある。

「周波数でしたら、高いほうは九六〇ヘルツ。低いほうは七七〇ヘルツのはずです」

などと龍之介のほうは言う。

意味不明の会話をする母親とその変な友人の間で泰然(たいぜん)とし、優介は千小夜さんの服にしがみついている。

はんなりとした美貌(びぼう)の持ち主、千小夜さんは、温和な性格で気持ちも素直だから、同性の友人も多い。旧家に育った苦労知らずに見えるかもしれないが、決してそうではない。

優介がまだお腹にいるうちに、夫を急性白血病で喪(うしな)っている。大切な人の忘れ形見である乳幼児を、神経症になりかけるほどの気の配りようで育てあげた。

喪失の痛み、夫への愛情や記憶が簡単に薄れるはずもないが、それでも千小夜さんは前へ進んでいるし、気持ちや生活を新たにしようとしている。当然のことだ。見ていて応援したくなる姿だ。

ふんわりと明るい次の幸福を探すための同行者として、不思議なことに、天地龍之介の姿が見えてしまうのはなぜなのだろう。

二人は奇妙に似合っている。龍之介の波長に合う者は――特に女性では――多くないと

思うのだが、千小夜さんにとっては心地よいつながりであるようだ。よく声をかけてくれる。

人見知りだという優介が、龍之介にはごく自然に懐いているのも意味深く思えてしまう。

……私は、龍之介が大いに好きだ。認めると居心地が悪いが、滅多にいないタイプの男として敬意を懐ける面もある。絶対に、悪い奴ではない。だから、大事な友人である千小夜さんのパートナーとして間違いはないと、信じることができる。将来の伴侶として悪くないのではないか。

密かに同意見の一美さんには、でも、気がかりもあるようだ。「今は所長などというポストにいるけれど、追い詰められた時に経済力を発揮できるのかとか、生活能力に欠ける点については不安が残る」と、お見合い仲介者か母親役みたいな注文をつけている。

――そしてそれは、否定できないよなぁ。

新婚時代、千小夜さんは東京暮らしだったが、夫との死別後は、彼の両親のもとで子育てをした。でもそれも一段落つけ、今年の春、北海道内の実家の近くに引っ越した。二日後には、その新しい家に案内してもらう予定だ。

高校時代の同窓生の集まりが、この小樽で今夜あるので、彼女も流星刀公開式典に日程を合わせることができた。

「いやあ、お待たせしました」

清水恒拓が戻って来たので、ちょっと訊いてみた。

「千小夜さんは、どんな子供でした？」

小学校の一時期と高校は、二人は同じ学校だったらしい。

「あのまんまですね」清水は微笑した。「まあ、なんというか、垣根を作らず、誰とでも無遠慮なほどに友達になろうとする。男の子とも転がって遊ぶ。育ちが良さそうだけど、飾らない。普通の、田舎の家庭の子でしたよ」

「旦那さんのことも、よくご存じだとか。どんな人でした？」

私は一度も会ったことがない。お嬢様的な愛妻を掌中で保護するしっかり者をイメージするが――

「リョウですか。少しぼんやりと、抜けたところもありましたね。結婚する前からあいつのことは知っていました。ライバルのつもりでもあったんだけど……」

「へえ」

「夫婦二人ともこんな調子でいいのか、と、微妙に心配にもなる緩さで。男としての手堅いパワーはいま一つ」

清水はしみじみと付け加えた。

「でも、いい奴だったなあ」

――なるほどね……。

隣で一美さんも私と似たような面持ちだったが、

「じゃあそろそろ行きましょうか」と、私たちの尻を叩く。

「そうだね」

言いつつ、私はもう一度、社殿本殿のほうに視線を投げかけた。

その時、少し気になる光景が目に入ってきた。足元のおぼつかない、女の人の動きだ。社殿脇の園庭のほうから出て来たように思える。

胸元に手を当て、ふらついている。酔っているのか、具合が悪いのか。

流星刀見学ルートの列に並んでいる人はまだ多いが、同時に、その周辺で敷地内の見学をしたり感想を言い合ったりしている人も少なくない。私たちもその一部だが。

そうした中にいた男の人の背中に、大きくふらついた女性がぶつかっていた。

それだけではなく、女性はそのまま地面に倒れ込んでしまう。

誰かがぶつかってきたので不快そうに驚いた男の人は、相手が倒れたのを見て、ギョッとした顔になった。

私は反射的に、そちらに足を進めていた。一美さんもついて来る気配だ。

「大丈夫ですか?」

男は声をかけ、周りの人たちも異変に気づき始める。

倒れているのは、四、五十代の女性。ブラウンのスカートとバッグ、グレーのジャケット。顔色がひどく悪い。呼びかけに反応がない。

救急車を呼ぼうかと思ったところで、「わたし、医者です」と女性が進み出て来た。声をかけつつ、瞳孔や脈を診る。

「救急に電話して」

緊迫の表情でそう叫んだ。

辺りには人の輪ができている。

「なんなの、これ……？」

女性医師が困惑してそう呟くのが、私の耳には聞こえた。

救急隊の到着を待つことなく、気の毒な女性は息絶えていた。

大人たちの会話から、それを察したらしく、

「死んじゃったの？」と、優介が母たちを見あげた。

誰の口からもはっきりとした答えが出なかったが、優介の面は静かな寂しさに包まれる。

彼は神社に体を向けた。そして、両手を合わせた。

大人たちもそうした。

第二章　それぞれの邂逅(かいこう)

1

天狗山で神社や観光施設などを取材してから駅前に戻り、駐車場にソアラを駐(と)めた。時刻は十時二十分。

「次は龍宮神社ですね」

車から外に出て、浅見は牧野ルイに確認した。

「そうです。流星刀も目にできるのですから、絶好のタイミングですよ」

それぞれカメラ入りのバッグを肩に掛け、手に持ち、歩き始める。

「この神社を建立したのが榎本武揚。もうお伝えしてありますけど、小樽の歴史を語る今回のルポには、榎本武揚を柱に使っていきたいと僕は考えていますから」

「いいと思ってました、そのセン！」

ルイの目にも声にも力がこもり、

「去年、北海道は命名百五十年でして、今年も色々なメディアが、北海道の名付け親とされる探検家・松浦武四郎を集中的に取りあげているのですよ。同僚も松浦を掘りさげていて、浅見さんのルポが掲載される同じ号に、記事が載るのです。向こうが松浦武四郎ならこちらは榎本武揚！　いい勝負です！　二本柱の歴史記事、太く強い存在感を勝ち取りましょう！」

負けん気の牧野が、こぶしを握っている。

（勝負と言うのはどうだろう……）

少々気負い込みがすぎるようにも感じたが、苦笑しつつ浅見は、編集者の熱意に応えなければとの思いも強くする。

駅前のメイン通りを左手に進み、程なく左に曲がるとすぐに、大きな鳥居に出迎えられる。

「おやっ？」「あら？」

期せずして二人からは似たような声が漏れた。

辺りがなにやらざわついていると思ったが、突き当たりには人だかりができ、制服警官たちの姿までが見える。

「なにかあったのでしょうか？」

物々しい警察沙汰ですね、としか浅見にも答えられない。

「規制線が張られていますよ」

ルイの言うとおりだ。様子を窺(うかが)いながら近付くとそれがはっきりした。社殿のある敷地へとのぼる階段の下に、立入禁止ラインがある。

「これでは、神社まで行けません。どうしましょう」

「短時間で解除されそうもありませんね」

そう見て取った浅見の脳裏(のうり)に、洞爺湖町でひらかれる国際刑事局長サミットのことが勢いよく入り込んできた。

（まさか——）

「爆弾が発見されたなんてことではないといいけれど」

爆弾という単語が耳に入ったのか、立ち番をしている若い巡査が目を向けてきた。

これ以上注意を引かないほうがいいなと自粛(じしゅく)しかかった浅見だったが、この際いっそ、情報を聞き出したほうがいいかと思い直した。兄の顔が頭に浮かぶ。安全への不安は少しでも取り除くべきだろう。

「どういったことが起こっているのでしょうか？」と巡査に尋ねる。「道警(どうけい)本部警備課が動くような事態ですか？」

巡査の目が、感情なく向けられてくる。

「あなた、新聞記者ではありませんね。見かけない顔だ」

「取材ではありません。ですが、大枠(おおわく)は教えていただいてもいいでしょう。遅かれ早かれ新聞発表される事柄でしょうから」

口を閉ざす巡査に、浅見は多少、焦(あせ)りを覚えた。

「これだけは教えてもらえませんか。騒乱罪やテロ等準備罪などにかかわる事件が起きているのかどうかだけは。テロ関係ではない？」

ようやく再び、巡査は口をひらいた。

「テロのような重大な事案を、おいそれとは話せませんよ。仮に、の話ですが」

「しかし、テロ対策も民間と連携して行なっていこうというのが、北海道警察の基本的な姿勢ではなかったですか？　ええと、テロ対策北海道パートナーシップとか名付けられた推進会議主導の動きが、各方面であるはずです」

「あなたねえ、あなたは公共施設管理者か、通信事業者ですか？」

「通信事業者じゃないけど、立派なルポライターですよ」

というせっかくのルイの援護射撃も、逆効果にしかならなかった。

「ルポ！」皮肉な調子が相手の声に満ちる。「ライターさんに、本官などがむやみに話せることはありませんね」

ルイが、声を少し抑えて訊(き)いてきた。

「浅見さんの嗅覚(きゅうかく)は、テロっぽいことが起きていると感じるのですか？」

「嗅覚などではありませんけれどね。外国にもひらかれている港町の残念な側面ですが、銃器やよからぬ薬物が入ってきやすくも――」

「薬物？」巡査の目が険しくなった。「あんた、この事件のなにか、知っているのかね？」

「えっ？　いえ、知りませんけど」

直立の姿勢を解き、巡査は浅見のほうに迫ろうとする。

その時、階段の上のほうから野太い声が聞こえてきた。

「どうかしたのか？」

浅見は視線をあげた。

両者の視線が交錯した瞬間、向こうの顔には喜色が弾けた。

「浅見さんじゃないですか！　また小樽に来られてたんですか」

「これはどうも、鳥羽さん。お久しぶりです」

初老の相手は、小樽警察署刑事課の部長刑事だった。

「今回はまた、どんな事情で？」

浅見を招き入れるかのように、鳥羽刑事は、規制線をあっさりとくぐらせた。ついでに、牧野ルイも。

一段一段、階段を慎重にのぼりながら、浅見は今回小樽に足を運んだ理由を手短に話し、ルイのことも紹介した。

階段の途中にある、社務所前のスペースで、鳥羽刑事は足を止めた。

「それにしても、浅見さん。小山内家の事件は、奇妙な後味を残す幕切れでしたなあ。今でもすっきりとはしていません」

「そうですか……」

痛ましい真相が忘れられない連続殺人事件だった。黒衣の女性被害者が、黒い揚羽蝶のように海に浮かんでいたのが悲劇の幕開けだった。

故あって、胸を突く真相は浅見と真犯人だけが知っている。そして、真犯人はすでにこの世にいない。すべては浅見の胸のうちに秘められている……。

思えば小山内家も、蝦夷の開拓に渡って来た能登の豪族の末裔で、榎本武揚と共に小樽の基礎を築いた旧家であった。

「ここは変死事件なのですがね」鳥羽刑事が、発生した事件の説明に移る。「どうも、殺人の疑いも濃厚ですな」

「殺人……！」

ルイが息を呑んでいた。

「毒でやられたらしいのですワ」

(それでなのか……)

先ほど、巡査が薬物の単語に過剰に反応したのは、こうした理由があったかららしい。

「自殺の可能性も残っているのですね？」と浅見は確かめた。

「可能性はゼロではないでしょうが、どうもねえ」鳥羽刑事は頭を掻く。「こんな人混みで自殺とは考えにくいですなあ。毒物を入れていた容器も、遺書の類いもありませんしね。名探偵の浅見さんのご意見、伺いたいところですよ」

ルイが、驚きの声を挟む。「浅見さんは名探偵なんですか？」

いえいえ、と浅見当人は否定するが、鳥羽刑事は真顔で頷く。

「大したものでしたよ。小山内家の事件では、見落とすと大変だったことを次々と暴き出してね。捜査のプロ集団としてのこちらは、恥じ入る面、自戒する面がありました」

「専門職としてはそうした時、プライドを傷つけられて機嫌を損ねたり、煙たがったりする向きも多いのではないですか？」

と尋ねるルイは、なかなかあけすけだ。

「牧野さんでしたか？　けっこうな切り込み方ですな」鳥羽刑事は半笑いだ。「箔文堂出版の『小樽四季紀行』、よく読んでいますよ」それから彼は、浅見に目を向けた。「『旅と歴史』にも目を通すようになりました」

『旅と歴史』は、浅見が長く仕事をさせてもらっている歴史物の雑誌だ。鳥羽刑事が言う以上、口だけのお愛想ではないだろう。

「煙たがられないかということについてなら」鳥羽刑事が、改めてその点に答えた。「お人柄なんでしょうな、いつの間にか胸襟(きょうきん)をひらき合うようになるのですよ、浅見さんとは。ああ、それに、誠実な若者というのもいるものだなあと、信頼も寄せられる……年寄りじみた言い草ですが。少なくとも私は、浅見さんの名推理ぶりを素直に受け入れたいと思っています。――そうそう、名探偵といえば」

「なにか?」持ちあげられることに照れてそわそわし始めていた浅見は、話題が変わりそうでホッとした。

「被害者の女性が倒れた時、その場に医師がいて救命処置を試みようとしてくれたりしたのですが、他に数人の一団もいまして、その中に際立った推理力を発揮する男がいるのです」

階段の上の敷地に立っていた小太りの制服警官が、耳に入ったことに反応したらしくチラッと振り向いていた。

「今朝方、ここでストーカー騒動が起きましてね。報告によると、三ヶ月間進展のなかったその事件を、瞬(また)く間に解決したようなのです、その男」

「ほう! 瞬く間にですか?」

「韓国の言葉、ハングルですか? それと韓国の習慣などを根拠に、疑われていた男の無実を導き出し、イーゼルが地面に残した痕跡(こんせき)から真犯人を指摘した。ストーカーは自供を始めていますよ」

「ほう……」

「それに、どうにも不思議な印象の持ち主でしてね、その青年。なんでも、生涯学習センターだか知育施設だかの所長らしいのですが、てんで似合いません。せいぜい、そうした施設に子供たちを引率して来る新米教師にしか見えない童顔で――。どうかしましたか、浅見さん？」

「心当たりがありまして」

「えっ⁉　お知り合いですか、あの男？」

「そんな人間、国中――いえ、この地上に一人しかいませんよ！」

浅見は階段を駆けあがっていた。

流星刀公開式典は当然中止され、人払いがされている敷地の中で、刑事や鑑識係官が集まっている箇所が社殿の近くにある。彼らから距離を置いて、民間人の姿も何人かは見え――。その中にやはり、浅見は懐かしい顔ぶれを認めた。

あちらはまず、長代一美が気がついた。ハッと目を見開き、笑みを浮かべる。そうした表情が、相変わらずの洗練された美しさに和やかさを加え、親しみを感じさせた。この女性、意外と気っぷがいいのも浅見は知っている。

次に、天地光章が浅見に気づき、続けて天地龍之介が目を合わせる。

「皆さん、またお会いできましたね」

お互い喜びの声を発して距離を詰めた。

「お元気でしたか？　いつ、小樽へ？」

光章は矢継ぎ早に訊いてくる。

「今朝早く、フェリーで到着しました。皆さんも、お元気そうに顔を揃えておられて、なによりです。龍之介さん、あっという間にストーカーを見つけ出したというのは、あなたですね？」

「えっ？　あ、ああ、まあそのようなことも……」

初々しい新卒先生を思わせる風貌に、気にしないでくださいと言いたげな控えめな色が差す。

「やはりお知り合いでしたか？」

後ろから、鳥羽刑事が訊いてきた。

「ええ。鳥羽さんは、山梨県で去年の夏に起こった、小津野財団の殺人事件は覚えておられますか？」

「もちろんですよ、大きな事件でした」

「この方たちがいなければ、あの事件、解決したかどうか判りません」

えっ⁉　と言ったきり、鳥羽は絶句する。

あの事件では、ある学術的な分野での歴史的な大発見もあり、それは今もって世界中の学者の興味を引きつけている。

光章が、連れの紹介をしてくれていた。

一人は、地元の新聞記者だという清水恒拓。今日は休みだそうで、リラックスしたスーツ姿だ。休日とはいっても身近に不審死を体験しているためだろう、肌もきれいな優しげな顔立ちには、いささかの緊張も窺える。

もう一人は、三、四歳の子供を連れた女性。中嶋千小夜。ふわっとした微笑と共に、

「音域の真ん中を取っているような、美しいバリトンですね」

などという変わった挨拶を返してくれる。

ふと、(龍之介さんの姉妹か?)という印象をなぜか懐いて、浅見は戸惑う。

どうやら違うらしく、長い友人だという一美、そして清水らと同年代だ。

2

千小夜さんの、一般的とは言いがたい受け答えに、一瞬、不思議そうな、興味を引かれるような表情を浅見光彦は見せた。

興味深そうといえば、優介が珍しく、まじまじと初対面の男に視線を向けている。

つられたわけではないが、私も改めて、突然出現した相手を見詰めた。白い綿シャツと黒いスリムパンツ姿の浅見光彦が、そこにいる。

「本当に嬉しい再会です」

私は、彼の二の腕をぽんぽんと軽く叩いた。幻ではなく、ここに彼の肉体があるのだということを確かめるように。今度は優介がつられたわけではないだろうが、浅見の脚にぽんぽんと触れている。

たしか鳥羽という名の刑事も、触って確かめたくなる気持ち判ります、と言いたげな面持ちをしていた。

「遅くなりましたが、こちら……」

浅見が紹介してくれたのは、グレーのパンツスーツ姿の、体格のいい女性だった。地元出版社の編集者で、浅見の同行サポート役である牧野ルイとのことだ。

「鳥羽さん」

浅見は刑事に顔を向けた。

「山梨での出会いがあってから、天地さんたちの情報に多少触れたのですが、龍之介さんは知能指数一九〇の超天才。彼らは海外でも難事件を解決したことがあるみたいですよ。龍之介さんは、私など足元にも及ばない名探偵なんです」

中嶋親子と清水を除く私たち三人は全員、「いやいやいや！」と手を大きく振って否定した。

浅見は言う。

「僕は自分のことを探偵とは思っていませんし、こちらの皆さんもその点は同じなのでしょうけれど」

こうした繊細な言及ができるところが、浅見光彦である。

その浅見の言をもってしても私たちをどう評価すればいいか戸惑っている鳥羽刑事は、関係者の一人に声をかけられて離れて行った。

うかれるほどの邂逅に喜色満面だった私たちは、まだ遺体もある現場であるし、声を潜めて、さらに敷地の縁へと寄った。

「いま声をかけてきたのが、八木渡さん。四十二歳」私は浅見に説明した。「亡くなった女性がふらついて、ぶつかった方です。彼に接触してから、被害者は倒れた」

ここで一美さんも、浅見に対して口をひらく。

「女性は毒物で亡くなったそうなんです。清水さんと龍之介さんの意見だと、まず自殺ではないだろうとのことなんですけど、浅見さんはどう見ます？」

「まだ情報が少ないですけど、現時点では賛成ですね。鳥羽さんたちも他殺のセンが濃厚と見ているようです」

——ということで、亡くなった方を被害者と呼んでもいいだろう。

「被害者は、樫沢静華さん。五十一歳」私は説明を再開した。「たまたま見ていたのですが、社殿横の園庭のほうから、被害者はふらふらと移動して来た感じなのですよ。そして八木さんにぶつかるようにして倒れた」

「園庭……？」

呟いてから浅見は周囲も観察し、敷地が幼稚園と一体化していることに気がついたようだ。

「これは変わっていますね」

そう言うと、社殿横の園庭をよく見るためだろう、浅見は移動を始めた。

もう一人、ふらっと歩き始めた者がいる。牧野ルイだ。

「まだ帰れないの？」と尋ねてきていた八木からはもう離れて、捜査陣の中に鳥羽刑事は戻っていたが、牧野ルイが足を向けているのは、その捜査陣の中心だった。

刑事や鑑識たちの後ろに立ち、覗き込む姿勢だ。ちょっと驚くことだが、彼女、遺体を積極的に見ようとしているらしい。

そう思ったとたん、ルイが声を発していた。

「この女、魔女よ！」遺体に指を突きつけ、目を吊りあげる形相。「悪魔よ！　人でなしだわ！」

感情が体の芯から突きあがってきたかのような、甲高い叫びだ。

3

周囲の気配が一変した。驚きの中にあっても、それは浅見も体で感じた。捜査官の緊張具合が跳ねあがっている。しゃがんで遺体を検分していた者たちが立ちあがっている。どの視線も、牧野ルイに突き刺さっていた。

そうしたことにも気づいていない様子で、ルイは呟いていた。

「死んだのね……。そうなのね、この女……」

事実を確認したいかのような、災厄を避けられた安堵でもあるかのような、そんな声音だ。

被害者への憎悪ともいえそうな感情をまだ吐露しそうなルイの腕に、浅見は手を置いた。

立ちあがった、貫禄のある刑事がルイに声をかける。

「この方をご存じなのですね？　どのようなご関係です？　私はここの責任者、平です」

鳥羽刑事より上級職であるらしい。階級は警部補か。

「関係？　この女とのですか？」

目には刃のような嫌悪の光があり、浅見はもう一度、ルイに触れる指に力を込めた。するとようやく、彼女にも冷静さが戻ってきた。刑事たちの視線の色に気づき、強硬な態度を改める。

「関係……というなら、両親とわたしは、この女の被害者です」

浅見が手を離してから、ルイは言った。

「被害者？」

「ええ。忘れられない名前です。それで先ほど名前を耳にした時、もしやと……」

「あなたのお名前は？」平刑事は、無表情に重ねて訊く。

名乗った牧野ルイは身分証明書を要求され、バッグを探ってそれを差し出す間に、これは慎重に対処しなければならないぞという、常識的な態度になり始めた。

記録を取るために若手刑事にも確認させてから、身分証明書を返し、平刑事は、

「この樫沢さんは、小樽在住ではなさそうですが？」

「現住所は知りません。もう四年近く会っていないので。あの頃は東京に住んでいました」

平刑事は頷くが、納得の色はどこにもない。

「最近、会ったことはないのですね？」

「もちろんです。言いましたとおり、何年も会っていません」

「この場所にも近付いていない？　十時少し前ですが？」

ルイは目を窄めながら、息を整えた。

「わたしの所在が問題なのですね。十時頃でしたら、こちらの浅見さんとご一緒して、天狗山で取材をしていましたから、大勢の方が証明してくれると思います」

「間違いありませんよ」浅見は断言できた。「牧野さんとは朝早く合流し、ずっと一緒でした。トイレ休憩も取っていません」

刑事たちの、期待感に張り詰めていた気色はみるみるしぼんでいった。この牧野ルイはアリバイがしっかりしていて犯人ではない――という当然の結論になる。

「こちらは、浅見光彦さんです」鳥羽刑事が、上司を相手に付言する。「あの浅見さんです」

浅見を見る平刑事の目に、興味の光が覗いた。かつての大事件で刑事顔負けの活躍をしたと伝わっているのだろう。しかし平は、浅見と距離を縮めるつもりはないようだった。

「そうか」以外の言葉は発せず、表情もほとんど変わらない。

浅見は一礼しておいた。

平が声をかけたのは、牧野ルイだ。

「こちらの樫沢さんから、あなた方ご家族は大変な被害を受けたようですが、どのような事情だったのです？　よろしければ」

それは知っておきたいと、浅見も感じるところだ。

「中傷ですね」重い声で、ルイは言った。「不確かな思い込みで難癖をつけ、わたしたちを罪人呼ばわりし続けました。樫沢静華は、ネット上で粗暴な排斥主義を怒鳴り散らしているおかしな人たちの中心人物、発信者でした。それも、言いがかり攻撃だけではなく、実際に同類を扇動して家に押しかけることもしました。彼女はまるで、一人暴力団でした。母は体調を崩して……。その女には、わたしたちへの接近禁止命令が出されたのです」

「ほう。そこまで」

（それでは間違いなく……）

牧野ルイたちは裁判所も認めた被害者ということになる。

「そのような女ですから、被害者はわたしたちだけではありません。どれほどの数の人たちが、怯えたり泣いたりしてきたことか」

「なるほど。参考にしましょう」

ルイの主張が事実であり、今も樫沢静華がそういう人物であるなら、殺害の動機を持つ者は多いかもしれない。

聴取の谷間と見たのだろう、遺体に屈み込んでいた鑑識の係官が平に声をかけた。

「平警部補。これはなんでしょう？　奇妙な物が」

係官がピンセットで挟んでいるのは、一本の細い糸のようだった。糸というよりは、もう少ししっかりとしているか。

平や鳥羽たち刑事が覗き込み、浅見もできるだけ目を凝らした。

「遺体の上着の内懐に付着していたのですけれどね」

報告をそう付け加える係官に、平は言った。

「なんでしょう、と私に問われても困る。君はなんだと考える？」

「頭髪などの人毛ではありません。茶色のような灰色のような……。ぬいぐるみや人形などの化繊とも思えない。動物か毛皮の毛かもしれません」

「長時間付着していたと考えられるかな？」

「……いえ。つるりとした表面ですし、糸くずのように細くくるくるとした物でもありません。この衣服の繊維にからまりはしないでしょう。亡くなる直前に付着したものと考えられます」

「よし。検査に回して正体を突き止めてくれ」

鑑識捜査は完全に終了したので、刑事たちが改めて遺体状況の精査を開始する。浅見とルイはその場から追い払われた形だ。

龍之介たちのそばに戻ると、彼らは、八木と、もう一人、年の頃五十前後の女性と話し込んでいた。

女性のことは、柿沼良子と紹介された。被害者の容態確認に、真っ先に駆けつけた医師だ。市内総合病院の内科医だという。

人の死が話題になっている場から、中嶋千小夜は我が子を離していた。身を低くして、携帯ボトルからスポーツドリンクらしきものを優介に飲ませている。

清水は記者根性を発揮しているのだろう、取材口調だった。

「どうです、柿沼さん。毒物の特定はできませんかね？」

「とても無理ですよ」教師のように冷静な態度だった。「病理検査を待つことですね」

「毒物であることは間違いない？」

「それも、今は決定不能。見てすぐ、心臓発作の類いの、通常の疾病とは違うと判りました。なんらかの中毒症状でした。かといって食中毒でもない。かなりの緊急性が感じられ、毒物も頭に浮かんだ、ということです」

龍之介たちがどのようにして事件にかかわったのか浅見が尋ねると、光章が口を切った。

「流星刀の見学は終わっていたのですよ」

十時前のことだという。感想を話したり、清水が同僚へ挨拶している間、彼らは行列の外で佇んでいた。すると、樫沢静華の姿が目に入ったという。最初に目を向けたのは光章とのこと。樫沢は、後ろから八木にぶつかるようにして地面に倒れた。

その八木が、愚痴っぽく言った。

「私、取引先との約束があるんですよ。もう戻りたいのですがねえ」

「柿沼さん」浅見は訊いてみた。「被害者に、外傷とか注射針の跡などはありませんでしたか？」

「見た範囲ではないですね。頭部の打撲痕はなし。引っ掻き傷も。注射針の跡は、袖をまくってみてもいませんから、狭い範囲での所見ですけれど」

浅見は次に、全員の顔を見回す。

「怪しい人物が目撃されたとか、容疑者は浮かんでいないのですか？」

その手の話は聞こえてきていないと、皆は口を揃えた。これは充分に予想されることだった。そうした有力容疑者がいるなら、牧野ルイの当初の発言に刑事たちはあれほど激しく食いつかなかったであろう。

「ここにも、この周辺にも、防犯カメラはないそうですし」

こう情報提供してくれたのは一美だ。さらに、

「被害者の財布は残っていたみたいです。スマホ類の携帯機器は見当たらないみたいですよ。まあ、毒が使われたとしたら、単純な物取りという犯人像はなくなるでしょうけれどね」

「犯人は、なんらかの携帯機器のほうは持ち去ったのでしょう。恐らくスマホを」

浅見が言うと、龍之介が同意の趣旨で、

「あの被害者の方が、スマートフォンを持っていないはずがないですからね。今、聞こえてきたところでは、ネット空間でのつながりを生き甲斐にしていたようですから」

「生き甲斐……？」と、ルイが呟くのが浅見には聞こえた。「あそこは死の魔女の住処だわ」

浅見は、スマホ紛失から類推できる内容をまとめた。

「毒が凶器であると仮定します。この凶器の特徴は、犯人が仕掛けてから結果が出るまで時間差が生じるということです」

「遅効性の毒物ですね」と、清水。

「ええ。ですから犯人が近くにいる必要はないといえます。しかしスマホを奪っていったのなら、犯人は近くにいたことになる。奪ってから毒を呑ませた可能性も残りますが」

浅見は、中嶋親子をチラリと見てから続けた。

「被害者の樫沢さんは、缶コーヒーを持っていたりはしなかったのでしょうか？　もしくは、好みのドリンクを携帯していたとか？」

一美が答えた。

「龍之介さんがその辺、訊いたのですよ。刑事さんが答えてくれました。缶飲料もペットボトルも、自前のドリンクボトルもなし、ですって」

「もっとも」光章は言う。「毒入りの缶ジュースでも飲ませてから、その缶を犯人が持ち去ったのかもしれないけどね」

「それもありますね」浅見も同意した。

次に口をひらいたのは、ルイだった。

「被害者が即死でなかったのなら、なにか手掛かりを言い残したりしていないのですか？」

誰もなにも聞いておらず、

「わたしが一番近くにいたでしょうけど」と、柿沼医師が詳細を語る。「救命処置を施(ほどこ)そうとし始めてから一、二分は、彼女にも意識があったと思います。でももう、目もひらかなかったし、なにも言葉にしなかった」

「他に手掛かりになりそうなものは、なにかありませんか？」

浅見が問うと、

「手掛かりというより、特徴的なことですけど」と、清水が応じた。メモしてあるらしい、手の中のスマホ画面に目を落とし、「まず、被害者の懐に、流星刀のミニチュアが入っていました」

「流星刀のミニチュアですって？」思わず、浅見はオウム返しした。

「今日ここで売っている品です。そこの社務所の売店で。長さが十センチ少々のものです」

「なるほど。記念品ですね。被害者樫沢さんはそれを買っていた、と」

「……ただそこはまだ、断定できないと思うのですよ」と言ったのは龍之介だ。

「どういうことです、龍之介さん？」

「刑事さんたちが話していた声が聞こえたのです。ミニチュア流星刀のレシートがない、と」

「レシートが……。しかし龍之介さん、レシートは受け取らない人もいますし、すぐ捨ててしまう人もいますよ」

「はい。ですが、ミニチュアは紙袋に入れて売るのに、その紙袋も見当たらないようです。どうも気になりまして、ちょうど近くに宮司さんがいたので販売記録を調べてくれませんかとお願いしたのです」

ここで光章が注釈を挟んだ。

「宮司さんは、ストーカー事件を解決したのが龍之介だと知っていましたから、耳を貸してくれました。ちょうど警察も、同じことを宮司さんに依頼しましてね。今、宮司さんは調べています」

それにしても、いささかの疑問を浅見は感じた。

「龍之介さんは、樫沢さんが流星刀のミニチュアを購入していないかもしれないと感じているのですか？」

答えたのは清水だった。

「龍之介さんは、小さな流星刀が犯人からのメッセージではないかどうかを知りたいようですよ」

「ほう！」浅見は意表を突かれた。「犯人が残した物ですか。犯人が購入して、被害者の懐に押し込んだのですね。そう想像する根拠はあるのですか、龍之介さん？」

「いえ……、根拠はありません。全体像の中で引っかかりを覚えるのです」

「全体像というのはね、浅見さん」

光章がそう言って説明を始めた。

「被害者の懐に一つ、彼女の持ち物とは思えない品が入っていたことなんです。使い古した、ニットの帽子なんですけどね」

「ニットの帽子ですって？」

夏の名残も濃い中、浅見としても、大きな引っかかりを覚えないわけにはいかなかった。


光章の話によれば、それぞれチラリと目にしただけなのだが、印象としてそれはやはり、古びた帽子であったようだ。見つけた刑事の手にあったのは、ドーム型の灰色の帽子。糸のほつれがあったのを、龍之介と中嶋千小夜が見ている。

一美は、「少し汚れもあったはずなのよ」と言う。「模様なのかなあ」

「それに」龍之介が次の情報を加える。「その帽子の中には、なにか、紙くずが押し込まれていたようでした」

「紙くずですか?」

「一枚の紙が丸められていたみたいです。刑事さんが広げて見ていました。どういう紙なのかまでは判りません」

「なるほど」浅見は龍之介たちに向かって頷いた。「自分がかぶっている帽子に丸めた紙を突っ込んだりしないでしょうからね。被害者の持ち物とは考えられず、犯人がなんらかの意図で残していったものとも思えるのですね。だから、流星刀のミニチュアはそうでないのかを確かめておきたい、と」

「犯人がニット帽などを被害者の懐に押し込んだのなら、それは被害者の意識が朦朧としてからでしょうから、スマホを奪ったのもこの時かもしれません。浅見さん、それになにか、もう一つ、繊維のような物が見つかったみたいですね」

　龍之介が気にかけるようにして言ったので、鑑識が話していたその品の特徴を浅見は伝えた。

「すると……」龍之介は物思わしげな気配だ。「流星刀のミニチュアもしそうであるなら、犯人の遺留品は四つになる。帽子、紙くず、繊維。多過ぎじゃないかな……」

この場に飽きたらしい優介が、ぐずりながら母親の手を引いて寄って来た。他にもう一人、緊張感を漂わせる宮司も社務所のほうから歩いて来る。そして龍之介に言った。

「販売個数が、一つ合いません。まず、レシートを受け取らなかったお客様はいませんでした。売店には私の妻が詰めているのですがね。彼女の記憶だけに頼らず、売店のゴミ箱も覗きましたが、やはり破棄されたレシートはありませんでした。捨てられた紙の小袋もない。奇妙なのは、販売記録として残っている実数より、在庫が一つ足りない点です」

龍之介が応じて言う。

「売ってもいないのに、一つ足りなくなっているのですね」

「そういうことです」

「盗られたのでは？」と、清水が閃きを言った。「万引きされたのですよ」

「そうかもしれませんなあ」残念そうに宮司は呻く。「お客様でごった返す時間は何度もありましたから、盗ることもできるでしょう」

清水は自説に勢いをつける。

「犯人にすれば、どうせ被害者の体に残していく物ですから、お金を使うのもバカらしい。それで万引きをした」

もしそうだとしたら、神域でわざわざ窃盗をし、殺人に手を染めたことになる。この犯人の、天も法もまったく恐れない魂に、浅見はうそ寒いものを覚えた。

「そうしますと……」子供を抱えながら、中嶋千小夜が首を傾げる。「犯人が残した小さな流星刀には、どのような意味がこめられているのでしょうか?」

誰も答えられずにいるうちに、平警部補以下、刑事たちが寄って来ていた。

平は、なぜこっちの面々に先に報告しているのかと、不機嫌そうな面持ちだ。宮司が調べあげたことを聞くと、言った。

「盗られたのが、あのミニチュアとは限らないが……」

すると龍之介が、思案顔で、

「あのミニチュアの指紋を検査すると判断もしやすくなるでしょうね。犯人が盗んで被害者に黙って忍ばせたのなら、指紋は全然検出されないでしょう。ミニチュアはビニール袋で包まれていて、指紋検出はとてもしやすそうですね。もし——」

「捜査官にとっての常識をここで聞く必要はありませんな」と遮った平刑事は、光章に向き直った。「天地さん。被害者は、社殿横の園庭のほうからよろめき出て来たのですね?」

「方向としてはそう、ということです。園庭から出て来たのを見たわけではありません」

園児の使用時間外なので立入禁止ロープが張られているようだが、それは形だけのものであり、どうとでも通り抜けはできる様子だった。人出が多くてざわついた環境下では、目立たずに行き来することもできると浅見は踏んだ。

「その時、近くに誰もいなかったのですね?」

「そうですよ、刑事さん。立ち去る様子の人も見えませんでした」

そうですか、と頷く平刑事に、浅見は一つの要望を出してみた。

「被害者の懐から見つかったという帽子と紙くず、見せてもらうことはできませんか?」

「とんでもないことですな。犯人特定のための非公開の物証にしようと考えている品です。見せられるわけがない。他の皆さんも、情報を広めたりしないでください。強くお願いしておきます」

次に平は、ルイに視線を据える。

「牧野さん。署までご足労願ってご協力いただきたいな。被害者についての情報を少しでも得たいのですよ」

これはほとんど本音だろうと、浅見は感じた。取り調べに別の名目をつけたという体裁(ていさい)ではないはずだ。恐らく、被害者は今でも東京方面に居住しているのだろう。遠く離れた地で死亡したわけだが、その場に、樫沢静華の裏の顔もよく知る関係者がいたというのは、警察にとっては僥倖(ぎょうこう)であり、大いに利用したい情報源だ。

(でも、疑いの眼差し(まなざし)を完全に消したわけでもない……)

「では」浅見は言った。「僕も同行しますよ。させていただきます」

「浅見さん……」

ふっと緩(ゆる)んだ感情に揺れる、そんな視線をルイは浅見に注(そそ)ぐ。

鳥羽刑事が、平の様子を窺いながら言った。

「同行者としてお訊きしたいことも出てくるでしょうしな」

「そうだな。浅見さんにもご足労願おうか。それと、八木さん。あなたの供述は大事ですから、細部をさらに詰めておきたい。もう少し、署のほうでお付き合いを」

八木渡は見た目にもはっきりとがっかりし、迷惑そうだったが、拒否はしなかった。

彼は約束していた者たちに、そして牧野ルイは会社に、それぞれ電話を入れた。

浅見は、龍之介たちと、これからの行動予定や、メールアドレスや電話番号が変わっていないことなどを手早く確認し合った。

「では行きましょうか」

と歩き出す平刑事の後ろに、優介の頭を軽く撫でてから浅見は従った。

4

主に、今朝の九時ぐらいからの牧野ルイとの行動の裏付けを訊かれた後は、浅見光彦は小樽警察署のロビーにある長椅子で待たされることになった。週末ということもあって、申請手続きに訪れる者はいなかったが、緊迫感を伴った刑事たちの行き来は活発だった。もう少しすれば、道警捜査一課の本隊が到着するだろう。

牧野ルイからの聴取は長時間に及ぶかもしれない。容疑が晴れても、訊くべきことは多い。ルイが知る樫沢静華の素顔は、殺人の動機に結びつくからだ。

警察はまず、ルイの話の内容を掘りさげ、信憑性を探るだろう。極端な感情論や偏見がないとなれば、接近禁止命令まで出された樫沢静華の暴挙を詳しく訊きだす。もちろん警察は、その記録も当たる。

そうした基本を固めたら、次は容疑者候補を知ろうとする。樫沢静華によって、ルイたち家族と同じような被害を受けていた者がいないか。憎悪を長く滾らせていそうな人物が記憶にないかをルイに尋ねる。数年前のこととはいえ、調べを広げる起点にはなるだろう。

（それにしても……）

浅見としては、牧野ルイに同情しないわけにはいかない。あの現場で、自制をなくして感情を露わにしてしまうほどの、抑えがたい過去の痛手が彼女にはあったのだろう。その過去を、洗いざらい探られることになるとは……。

何十分が経ったのか、署内のざわめきが質を変えて高まった気がして浅見は顔をあげた。刑事の動きが慌ただしい。

「ああ、浅見さん」

新たな緊迫感で表情を漂白したかのような鳥羽刑事が声をかけてきた。

「他殺体が、また見つかりました」

「なんですって⁉」

弾かれたように、浅見は立ちあがっていた。

「どこで？」

「海岸線です。祝津港の少し東ですな」

「毒殺ですか？」

「それはまだはっきりしていません。撲殺らしいですがね」

「……祝津港ですって？」浅見の記憶が、ふと動いた。「それは、おたる水族館のすぐ近くではありませんでしたか？」

「まあ、近いですね」

「天地さんたち……」彼らを懸念する思いが、浅見の背中を這いあがった。「彼らが次に向かうのが、おたる水族館だと聞きました」

第三章　第二にして第一の殺人

1

水族館入り口の大きなウミガメに優介は歓声をあげていたが、二階で出会ったフウセンウオにもはしゃいでいる。その水槽のガラス面には、こちらに向かって小さく、ドーム型の膨（ふく）らみが幾（いく）つかある。その一つに、小さく可愛らしいフウセンウオが入り込み、昼寝でもしている気配だった。

その姿が可愛いと、龍之介や女性陣も目を輝かせている。

ドーム越しに、フウセンウオに触れた気にもなれる仕組みだろう。フウセンウオの休み方の生態を熟知した上での工夫でもあると思う。ドームに入ってのんびりしているその一匹は、注目されることに快感を感じているのかもしれないし、「こういうのを見たいのでしょう?」と、演出意図を踏まえてサービスしているようでもある――って、それはない!

しかし、龍之介や一美さん、中嶋親子の喜色を見ていると、そんな想像もできてしまだろう。まあ龍之介は、見学者を招きたい施設の長として、参考になる面にも感嘆しているのだろう。

優介は水族館に来てからテンションがあがり、時々甲高い奇声も発して、ママにたしなめられている。

……現場である龍宮神社から立ち去ることに関して、警察は、私たちがすぐに小樽を離れるわけではないのでさほど神経質ではなかった。宿泊するホテルと私の電話番号を伝えてある。浅見光彦や牧野ルイらが警察署で聴取を受けているのが気にかかるが、容疑をかけられている様子ではないし、賢者浅見がついているのだから大丈夫だろう。

ちょっと気がひけるけれど、ここは切り替えて観光気分を満喫させてもらおう。

優介を中心にスマホでの自撮りも多く、清水恒拓はあれこれと細かく動き回ってカメラマンやガイド役として活躍している。

しかしその彼の表情も、〝タッチングエリア　さわってEZONE〟（蝦夷にかけてある）の一角では少々冷めた。ここは、ナマコやヒトデなどが陳列されていて、触ってもいい時間帯があるのだ。清水は潔癖症で、ましてこの手のものには触る気はさらさらないようだった。

千小夜さんは、こうした生き物と直に触れる機会を我が子に与えたかったのだろう。しかし優介は、あまり芳しい反応を見せなかった。水の中のクニャクニャとした生き物に、ちょっとびびっている。

あれっと思ったのは、龍之介にもそうした感じが見えたことだ。島育ちの彼は、ヒトデや貝には慣れっこだろう。まさにそうした様子だったのだが、マナマコのコーナーに来ると、その様子がやや翳（かげ）った。トゲ状の突起がある、赤茶色のけっこう大きなナマコだ。さらに次のユムシを見ると、完全に引き気味になっている。白ちゃけた、大きなミミズみたいな奴である。

腰の引けた龍之介に気づき、一美さんがからかいに出た。

「龍之介さん。触り方のお手本を優介くんに見せたら?」

「う……む。次のタッチング時刻は十二時半からみたいですね。まだ時間がありますから、イルカスタジアムのほうを先に回りましょうよ」珍しいほどに積極的だ。「十一時半からのペンギンショーに間に合いますよ」

これには優介も乗り気なので、みんなでそちらの施設に移動した。

イルカやオタリアなどもショーをするプールが広がり、階段状の観客席がそれを見おろす。まだ前のほうに空席があったのでそこに座ったが、水しぶきを浴びたくないという清水は後ろのほうの列に座った。

ペンギンたちがヨチヨチと出て来たところで、私のスマホが振動した。浅見光彦からで、私は通路に出てから応じた。

『ああ、光章さん。水族館ですか？』

「ええ、六人揃って(そろ)ってね」楽しんでいることを伝える前に、訊いて(き)おかなければ。「そちらはどんな具合です？　うまくいきそうですか？　なにか問題は？」

『聴取は想定内で進んでいます。僕はもう終了しましたし。それより、新たな事態をお知らせしておこうと思いまして』

「新たな事態？」

『第二の他殺体が出たのです』

大きな声をあげるところだった。それで逆に、声を潜める(ひそ)ことになった。

「小樽で、ですか？」

『はい。それも、そこからさほど遠くない場所でして』

「えっ⁉」

『そのすぐ近くの海岸沿いに国道が走っていると思いますが、それを数百メートル東に行った地点です。もし殺害犯がうろついているようなら皆さんに警告しようと思ったのですが、その心配はないようです』

「そうですか？」

『そちらは、死後二日ほど経っているそうなのです』

「はあ……。すると、龍宮神社の事件より先にそちらの殺害が行なわれていた、と」

『そうです。人気(ひとけ)のない海岸の、うち捨てられていた小舟の中に遺体が置かれていたそうで、見つかりにくかったのです。犯人は、遺体を隠したつもりなのかもしれません』

「同一犯でしょうか?」

『鳥羽さんには、そう考えるべきでしょうと言われました。小樽は、凶悪事犯は年に数件しか発生しない小都市で、別個の殺人事件が同時期に重なったとはどうしても思えないらしいです。ただ、今のところ、両事件の共通点は見つかっていませんが』

「そうですか……」

『この件を他の皆さんにお伝えするかどうかは、光章さんにおまかせします。せっかくのお楽しみの最中なのですからね。ま、一応、遺体発見現場の近くですから、龍之介さんや皆さんでしたら、意識していればなにかに気づくこともあるかもしれないと思い、電話したまでです。ではひとまず、こんなところで』

礼を言って電話を切った。

迷ったが、電話は浅見光彦からで、心配はいらないという中間報告だと皆には伝え、二つめの殺人の件は伏せておいた。刑事や探偵ではないのだから、殺人現場に近付く必要などない。まして今日は子連れなのだし。せっかくの行楽気分に水を差すこともないだろう。

水族館本館から出て海岸線へとおりた場所にある海獣公園は、天気がやや優れないにもかかわらず、なかなかの人出だった。天然の岩場を利用して大型の海の生き物の生態を見せる広場で、アザラシ、トド、ペンギン、そして圧倒的な大きさのセイウチを間近に見ることができる。

龍之介と優介は、バケツに入ったエサを買い、アザラシにあげようとしているところだ。私たち四人は、後ろからそれを眺めている。

「大変でしょうねえ、施設を運営する責任の重さは」

龍之介は最近かなり疲れていたから休ませたのだと話すと、千小夜さんがそう同情した。

「車やバスに酔うこともある人ですけど……」と、一美さん。「エスカレーターでふらつくようにもなっていたから」

アザラシに投げ与えようとした魚を、龍之介は見事に、海鳥に掻っさらわれていた。

「ああ」清水が納得する。「体調が悪いから、あんなに鈍いんですね」

「いえ、あれはいつもです」

「普通ですね」

一美さんと私は、ほぼ同時に告げていた。

海鳥に襲われてかなり驚いていた龍之介は、それでも優介と笑い合っている。

「まあ、天真爛漫(てんしんらんまん)というか……」

清水の口調には、うらやましがったり褒(ほ)めたりしているわけではない若干の響きがあった。

天地龍之介はたしかに、屈託(くったく)のない幸せそうな人間に見える。しかし決して安寧(あんねい)に育ってきたわけではないし、世間の荒波を知らなかったり、この世の厳しさに鈍感なわけでもない。そうでなければ、どれほどの才能がある人間でも、一つの組織の長は務まるまい。今朝のストーカー事件にしてもそうだ。人の仮面の下の醜怪(しゅうかい)さが否応(いやおう)なく降りかかってくるではないか。それどころか、私たちは殺人事件に遭遇(そうぐう)することも多く、そうした時には、死の重い哀しみに巻き込まれたり、悪意や殺意の腐臭を身に染みるように実感する。

生い立ちにおいても龍之介は平穏ではない。まだ幼い頃に両親を喪(うしな)った。そして孤島で、祖父との二人暮らしが始まる。だが、父母の代わりであり、師であり、同居する友人でもあっただろう祖父も、遂(つい)には他界する。そうして龍之介は故郷を離れた。

日常生活においても、不測にして不快なことはいろいろと起こる。三ヶ月ほど前か、こんなことがあった。〝体験ソフィア・アイランド〟でのこと。来館していた中年男性が、妙に落ち着きがなく、そわそわと興奮気味に動き回り、注意書きも無視して勝手な行動をとり続けた。館員も何度か注意しなければならなかったほどだ。その男は結局、不始末をしでかす。躓いて照明器具を倒して壊し、大きな窓ガラスを割った。

弁償してもらってもいいところだが、龍之介は男に怪我がないことを何度も確かめただけで問題とはしなかった。しかし翌週だ。男の妻が、〝体験ソフィア・アイランド〟を訴えたのだ。安全管理に手落ちがあり、夫は怪我をするところだった。精神的苦痛に対して慰謝料を払え、というわけだ。恩を仇で返されたようなものだが、裁判には勝った。

まあそんな調子で、人の暮らすこの地上の醜さや厄介事が、有形無形に天地龍之介をも普通に傷つけているわけだ。それでも龍之介は、あんな人柄のままだった。

時々考え、そして答えなど見つからないままに、私はぼんやりと感じる。

龍之介は意識もしない深いところで、たぶんなにか大きなものを素直に畏れているのだろう。

そして、半分だけ意識する部分では信じている。善なるものが連鎖する未来みたいなものを。

「お祖父さんはどうやって、龍之介さんを育てたのかしら」

深く知りたそうに、子育て中の千小夜さんが呟く。

「育てたというより、それぞれそんな風に育っちゃうんだから仕方がない」

と一美さんは言う。

水族館本館二階で昼食を終えた頃、電話を受けて戻って来た清水の顔は強張っていた。

「社からの電話でしたよ。殺人事件が発覚したらしいです、もう一つ。それが、ここから近くでして、休みなのは承知しているが、出向いてくれないかという話なんですよ」

「命令でしょうね」と、一美さん。

「え、ええ。なにせ、龍宮神社の事件だけでも人手は取られているので……」

ここが、伝えるべきタイミングだろう。私は、先ほどの浅見光彦からの電話の本当の内容をみんなに話した。

「清水くんは行くべきよ」千小夜さんは言った。

――さて、我々は？

私たちは清水の車に乗せてもらって移動している。無論、別行動は可能だ。ここに留まって清水が戻って来るのを待ってもいいし、タクシーやバスを使って観光を続けてもいい。

しかし私たちにはなんとなく、警察に呼ばれた浅見に続いて清水までが仕事に奔走するのを後日に、観光を続けるということに抵抗が生じかけていた。

「事件そのものは二日も前のものなのよね？」

一美さんが、事件は過去のもので犯人が近くを徘徊しているような危険はないだろうということを強調した。

「できれば……」清水は一瞬、龍之介に視線を合わせた。「現地での取材内容を皆さんで分析してもらえると、僕としても助かるかも……」

ということで、私たちは全員で駐車場へ向かった。

2

黒々とした岩が連なる海岸だった。曲がりくねった、さほど広くはない国道に隣接している。駐められている清水の車近くで屯する私たちから、刑事や警官が集まっている現場までは三十メートルほどの距離だ。鳥羽刑事の姿は見えない。清水は一人、取材に突撃していた。

刑事たちがいる場所から十メートルほど離れた横手に、朽ち果てた小屋があり、それ以外には目印になる物などまったくなさそうな一帯だった。打ち寄せる荒い波は、寒々とした印象すら与える。

潮だまりもなにもない場所だけれど、千小夜さんと一美さんは、一応、優介の磯遊びに付き合っている。

刑事たちの姿の隙間から、灰色に干からびた木造の小型船がちらちらと見えた。ブルーシートで囲もうとはしているようだが、地面の凹凸が激しすぎて苦労しているらしい。

「あの船の中に遺体か。遺体はまだ運び出されていないみたいだな」

「そのようですね。――あっ、清水さんが」

清水記者が、足元に気をつけながら急いで戻って来ているところだった。

息を整え、

「概要はつかめました」と、興奮の面持ちだ。「写真も撮れました。ほら、あっちの高さのある岩場にのぼって上から撮ったんですよ。船の中を撮れたんです！」

私と龍之介は、デジタルカメラを受け取った。優介が覗きたがると困るので、女性二人は興味のないふりをしている。

ウェットティッシュを出した清水は丁寧に手を拭い始めた。潔癖症の彼としては、岩に手を突いてのぼったりするのはかなり苦痛だったのだろう。

画面を見て、龍之介は、「うわっ」と小さく言った。

船の中に横たわる遺体が写っている。小さくしか写っていないし、生々しさはない。上下とも黒っぽい服装の、やや細身の男だ。船は舳先を海に向けており、男は閉じた両足を舳先に向け、仰向けである。

「すごい写真じゃないですか、清水さん」彼が興奮するのも判った。「スクープ写真だ」

「ええ、でも……」清水は急に、表情を曇らせる。「うちの編集長は、紙面のインパクトより、よそとの持ちつ持たれつを重んじる人でねえ。警察から差し止め要望があれば、これもお蔵入りだと思いますよ。僕としてはもっともっと、こう――。いや、それはいいですけど」

　その編集長の姿勢も一つの見識ではあるだろう。報道として許される表現、公益性、地方都市で小さな企業が生き残るための手立て。多くの条件を加味したうえで持ちつ持たれつの人脈を構築して、大きな基盤を確保し合っていけるのかもしれない。

「被害者の身元は判っているのですか？」

　龍之介に問われ、清水恒拓は取材内容を一から語り始めた。

サイフや運転免許証は残されていたので、身元は判明している。山田耕一（やまだこういち）、四十四歳。江別（えべつ）市在住。江別市は札幌市に隣接するベッドタウンともいえる、人口十二万人ほどの都市だ。近くに彼の車は見当たらない。職業は不詳。カメラマンかもしれない。

「ああ、それで……」

　龍之介が目を向けたのは、黒い三脚だった。現場の岩場に立っている。

「野ざらしの環境なのでまだはっきりしたことは言えませんが、死亡したのは二日前の真夜中辺（あた）りではないか、とのことです。昨日、九月六日へと日付をまたぐ零時頃ですね。まだかなり幅はありますよ、もちろん。死因は後頭部の打撲（だぼく）。船から数メートル離れた岩場に、血痕（けっこん）などがあり、傷口が一致」

「地面に叩（たた）きつけた、と」確認のつもりで私は言った。「つまりここは、死体遺棄現場のみならず、殺害現場でもあるのですね」

「私もその点、念入りに確認しました。争いの痕跡もかすかながら地面に残っているそうで、ここで殺害行為があったのは間違いないそうです。別の殺害現場から遺体をここへ運んで捨てたわけではない」

「でも、遺体を小舟の中には移動させたわけだ。少しでも人目を避けたかったということだよな、龍之介？」

「スタートとしてはそうだと思いますけど、その場合なぜ、三脚やカメラケースらしきバッグ類も隠さなかったのでしょうか？　道路からも、あれらは目に入りますよね」

「そうか。そうだよな。夜は真っ暗でなにも見えそうもないが、日が昇ればこうして人目にもつく。撮影器材だけあって人がいないな、と不審に思われてしまう」

「実際それで、遺体発見につながったみたいですよ」清水が言った。「車で通りかかった漁協関係者が、気になって近付いてみたんだそうです」

――小舟の中を覗いてみて発見、か。

「この疑問には、さらに先があります」と龍之介は言う。「人目を避けるどころか、遺体の隠蔽（いんぺい）には最適の方法を途中まで進めて、この犯人はやめてしまっていますね」

「というと？」清水が訊く。

「小舟を海に流すことですよ」

「ああ……」

船は、漁船などよりもっとずっと小さなものだ。市民公園の池に浮かばせる手こぎボートといったスケールである。

「船は小さいし、船外機は取りはずされていて軽い」私は言った。「波打ち際までの距離も十メートルほどで、近い。もちろん、地面も海に向かって下り傾斜。小舟の先頭部分に石を噛(か)ませてあるみたいだけど、それをはずせば誰でも海まで押せる。そうだろう、龍之介？」

これに答えた龍之介の話す速度は、どんどん増していった――

「ざっとした見積もりですが、小舟の下と前方の岩は凝灰質砂岩(ぎょうかいしつさがん)で、藻(も)などが潤滑膜(じゅんかつまく)となった際の摩擦係数推定値と、地面の角度、船全体の質量、船底の材質等からして、最大静止摩擦力に勝る外力は簡単に得られるはずです。もちろん、斜面は滑(なめ)らかではないので、物体の運動方向とは逆の方向に――」

「つまり」私は、ぽちっと言った。「お前のような細腕でも、あの小舟を海に押し出すことはできるということだな？」

「できるはずですよ。少なくとも、遺体を船縁(ふなべり)越しに中に落として横たえる腕力が、犯人にはあったのですから。むしろ、そのような労力を払ったのは、船に乗せて遺体を海に流すつもりだったからではないでしょうか。遺体をざっと隠蔽したいだけならば、船の陰に潜らせておいてもいいはずです。大きな岩も多く、物陰には事欠(ことか)きません」

頷きつつも、清水は疑問を感じたらしい。

「でも、あの船、ボロボロですよ。穴があいていたり、亀裂がある。遠くまでは流れていかないでしょうね」

「その条件こそ、犯人には好都合だと思います」

「そうですか？」

「遺体を外洋まで運ぶ必要はないのです。ある程度沖まで出たら沈む、それがベストです。それで充分、遺体は長時間消え去ることになるでしょう。遺体に大きな石などで錘(おもり)を付けておけば。長い間海を漂(ただよ)っていられたら、他の船舶に発見される危険が増します」

「それもそうか」

「万が一、あの小舟が沈み切らずにどこかの海岸に流れ着いたとしても、この殺害現場とは大きく切り離される。捜査は大幅に出遅れます。こうしたことを期待して、あの小舟を海に押し出すのは当然だと思いますけど……」

整理するために言ってみた。

「つまり、こういうことか、龍之介？　お前さんの考えでは、犯人は遺体を船に乗せて海で始末するつもりだったが、なぜかそれを途中でやめた、と」

「……考え、とまでは言えません。半分、勘のようなものですから。もしかすると犯人には、遺体を船に乗せなければならないという、他の人間には想像もつかない、意味のない、独自の固定観念的な動機があったのかもしれませんし」

「ああ」と、清水は理解の面持ち。「狂気じみた美意識とか、復讐の形式を整える満足度、とか。あるいはメッセージ」

「そうです。ただ……」

龍之介は、現場――というより、海岸や広がる海を、やや細く絞った目で見渡した。

「この場所からは、遺体を海で処分しようとしたのを犯人は中断した……といった印象を受けます。当初犯人は、とにかく真っ先に遺体を海に流そうとしていた。それが済んでから、三脚類の始末です。ところが、なにかの事情で事後工作は途中で放棄された……」

中断したとして、その理由はなんなのか？　ま、いろいろ推測はできるだろう。車道をヘッドライトが近付いてきて、一度慌てて身を隠したが、その後、作業を続ける気にはなれなかった、とか。

一番有力な説がなんなのか訊いてみようと思ったが、それより早く、龍之介のほうが口をひらいた。

「独自の固定観念といえば、先ほどの写真で、遺体と一緒に船の中になにか入っていましたね。あれは傘でしょうか……」

清水がもう一度カメラの画面に映像を呼び出し、それを三人で囲んだ。

「そう。傘なんです」清水は言った。

一瞬、傘だろうかと迷うのは、恐らく折りたたみ傘なのだが、それが中途半端な閉じられ方をしているためだった。黒い紳士物と見える。それが、使用するために一度ひらいて閉じた、という形で、遺体の右脇に置かれている。シャフトの部分は縮められておらず、傘布は、小さなタッセルのような布で巻かれてはいない。だから、長いままのシャフトの上部に、傘布がぶわっと巻きついていると見えた。

「もう一つは窓枠らしいですよ」

割れた窓だ。窓枠に、ガラスが多少残っている。古びた木の枠はほぼ正方形で、大きさは数十センチ角。それが、遺体の腹の上に載っている。

「カマをかけつつ刑事たちから聞き出したんですけど、この窓、あの小屋のものらしいです」

清水が指差したのは、現場から少し離れて建っている例の廃屋だ。確かに、窓の一つがそっくりなくなっている。

「強烈な突風が吹いて窓が飛ばされ、遺体の上に落ちた――とはさすがに考えられませんからね。犯人が小屋から窓をはずして来て、置いたのでしょう」

画面を拡大して確認してから、龍之介は言った。「窓ガラスの破片はありません。ですから窓は船の中で割れたのではなく、割れていた窓を犯人が遺体の上に置いたのは間違いなさそうです」

「なんのためだ？」思わず口に出してから、不気味さを嫌な風のように感じた。「理由は、人殺しの胸の内だけにある……か。そんな〝装飾〟をしなければならない異様な動機に取り憑かれている――」

常識的な推測など受け付けないのかもしれないその点には龍之介も踏み込まず、

「傘は、屋外に捨てられていた物とは見えませんね」と、そちらを論点にした。「持ち主が特定できそうですか、清水さん？」

「その辺も探って訊き回りましたけど、被害者の持ち物か、犯人が持参したのかは、まだ不明のようです」

「二日前ならば、天気はすっかり回復していた」龍之介は少し考え込む。「犯人が小物として持参した……。被害者がなぜか持っていたならば――」

あれ？　という様子で龍之介が目をあげた。

「どうした？」

「龍宮神社での事件とも関連付けてみたのですけど……」

警察も、同一犯の可能性が高いと見ている。

「それで？」

「山田耕一さんの、頭部への致命傷は無視した、あくまでもイメージなのですが……。山田さんが服毒自殺したとすると、船の中の様子も半分は説明できると思ったのです」

「毒？　自殺？」

「ええ。毒を呑んで船の中で横たわり、理由は不明ですが傘を傍らに置く。そして、夜空を見あげながら死出の旅を迎える」情緒的な見方が出てきたものだと思ったが、龍之介はすぐに、首を振るようにして声を高めた。「ああ、これは飛躍しすぎた空想でした。すみません。――ただ、二つの事件の共通項はそこにありそうです」

「そこ、とは？」清水が、ぐっと興味を深めて前へ出た。「なんのことです？」

「犯人にはなんらかの主張か意図があり、小物まで使ってそれを演出しているという点です。龍宮神社での事件では、少なくとも、使い込まれた古い帽子は犯人が意図して遺留していった物のようではないですか」

「ああ……！」

清水は目を見開き、私も同じく感嘆したが、その驚きは龍之介の次の具体的な指摘でさらに深まった。

「古い帽子。古い窓枠」

――ああっ！

「そして、中途半端に閉じられた傘。どの品にどこまでの意味を込めているのかは判りませんが……。この犯人は、自己顕示欲の強い自信家で、犯罪露見後の周囲の運命もシンボリックに支配しているつもりなのでしょう」

奇妙な声明を隠し持っている、自信家の殺人者。

観光地には絶対にいてほしくないのだが。

まあ、どこでも嫌だが。

3

警察署から解放された浅見光彦と牧野ルイは、小樽駅前まで徒歩で戻ってソアラに乗り込んだ。第二の——しかし事件発生順としてはこちらが先である殺人事件の——遺体が発見された現場を見ておくことにしたのだ。

署を出た段階で、ルイは出版社の上司に電話で連絡を入れていた。参考人といえど、社員が警察の聴取を受けたということで編集部には若干の落ち着きのなさが生じたようだが、取りあえずは、浅見光彦の取材活動の同行を続けるようにとルイは指示された。

「本当にすみません、浅見さん……」

車が動いたとたん、牧野ルイは頭をさげる。

「もういいですよ、牧野さん」浅見の苦笑は柔らかい。「もう何度も伺ってますから」

警察に留め置かれる事態を招いてしまい、貴重な取材時間を空費させてしまったことを謝り続けているのだ。

「牧野さん、あなたがどうこうできる事態ではなかったのですから。警察に協力するのは当然の務めなのですし。それに、こちらこそ謝らなければなりません」

「えっ？」

「これから、ルポのためとはいえそうもないことに時間を使わせてもらうのですから」

ここから先の何十分間かは、連続殺人事件の概要を知るための行動に他ならない。鳥羽刑事が現場に回っているようなので、合流できればなにか教えてもらえるかもしれなかった。

「それも……」ルイは静かな口調だ。「参考人とはいえ、わたしが巻き込まれた事件だからでしょう？　まだ疑われているのかどうかは判りませんけど、被害者とわたしの関係が深すぎるから気にしてくださっている。放っておいて、わたしが気持ちを乱さずにいられるかどうか……。容疑者がはっきりしたり捜査が軌道に乗ったりすれば、わたしもすっきりと本来の仕事に戻れるかもしれない、とのご判断ですね」

「あなたは、気持ちを乱し続けたりはしないでしょう」

「もちろん」と、ルイは胸を張る。「気持ちは切り替えて仕事に集中します。……できるつもりです」

「できますよ。心配はしていません。ですから、こちらの本音をお伝えしておきましょう」

「本音?」

騎士道精神のように受け取られて痛み入られたり、気を回されすぎても困るので、浅見は自分の抑え切れない性分を話しておくことにした。

「うまく言えませんが、事件に遭遇して僕が首を突っ込むのは、好奇心に突き動かされているからなのです」

「好奇心……」

「お気を悪くなさったら申し訳ありません。被害者と浅からぬ縁があり、刑事さんたちから長時間聞き取りを受けた牧野さんにしてみれば、不愉快に思われますよね」浅見は指先で、軽く頭を掻いた。「ですが僕は、事件や謎の奥にあるものを知りたくてたまらなくなるのです。なんにでも首を突っ込むのではありませんよ。警察の捜査とは別に、自分なりに追求すべき、事件の背景にある盲点のようなものを直観した時、黙っていられなくなるのです。黙っていて、表面だけ解決したように見える犯罪に見落としがあり、犯罪者がほくそ笑んだり、被害者ら関係者への謂れなき不平等が生じたりしてしまうのは、正しいこととは思えないので……」

駅前の中央通りを海へと向かっていたソアラは、運河手前の道を左へと折れた。

自分の感覚に引き寄せて理解しようとしていたらしく、ルイは、

「突撃取材したくなった時があります」と、ライターとして口をひらいた。「企画がボツになったり、上司が二の足を踏んだりしても、絶対に大きなネタがあるという勘が静まらず、気を逸(そ)らしていても靄(もや)が晴れない感じ……。浅見さんはそんな時、靄に突っ込んで行くのですね？」

「なるほど。近いかもしれません。フリーの身なのをいいことに、顰蹙(ひんしゅく)を買うかもしれないのに疑問に食いさがる。そうした身勝手をしているだけですから、牧野さんは気にしないでください。それに龍宮神社での事件は、流星刀が無縁ではないのかもしれませんよね」

「樫沢の懐に流星刀のミニチュアがありました。普通に買われたのかどうかが、怪しく……」

「鳥羽さんに教えてもらいましたよ。ミニチュアの指紋チェックは早々に行なったそうなのです」

「結果はどうでした？」シートベルトの中で、ルイは体を動かして浅見の横顔を見た。

「被害者、樫沢静華の指紋だけが検出されたそうです」

「では、普通に、彼女が購入したということでしょうか？」

「いえ。購入したのなら、売っていた宮司の奥さんの指紋も見つからなければなりませ

ん。素手でお仕事していたそうですから」

「はあ、そうですね。すると……？」

「破棄されたレシートも紙袋も見つからず、販売記録と数が合わないことからして、あの流星刀のミニチュアは万引きされたと見ていいでしょう。殺人犯が万引きしたとすると、次のような仮説は浮かびます。あの品を盗った後、犯人は自分の指紋は拭き消し、素手では直接触れないようにして被害者に渡した。被害者は手に取って眺めてからポケットにそれを入れた。しかしこんな風に持って回って考える必要はなく、事態はシンプルなのではないでしょうか。被害者、樫沢静華さんが自分で万引きしたのです」

「ああ――。あの女ならやりそうです。やって不思議はありません」

「神前で、あまりに不敬な所業ですね。しかし、そう推定すべきだと僕は感じます。殺人犯がなんらかの計画でミニチュアを万引きしたとは、心理的にも納得できるものではないからです。これから殺人を犯そうとしている、あるいは殺害行為を進めている犯人が、そんな最中、卑小で余計な罪を犯すでしょうか？　万引きももちろん、見つかれば騒ぎになります。人混みはスリや万引きには好都合でしょうが、それだけに、人の目も多くて発覚するリスクも高い。そして神域での盗みですから、強く指弾され、宮司ご夫妻から説諭も受けるかもしれません。そのような目立つことをわざわざするでしょうか？」

「そうですね。理由があって流星刀のミニチュアがどうしてもほしいのなら、お金を払って買えばいいのですもの。三百円か四百円のものでしょう」

「まったくです。殺害現場近くで、目立つ危険が生じる騒ぎを起こす理由など微塵（みじん）もありません。ですので、自分の身になにが起こるのか知らなかった被害者自身が盗んだと見ていいと思います」

「罰（ばち）が当たったのね」

ルイが強く言い放つ傍（かたわ）らで、浅見は、天地龍之介の発言を思い出していた。もしかすると犯人の遺留品は四つあるのかと、彼はその数の多さが気になっていたようだ。だが一つは、恐らく犯人は関知していない。

残るのは三つ。古いニット帽。丸められた紙。それと、動物の毛のような、太い一本の繊維。

（それにたぶん龍之介さんは……）

あの時点ですでに、こういう結果が出ることを推知していたのだろう。ミニチュアからは、指紋は被害者のものしか出ないのではないか、と。

「すみません」ルイはしょげつつ、自省している様子だ。「あの女のことでは感情的になってしまって……」

「それだけの被害者感情があるのでしょう」

「亡くなった人のことを悪く言うなんて、と、眉をひそめる人だらけになりそうですね」

「あれ？　彼女を万引き犯扱いしたから、僕も眉をひそめられるかもしれません」

ルイの表情が瞬間、緩んだ。感謝でもするかのように、まつげが二度、上下した。

それから彼女は、肺に大きく息を吸い込むようにしてシートに真っ直ぐ背を当て、

「鳥羽刑事さんからは、指紋の件だけではなく、わたしと樫沢静華の過去の因縁もお聞きになったのではありませんか、浅見さん？」

「実は聞いています。あらましですけれど」

海岸線で他殺体が見つかったと知らせてくれた後、出動するまでの合間に、折を見て耳打ちしてくれたのだ。

「耳に入れて楽しくなる話ではありませんが、聞いていただけますか」

牧野ルイは、自分の口で語っておきたくなったようだ。


五年前の二月。牧野ルイは、両親と共に東京都板橋区で韓国料理屋を営んでいたという。しかし失火事故を起こしてしまう。両隣の家屋に延焼、一人の死者と一人の重傷者が出てしまったのだ。亡くなった方まで出たということで、牧野家にとっては大変なショックだったが、追い打ちをかけることが思いもかけない方向から襲いかかってきた。

牧野の家の者が、自ら放火したのだというデマだ。これがネット上で飛び交い始めた。

「もちろん、根も葉もないことです」牧野ルイは、感情を抑えていた。「最初は誤解から

始まったようです。たまたま近くで、小火を起こしていた連続放火犯がいたのです。その容疑者が一度捕まって釈放されたりして情報が混乱していたようなのですが、その容疑者ですべての放火の犯人が私の父だというのです」

「お父さんが自分の店にも放火した、と」

「はい。店舗兼住宅に。我が家を悪の巣窟と決めつけて、罵詈雑言を並べて責め立てる言葉が、ある掲示板を埋め尽くしました。それはひどいものでした。しかもその攻撃は、実生活にも押し寄せてきたのです。電話です。ようやく仮住まいを見つけたら、どうやって嗅ぎつけるのか、固定電話の番号やファックス番号まで突き止め、こちらのなにも認めようとせずに怒鳴りつけます」

「そうした例は聞きますね」聞く度に浅見の胸も痛んだものだ。「殺人者とたまたま同姓同名だっただけの人を、確認も取らずに当人と決めつけて攻撃し始める人たち。犯罪にかかわった企業に名前が似ていただけで、仕事も生活も脅かされるほどに追い詰められた中小企業。災難という一言では済まされないことです」

　厳しい表情でルイは頷き、

「わたしたち家族は、機会があれば否定して、きちんと事情を伝えようとしました。事態を重く見て、電子版のニュースでとんでもない誤解で苦しんでいる家族がいると伝えてくれたところもあります。でも……、それでも、狂気のような嵐はやみませんでした。焼け出されて、生計の場も失い、亡くなった方を思って打ちひしがれ、償いの方法を模索している時に、聞く耳を持たない暴言耽溺者たちに集中放火され、わたしたち三人は精神がおかしくなりそうでした」

　判ります、という思いで頷いた浅見だが、恐らくそれは、どのような想像も及ばないほどの追い詰められ方と絶望ではないだろうか。

「わたしたちが攻撃対象として狙われた理由は、もう一つも二つもあるようでした。その辺は聞いていますか、浅見さん？」

「右翼系の話でしたっけね？」

「そういえるでしょう。火事を起こしてしまう前、父は店の宣伝になればと、フェイスブックにコメントを載せていました。その中で、ある大手新聞の長期にわたる論調に疑問を呈したことがあります。そんなことを目の敵にする一派もあるのですね。父は国民にあらず、駆除すべき寄生虫なのだそうです。この二つの集団——事情の如何を問わず、悪のレッテルを貼られた者にはなにをしてもいいと信じている過激集団と、極端に排他的な極右集団。この両者を結びつけて扇動していたのが、ブラックインフルエンサーといえる魔女、樫沢静華でした」

　浅見は、鳥羽刑事から樫沢静華の前歴を聞かされていた。「ここまで性懲りもなくやり続けるとはねえ」と、鳥羽刑事は苦々しげに呻いたものだ。樫沢静華はインターネットでの差別的な書き込みで侮辱罪に問われ、二度の科料判決を受けている。名誉毀損で訴えられること三度。二度は示談で済まされた。脅迫罪によって、懲役一年半の有罪判決。

こうした暴挙は今も継続していたらしい。追跡調査をするのに、牧野ルイの記憶が役立ったそうだ。彼女が記憶していた、樫沢静華のアカウントだ。差別主義者が集まっている掲示板で、元の樫沢のアカウントから類推できるアカウントが使われていた。書き込み内容もまさに彼女の内面特質そのままである。

警察はこうした書き込み内容から、樫沢静華が小樽へ来た理由などを探り出そうとしている。また、樫沢に苦しめられた者の中から、重要な容疑者も浮かぶはずであった。自宅のパソコン内容に接続できれば、その作業効率は増す。

「もう一つ、信じられない言いがかりもありました。平気で民族差別する人たちが本当にいるのですね、浅見さん」

「理屈にならない理屈を強固に信奉してしまっている人たちですね」他者が信仰する宗教に対しても同じことができる者たちも数多い。「牧野さんたちは他国出身なのですか？」

「いえ、そうではありません。ただ、たとえそうであったとしても、出自や民族がどうかなんて最初から問題ではないはずです。ですのに、そのようなことに彼らは目を向けません。おっしゃったとおり、都合のいい、自分たちが昂ぶれる理屈しか見ないのです。無定見な、ある意味幼稚な……。わたしたちを韓国人だと見なしたのだって……」

浅見としても呆れる思いだった。「もしかして、韓国料理をお店で出していたからですか？」

「そうなんですよ、浅見さん。理性ある人が聞けば、耳を疑って呆然となりますよね。家は元々ラーメン屋だったのです。でもなかなかお客さんが増えず、特徴を出すためにいろいろ工夫を重ねていって、韓国料理に行き着いたのです。わたしたちは韓国に行ったこともありませんでした。ですから料理も独学で、見よう見まね。本場の人から見たらなんちゃって料理で、日本人の口に合うようにしたものを一生懸命提供しているだけだったのですけどね……。それで、延焼させてしまったお隣が日本料理店だったことが、攻撃者たちに格好のストーリーを与えたわけなんです。韓国の人間が、経営が順調な日本の料理店に嫉妬して火をつけたのだ、と」

「むちゃくちゃな発想ですね」悲痛な思いの嘆息が出そうな浅見だった。「牧野家がもしスペイン料理店だったらそうはならなかったのでしょうか？　いや、スペインを差別する過激な人もいるのかな？　いずれにしろ不幸なことに、当時の牧野家は、何種類かの悪意が集中してくる苦境にあったわけですね」

「そうなんですよねえ。悪を叩き潰している気になりたい人たち、反日的とする名目で標的を作りたい団体、外国人差別主義者。そして、これらの人たちを実際に行動させるのも、樫沢静華なのですよ。カリスマなどという言い回しは使いたくもないですけど、あの女は誹謗の書き込みをする者を巧妙に扇動し、実働部隊を生み出すのです。家にも、実害が押し寄せてきました。張り紙、落書き、汚物の投げ込み——。中傷ビラを押し込まれるご近所は、自分たちの生活を守るためにわたしたちを疎外せざるを得なくなります。わたしたちは引っ越さなければなりませんでした。いえ、日陰者のように逃げ出したのです。……相手は暴徒のようなもので、わたしたちも純粋に怖かったのが本音です」

憤りや辛さをかろうじて抑えた口調の牧野ルイは、見たくない過去を見るかのように前方に視線を据えている。

「引っ越し先にも、あいつらはまた現われるのです。そうして、『日本人の家には火をつけられるぞ！』『生まれながらの人殺し一家！』と言いふらします。——生活も人格も踏みにじられるようなそんな一年がすぎた頃、両親はもう、疲弊し尽くしていました。特に母はやせ細り、精神も破綻しかけていました。……そうしてあの、四年前の四月四日です」

ここから先、語るうち、ルイの瞳は潤み、語尾が震えるようにもなった。

「三度めの引っ越しをして二週間ほどした時でした。母は、体と心の両方の病院に通わなければならなくなっていました。その朝、わたしは仕事だったので、父が母を車に乗せて病院へ向かっていました。千葉の南、勝浦の近くの県道を走っている時でした。父の話では、白い車が尾けてきているようで、それが不意に煽るような運転になったり、こちらの様子を探るように接近して来たりしたそうです。いたぶるような危険な運転だったそうです」

わたしには判る気がします、と、ルイは思い詰めた口調と目の色で、

「父も母も、引っ越し前まで身近に渦巻いていたあの恐怖をまた感じたのでしょう。『見つけたぞ！　逃げ切れるはずがないぞ！』という恫喝です。父は怯え、乱暴な相手の車を避けようとして操作を誤ったのです。大事故を起こしてしまい、母は……亡くなり、父も重傷で、右脚に重い後遺症が残りました。……白い車は、そのまま逃げ去ったのです」

「捜査しても、相手は見つからなかったということですか？」

「具体的な手掛かりとなる情報が少なすぎる、と警察は言いました。ドライブレコーダーや監視カメラの映像はありません。あるのは、父の言葉だけなのです。白い車がいたのかも判らない。運転ぶりも、父がそう言っただけ。残念ながら、ナンバーも確認できなかった。雲をつかむような話だと、熱の入らない捜査は立ち消えになってしまいました」

熱心な警察であったとしても、結果を出すのはむずかしかったかもしれないと浅見が分析していると、ルイが、冷めた口調ながら断定的に言った。

「あの白い車には、樫沢静華が乗っていたに違いない。わたしはそう感じています。あの女のせいで、わたしたち一家は母を喪いました。父もそれ以降、廃人同然になりました。母がこの世から消え、脅迫的な暴徒から逃げ回ることに疲れ、生きていく気力を失ったの

です」

「でもあなたは、接近禁止命令は勝ち取ったのですよね」励ますように浅見は口にしていた。

「はい。でもさらに、彼女らと完全に縁を切ってまったく違う生活ができるように、名字も変更したのです」

これは浅見も、鳥羽刑事から聞いていた。昔の名字がなんだったのかまでは、重要な保護すべき個人情報との判断だろう、さすがに鳥羽刑事も口にしなかったが。

「わたしたちの本当の名字は、藤宮というのですよ。失火で被害を与えた方々への賠償が済んでから、名字の変更を家庭裁判所に申請して認められたのです。それから北海道へと渡りました」

名字変更の件は他言無用と、浅見も自らに命じた。取材上知り得た、情報源の安全を守るための秘匿事項に等しい。

牧野ルイの話を総合すると、事故を招いた白い車の件はともかく、他の樫沢静華の行状を見るだけでも、殺害に発展する恨みや怒りを持つ容疑者には事欠かないことが予想される。もちろん、そこに動機があるとは限らないが。痴情のもつれや財産分与などが関係していないかどうかも、警察は初期の段階ではっきりと調べると思われた。

運転席の右側にはずっと、海岸線と海の景色が広がり、沖には、漁船や巡視船が姿を見せている。

「お父さんは、どうされていますか？」

「一緒に暮らしていますよ」声には急に、溌剌というか、気丈な張りが弾けた。「滅多に家を出ませんし時折精神が不安定になることもありますが、二人きりの家族ですから、それなりにバタバタと楽しく」

　ほとんど介護しているような生活だろうと察することはできる。ルイの働きが、家計を支えているのに違いない。

　浅見の意識は、この車に乗った時の最初の捜査上の論点に切り替わっていた。

「樫沢静華さんには常軌を逸したところがあり、順法精神も欠落していると思われますが、そのことと万引きをするかどうかは、精神医学的に別問題かもしれません。ですが推測するに、やはり、流星刀のミニチュアを万引きしたとしても不思議ではないと感じられます。そして、窃盗の衝動を抑えられない病気でない限り、見境なしではなく、興味ある対象物を盗んだはずです。それを盗みたくなる理由、気持ちがあったということです」

「流星刀への興味でしょうね」と、ルイは言う。

「はい。小樽へ来たのも、龍宮神社のあの行事が目的の一つだったと見ていいはずです。万に一つ、被害者が龍宮神社へ来たのも万引きしたのも、犯人が誘導した結果だったとしても、そうなると今度は犯人のほうに、流星刀がらみの強い動機があることになります」

「ええ」この話の行方に興味を示し、ルイの瞳は生気を生んでいた。「それは取りも直さず、この事件の背景には歴史がからんでいるかもしれないということです。そこは、僕たちの取材範囲ではないですか」

「なるほど、そうです。本当にそうですね」

「事件取材もしつつ、小樽沿革ルポの観点も重視するのです。特に、舞台や小道具に込められた意味に迫りましょう。そこには人の死にからむほどの、一様ではない特異な事情があるはずで、それは前例のない記事につながると思いますよ」

「それです！　龍宮神社や榎本武揚への視点に、まったく新しい切り口ができるかもしれませんね」

二人の意気がリズムを合わせてあがったところで、何台かの警察車両が停まっているのが前方に見えてきた。駅前から十五分ほど走った地点だ。

浅見は駐車帯にソアラを入れた。

4

道路から岩だらけの海岸に、浅見は足を踏み入れた。

潮(しお)の香りを運ぶ風が、少し強い。苦労をしてブルーシートで囲ってある一角が遺体発見現場であろう。風がシートを不安定に揺らす。見える刑事たちの姿にさほどの活気はない。

捜査はあらかた済んでいるらしく、見える刑事たちの姿にさほどの活気はない。


浅見は携帯電話を取り出した。警察署のロビーにいる時、天地光章からメールが入っていたのだ。清水恒拓記者の取材に付き合う形で、天地たちもこの現場に来たらしい。遺体が横たえられていた小舟の中の写真も撮れたという。他にも数点、推測も交えて、見聞きした事柄が書かれていた。一行はその後、清水の新聞社へと向かった。

ルイと二人で署を出る時に返信を打とうと思って失念していた。僕たちもこの現場に来ましたと、ここで打とうか。

見ると、鳥羽刑事がさりげない歩調で近付いて来ていた。

まず、ルイに声をかける。

「やあ、牧野さん。聴取へのご協力、ありがとうございました。どうも、浅見さん。道警本部捜査一課の面々が仕切り始めていますよ」

挨拶を返してから、浅見は尋ねてみた。

「二つの事件を結ぶもの、なにか見つかりましたか？」

「いやあ、それはまったくありませんなあ。それぞれの所持品に関連性はない。両者の移動ルートが判明すれば、そこに接点が浮かぶかもしれません」

「二つの事件、様相はずいぶん違いますよね」

と言う浅見に、ルイがすぐに聞き返した。

「事件の様相、ですか?」

「ええ、犯罪の質に差異が見られます。こちらの殺害方法には、頭部を岩にぶつけるという暴力性がありますが、龍宮神社での事件は毒殺です。静かな、極端に言ってしまえば暗殺めいた殺害手段です。こちらは、深夜の人気のない場所。樫沢さんの事件はあのとおりです」

「大勢の人がいる中での死でしたよね。昼日中の、にぎやかな場所での死でした」

ルイは、違いを理解した顔だ。

「被害者の性別も違うが、それはまあよくあることで注目する意味はないがね」ルイに告げるかのように、鳥羽刑事は言った。「共通しているといえば、どちらの被害者からも、スマホ類の携帯が見つかっていない。だがこれも、昨今の犯罪では珍しくないな。被害者と連絡を取ったデータがスマホにあれば、それは隠滅したいだろうから」

「鳥羽さん。被害者について判っていること、教えていただけますか?」

浅見に問われ、声を控えめにして鳥羽刑事は答えていった。被害者の姓名、年齢、居住地、車は見つかっていないこと。

「宿泊先は突き止められました。カードキーを持っていたので。ここから遠くない、ノイシュロス小樽というホテルです。高台にあり、水族館からもよく見えますよ」

鳥羽刑事が小声で話していたのは、民間人に大っぴらに捜査情報を伝えているのを一部同僚——特に顔見知りではない捜査一課の刑事たち——にはあからさまにはしたくなかったからだろう。しかし後ろから、若い刑事が興味ありげに近寄って来ていた。

それに気づいた鳥羽刑事は、しかしかえって、わずかにだが表情を緩めた。

「ああ。浅見さん、こいつは私の新しい相棒、小栗(おぐり)です。生田(いくた)は異動になったのでね。刑事課長もですが。浅見さん、あなたと共に捜査したも同然の大事件のこと、こいつには何度も話していますよ」

脂肪が幾分多そうな体形の小栗刑事は、顔の輪郭(りんかく)もゆったりとした、素朴(そぼく)な感じの男だった。

「よろしくお願いします、小栗さん」

浅見の挨拶に、小栗は口の中でもそもそと応えた。噂の浅見光彦に興味を懐(いだ)きつつも、職(しょく)掌柄(しょう)まずくはないのだろうかとの不安や疑問も拭いきれない様子だった。

「ホテルの従業員が、被害者山田耕一のことを覚えていました」

腹のくくり方や、浅見への信頼度を見せるかのように、鳥羽刑事は言葉を継ぐ。

「二日前、九月五日木曜の午後十時頃、山田は三脚などを持って一人で出て行ったそうです。そして、歩いてここまで来たのでしょうな。ホテルの駐車場にも彼の車はありませんから。それ以降、山田がホテルの部屋に戻って来ていないらしいことをホテル側は察していましたが、なにせ、仕事がカメラマンとなっていましたからね。心配はしていませんでした」

「ホテルは一応の拠点だけれど、夜間撮影に明け暮れたり、遠出して風景写真を撮り続ける写真家は多いでしょうからね」

「ええ。ですがこの山田という男、本当にカメラマンなのかどうか、疑わしいのですよ」

「えっ？」

浅見とルイは、異口同音に聞き返した。

「ホテルの宿泊者カードには、カメラマンが職業と書かれています」

鳥羽刑事はそっと、現場のほうを振り返り、

「今はもう、鑑識が回収してしまっていますが、三脚やらカメラバッグやら屋外型の照明器具やらが、確かにありました。被害者の指紋も多数残っています。ところが、写真撮影を趣味にしている一課の刑事が言うことには、どうも奇妙らしいのです。カメラバッグの中にはありきたりな品しかないのだそうでね。器材は安価なものばかりで、交換レンズも最低限。プロでなくても屋外の撮影には必需品であろう、清掃道具や防水対策グッズもない」

「それらは犯人に盗まれた――とは考えられませんね」浅見は思いつきを自ら否定した。

「特に価値があるとも思えない小物も多いようですから」

「そうなんですよ。さらにその刑事が言うには、そもそもカメラの設定が夜間撮影用になっていない、と」

「夜景モードとか、絞りとかですね」

「はい。そしてさらに疑わしい物も見つかりました。被害者が身につけていた名刺ですが、二種類ありまして、一つは、職業が記されていません。そして、もう一種類のほうに書かれている職業は、情報リサーチとなっていました」

「情報――」浅見の脳内は刺激された。「それって、私立探偵とか興信所の類いでしょうか」

「私どももそう感じますが、これから確認するところです。電話はしたのですが、応答なしでね。個人経営らしく思えますな」

「では……」ルイは、目を白黒させそうだ。「私立探偵が、カメラマンのふりをしていたということなんですか？」

「その可能性も低くないと思いますよ」と応じたのは小栗刑事だ。

「カメラマンを装うのは悪くない手でしょうからね」感心しつつ、浅見は口にした。「あまり人がうろつかない場所に踏み入っていても不審とは思われにくい。時間帯にしてもそうです。まさにこんな場所で深夜にいたとしても、夜景を撮るためだと言えば納得される。そして、かえって警戒されずに接近できて密会の現場写真を撮りやすいのかもしれませんし」

「密会……」

ルイが、息を半ば止めて呟いた。この事件の新しい様相に、新鮮さと驚きを覚えたかのようだ。

「ただですねえ、浅見さん」鳥羽刑事が、意外と慎重さを見せた。「被害者が、探偵業務でここへ来ていたとも断言はしにくいでしょう。カメラマンと兼業だったのかもしれない。写真のほうはアマチュアだったとしても、職業欄にはカメラマンと書きたくなる自意識があっただけ、とかね。被害者なりに、普通に写真撮影するつもりでここへ足を運んだことは完全には否定できない。そして事件に巻き込まれた」

「その辺にからんで、そのう……もう一つ思うのですが」と、小栗刑事が思案がちの顔を見せる。「被害者が犯人にここへ呼び出されたということも充分に有り得るだろうな、と。どちらの意図でこんな寂しい場所へ来たのか、まだ両方の説が考えられますね」

辺りを見回しつつ言った浅見の、

「お二人の疑問には、被害者が密かな探偵業務で何者かと長時間密談するためにここを選んだ、との推定を返せると思いますけれどね」

という言葉で、二人の刑事は目をパチクリさせた。

当然の如く、「その推定の根拠は多少でもあるのですか?」と鳥羽刑事が聞き返す。

「通常の夜間撮影というのは、やはり、粗末な器材と不充分なカメラの設定を理由に否定していいと思います。するとそれはカムフラージュと見なすべきでしょうし、その先の論点の根拠は、ここの地形になります」

「地形？」

頓狂とも聞こえる声を発しながら、鳥羽刑事は辺りを見回し、小栗刑事などはどこを見ればいいのだと混乱するようにキョロキョロとした。

「道路の曲がり具合なのですけどね」

浅見の言葉で、三人は揃って国道のほうに目を向けた。

「ほとんど左右対称です。ここの中央の百メートルほどは、手前に緩く膨らむほぼ直線。両サイドがグッと奥へカーブしていますね」

「それが？」と、ルイはまた目を白黒させている感じだ。「車道の曲がり具合がそうだからといって、それで人の心理まで判りますか、浅見さん？　被害者がここを選んで相手を呼び出したって、本当に？」

「もちろん、一つの推理にすぎないのですけれどね」浅見は控えめに微笑を返した。「まず当然ですが、夜を想定します。向かって右側から来る車を仮定して、そのヘッドライトが光っている。でも、こちらへの急カーブの手前までは、道はかなり奥にありますし、ヘッドライトはこの海岸線を照らさない」

「ええ、そうですね」ルイは想像している様子だ。「ヘッドライトは、カーブの向こうの岩壁を照らすだけでしょうね」

「そして、こちらへグッと曲がって来ます。ヘッドライトの光は海岸線へと照射される。ここにいれば、灯台のライトのように横様(よこざま)に差すその光の帯は、いち早く目に飛び込みます」

「あっ……」

ハッとなったルイと同様、刑事たちも、話の行方が朧(おぼろ)げに理解できてきた目の色だ。

「一方で、車に乗っているドライバーから見えるのは、暗いだけの海岸と海だけです。それからゆっくりとカーブを切り、この一帯をヘッドライトが照らす。明かりが照らすのは、その二、三秒だけでしょう。その瞬間に気になるものが視野に入ったとしても、直後には車は海岸線とほぼ水平になります。真横に首を曲げなければ海岸は見えないですよね。夜間の曲がりくねった道路――しかもまたすぐにカーブがくる道路でわざわざそこまでして脇見をする人はまずいないでしょう」

「つ、つまり、あの、あの――」急(せ)いた小栗刑事は言葉に突っかかった。「この地点はドライバーからは見にくく、逆に、ここにいる人間は何秒も前から車の接近が判るということですね」

「はい。海岸線近くを並行する直線道路でも、車の接近はずいぶん前から判りますが、その場合、ドライバーからも長時間見られることになります。広く照らすヘッドライトが海岸線を捉え、人の姿などに注意を引かれたら、その先ずっと見ていられることになりますね。ですけどこの地形ならば、小栗さんがおっしゃったとおりの効果が得られます。しかも、左右両方でそうなっているのですよ。偶然のはずがありません。被写体を探してたまたまたどり着いたのではなく、ここは、この入り組んだ海岸線の中で意図的に選び出された場所なのです。夜間撮影を装いながら人目を避けたいことをする者が、ヘッドライトの前触れで安全を図るために」

しばらくは波の音だけが聞こえ、呆気に取られている鳥羽刑事がようやく、

「後ろ暗い対面をする場所を設定しようとして、当然、山田耕一は予め……」

とだけ呟くと、浅見はそれに応え、

「下見をしたのでしょうね。チェックインしてから、昼間のうちにロケーションハンティングをした。山田さんが本職のカメラマンとは思えませんが、カメラや三脚などを買い揃えているのですから、カメラマンの偽装は何度も経験があったはずです。そうした目で、夜間のライトを考慮した〝撮影場所〟イコール〝交渉場所〟を選び出したのではないでしょうか。犯人のほうが指示役で、カメラマンのふりをしてここへ来いなどと指定された山田さんが、唯々諾々と手間のかかることをしたというのは不自然です」

「いやはや！」呆然とした一瞬の間の後、鳥羽刑事は感に堪えないとばかりの息を吐い

た。「あなたぐらいのものですよ、浅見さん！　我々捜査官の中にも、そのような視点で現場を検証できる者は一人もいないでしょう」

「先輩――鳥羽刑事がおっしゃっていた意味が判りましたよ」小栗刑事は興奮を抑えようとする素振りで、「真似できない着眼が鮮烈だ」

「だろう！」我が事のように鳥羽刑事は鼻の穴を膨らませる。「事件解決を最優先すれば、官も民もない。得がたい才能は頭を垂れて迎えるべきだ」

夢中で話していた浅見は、褒められすぎて急に照れくささに襲われた。

「いえ、突拍子もないだけなんでしょう、僕は。それにヘッドライトなどの件も、日本中ほっつき歩いているから、馴染んでいる車の感覚を引っ張り出しやすかったのですよ、きっと」

「あのねえ、浅見さん。車の運転は我々だってずっとしてますよ。なあ、小栗？」

「してます。年齢からして、鳥羽さんはキャリアがずっと豊富なはずですよね」

「余計なことまで言うな」

鳥羽刑事は苦笑しているが、ルイも若干、似たような表情を見せていた。小樽沿革ルポに力を入れましょうなどと言っていたが、捜査協力にもの凄く力が入っていると思っているのかもしれなかった。

ここで鳥羽刑事は、現場中心部にいる捜査官たちのほうを窺った。こちらに、もの問いたげな視線を飛ばしてきている刑事も見えた。

「浅見さんの車の近くまで移動しましょうか」

と鳥羽刑事は、広げた手で浅見たちを押しやる仕草をした。野次馬を説得して追い返そうとしている体(てい)ということだ。


車道の幅一本分の移動であるが、こちらのほうが高みにあるため、海岸にいる刑事たちの目は四人には届かなくなった。

そして移動途中でも鳥羽刑事は、

「ふと、連想が働いてしまいましたよ、浅見さん。私ここしばらく、歴史小説を読むようになっているのですがね」と、そんなことをさらに言いだしていた。「時間が取れないので、冊数は知れていますよ。しかし、ああした過去をひもとく資料によりますと、名軍師とされる人物は、必ず地の利を活かしますよね。地勢を読まない良策はない。浅見さんの今の目配りは、戦乱の世なら軍師の手並みですよ」

「ははは」浅見は思わず、場所柄にそぐわない笑い声をあげてしまった。「過大評価にもほどがありますよ、鳥羽さん。そこまで持ちあげてくれて感謝しますが、比較のスケールが違いすぎてピンときません。からかいにすら聞こえます」

「とんでもない。私は感じたままを言わせてもらったのです」

「あっ、すみません」

浅見は謝る羽目になってしまった。

「ところで刑事さん」と、ルイが思いついたように言う。「山田さんは、カムフラージュだったとしても、写真を撮りはしたのですか？　へたなりに、なにか写していました？」

「それですがね」鳥羽刑事は多少むずかしい顔になって声を低めた。「被害者のカメラはデジタル一眼ですが、メモリーが入っていなかったのです。ＳＤメモリーカードというやつです」

（それは早く言ってほしかった！）

浅見は内心大声をあげたが、一呼吸おいて、努めて基本的な問いを発した。

「メモリーカードが抜き取られていて、撮影データはなにもないということですね？」

「そうです」

「すると――」

指先を顎に当て、浅見は頭脳を高速で回転させた。

「犯人の目的はそれだったということですか。写っている内容を手に入れるか、消去したかった」

「山田さんは行動予定とはまったく別に、ここでたまたま、なにかか誰かを撮影して、犯人にはそれが大変都合が悪いことだったのでは？」

ルイの臆測に、

「僕はね、牧野さん。密談用にこの場所をしっかりと選んで、山田さんと交渉相手は合流したという仮説は動かしがたいと思うのですよ」と浅見は応じた。「それなのに、大事なその場に、余計な第三者をいさせるでしょうか。二人きりになる機会を待つでしょうし、少なくとも、カメラを向けるような不用意なことはしないと思うのです。それに、カメラが夜景用モードになっていません」

「そうでしたね……」

小栗刑事も言う。「深夜のここは、紛(まぎ)れもない無人地帯ですからね。ふらりと誰かが通りかかるなんてことは有り得ない」

「はい。凶行が起こった時、ここには山田さんと犯人の二人しかいなかったのは間違いないはずです。すると……、そうか、そのメモリーカードそのものが、両者の取引材料だったのでは？」

「密談の目的か」鳥羽刑事の声に力がこもった。

「メモリーカードに写っていた内容。それを巡(めぐ)って、両者は慎重かつ極秘の交渉をする必要があったと考えられませんか。カメラは、そのメモリーカードを運んで来る容器としてもごく自然です」

容器、と繰り返した鳥羽刑事は、

「――だから、撮影する者としての準備や装備がおざなりだったのか。カムフラージュとして、その程度でよかったのだ」

「そして、その取引材料を巡って争いが起こった」小栗刑事の言葉だ。「それって、ありますよね。充分、殺人の動機になるでしょう」

そこまで推理を進めて、さらに判断材料を探そうとした浅見は、ふと違和感を覚えた。まだ手の中にある携帯電話を見詰め、記憶を検（あらた）める。

「鳥羽さん。お訊きしたいのですが」

「はい、なにか？」

「天地さんたちからの情報なのですが、それによると、小舟の中には、遺体だけではなく、傘や、壊れた窓の枠があったそうなのです。間違いありませんか？」

「あちらも、よく情報収集されていますな」鳥羽の声にはごくわずかながら、皮肉の響きがあった。「間違いありません。ええ、傘はともかく、変な物まで遺体には載せてありました」

「しかし当日の天気は、雨とは無縁ですし、傘は誰の所有なのかも興味深いという龍之介さんの推理も伝わってきています。被害者の持ち物だと突き止められたのでしょうか？どのような傘なのです？」

「取り立てて特徴のない、黒い紳士物ですよ。日傘ではなく、どう見ても雨傘です。折りたたみ傘ですが、のばしてから半端に閉じた形で遺体の傍らにありました。指紋は——」

「すみません、鳥羽さん。その辺の情報は、龍之介さんたちと共有してもいいでしょうか」

「えっ。それは……」

「今、電話をかけますから、共同で推理したいですね。それが効率的ですし、生の討論は互いの意見が刺激になって、相乗効果も生むと思います」

小栗刑事が特に、まずくはないですかねえ、という視線になって部長刑事を見やる。公務に就いている司法職員としての当然の慎重さを持つ彼らに、浅見としては保証できる点を強調した。

「彼らは本当に、人格識見すべて、信頼に足る人物たちです。そして、観察力、洞察力、推理力は天下一品です」

ストーカー事件解決への貢献を思い出している様子の鳥羽刑事に、浅見はさらに言った。

「実は、龍之介さんの推理も聞いてみたくなった、大きな理由があるのです」

「それは?」鳥羽刑事の目が光る。

「ここまでの推理で、動機の大筋はつかめたと考えていいですよね。メモリーカードに記録された映像が対立を生んだ。対立を深めたことが殺人の動機になったともいえますが。

そしてこれは、動機としてはドライなものだと思います。犯罪のパターンとしては、裏取引とか恐喝などが想定されて、金銭トラブルがからんだのかもしれません」

「それが順当な見立てでしょう」

「しかし、遺体になにかを施した犯人の意図が、この想定から大きく逸脱します」

「えっ。そうですかな？　つまり……？」

「メモリーカードが犯人の目的なら、それを奪った後は、立ち去ればいいだけではありませんか？　小舟の中に遺体を移動させたのは、事件の発覚を少しでも遅らせるためだったとしても、その傍らに傘を添え、廃屋からわざわざ窓枠をはずして持って来ることなどする必要があるでしょうか？　ある意味ビジネスライクな事件の様相とまったくそぐわない行為だと、僕は思うのです」

「確かにそうか……」小栗刑事が呟く。

「この部分からはまるで……」

今まで出合った事件で出現した様々な死の姿——それも妖しくも不可解なものの多く——を思い起こしながら、浅見は表現を探った。

「胸におさめ切れない、犯人が訴えたいなにか、そういった仄暗い想念が立ちのぼってくるようではありませんか。もしかすると計画的にそう演出されているのかもしれませんが、いずれにしろ情念的なその部分と、ドライな対立や動機と見える部分が、どういう形でなら一体化するのか、ぜひ突き止めたいと思いませんか？」

5

日銀通り(にちぎんどお)には、日本銀行旧小樽支店金融資料館や小樽運河ターミナルなど歴史を感じさせる建物や、石造りの建物が多いが、小樽北門新報は、内装に模擬石板を施した小さなビルの中にあった。その一階ロビーに、今、私たち五人はいる。

狭いスペースだが、人の姿はほとんどないので、我々だけでほぼシートを占領してしまっていることも問題なさそうだった。私と龍之介は、小さなガラステーブルを挟んで女性陣と向き合っている。優介は楽しく興奮した疲れで眠り始めていて、若き母親に寄りかかっていた。

その千小夜さんが、「龍之介さん、グミ食べます？」と、小袋を差し出した。

「あっ。ありがとうございます」

フルーツの形をしたグミが二粒、龍之介の手の平に転がった。

小袋は、「光章さんも？」と回ってくる。

グミ。ほとんど食べたことがない。進んで食べる意味は見いだせない食品なのだが、龍之介があれほどすんなりと気持ちよく受け取ると、その流れは断ち切りがたかった。

「いただきます」

一美さんも受け取り、私の歯は甘い弾力を味わう。すると龍之介がこんなことを言いだした。

「かき氷はいろいろな味がありますけど、シロップはどれも同じというではありませんか」

「ああ、いうな」テレビ番組で聞いた覚えがある。「色とかすかな香りづけで差をつけているって話だろう」

千小夜さんが「えっ?」と驚く顔を向けてくる。「ストロベリーもメロンも、ほとんど同じ?」

「らしいです。もちろん、抹茶小豆なんかは別で、シロップの話ですね。味わう側は、色でもう惑わされているっていうか、イメージづけられているのだとか」

「そうだとすると、グミはどうなんでしょうか?」

呟くようにそんな疑問を口にする龍之介の手の平には、ブドウの房の形をした紫色のグミが載っている。

全員それぞれ、掌の上のグミをじっと見詰める。

そんなタイミングで、エレベーターでおりて来た清水恒拓が姿を見せた。

「——皆さん、どうかしましたか?」

「いえ」と、言い訳めいた一言と共に苦笑した私たちがグミをパクリとすると、清水が、

「すみませんけど、ここから僕はしばらくこき使われそうです」

と、やや腰を低くして伝えてきた。申し訳なさや残念さを感じているのは間違いないが、記者としての興奮を秘めて熱っぽいのもまた事実だった。

「バリバリお仕事して、こっちは気にしないで」

中嶋千小夜さんが顔をあげてそう言い、グミの小袋に手をのばした時だった——私のスマートフォンが着信を知らせたのは。

「浅見さんからだ」

どの顔にも、旧友を歓迎するような明るい色が弾ける。

とはいえ、スピーカー機能で聞こえてきた、

『今、海岸の現場に来ていまして、お話しできればと思うのですが』

という相手の言葉を聞けば、表情は引き締まらざるを得ない。牧野ルイはもちろんだが、そばには鳥羽刑事と若手の小栗刑事もいるという。

優介を支えている千小夜さん以外の四人が、真ん中に差し出している私のスマホに顔を寄せていた。清水も、シートの背に手を突いて身を屈めている。

最初の時間は情報交換だった。被害者山田耕一は、現場からさほど遠くないホテルに宿泊していたという。水族館からその建物が見えていたのを思い出す。カメラマンというの

はどうやらカムフラージュで、彼の本職は、私立探偵めいた調査員であるらしい。カメラには、SDメモリーカードが入っていなかった。

ヘッドライトの動きをほとんど幾何学的に予測できる地形を手掛かりに、カメラマンの偽装に慣れている山田耕一自らが、あの地を厳選して人目を避ける交渉に臨んだという浅見光彦の推理は見事だった。龍之介も、「なるほど」と感嘆し、有用な目新しい公式を脳内にインプットするような顔つきをしていた。

こちらからは、あの小舟は成人男女ならば海に押し出せたはずだという見通しを伝えた。これは鳥羽刑事も、『まず、困難ではないな』と認めた。『小舟の先端を押さえていた石も、簡単に外せた』

海に遺体を遺棄するつもりだった犯人が、それを中止したのではないかという龍之介の見解を伝えたところで、浅見は言った。

『廃屋の一部や傘も遺棄するつもりだったのかもしれない——と見ることもできますけど、これは違いますね。一度小舟の中に入れた遺体をまた外に出すのは大変でしょうけど、傘や窓枠は簡単に持ち出せます。そのまま海に投げ込めばいいだけですよね』

「遺棄する意図が変わらないのにあの状況のままだったとなりますと、かなり極端なことが起こったと想定する必要が出てくると思います」

そう語った龍之介に、私は訊いた。

「極端って？　例えば？」

「そうですねえ、第三者が現われて犯人を襲い、拉致(らち)していったとか、犯人が急病になったり大怪我(おおけが)をしたりして、病院へ駆け込まなければならなかったとか」

　この仮定への一美さんの感想は、

「可能性はゼロではないでしょうけれど、なんかしっくりきませんね」というものだった。

『大怪我という言葉が出たのでお伝えしておきますが』浅見が言う。『窓枠のガラスに犯人の血痕が付着していたなどという事実はないそうです。指紋も検出されていないのですよね、鳥羽さん？』

『誰の指紋も検出されていません』

『つまり、窓枠が犯人の不利になる物証とも思えないということです。わざわざ遺棄する理由は見当たらないことになるでしょう』

　清水が頷きつつ、

「窓枠はすでに、船の近くに落ちていたのかもしれないけど、それだってどうして、遺体の上に置かなければならないのか……」

　ここで一美さんが言う。

「浅見さん。龍之介さんによると、傘や窓枠は、メッセージ性を遺体に込めるために置かれたのではないかということなんですよ。龍宮神社の被害者にも、ニット帽など、犯人が意図して残したと思われる品があるでしょう」

『そうか、そうですね』浅見の声が弾んだ。『両方の事件の大きな共通点がそこにあるのですね。見せつけることが狙いとなっている。劇場型の連続殺人というわけですか』

『劇場型……』小栗刑事が呟いている。

浅見はここで、樫沢静華が懐にしていた流星刀のミニチュアからは被害者自身の指紋しか見つからなかったと教えてくれた。この事実を土台にすれば、被害者自身があの品を万引きしたのはほぼ確実視していいようだ。

あのような時と場所で万引きとは呆れる話だが、その行為は流星刀への被害者の執着とも受け取れ、清水もそれを感じたか、

「流星刀がらみの動機って、けっこうありそうになってきましたね」と言った。「流星刀は、もし売りに出せばどれほどの高額になるか判らない。それが動機でなければ、今回の式典の裏事情に大物の不正がからんでいるとか」

そしてその後、彼は声を高めた。

「そうだ！　消えたメモリーカードには、流星刀にからむ秘密が写されていたと見れば共通点はさらに増す」

『すごいですね、それ』と同調した牧野ルイの声が聞こえる。

——カメラが捉えた秘密か。

大物の不正というのは社会派ドラマからの借り物みたいでどうにも現実感が乏しいが、樫沢静華の行動の最終目的から、海岸線の事件を読み解くのは興味深いだろう。本当に、流星刀が接点なのか？

『流星刀のような歴史的な遺物がからんでいるのにもしそうなら、多少味気ないなあ』清水たちとは逆に、小声で愚痴るように言っているのは鳥羽刑事だ。『メモリーだチップだと、なんでもかんでもテクノロジーに集約されるのは……』

『巻物ならふさわしいですか？』からかう調子はなく、小栗刑事は真面目な口調だ。

『それもよし。手掛かりや証拠として、見た目からして明確さがあるだろう。目に見える手応えだ。それを追い求める時の生身の熱さがあり、入手を実感できる。そこへいくとデータだのデジタルだのって、小さなプラスチックの中身にすぎない。実態のないものに踊らされているような気がして、俺は踏ん張りがきかんよ。改変も容易だから証拠能力は低く、コピーなんて簡単に、無数にできるだろう？　違うか、小栗？』

『……正直、ピンときません、鳥羽さん。パソコン苦手、スマホ嫌いの鳥羽さんならではの感覚では？』

『僕も、馴染まないというか、スマホは遠慮したいほうなんですけどね』浅見の苦笑が見えるようだ。

巻物などの喩えに真面目に反応したのは龍之介で、

「最先端技術のようですけど、デジタル情報やデバイスというのは意外と短時間で損傷や消耗が生じますよね。和紙や墨なら何千年でも保ちます。よく言われていることですが、記録を長く残したいならば原始的な手段まで遡ったほうがいい、というのは興味深いです」

「岩に彫るとかな」記憶にあることを私は言った。「でも、便利さでは雲泥の差になってくる」

「反比例ですね」

『技術はその方向に進化してしまうのでしょう』とは浅見の言だ。『でも、便利さから離れることで生まれる価値もありますよね、鳥羽さん。便利さと引き換えに課せられる情報統制なども恐ろしい』

『いや、まあ、さほど深く考えてのことではなく、私が旧弊で不器用なだけなんでしょうがね』

浅見は言う。『僕は、携帯端末がもたらす便利さの洪水や全能感に品良く対応できるほど、自分が成熟していないと感じているのかもしれません』

――おおっ。あまり耳にしたことのない、含蓄ある自己評価だ。

多くの面で未熟であるはずがない浅見光彦ほどの人物の言葉だから、意味も深いんじゃないかな。彼の言葉の反語的な響きは、自己拡大感に簡単に酔ってしまう者には伝わりにくいかもしれない。

私は、いつだったかの、所長としての龍之介の言葉を思い出していた。どうしても私たちは、便利な物を欲し、使い捨て、もっともっとと求めることに慣れていく、と彼は自戒を込めて言っていた。小さな物を得るためにも自分の手足を動かすこと、知恵を絞って工夫を重ねることを子供たちには伝えたい、というのも、〝体験ソフィア・アイランド〟の一つの目標であるようだ。

『巻物はともかく、刀や隕石(いんせき)に込められたメッセージなら永遠性もあるのではないですか？』と、気分をあげることを意図したようなルイの声がする。『ああ、捜査にこうしたものは無関係かもしれませんけど、浅見さんと目指すルポの方向性としては目を引きます。刺激を受ける読者も多いと思います』

「そして一方、犯人は……」と、一美さん。「流星刀が秘めているメッセージに――これから何百年も残るかもしれないその意味に――刺激以上の、脅威や圧力を覚えたと想像することもできる」

――金銭的な動機より遥(はる)かに重く、犯人も必死になりそうだ。

「問題は、犯行におけるメッセージ性ですよ」

話を早く進めたがっている様子の清水だった。

「傘からは、なにか判りましたか？　指紋はどうだったのでしょう？」

と、龍之介が電話の向こうの浅見に尋ねる。

『傘は、捨てられてあった物ではなく、被害者か加害者が持参したと見ていいようです。こうもり傘のように真っ黒で、紳士物の雨傘でしょう。鳥羽さんによると指紋は一つもなし、です。雨の心配などない天気だったこと、そして、メッセージ性をそれに込めたらしく思えることから、犯人が犯行用に持参したものなのでしょうね』

「持参してまで、傘にどんな意味を……？」千小夜さんが小さく言っていた。

『折りたたみ傘なので、コンパクトな形で持って来たのでしょう。それを一度ひらいたそして布の部分を閉じて小舟に載せたことになります』

「こうもりを暗示した、などということもあるのでしょうか？」

子供と身近に接している千小夜さんらしい発想には、

『そうして柔軟にイメージを膨らませるのは、この際、とても大切なことでしょうね』

と、丁寧に浅見は応えた。『ですが、こうもりの暗示ではないでしょう。こうもりでしたら、置物でもイラストでも、もう少し直接的に表わせるものがありますから。ですから、傘を持って来るぐらいでしたら、そうした品を持参したはずです。ですから、傘そのものか、それでしか強く暗示できないものを犯人は思い描いているのです』

「窓枠と傘、という関連も頭に入れないとダメでしょうね」と、一美さん。

「そうだよね」と、私。「両方揃えたと見るべきなんだから。……あるいは、それと船もセットなのかもしれないけれど」

「窓枠は現地調達……」そう呟いてから、龍之介は明瞭な言葉に続けた。「関連付けるのであれば、第二の被害者のほうも意識しなければ。灰色のニット帽と、詰め込まれていた紙。そして、太い毛のような物」

浅見の声がした。

『鳥羽刑事。丸められていた紙ですが、あれはなんだったのか教えてもらえませんか。どう考えても重要な手がかりなんですけど』

やや小さな声で答えが返ったのは、二、三秒してからだった。

『カレンダーでしたよ。Ａ４サイズの紙にプリントされたカレンダーです。二〇一三年の』

――カレンダー？

ピンとこない話だった。六年も前のカレンダー？

浅見の声も不思議そうだ。

『二〇一三年の何月のです？』

『一年丸々です。十二ヶ月分がプリントされていました。よくある暦のサイトから出力したものであることは確認できています。紙は古いものではありません。ごく最近プリントアウトしたもののようです』

『なにか印がついていないのですか？』

『鑑識も、なにも見つけられませんでした。当然、血痕等の付着もなし。被害者の指紋も残っていませんから、犯人が意図して残した品であるのは確実でしょう』

「なにかの暗号でしょうか」と言った龍之介は、自らすぐに否定した。「いえ、そういうことではありませんね。犯人の感情やメッセージが直接こめられているはずですから、もっとストレートな性質のものでしょう」

「その年にあったなにかが原因で復讐している、といったようなメッセージだな」

私の言葉に続いて鳥羽刑事の声がする。

『二〇一三年の、樫沢静華の動静を探ってはいるところです』

「でも……」と、一美さん。「出来事というのは、何年何月の何日に起こったと特定できるのが普通ですよね。もっと幅があるにしても、何週間かの間、ぐらいがせいぜいでは？一年間丸々というのは、ちょっと変じゃないですか？」

『そうですねぇ』浅見が同意する。『六年前のその年そのものが問題である、と見るべきなのかもしれません』

しかしなかなか困惑する話で、やや無言の時が生じた。

そうした中、議論しやすい観点に戻るかのように発せられた、

「帽子のほうは紳士物でしょうか？」

という一美さんの問いには、鳥羽刑事が答えた。

『まず、そうらしいですな』

傘も帽子も紳士物。

「さらに共通するのは、色かな……。黒と灰色……」龍之介は一つ一つ考える口調だ。

「そうじゃないか。傘と帽子の役割？　傘が完全に閉じられていなかったのは、使う直前か使った直後のイメージ。雨とか雪とか……」

この時だった、目を見開いた清水恒拓が、おおっというような唸り（うな）を発してから叫んだ。

「石川啄木（いしかわたくぼく）だ‼」

第四章　刀匠の血統

1

知らない者はいない詩人、石川啄木の作品はネット検索で幾らでも確かめられるが、龍之介の希望もあって私たちは書店へ向かった。自ら発見した着眼の興奮と共に仕事に戻った清水を除く五人だ。優介も、眠気は簡単に振り払って元気に歩いている。

小樽中心街を歩く人たちの表情や歩調はまったく日常のものだった。ネットの中ではすでに、小樽で発生した二重殺人のニュースが飛び交っている。騒ぎは大きい。

事件を知る私は、時々見える足早に移動する男たちの姿に、刑事だろうか？　記者？　などとの想像を働かせる。

頭上低く通りすぎた一機の民間ヘリは、殺人現場を上空から撮る報道機関のものかもしれなかった。

現在の盛岡市の禅寺に生まれた石川啄木は、短い上京時代を経て一時期北海道でも暮らしている。函館、札幌、小樽と漂泊の旅のように巡り、釧路へ。小樽の地で啄木は、小樽日報の記者としてしばらく生活している。その縁で小樽市内には、啄木の碑が三基はあるという。

さすがそんな小樽。駅前の書店には啄木の文庫本がちゃんとあった。『一握の砂・悲しき玩具』だ。

さすがの龍之介も、啄木の作品の細部まですべてを頭には入れていなかったようだ。それで私たちは、清水記者の記憶を書籍で確かめることになった。清水は高校生時代からの文学青年で、啄木についても独自に勉強していたという。

購入した文庫を手に、書店を出る。

清水の記憶では、その詩は「一握の砂」の終わりのほうにあったような気がするとのことだった。探すと、「手套を脱ぐ時」という題でまとめられた詩編の中にそれはあった。二首並んでいる。

大人たちが揃って注目しているので優介も覗きたがり、龍之介は腰を低くしてそのページを見せてやっていた。ま、意味は理解できないだろうけれど。

窓硝子
塵と雨とに曇りたる窓硝子にも
かなしみはあり

六年（むとせ）ほど日毎（ひごと）にかぶりたる
古き帽子も
棄（す）てられぬかな

「窓枠のほうが主題だったのね。カレンダーが示していた六年（むとせ）もある」

一美さんは言ってから、慎重に付け加えた。

「この詩の再現を犯人が意図したとは、まだ確定していないけど」

「でも、これのような気がするよ」私は充分の手応えを感じており、千小夜さんも、「ええ、わたしも」と同意した。それから、「龍之介さんは？」と訊（き）く。

すごい速さで他のページも読みながら、龍之介は、

「小樽つながりという舞台背景、それに二首の詩に共通する心理的な負のイメージからも、ほぼ間違いないのではないかと感じます。一首めは、〈かなしみはあり〉で、二首めは〈棄てられぬかな〉ですからね」

人の死に覆いかぶせた犯人の心象——。

自身の、復讐心めいた意趣や、恩讐（おんしゅう）の表出かもしれない。

優介に、握った手を揺すられながら、千小夜さんが言う。

「窓枠は、窓ガラスのこと。廃屋の窓だから〈塵〉で汚れている。完全には折りたたまれていなかった傘は、雨降りに使われたことを連想させるために……なのね。そして、女性の被害者さんに残されたのは、少し汚れて使い込まれていた〈古き帽子〉と〈六年〉前のカレンダー」

啄木の詩の引用に、犯人はなにを託（たく）しているのか。

文学的ともいえる託し方にいささかの驚きを新たにしていると、ふと先ほどの電話での会話を思い出していた。

「浅見さんの、あの解釈も興味深かったな。事件の全体像を見回して、メッセージに心理的な罠（わな）がないかと警戒感も懐（いだ）いたみたいで」

啄木の詩が暗示されているのは間違いない、と清水が力説した後で、それを認めつつ、浅見は考え込むように言ったのだ。

『今なぜか急に、事件をドライに捉（とら）えてみる必要を感じてしまいました。まさに詩的な突破口ができたわけですが、手放しでそれに飛びつくことを戒（いまし）める反動でしょうか』

歩調を緩（ゆる）めた龍之介が言った。「情念的なメッセージとは相容（あいい）れないものも事件に感じていて、浅見さんはその不調和も軽視したくないと考えたのでしょう」

「特に、海岸線での事件だな」

「ええ」

「すごいスケールの仮説でしたね」千小夜さんの声にはまた感心の響きがこもる。

ドライに捉えた場合の具体的なイメージはあるのですか？　と鳥羽刑事に問われた浅見が答えた内容は——

『犯人は海から来た、とする見方です』だった。

浅見が想定したのは、被害者山田耕一は、密輸入や密入国にかかわる連絡員だったのではないかというものだった。これらの違法行為は、政情が安定しているとはいえない国々に面している海岸線、外国にもひらかれている港町の近くでは、現実的な想定である。

山田耕一は深夜の海岸線に密かに出向き、暗い洋上にいる者たちと交信をしていた……。浅見光彦に言われると、有り得る光景だと思えるから不思議だ。

『ちょっと考えすぎですかね』と、浅見は苦笑を声に含ませて言ったものだ。『こんな空想が頭を過ぎったのは、ここのところ、洞爺で開催される国際刑事局長サミットを気にしているからなのです』

なるほど、と思った。そんな国際会議期間であることを念頭に置けば、暗躍する犯罪組織も当然思い浮かぶ。

そうした組織犯罪の渦中で山田耕一が殺害されたのなら、流星刀はもちろん、小樽の歴史や個人的な恩讐などはまったくの無関係である。その無関係のほうに捜査陣の目を誤導させようとして、日本人もしくは日本の文学に詳しいこの殺人計画の立案者が石川啄木の詩をインサートしたということになるだろう。

『でも……』と、浅見は、自分のこの仮説に懐疑も示した。『第二の事件と考え合わせれば、これもちょっと非現実的な推理となりますかね。詰めが足りず、細部に矛盾もあります……』

文庫本をポケットに仕舞いながら、

「いずれにしろ、啄木の詩にたどり着けたのは大きな前進です」

と声を弾ませる龍之介に、私は訊いてみた。

「犯人にとって意味があるのは、啄木の詩を引用することなのかな。それとも、六年前に発生していた、二人の被害者に共通するなにかを告発することなのか」

「まだどちらとも言えないと思います」

「告発するにしては、傘や帽子の仕込みに派手さがないような気がするな」

「現時点ではそうだ、ということにすぎないと思いますよ、光章さん。捜査本部の方針が、帽子などの遺留品を伏せているからです。これらが一度(ひとたび)オープンになれば、啄木の詩の愛好家や研究者の多くが、一致に気づいて騒ぎ立て始めるでしょう。それが犯人を満足させるのかもしれません」

「劇場型ね」と一美さんが頷(うなず)く。

「なるほど」と、私。「劇場がオープンするのを犯人は待っているのかもしれないな」

私たちは龍宮神社へと足を向けていた。本来の観光プランでは、午後は青の洞窟探訪が目的だったのだ。青の洞窟は海に面していて、小型ボートで通り抜けられるが、太陽光が絶妙に反射する内部は神秘的なブルーに染まっているという。そんな光景との出合いを楽しみにしていたのだけれど、海が荒れていてクルーズは中止となってしまった。

そこでもう一度、中断してしまっている流星刀公開式典の様子を見に行くことにした。プログラムでは、十六時から、流星刀製造に尽力(じんりょく)した刀匠(とうしょう)の子孫の方の講演が予定されている。龍宮神社のホームページには、その行事が中止か続行かは、なにも書かれていなかった。

開始までまだ一時間ほどあるので、行事が中止でも、うろうろしていれば講演者を拝見できたりするかもしれない。

途中、龍之介が落とし物を交番に届けたので、優介が、「ボクも落とし物を届ける！」と、変なテンションで大人たちを困らせ始め、その気を逸(そ)らすためにしりとりをすることにした。

幾(いく)つもの天才的な能力を持っている龍之介だが、ことゲームに関してはからっきし力を発揮できない。サイコロを使うようなゲームでは運がないし、ポーカーなどの心理戦も最弱レベル。無敵なのは神経衰弱ぐらいだろう。じゃんけんでは後出しで負けたこともある。あっち向いてホイなどは、惨憺たるものだ。

彼の語彙データと記憶力からすればしりとりなど持ってこいのゲームのはずだが、これまた信じがたいポカをする。

しりとりの順番は、優介、千小夜さん、龍之介、私、一美さんとなった。

大きな鳥居を通り抜けてから、優介の元気な声で開始。

「りす！」

すかさず、千小夜さん。

「すいぞくかん！　……あっ」

――。

いきなり終わってしまった。

微妙な空気の中、優介が不思議さと不安がない交ぜになった表情で、「ママ、負けちゃったの？」と大人たちを見あげる。

「いや、まだだよ」

と龍之介が言ったのには驚いた。フォロー？　そんなことができるか？

「〈ん〉ですね」と龍之介。「では、ンゴーンで」

「――なに？」目が白黒する。「なんて言った？」

「ンゴーンです。ベトナム語で〝おいしい〟の意味です」

本当かよ。だが、龍之介が言う以上、本当のことなのだろう。

一美さんが、おかしそうに言う。

「だとしたら、龍之介さんの負けね。また、語尾が〈ん〉だもの」

「龍之介さんの負け！」

と優介が楽しそうにして、大人たちも笑った。

そんなこんなで階段の途中まで来た時、ちょうど、宮司が社務所から出て来た。

「ああ。皆さん」

穏やかな顔を向けてくる。装束は、白衣に黒袴に着替えていた。五十年配で、温容、落ち着きのある身ごなしをする。

流星刀公開式典は今日は中止だという説明を受けながら、階段の上の境内まで到着した。

人の姿はなく、被害者樫沢静華が倒れた場所から奥にかけて、黄色い規制線が張られている。

「あの有様は、式典とはそぐわないでしょう。明日には警察も、立入禁止を解くそうなので、明日は公開式典を進めます。今日は、亡くなられた方を弔う間といたしますよ」

「すると……、四時からの講演も中止ですね？」一美さんが控えめに確認を取った。

「そうなります。申し訳ありません。そのお知らせを今、ネット上にあげようとしているところです」

この時、背後から人の気配がして、

「やあ宮司さん」と声がかかった。

振り返ると三人の姿があった。

「これはよくいらっしゃいました、比留間さん」

声をかけてきた五十すぎほどの年齢の男に、宮司はそう挨拶を返していた。そして、私たちに紹介する。

「こちらが、講演予定者だった、比留間久展さんです」

パンフレットやホームページ案内で顔写真は見ていた。だが実際にこうして会ってみると、なにか少しずつ印象が違う。

思ったより大きな体形だった――いや、これも、重い鉄の塊を扱う刀工としては恵まれたことで、珍しいことではないのかもしれない。ずいぶん高級そうな明るい灰色のスーツ――これも、栄えある式典での講演用の出で立ちとしては当然のことだと受け取れるが、古式に則る仕事をしているというイメージにマッチしない。立派な口髭のあるどっしりとした顔には自信ありげな力感が漲り、そこからは不遜さすら感じるほどで――。

彼の横に立っているのは五十年配の女性だった。久展の隣にいるとかなり小柄に見えるけれど、身長は平均的だろう。ややがっちりとした体形だ。派手な柄の上質なブラウスを着て、大きなメガネをかけている。短めの髪はパーマで波打ち、唇や目の周りの化粧は、くっきりとしていて迷いがない。こちらは余裕の感じられる微笑を浮かべている。

三人めは、久展の斜め後ろにいた。書類鞄を抱えた三十代後半の男。いかにも、秘書という印象を受けた。服装は、飾らないダークスーツ。ほぼ七三分けのきちんとした頭髪。整った顔立ちで、無表情だ。

「こちらの皆さんは、事件に遭遇してしまった方たちで、捜査にも一方ならぬ協力をなさっています」

宮司の説明を受けて、メガネの女性の顔が曇った。

「ここで本当に、人が亡くなったのね……」

久展は辺りを睥睨するかのように巡らせた視線を、規制線のエリアに止めた。

「あそこでか……」

「そうした、痛ましい不測の事態でしたから、中止もやむを得ず……」

理解を求めて宮司が頭をさげた後、私たちは名乗り合うことになった。

響きのいい声で話す女性は前原厚子。一行の中での立場がどういうものなのかはまだ判らない。若い男は、「比留間の秘書の尾花です」と名乗った。

「幸穂さんが先ほど見えて、今、本殿で流星刀をごらんになっているところです」

宮司と同じように本殿に目を向けた久展は、

「あいつが……」と呟いた。

前原厚子が、私たちと宮司を等分に見るようにして訊いてきた。

「殺人事件なのですよね？」

「まあ、どうやら……」

あまりはっきりと口にはしたくない様子の宮司に代わるように、私は、

「警察によると毒殺事件のようです」と答えた。「たまたまここで倒れたようでして、どこか他の場所で毒を呑まされたのでしょう。毒物の種類は、まだ公表されていません」

「そうですか」

「そんな犯罪のせいで、こっちは無駄足だ」

久展が吐き捨てるように言ったが、これに宮司がまた、当人にはなんの責任もないことで謝罪しようとして、それより早く厚子がスッと言った。

「そのような言い方をするものではありません」

「――っとまあ、こんな具合でね」久展は宮司に苦笑してみせた。「中止の連絡をもらったから、私は本来のビジネスに戻りたかったが、お目付役の前原さんから、挨拶ぐらいしていけとのご指導が入った」

龍之介がこれに、反射的に問いを発していた。

「本来のビジネスに戻る……、とおっしゃいましたが、刀を作ることが本業ではないので

すか?」

「ああ、違う。刀工四条派本家の長男だが、刀は打っていない。ビジネスマンだ。弟が名を継ぐ刀工だ。だがあいつは、ひたすら刀と向かい合っていればいいという陰気な職人で、こうした場には出たがらない。おかげでこっちにお鉢が回ってくる」

それで判った。先ほど、尾花は秘書だと名乗ったが、刀工に秘書が必要なのかと疑問に感じていたのだ。比留間久展と刀工のイメージに隔たりがあるのもそのせいだったのだな。予想以上にうまく、本物の刀工と身近に接することができたと思ったが、ちょっと違ったようだ。

そういえばパンフレット類の紹介でも、比留間久展が刀鍛冶をしているとは書かれていなかった。

「それで、どうでしょう、比留間さん。講演は延期するという形で、明日、お時間は取れませんか?」宮司がそう提案した。「また、午後四時ぐらいに」

「無理だな。その時刻ではそろそろ札幌へ戻るタイミングだ。午前中は予定が入っている」

残念そうなのは宮司だけではない、私たちグループの四人の大人も同様だった。流星刀とかかわった刀工の家系の一員からどのような話が聞けるのか、興味があったのだが。

一番残念がっているかも知れない龍之介が、思いつきを言葉にした。珍しく積極的だ。

聞きたいという希望の思いがつい、強く出たのだろう。

「では、ビデオ講演というのはいかがでしょう。集まった方々も喜ぶと思いますが」

おおっ、と宮司が喜色を浮かべる。うちの女性陣も、いいわね、という笑顔だ。

「今から撮影させてもらうわけですな」

宮司が段取りを口にするが、久展は渋面だった。面倒なことは御免被りたいという顔である。流星刀公開式典への思い入れはほとんどないようだった。

彼の口がひらく前に、厚子が、つと顔を向ける。

「それぐらいご協力して差しあげてはいかがです？　流星刀と、関心のある方々へ、その程度の貢献をしてもよろしいのでは？」

それでも久展が態度を決めかねているうちに、「撮影の準備を整えましょう」と、宮司は先手を打って動き始めていた。

宮司が社務所に向かって数秒した時、尾花が小さめの声で、「細島幸穂さんです」と口をひらいた。

本殿から、若い女性が出て来ていた。二十代の半ばぐらいだろうか。細身で大人しげな目鼻立ちをしていて、頰がかすかに赤く、それは素朴な内面を可愛らしく表わしているようでもあり、なにかに少し疲れたための微熱によるもののようにもイメージされた。長めのストレートヘアーだ。

見知った顔をこちらに見つけ、彼女の目が少し見開かれた。軽く一礼してからやって来る。

私たちのすぐ前で立ち止まると、バッグの肩紐を掛け直して、また一礼した。

「あんたも、なにかの行事に呼ばれていたのだったかな？」

むっつりした表情の久展の声は低かった。

「い、いえ」幸穂は胸の前で軽く両手を握り合わせている。「個人的な興味で……。流星刀にはとても興味がありますから」

「我々でも、アポを入れて見させてもらうなんてできないお宝だからな」

「この機会に、と……。式典は中止だそうですけど、一人通してもらうという融通はしてもらえました」

前原厚子は細島幸穂とは初対面らしく、「どなた？」と、久展に紹介を求めた。

久展と幸穂は遠縁に当たるようだ。彼の祖父の妹が嫁いだ先の二代めが幸穂で、一人っ子。久展の一家は函館に居住しており、幸穂の住まいは函館からは多少距離の離れた日本海沿いの町、江差にあるという。日本刀とはまったく関係がなく、小売店を経営している。

身内の対面であって私たちが立ち会う筋合いではないので、さり気なく離れていたが、話し声は耳に入ってくる。

聞こえてきた前原厚子のポストは相当のものだった。函館を中心に道南(どうなん)に威勢を誇(ほこ)る財閥の関連企業で、コンサルタント役をこなす中堅幹部であるらしい。そこの企業と比留間久展は、大きなビジネスを進めているのではないだろうか。

細島幸穂の先祖は、途中までは刀工四条派の直系近くにいたことになる。

移動中の清水記者の車の中で、龍之介が話してくれていたことを私は思い返していた。

榎本武揚が記した『流星刀記事録』にある一文だ。刀工國宗から榎本武揚へ送られた書状から引用されており、本来なら刀剣にはふさわしくない隕鉄(いんてつ)を精錬(せいれん)する時の苦労を記している。

〈最初試みに普通の法に〉よったけれど困難で、**〈武蔵野(むさしの)の刻國(ときくに)に合力願い、種々勘考之上〉**ようやく**〈十分に溶(と)かし込みしに遂に無事出来上り申候〉**との内容だという。

この記述にある、武蔵野の刻國というのが、比留間家の先祖の刀匠であるのだ。流星刀作りに協力した時には武蔵野に居を構えていたわけだが、それからしばらくして函館へと移住している。道内という地理的な縁があり、今なお刀作りをしている家系ということで、久展が今回のミニ講演の講師となったわけである。

二人連れ、三人連れといった他の観光客も姿を見せる中、用意を調(ととの)えたらしい宮司がやって来た。奥さんと、もう一人、神職姿の若い男性を伴っている。彼はビデオカメラを持っていた。

「本当にやるのかよ」久展は愚痴をこぼす。

本殿の中で撮影されることになり、進む準備を見学する形になった。他の観光客たちも、なにが始まるのだろうという目で見守っている。

前原厚子、細島幸穂とまた隣り合う格好になり、厚子が私に尋ねてきた。

「皆さんは、流星刀をご覧になられたのですか？」

「ええ。事件が起きたのはその後でした」

厚子は軽く身を屈め、千小夜さんにぴったりとくっついている優介に微笑みかけた。

「よかったわねえ、見ることができて」

それから彼女は声を潜め、私に再度尋ねてきた。

「被害者は、この神社に関連がある人とか、宮司さんたちの顔見知りではないのですね？」

「宮司さんたちにはまったく心当たりがないそうです。被害者は東京方面から来られた観光客のようですよ。……前原さんは、今回の流星刀公開式典には関与なさっていないのですね？」

「流れでここまでやって来ただけです。札幌を拠点に数日かけて進めるプロジェクトがありまして、比留間久展さんとご一緒に動くことになりました。今日と明日は、こうして小樽へ来る運びになったのです」

　扉があけられている本殿の中では準備が進んでいる。比留間久展はこちらに向かって着座。その前方の椅子にビデオカメラが置かれている。あれこれ下に置いて、高さを調整しているところだ。尾花は水際立った動きで、久展のすぐ前にタブレットを設置している。講演原稿を読めるようにしているのだろう。

　やがて準備が調うと、私たちと他の数人の観光客が、本殿正面を取り囲むように集まった。比留間久展の講演を――距離は多少あるが――直接聞くような具合である。一番真っ直ぐに視線を向けているのは龍之介だ。千小夜さんは、優介が突然声をあげてそれが撮影を邪魔しては大変と考えたのだろう、けっこう後ろのほうに離れている。二人は地面の小石で遊んでいるようだ。

「お集まりの皆さん、作刀の家系・比留間を代表してご挨拶させていただきます」

　という第一声からビデオ撮影は開始された。

　久展の話によると、「皆さんが興味を懐いている流星刀作りの現場の詳細に関しては、残念ながらなにも語ることがないのです」ということだった。当時のことは、まとまった文章はもちろん、一言半句伝わってきていないのだ。

　そう聞いて、龍之介はちょっと残念そうだった。

「あえて秘密にしたのかしら……」

一美さんの呟きに、気配もなく佇んでいるようだった幸穂が反応していた。もちろん、ごく小さな声でだったが、

「あえて秘密にした、というのとはどうもニュアンスが違う感じがするのです」と口にしている。「口をつぐんだとしか思えないのは確かですけど、作刀における秘密保持などという話ではないとしか思えません。なにか、少々不思議な……」

確かに、主力の刀匠としてもっぱら流星刀作りに携わった國宗が、その制作過程を詳らかにしている。榎本武揚経由とはいえ、文章で残すことさえしているのだ。特段の秘密があったわけではあるまい。

久展の話は、現代における刀鍛冶の仕事ぶりに進んでいる。

それにしても、演説というかこうしたスピーチを一度始めてみれば、比留間久展には堂々たる有能さが窺えるようになってきた。好漢っぷりを感じさせ、語りに説得力もある。舞台の上でスイッチが入った俳優のようだ。これが、仕事場での彼の姿らしい。

「本来、人を殺傷する道具である刀に、これほどの美を求めるのは世界でも日本人だけにある感性でしょう。現代の日本刀は、無論、実用には供しないのでありますが、それ故に、そして、それにもかかわらず究極の美に達することができます。しかし美しい日本刀は、装飾品ではなく、やはり斬る道具としての最高品質を同時に有しているのです」

人の死と、究極の美意識。矛盾の中に垣間見える畏れの意識を、私はちらっと感じた。刀工たちは、武具として、ただ刀を研ぎ澄ませたのではないはずだ。どのような思いを、灼熱の鍛錬に込めたのだろう――。

「なまくらな斧などはごめんですが、日本刀にでしたら、必要とあらば腕を断たせてでも都会の商戦で勝ち抜きたいという気概を、いつしか私は持つようになっています」

という、やや荒っぽい喩えは、比留間久展ならではの独特のものかな。

それから彼は、刀鍛冶の後継者問題などにも触れつつ、金沢にいる四条派の刀工が、六年前、名工に与えられる最高賞を受賞しているといった風に、自派のアピールも忘れなかった。大正期、戦前と、名を轟かせる名刀を生み出してもいる、と。

厚子が、幸穂に囁きかけた。

「歴代の名刀制作についても、秘密めかしたところがあるのかしら?」

「いいえ。吹聴するようなことはありませんけど、口をつぐむようなこともありません。作刀するに当たっての苦労や工夫、刀の様子などが、ごく一般的に伝わってきています」

幸穂の声が、自身の胸のうちに響くかのように低くこもった。

「流星刀作りへの関わりについてだけ、特別で、不思議なのです。刻國という刀工は、家系から半ば消されているみたいで……」

この一言が耳に入ったらしい龍之介が、驚いて振り返っていた。
まあ誰にしろ、耳を欹てたくなる謎めいた話だ。

2

二つの遺体に犯人が施した儀式が石川啄木の詩に関係するらしいと知った鳥羽刑事は、意気込んで捜査本部へと戻って行った。その後、牧野ルイと、ホテルへのチェックインを済ませた浅見光彦は、寿司屋通りや堺町通り商店街を中心に海鮮料理店を取材しながら、かなり遅くなってしまった昼食を摂った。そして今は、龍宮神社へ向かっている。

「新・光光コンビですか」

ルイが微笑んだ。

浅見には野沢光子という幼馴染みがいて、光光コンビと呼ばれていた。そして去年出会い、大きな謎に立ち向かった天地光章の名にも〝光〟の文字がある。それで新・光光コンビ結成となったのだ、と浅見は笑顔で伝えていた。

その光光コンビの片割れがいる一行が、龍宮神社で待っている。来られるようでしたら合流しませんか？　という程度のお誘いだが。三時半を回った時刻である。

二人は何人かの観光客とすれ違いながら階段をのぼり、本殿の敷地へと出た。

本殿前に多少の人だかりがあり、そこに天地たちの姿がある。龍之介が一番最初に気づき、笑顔で手をあげてきた。

宮司を中心に歓談している一団があり、そこから少し離れて龍之介たちはいた。三時少し前にここへ来ていたということだ。

「書店で石川啄木の文庫を買って――」

光章の言葉で龍之介がポケットからその本を出して見せてくれる。浅見とルイは、該当する詩をルイのスマホ検索で確認していた。

「その後、龍之介が落とし物を届けて――」

「優介くんがですか？」言い間違いかと思い、浅見は聞き返した。

「いえ。龍之介です」

信号が点滅して、交差点を渡り切れそうになかった優介と女性二人が道路の向こうに留まっている時だったという。煙草(たばこ)パッケージの入った合皮製のシガレットケースを龍之介が拾ったのだ。交番も近くだったので届けに行ったらしい。

「龍之介はどういうわけか、落とし物をよく拾うんですよ」おかしそうに光章が言う。

「あと、道もよく訊かれますね。地元じゃない、旅先でもよく訊かれます」

龍之介は自分で笑っている。「緊張感なくふわ～っとしているから、その土地と同化して、地元民に見えるのでしょうかね」

「龍之介さんが交番に入った時の巡査さんたちの顔も見物でした」とは、長代一美。「またなにか、犯罪を暴く意見や推理を持ち込んで来るのかと身構えた感じでした」

「それなのに、落とし物を届けに来ただけだった、と」

「ちょっと虚を突かれていましたね」

気を利かせるようなそんなタイミングで、千小夜が声をかけてきた。

「浅見さん、牧野さん。あちらにいらっしゃる少し大きな男性が、講演予定者だった比留間久展さんですよ」

「ああ、そうですか」

体格がよく、目も大きく、口髭にも男っぽさを語らせているような男性だ。

「ビデオ講演を明日流すことにして、つい今し方まで撮影していたのです」

光章に教えられた浅見とルイは、聞き逃したことによる残念な驚きで「ええっ⁉」と大きな声をあげてしまった。それが聞こえたらしく、久展と、大きなメガネをかけた中年女性が顔を向けてきた。このタイミングで、話を伺いに行ってもいいかもしれない。

彼らそれぞれの名前やざっとした関係を光章たちに教えてもらっていると、

「細島幸穂さんが、もしかすると浅見さんも興味を懐くかもしれないことをちょっと話されていました」と龍之介が言葉を添えた。

「どのようなことです？」

「比留間さんと細島さんの祖先が流星刀作りに協力したのは間違いなさそうなのですが、その刀工に関して、家系図などにはっきりとした記録がないと言うのです」

「それは……確かに奇妙ではありますね。でも、一部の記録がたまたま欠落しているということなのではないですか？」

「細島さんは、そうは思えないみたいでした。自分で調べたことがあるそうなのですが、すぐ記録は見つかると思っていたのに、逆にますます曖昧になっていったと言うのです。それ以上詳しくは伺えませんでしたが」

（おかしな話だ）浅見は確かに興味を引かれた。（一族の中でも秀でた活躍をした刀工が、記録として粗末に扱われるなどということがあるだろうか？　そもそも、子孫に伝わる記憶はどうなっているのだろう？）

龍之介たちに礼を言ってから、浅見は、ルイと共に移動した。

一団の中で話しているのは、白髪でメガネをかけた初老の男性だった。事件関係者とは聞いていない。一般の観光客らしい。言動が穏やかで、教育者といった風情である。学校の先生か、研究者ではないだろうか。すぐ横に、奥さんらしき女性もいる。

「榎本武揚は、忘れられた偉人として有名と言えましょうか」

これはいい章タイトル候補だと閃いたかのように、ルイが目を光らせた。

「矛盾する、おかしな言い方になっていますが」

と発言者の初老の男性は微笑で付け加えている。

「ですが、そのとおりでしょうね」

応じる宮司も微笑している。神社側の人間で残っているのは彼だけだ。初老の夫妻以外は、比留間久展、秘書の尾花、前原厚子、細島幸穂の四人。

すぐに、久展が冷(さ)めた表情で論評する。

「明治の動乱期、華々しく散った者を英雄視するのが日本人の美意識や感傷(かんしょう)だったでしょうからな」

続けて、宮司が穏やかに語った。

「感傷に流されずに客観的に興味を懐いた方々は、榎本の実像に感じ入ってくださるでしょう。驚異的な多才さや、その人柄に」

「勝者となった敵軍の中に、まさにそうした人物がいた」初老の男性の微笑は、その事柄に意気を感じているかのようだ。「有名なのが黒田清隆(くろだきよたか)ですね。頭を丸め、『どうしても榎本を斬るなら、そのまえにおれの首を斬れっ』とまで熱弁して助命嘆願(じょめいたんがん)に力を尽くした」

浅見は言葉を挟(はさ)む。

「最後には西郷隆盛(さいごうたかもり)も、『榎本は生かして使え』と断をくだします」

ええ、と頷く者たちの中から、やはり初老の男性が口をひらいた。

「新政府の中での意見の大勢は、榎本武揚の処刑でしたよね。当然です。賊軍、反乱軍の最後の総大将なのですから。誰もが憤然と、成敗せよと鬼の形相で連呼していたはずです。その嵐の風向きを変えたのですから、黒田たち助命派の働きぶりは壮絶なものだったでしょう。それだけの人物的な価値が榎本武揚にはあったということの証明です」

　厚子が幸穂に顔を向けて、

「榎本武揚は二君(にくん)に仕えて要領よく乱世を生きのびたというイメージがあるのだけど」と囁いてから、皆に質問を発した。「敗戦の折、榎本は潔(いさぎよ)く自刃(じじん)しようとはしなかったのですか？」

「いえ。決行しています」浅見が答えた。「しかしそれを察した部下が何人かで取り押さえ、必死にやめさせたのです」

「ああ、そうだったのですね」

　今のような誤解が、榎本武揚を歴史の中で目立たなくしている理由の一つだと浅見は考えている。

「世界最強と自負していた軍艦、開陽丸(かいようまる)さえあれば新政府海軍と互角に渡り合えると榎本は確信していたようですが、それを海に奪われた時、榎本も戦争の行方に勝機なしと見たでしょう」

　今回のルポに当たって下調べしてきた内容を浅見が語ると、幸穂が小さく、

「敗戦を覚悟し、死も……ということですね？」

「はい。大勢は決していました。攻め手の大将だった黒田清隆が、降伏を勧告しに部下を派遣します」

幸穂は、榎本武揚に関して充実した知識を持っているわけではなさそうだった。彼女が気にしている謎の刀工、刻國が接触しているかも知れない歴史上の人物だが。（いや、刻國は國宗に助勢しただけで、榎本武揚とは直接会ってはいないとも考えられるか――）

「しかしそれを撥ねつけた時、榎本は死を覚悟していたはずです」初老の男性も続けてそう言った。「約した、新天地での勝利を得られずに、大勢の仲間を死に追いやったことになるのですから、最後まで戦って自分も果てると心に決めていた」

「その終戦交渉の際に、有名な『万国海律全書』の受け渡しがありますね」

言った浅見に、ルイが顔を向けて訊いた。「それは？」

「留学時代にオランダ語の教官から榎本がもらった手稿本です。それを榎本は使いの者を通して黒田に託した。『私が死んだら新政府に外交の樹立と国境の画定など法律知識を持ち合わせる人間がいないだろう。だからこの本を使えばいい』と。その本には榎本の書き込みが多数あり、彼がどれほどその本に心を向けていたかが伝わってくるものだったらしいです。死を目前にして、榎本武揚が最優先にしたのがそれなのですよ。知識の源を死蔵せず、ただ国を憂い、国家の未来に対して最善のなにかを遺したい。その理念、気概は、旧幕府だとか薩長同盟だとかを超えているのではありませんか。――こんな人物は殺すに忍びないと、黒田清隆は感じたはずです」

「その黒田清隆が、勝利した後、榎本の助命活動の先頭に立つのですね」ルイが確認口調で言い、感嘆を滲ませる。「敵の総大将が。凄いです」

宮司が、遠くにある思いを察するかのように静かに言った。

「牢に囚われている間も、榎本武揚は、首を落とされる覚悟をしていたはずです」

「それでいてその間も、彼は読書や研究に貪欲で、そうして蓄えた知識を周囲に伝え残していくことに時間を費やしていましたね」

と初老の男性が言えば、妻らしき婦人も明るく頷き、

「庶民の生活や生計の役に立てばと、石けん作りなどのノウハウを広めたとも……」

「でも命はからくも救われ、新体制下での役職を与えられたのですね？」

この厚子の問いには、浅見が答えた。

「そうすんなりいったとはいえないと思います。二年余りもの獄中生活を経て釈放された榎本武揚はやはり、救えなかった大勢の部下たちの霊を鎮魂しながら、市井の研究者か学究の徒として生きるつもりだったのではないでしょうか。思想的に対立していた勝者側に登用されて協力するような真似は、さすがにする気はなかった。ですが、新しい屋台骨を築かなければならなかった日本という国が、それを許さなかったといえます。具眼の士は、この火急の時代に榎本武揚ほど必要な人材はいないと確信し、説得を続けるんです

よ」

そういえば、榎本武揚が最初に任官したのは、北海道の開拓使四等出仕だったな、と浅見は思い出した。出獄して間もない彼を説得したのも黒田清隆である。「徳川家もいまは、天皇に仕えているのだ。天皇の新政府につとめても、けっして徳川家の恩義に背くことにはならない」と、黒田は言葉を尽くす。「まして、北海道は君がかつて開拓を志した新天地ではないか。君のすばらしい知識を死蔵するよりは、北海道開拓に活用すべきではないか」と。命を救ってくれたばかりではなく、ここまで買ってくれる男に報いる気持ちも高まったはずである。

「そして榎本は、新も旧もない、国の将来のために自分を捧げようと決心するのです。元々、大局的にはそれを志していた人ですからね。辱も宿怨も捨てて、国の舵取りに尽力し始めます」

うんうんと頷いていた初老の男性は、

「当時、ロシア対策も急務だったわけですが、榎本しかまかせられる人間はいないということで、全権を委ねられる海軍中将に任命されますよね。この時日本海軍には将官はいなかったので、中将は海軍の中での最高位です。考えられるでしょうか？　賊軍の大将が、新政府の軍隊でトップを与えられるなどということが。世界的に見ても有り得ない事態です」

「それほどだったのですか」厚子は感心しきりといった様子で、「それもこれも、榎本武揚の多才さが飛び抜けていたからなのですね。朽ち果てさせるわけにはいかない才能だった」

「そこはもう少し慎重に理解してもいいかもしれませんね」宮司は、穏やかな面差しを保っている。「榎本の知恵や才覚が必要とされたというより、人物そのものの器が望まれたのだと思います」

（まさにそれだ）と浅見も共感できたし、比留間久展と尾花以外の全員が大きく頷いている。

「そうでなければ……」

宮司の言葉が続いた。

「榎本のような境遇の者が、七十三歳という天寿を全うすることなどできなかったでしょう。スタート時点から敵陣の中なのです。硝煙の中をかいくぐって地位を勝ち得た猛者たちが権力を争っている。中には、榎本軍に仲間を殺された者もいるでしょう。足元を掬って断罪したがる手合いは多かったはずです。榎本が単に器用な能吏であっただけならば、いつか使い捨てられて失脚し、場合によっては暗殺さえされたかもしれません」

それも有り得たろうと浅見も思う。実際、どれほどの幕臣が追放され、暗殺されたことか……。

宮司は言う。「そうした逆風の中で、人物を認められない者が、誰もがほしがる大臣のポストを歴任できたはずがありません」

「嫉妬も凄かろう」久展が発言した。「有能さを認めればなおさら、抹殺したがる者も出る。そうでしょう、宮司さん？」

「そういうものなのでしょうが、それすら食い止めたのが、やはり、榎本武揚の悠々たる人柄だと思います。彼自身、人そのものをなによりも大事にしていた男だったのでしょう。大臣のポストは、榎本が望んで得ていったものではありません。彼が力を発揮するために与えられたのです。それを榎本も充分に承知していましたから、役目を果たしたら地位に恋々としたりせず、さっさと身を引きます。すると次の大臣ポストが適任者を求めて回ってくるのです」

「凄いですねえ」と、ルイは溜息をこぼす。「無二の務めを果たして地位に執着せず。現代の政治家に聞かせたいです」

宮司はちょっと笑い、

「榎本に敵愾心を懐いていた者も、接するうちに覚るのでしょう。この男には出世しようという欲も、腹に隠した私心もない、と」

「欲がねえ……」感心した風ではなく、久展が呟く。

「人柄ということでしたら基本的に、榎本武揚は、江戸っ子としての気っぷに恵まれていましたよね」浅見の声は明るい調子を帯びた。「長崎の海軍伝習所で学んでいた頃は、若者らしいやんちゃぶりを発揮し、教官に目をつけられるタイプだったらしいではないですか。洒落や冗談をよく飛ばした。酒も常に浴びるほど呑んだと聞きます」

「そこは私と同じだな」と、久展。

「漢詩を詠み、囲碁や書道といった趣味を広範に持ち、俗曲もたしなんだとか。生涯を通してのべらんめえ口調も粋だったのではないでしょうか」

榎本の号は梁川といい、これは小樽駅前の梁川通りの名前に残っている。

「外国でもそうで、笑い話も伝わっていますね」

そう言う初老の男性と連れの女性が笑みを見せている。

複数の外国語に通じながら、その他国でも榎本の日本語はべらんめえ調だったという。レストランで、「まからねえかな」と言うと、マカロニが出てきたとか、「べらんめえ」をあまりにも連発するから、オランダ人が蘭和辞典でその項目を探したなど、笑える逸話が残っている。

飾らない男気も愛されたから、彼を害しようとする者は姿を消していったのだろうとそれぞれが言葉を交わしたところで、自然とこの場はおひらきとなった。

初老の男女二人が満足そうに去って行く後ろ姿を見送っていた浅見は、階段をのぼってきた顔見知りに気がついた。鳥羽刑事である。他にもう一人、目つきの鋭い私服がおり、鑑識課の制服を着た男も二人いた。

浅見に気がついた鳥羽刑事はちょっと目を見開き、こっそりと微笑した。

もう一人の私服は鳥羽刑事よりは若いが、四人の中ではリーダー格らしく、捜査一課の三村と名乗って宮司に挨拶をしていた。

「現場敷地を、また検めさせてもらいますから」と事情も説明する。

この間、浅見の脇に寄って来た鳥羽刑事が小声で伝えた。

「被害者の服に付着していた毛のような物があったでしょう」

「ええ。一本見つかったそうですね」

「その正体が判明したのです。アザラシの毛でした」

「アザラシ⁉」

意外な知らせだった。いかに港町とはいえ、街中にいた女性の服の内側に、海獣の毛が付着したりするだろうか。浅見は不思議の念に駆られた。（被害者の樫沢静華はここへ来る前に、海岸線で過ごしたのだろうか。それにしても、散歩程度でアザラシの毛と接触したとは考えにくいが……？）

鳥羽刑事は続ける。

「帽子やカレンダーのプリントと同じく、アザラシの毛も犯人が意図して残したのかもしれませんが、一本というのは少なすぎて、妙です。我々が発見するまでにどこかへ落ちてしまうかもしれませんし、見落としも有り得る。はっきり伝えたいなら、数本は残していくべきでしょう」

「なるほど。それを調べに来たわけですね？」

鑑識課の二人に目を留めながら浅見は言った。

「さすがに理解が早いですね、浅見さん。被害者の衣服や体にはもう、アザラシの毛はなかったので、犯人がもし数本残したのだとすれば現場に落ちている可能性がある。それを調べに来たのです。夜半から、天気は荒れ模様になるそうですから、調べるなら、現場を荒らされない今のうちです」

そこまで言ったところで、鳥羽刑事は、本殿の横へと歩を進める同僚の後を追った。

（複数の毛が地面などから発見されれば、犯人が意図的に残した物と断定してほぼ間違いないだろう）

でも、被害者の服に付着していた一本だけだとなると、その意味するものはなんなのだろうか。そんな風に、浅見は手掛かりの意味を考えた。

3

刑事たちの行動はやはり気になるのだろう、宮司はそちらに目を向けている。浅見のことも含めて自己紹介した牧野ルイが、流星刀に関して久展と幸穂に尋ねており、そこに龍之介も顔を突っ込んでいた。

彼らから数メートル離れた場所にいる浅見光彦が考え込んでいる様子だったので、遠慮して多少時間をあけ、それから私は訊いてみた。

「鳥羽刑事はなにを囁いていったのです、浅見さん？」

「樫沢静華さんの衣服に残っていた毛の分析結果です。アザラシの毛だったそうですよ」

――犬の毛なら普通にありそうだが、アザラシとは……。

その毛が複数見つかるかどうか、警察は調べようとしていると浅見が話してくれる傍らで、龍之介たちの会話も聞こえてくる。

「それは世界的に共通しているともいえます」龍之介の声はけっこう弾んでいる。「隕石は、天からの授かり物という受け取り方ですね。普通では絶対に手の届かない天の上の力をもたらすものだ、と」

「言ってしまえば迷信ですよね」刑事たちの動きを横目で見てから、厚子が感想を口にした。「でも聞いた限りだと、榎本武揚は迷信に左右されるタイプではなさそう。だから、流星刀を作る理由は少し違う？」

「でも、ロマンチストではありそうですよ」と、瞬きをしながら幸穂が言った。

「僕もそう思います」龍之介の表情は柔らかい。「榎本公の父親は幕府の天文方と言える役職にも就いていましたから、榎本公は幼少の頃から天文学には馴染んでいたはずです。そして、公は科学者でありロマンチストであった。その二面性があり、強烈な好奇心と行動力があったから、隕石からの日本刀作りに挑戦したくなったのでしょう」

並行して、アザラシの毛を巡る思考を浅見が私に話してくれていた。毛が一本の場合は、計画的に残されたとは思えず、〝誰も意図せず付着してしまったもの〟と見るのが妥当となる。いつの間にか付いてしまっていた、ということだ。この場合、二つの可能性が考えられる。一つは、当然、被害者自身がアザラシの毛と接触したということ。もう一つは、犯人の衣服にアザラシの毛が付着しており、被害者と接触した時にそれが相手の体に移ったというケースだ。いずれにしろ、特異な遺留品が、この現場に来るまでの被害者から犯人の行動をトレースするのに役立つかもしれないということになる。

「挑戦したいとか、作り出せるはずだという科学的な強い気持ちよりも、もっと切実な動機が榎本公にはあったのかもしれませんね」

と、龍之介の話は進んでいた。

「今、日本が置かれている時局にはこれが必要だという祈願のような思いです。霊験あらたかな日本刀を天から渡された素材で精製する。邪を払う聖剣です。天の剣。そこに、日本の道を正しく切りひらいて禍根を退ける力を見いだして、だからこそ天皇家へも献上した。そう想像するのですが」

「神話の、草薙の剣……とまではいかなくても」ルイが小さく頷いている。

ツタンカーメンという興味深い言葉を龍之介が出したのをきっかけに、私と浅見は彼らに近付いた。

「ええ。ツタンカーメンの墓から発見された短剣です。三千年経っているのにほとんど錆びていないのが謎だったそうです。調べると、鉄の他にニッケルとコバルトが検出されました。地球上の成分組成ではなかったのです。鉄隕石由来の短剣だろうといわれています」

「へえ！　エジプトの王家、そして日本の天皇家かぁ」

ルイが目を輝かせて、スマホ画面に文字を打ち込んでいる。今回のルポの中でアクセントに使えるかもしれないと考えたのだろう。

千小夜さんの後ろにいる優介が、「ツタンカーメン」と、繰り返している。

天皇家という言葉が耳に入ったためか、宮司も一団に体を向け直した。

声を発したのは久展だ。

「ふん。榎本武揚は、視野の広い両面の意識を持ち得たから、新旧の時代の狭間でも沈まなかったといえるのか」

ふと、私は、彼が天皇家にまつわる話題から話を逸らそうとしたような気配を感じた。気のせいかも知れず、根拠のない勘にすぎないが。

久展の意見を、宮司が穏やかに表現し直した。

「旧幕臣である武人としての背骨と、先見性をもって技術や思想を取り入れる先取の気性。その両面を併せ持っていましたかね。それらが矛盾なく共存していた」

浅見も言った。

「こう評言する人もいますね、武人としての榎本武揚は箱館で死んだ、新時代の彼は科学者としての顔でスタートを切った。それだけではなく、僕は、榎本武揚は、政治家、外交官としての顔も遺憾なく発揮したと思います」

「そうした意味で、公は、両面性というよりは多面的な器の持ち主だったといえるでしょうね」龍之介、感心できる人物のことを嬉しそうに語っている。「居場所を見失っている旧幕臣の人たちを引き連れて蝦夷地を目指したのも、将軍への義理立てとか、徹底抗戦とか、そうした武士の意地だけが元になってはいないはずです。彼らに食や仕事を与えるために、ほとんど未開の新天地を開拓するという合理的な目的もあったのですから。そして日本で初めての選挙を行なって、諸外国から〝独立国〟と認められる体制まで作った。榎本武揚公は間違いなく、武士であり、合理主義者であり、開明思想家でもあった。そしてこうした多面的な性質は、歴史ある港町も有しているのかもしれませんね」

「港町が？」

一美さんが聞き返し、ルイや浅見もグッと興味を向ける。

「は、はい。つまらない、私見ですけれど。大きな港町は大抵、何度かの大きな隆盛を経験し、最先端の文化・物質の入口として時代の注目を集めたりします。その勢いと誇りを味わった方々の子孫にはどうしても、その過去を重視して美化する感覚が残ってしまう。そして意識下の傾向として、新しいものの流入には冷ややかになる。ですけど、大きくひらかれている以上、港は否応なく未来の窓口です。この両面が混在して、港湾の暮らしからは新しく切実な文化が自由度豊かに発信されることが多いのではないでしょうか」

「なるほど！」ルイが素早く文字入力をしている。「時代ごとの文明開化……で見る小樽、と。ここに榎本武揚もからめられるか……」

「小樽と流星刀との関連で、一つ思ったことがあります」

さらに龍之介が言うと、目を輝かせる者が何人も出た。

「天狗山がなぜ天狗山と名付けられたのか、その定説はないそうですね？」

宮司もルイも、はっきりはしていないようです、と応じた。

私が目にした説の一つには、天狗というのは西洋人を表わしていたのではないかというのもあった。髪や目の色が違い、鼻が高かった彼らをそう喩え、その船の往来を見張るための高台であったため、とするものだ。

「古来中国では、流星のことを天狗と言ったのです」

おおっ⁉　という空気がわき起こった。

「発音こそ微妙に違いますけれどね。天狗という漢字に使われている〝狗〟とは〝犬〟の意。高度が低く火球となって見える流星が大気中で砕ける時、大音響が天地を満たします。これを、天を翔る犬の咆哮と捉えたのですね。『史記』や『漢書』に書かれています。その天狗山がある小樽に流星刀がやって来て、以降、奉納される。天と地と、人の業とを結ぶ壮大なロマンを、私は感じてしまうのですけれど」

おお、まさに！　と同感の色が幾つもの顔に浮かび、ルイが興奮気味に書き込む画面を浅見も覗き込んでいる。

市とタイアップした夢のあるアピールもできそうですね、と宮司も微笑むような多分に文化的（？）な会話が続いていたが、その空気を変えたのは、牧野ルイの次の一言だった。ルポに役立ちそうな話を集めつつも、触れる機会を窺っていたのだろう。

「あのう、ところで、細島幸穂さん。流星刀作りの一助となった刀工の刻國には謎めいたところがあるというのは本当でしょうか？　どのようなご事情なのです？」

響く声を発したのは久展だった。

「お前、まだそんなことをこねくり回しているのか」

「――」気弱そうな幸穂でなくても息を詰めたくなる威圧感だった。

「我が比留間の家系に欺瞞があるなどと思わないでほしい。比留間刻國は厳然と存在している」

「そ、それはもう……」と首をすくめる幸穂だけではなく、ルイも慌てて続ける。「もちろんそうでしょう。功績を疑ったりできるはずもありません。ええ、そういうことではありませんとも。ただ……」

　言葉に詰まったところで浅見がフォローに入った。

「謎めいていると聞くと、僕たちライターの食指は本能的に動くのですよ。細島さんは、祖先の業績から曖昧さをなくし、もっと詳しく知りたいだけなのでしょう」

「曖昧さなどない」

　これには幸穂も言いたいことがありそうだったが、もそもそと唇を動かしているうちに久展が怒声を重ねた。

「幸穂。ありもしないことを思い詰めるな。空想を弄んでばかりいるから、いい歳をして現実に立ち向かう力が生まれないのだ。実生活でやるべきことをやれ。お前のところのあの店はどうなのだ？　叔母たちに乗っ取られるのではないのか？」

「そんな――乗っ取られるだなんて……」

言い返してはいるが、視線は下を向いている。

「お前からはどうしても、現実逃避する弱さが抜けないんだな。歴史だとか、過去だとか、文学だとか、そんな場所に、ちまちまと辛気くさくいつまでも逃げ込んでいる。負け犬根性に馴染んでしまう、負の精神性だ」

名刀匠の直系としては、黙っていられない言いがかりと感じたのかもしれない。流星刀をおさめている神社の宮司や、雑誌記者たちの前でもあり、きっぱりと主張したくもなったのだろう。しかしそれにしても、配慮に欠ける個人攻撃がすぎるように感じる。

前原厚子も、鋭くたしなめる視線を久展に向けた。

「比留間さん。あなたのオフィスで部下を叱責しているのではないのですよ」

部下に対しても言うセリフではないだろう。

細島幸穂は青ざめている。

いや、恐怖を一番感じているのは優介であるかもしれない。少しでも久展から離れようとしていたが、そっと動かした足がもつれた。

倒れかかった彼を、「あっ」と咄嗟に動いて支えたのは幸穂だった。しかし彼女のほうが転倒する。バッグが地面に投げ出され、中身がぶちまけられた。ポーチやパスケース、そして、二、三枚の紙――それはまとめて二つに折りたたまれていたが、風に煽られてハラリとひらいた。そしてたまたま、プラタナスの大きな葉が一枚その上に落ち、ひらいたまま押さえる格好になった。

すぐそばにいた私と龍之介、そして幸穂の後ろにいたルイが、口々に「大丈夫ですか？」と声をかけながら手を貸した。

「だ、大丈夫です」

赤面しつつ、幸穂は散乱した私物をバッグに戻している。落ちたプラタナスの葉を手にして龍之介は立ちあがり、ルイは幸穂の服から土汚れを払ってあげている。

プラタナスの葉を見詰めながら、龍之介が口の中でごく小さな声を出していた。

思出(おもひで)のかのキスかとも
おどろきぬ
プラタスの葉の散りて触れしを

ついさっき龍之介の記憶脳にインプットされた、石川啄木の詩なのだろう。

千小夜さんが、「すみません、ありがとうございます」と我が子に代わり幸穂に礼を述べていたが、それを吹き飛ばすように久展の声が発せられた。

「今のも遺書なのか？」

突き放すような声の強さだけではなく、その内容が私たちを凍りつかせた。

——遺書⁉

「昔から、遺書を持ち歩くような、自殺願望のある厭世少女だったが、まだ大人にならずになよなよしているのか」

ほとんど聞き取れない声で、幸穂は「そんなんじゃありません……」と言ったようだった。

先ほど、一番上になった紙面の文字は、二、三秒、私の目にも留まっていた。遺書と聞いたせいか、手書きの文章にあったその手の幾つかの文字が網膜で瞬く。〝悲しむ家族〟とか、〝耐えられない〟とか……。

手紙とは思えず、バッグの中に長くあって何度も手に取っているような様子が紙のへたりなどから窺える。

浅見光彦が言った。

「詩にしろ、小説体裁の日記にしろ、とても個人的な領域です、詮索することもないでしょう」

詩とは見えなかったが、まあ確かに——。

一美さんも言う。

「女はラブレターにも死を書き込むのよ。覗き見した程度で個人の文章の意図を断定しないほうがいいと思います。文面を目に入れてもいないようですし」

浅見などは頭を小さく縦に揺すって微笑すら浮かべているが、久展は、呆気(あっけ)に取られた顔をしている。自分は今、一種の説教をされているのか？　と、そのことが信じがたいという面持ちである。

「ところで」

不意に、久展の秘書である尾花が平淡に声を出した。何事もなかったかのような涼しげな顔で、本殿の脇へ視線を向けている。

「刑事さんたちは、再度、なにを調べに来たのでしょうか？」

久展が感情を爆発させるタイミングを知っていて、それをはぐらかす手立てなのかもしれない。尾花は、浅見へと視線を移す。

「捜査の内容、浅見さんには話したのですか？」

「……天候が荒れる前に、遺留品の再捜査だそうです」

アザラシの毛のことは秘めたようだ。古いニット帽などもそうだが、アザラシの毛の情報も外部へは広めないほうがいいとの判断だろう。

「毒殺なのでしたら、ここに犯人は来ていないのでは？」尾花は冷静というより、表情がほとんど動かない。「犯人の遺留品などありますか？」

「死の間際に犯人が被害者と接触したらしいのです」龍之介はここで一度言葉を切った。ニット帽などのことを持ち出すのを、彼も避けたようだ。「スマホを奪っているはずです。毒を盛った後も追跡して、犯人はここに来たのでしょう」

次に尋ねてきたのは前原厚子だ。

「海岸線のほうでも他殺体が見つかったとか。ここの被害者の方との関連は？」

向こうの被害者山田耕一と、こちらの樫沢静華には今のところ関連は見当たらないようだと、相変わらず丁寧に龍之介が教えていた。

厚子はすぐに次の問いを口にのぼらせようとしたが、それを止めたのは幸穂の呟きだった。

「やまだこういち……？」

それは普段の声より当然ながらさらに小さなものだったが、不思議と、場に浸透して人々の注意を引きつけた。その理由は判る。まるで、被害者の人名に心当たりがあるかのような口振りだからだ。

浅見が声に出してそれを尋ねると、幸穂は半信半疑の体で、「その名前の漢字はどう書くのでしょうか？」と反問する。

漢字が伝えられると、彼女はスマホを取り出して画面上の操作をした。

「やっぱり……そんな……」

愕然となった彼女は青ざめた。

「あなたの知り合い？」と、厚子は質し、浅見も、「心当たりがあるのですか？」と詰め寄る。

誰もが俄に緊張感を増して、人の輪を縮めた。

「山田耕一さんに、わたしは調査を依頼していました」

それが、細島幸穂の答えだった。

第五章　被害者たちの背景

1

　浅見が覗かせてもらった幸穂のメール画面には、山田耕一からの送信があった。

「十九日前のものですね」

　内容は、現住所は不明だが役立つ情報を持っていそうな人物が見つかったので、居場所を突き止めてみる、というものだった。

「どのような調査を依頼していたのですか、細島さん？」浅見は尋ねた。「差し支えなければ」

　彼女はうつむくようにして、体を小さくした。

「先ほどから話に出ていたそれです……。先祖の比留間刻國さんについて判ることはすべて調べあげてほしいと……」

　あっ、と久展が低く声をこぼした。「あの男か？　あの時の？」

「あなたも知っているのですか、比留間さん？」と厚子が訊く。

「俺がその男を幸穂に紹介したことになる。あの時の男なんだろう、幸穂？」

「はい……」

「大昔のことだろう。――いや、昔というほど以前ではないか。二、三ヶ月前……」

久展の影に溶け込んでいる人工知能のような尾花が、スッと言う。

「九週間前になります」

捜査の進展が見込めそうで胸が高鳴る浅見は、久展に訊いた。

「山田耕一さんというのは、どのような素性の方なのです？　ご関係は深くはないのですか？」

「一度仕事をしただけだ。あの時は、柴浜と……」

「室田さんです」と、また尾花が記憶のアシストをする。

「三人で、ある歴史博物館の企画を担当した」

久展が社長を務める〝北産コーポレーション〟は、檜山や渡島地方などを中心に地元の産物を流通させたり、地域行事や文化興行的な催しのプロデュース業務をしているそうだ。

「その時に、参照資料の探し出しやかつての関係者の追跡を山田に依頼した。一度顔を合わせただけだ。主な連絡は柴浜が取っていた。その仕事が終わった時、幸穂からちょっとした打診を受けた。刀鍛冶の歴史を、書物で洗い出すのはもちろん、足を使って調べるのも厭わない人はいないか、とな」

久展は幸穂に体を向け、呆れたという目つきで首を振り、

「あの時、刻國の背景を調べるように依頼したのか。あれからまだずっと、そんなことをしていたとはな」

現実的な問いを発したのは厚子だった。

「でも、調査費というのはバカにならないわ。こんな長期間、支払えたの？」

「長期契約というのを結びました……。かかり切りになるのではなく、他の仕事の合間を見て進めるという調査ペースだそうです。それでも……月五万のところ……」幸穂は恥ずかしそうに身を縮めた。「三万五千円に負けてもらったのです」

ルイが一歩進み出て、

「比留間さん、細島さん」と呼びかけた。「樫沢静華という名前に心当たりはありませんか？　どうです？」

二人とも、聞き覚えはないと、頭を振った。

そこまでうまく、関係性は浮かびあがってこないようだ。

「そうですか……」

「でもとにかく、すごい情報が現われましたよ」龍之介は弾むように口にし、浅見に顔を向けてくる。「清水記者が、消えたＳＤメモリーカードには流星刀にかかわるデータが入

っていたのかもしれないと想像していましたが、あながち外れていないのかもしれませんね」

「でも、亡くなった山田耕一さんと同一人物だとはまだいえないでしょう」一美が慎重を期した。「まず間違いないでしょうけど、山田も耕一も、珍しい名ではないですから」

「すぐ確かめられますよ」

浅見は、現場を離れた刑事たちが歩いて来ているのを目にして言った。

「三村さん、鳥羽さん」声をかけて手招きする。「大変重要なお話があります」

細島幸穂も、調査員山田耕一と一度対面しているということで、三村刑事のスマートフォン画面を比留間久展と一緒に覗き込んでいた。映し出されているのは、海岸線で発見された被害者の顔である。

「この男に間違いない」

久展はそう確認し、幸穂も青ざめた顔で頷いた。

刑事たちは色めき立った。

遺留品調べを終えた刑事たちの顔から浅見が見て取ったところでは、アザラシの毛も役立ちそうな発見もなにもなかったのだろうと察せられたが、今ではその刑事たちの顔色も一変していた。

意気込む三村刑事が矢継ぎ早に質問を発している。

「細島さん。具体的な調査依頼の内容はどのようなものです？　山田耕一の行動を洗えそうな記録はありますか？　小樽へ行くとの報告はありませんでしたか？」

なんとか萎縮しないように努力している様子の幸穂に、（しっかり）と、浅見は励ましの眼差しを注いだ。

幸穂は、たどたどしくも真剣に、刑事に答えている。山田耕一からの報告はごく簡略なものがあっただけで、大きな進展は辛抱強く待つしかないと思っていたという。十九日前のメールを見せ、近況もこの程度のことしか知らないと伝える。

「三村さん」鳥羽刑事が口をひらいた。「こちらの細島さんの依頼の専任ではなかったようですから、山田耕一は別件の調査でここへ来ていた可能性も排除できませんな」

判っているという顔の三村刑事は、参考人に対するよりは幾分鋭さを増した目を幸穂に向けた。

「細島さん、ところで……」

「はい？」

「一昨日の真夜中はどこにおられましたか？」

幸穂の体がみるみる強張ったので、浅見はとっさに口を挟んでいた。

「関係者には例外なく訊いておかなければならない通例の質問ですよね、刑事さん？」

「そうですよ、細島さん」浅見を横目で見てから三村刑事は言った。「形式的な確認事項です」

「一昨日でしたら……、普通に、自宅兼店舗にいましたから……、江差にあります。いつもどおり、十一時くらいには寝ていたと思います」

「ご家族と同居ですか？」

「い、いえ。一人です」

「そうですか。では、もうひとかた。恐縮ですが比留間久展さん。同じく一昨日の真夜中の所在を教えていただけますか？」

久展より早く、尾花に身構えたような気配があった。表情が動いたようにも見えなかったから、どうしてそう察したのか、浅見自身よく理解できないのだが。

尾花は恐らく、久展の感情が暴発しないようにガードするのが習い性となっているのだろう。

「一昨日は札幌におりました」と素早く答えていた。そう発言して、久展が吐き出そうとした言葉を封じている。

「立ち話もなんです。細島さん。比留間さん。署へご足労願って、じっくりご協力願えませんか」

比留間は、にらむというより、蔑視するような視線を三村刑事に投げかけた。

「そのような場所へ、足を踏み入れろ、と？」

「捨てたもんじゃありませんよ、比留間さん。ま、宿泊には向きませんが」

尾花が弁護士のように言う。

「あくまでも任意でしょうね」

「いかにもそのとおりですが……」

押し問答になりそうだと見たか、宮司が提案した。社務所の一室を提供するという。宮司としても、任されている神域で人が死んだ殺人事件の捜査である、腰を据えて取り組んでもらいたいだろう。

比留間久展も、そこを妥協点と見たようだ。案内を請うた。

鳥羽刑事が捜査本部へ連絡を入れる。事情を説明して、聴取をある程度進める旨を伝えた。鑑識の二人は帰署となった。

社務所の中の真っ直ぐな廊下の奥へと宮司が案内をし、人の列が長くのびる。浅見も靴を脱ぎ、そばにいる鳥羽刑事に小さく声をかけた。

「アザラシの毛はなかったのですね？」

「ありませんな。地面も乾き切っているので、犯人のものらしき靴跡どころか、被害者のそれもはっきりとはしません」

近くにいた龍之介が、そっと、思うところを言った。

「樫沢さんと接触した人からアザラシの毛が移ったのだとしましたら、あの方にぶつかられた八木渡さんの体にそれが付着していなかったのか、調べておく必要があるでしょうね」

「ああ」と鳥羽刑事は応じる。「それは確認する手はずだよ。念のために、救命処置を試みた女医さんにも当たることになっている。……それとですね、浅見さん。樫沢静華を殺した毒物が判明しましたよ。トリカブトです」

「トリカブト……！」恐れるように龍之介が呟く。

浅見は、龍之介と鳥羽刑事のどちらにともなく訊いた。

「効果のほどと、死に至るまでの時間などはどのようなものなのですか？」

「呼吸困難から心室細動と心停止」と龍之介。「摂取から死亡するまでの時間は、数十秒から数時間と幅があります」

「そのとおり。服毒から致死までの時間がどれぐらいであったかは、解剖してもなかなか特定できないようです。入手はむずかしくないといえるでしょう。野草を摘んで、煎(せん)じればいい。被害者はもちろん、トリカブトの草を食べたのではなく、恐らく液体状にされたものを呑まされたようです」

鳥羽刑事も部屋へ入ると、三村刑事は、細島幸穂、比留間久展、尾花の三人を招き入れた。前原厚子も立ち会うと申し入れたが、認められなかった。浅見や龍之介たちも当然そうなるが、鳥羽刑事がドアを完全には閉めずにいてくれた。

中嶋千小夜と優介は、売店を見学している。

ドアの隙間から、身元確認の声が漏れてきた。

2

〝ホソジマ商店〟の店主、細島幸穂。二十五歳。〝北産コーポレーション〟の代表取締役社長にして文化事業部顧問、比留間久展。五十二歳。その秘書は、尾花壮と名乗った。二十六歳。

幸穂は、過去の刀工のなにを探ろうとしていたのかを詳しく話すように要求された。浅見も興味をもって耳を傾ける。

「最初に興味を懐いたのは、わたしが高校生の頃でした……」

その時は存命だった比留間家の曾祖父が、刻國のことを少しだけ話してくれたそうだ。刀剣を打ち出すのにふさわしくない組成の鉄鉱石から最良のものを形作る勘のようなものが優れていたのが刻國だった。だから、隕石から刀を作る試練の時にも助勢を求められた。

その先祖に興味を持って他の比留間家の家族に訊いてみたけれど、はかばかしい返事は返ってこなかった。語り継がれていることがほとんどないらしい。その時はその程度触れただけで、女子高生の幸穂はそのことを忘れていった。再び意識し始めたのが、今回の流星刀公開式典の話が動きだした二年ほど前だ。

「本家の家系図も見せてもらいました。昭和十年代に書き記されたものです。今の益刻さんの六代前に、刻國はいます。清十郎さんがその人です」

　益刻の兄である久展の声が割り込む。

「うちは代々、刀工の業を伝承する者に、〈時刻〉や〈彫刻〉の〈刻〉の字を継がせる。〈とき〉と読ませるが」

（さて、どこに、調査までしたくなる不可解さがあるのだろう？）

　そんな浅見の逸る思いを、鳥羽刑事が代弁するようにして幸穂にぶつけた。

「古文書……とまではいかないでしょうね、ある古い文書を見つけました」と彼女は答える。「刀鍛冶の方々の創作秘話を集めたようなもので、それには、『武蔵野の比留間の兄弟には刀作りの才があり』と書かれていました。これは時代的に、それに前後の記述の内容からしても、清十郎さんの代であることは間違いありません。……でも、家系図では清十郎さんは一人っ子なのです」

　彼女は慌てた調子で言葉を足す。

「若くして亡くなったにしろ、養子に出されたにしろ、記録に留めないということなどないはずです。比留間家の家系図では、他はすべてそうなっていますから。加えて、今の記述の話だけではなく、刻國に関してもう一つ、気になる文章が見つかりました。流星刀を作った刀匠、岡吉國宗の係累が書き記した言葉です。『謝意を表わすも定刻氏を通すのみの仕儀は不可解なりしも』となっているのです。定刻というのは、刻國の先代になります。流星刀作りの協力に対して、何ヶ月かしてから岡吉國宗からの礼を伝えようとしたらしく、その時の様子を記したものです」

「なるほど」三村刑事の声がする。「刻國本人には会えなかったということですね。その対応には首を傾げるものがあった、と。しかし、病で伏せっていたとか、理由はいろいろあるでしょうしねえ」

「当然、た、対面できない理由は伝えられたのでしょうけれど、真に受けることができない不可解なものを感じたということだと思います。同時に重要なのが、全体像です。比留間家の資料では、刻國の前の代の刀工も次の代の刀工も、その人となりや業績が書き残されています。それですのに、刻國だけは、あっさりとした記録しかないのです。しかも、流星刀作りをサポートしたという記載もないのです」

「おい」久展の声が響く。「誤解を招くことを言うな。岡吉國宗とつなぎを取った縁者のことも記した記録があるだろう。流星刀作り成功に寄与したと、明記されている」

「で、ですけどそれは、後世になって書き起こされたものです。第一次大戦の後に、歴代の業績をまとめておこうと企図して再編集された資料です」

それに、刑事さん、と幸穂は珍しく、意気込む様子だ。

「外部の公の資料でも、比留間刻國の影は薄いのです。歴史のある全国的な名工会や刀匠協会などの名鑑でも、簡略に扱われているだけ。一部、流星刀制作への寄与に言及されていますが、その業績に見合う扱いではないように感じられます」

浅見の耳元で、ルイが言った。

「全国的な歴史で見てもおやっと感じる状況であるなら、追求したくもなるでしょうね」

「気になりますよね。一部の記録や記憶の欠落で済ませたくない気持ちも判ります」

室内からかすかに聞こえる、

「……まるで、刻國のことには触れないようにしているかのようです」

という幸穂の呟きには、久展が言い返す。

「いちいち謎めかすな。うちの先祖は業績を吹聴したりしない奥ゆかしい連中だったというだけのことだ。それに、刻國はさほどの腕の持ち主ではなく、流星刀への関与以外にさしたる実績を残していないという現実的な記録と見ても間違いではあるまい」

その反論はある程度は成立する、と浅見が思っていると、三村刑事の声がした。

「いや、だいたいの背景は判りました。ありがとう、細島さん。それで、山田耕一さんを雇ってまで調べたくなる理由があったのですか？」

よほどの利害でも生じるのかと探っている気配だ。

「出費に見合う具体的な成果が得られるものではないですよね……。論文や書籍にするわけではありませんから。詰まるところ、好奇心でしかなく……」

好奇心と言われると、浅見としては我が身に照らし合わせて共感しないわけにはいかない。好奇心を原動力にした突き進み方が激しいと、周囲にはなかなか理解されないものだ。

「でも、自分での調べ方ではもう限界だと思いましたので、他の方にもちょっと検(あらた)めてもらおうと思ったのです。その……個人的にも、お店のこととか、時間を割(さ)かなければならない時期になっていたこともありまして……。この流星刀公開式典の前に、なにか判っているといいな、とも思って……」

「それはあるでしょうね」と、浅見の後ろで龍之介が光章に言っている。「この式典には流星刀にかかわった人たちが集まる。調査で得られたことを、その人たちに直接投げかけるにはベストのタイミングです」

「なんらかの結果の答え合わせをするとか、洗い出された最終的な疑問をぶつけるとかだな」

一美も、思わしげに言った。「その式典の二日前に、山田耕一さんは殺されたのね」

「山田さんは、刻國存命当時の、分家となっている血筋をたどると面白い発見があるかもしれないと見通しを立ててくれていました」幸穂はそう話している。「期待できそうでしたが、時間もかかりそうなので、あちらから言われたとおり、経過報告を黙って待つことにしたのです。……ただ、最近は不審にも感じていました。わたしがこの式典を調査に一区切りつける目安にしていることはご存じなのに、なにも連絡が入りませんでしたから。でも催促もしづらくて……」

三村刑事が、先ほど見せてくれたメール以外、山田耕一とはしばらく接触していないのですねと念を押し、幸穂はそのとおりですと明言した。

「細島さんは、署へ同行してくれますね？　上の者にも直接話していただけると大変助かりますので」

声は聞こえなかったが、幸穂は頷いたようだった。気持ちよく熱心に、とはいかないだろうけれど。

「それでは比留間久展さんです。ここでしか協力いただけないようですので、細かく聞き取らせていただきます。山田耕一さんと最後に連絡を取ったのはいつですか？」

「無駄な質問であり、無駄な時間だ。その被害者のことを知りたいならば、身近な者に問え。私は、一時ビジネスをしただけの者だ」

（そうであったとしても、比留間久展は刻國の直系である――）そこから動機が発生しないとはいえないと、浅見ならずとも思うだろう。

「家族や交友関係のあった人にも、無論、訊きます。まずは、比留間さんを容疑者から除外してすっきりするためにお尋ねするのですよ」

もう一度同じ質問をされた久展は、二ヶ月半ほど前に幸穂に紹介した時が最後だろうと答えた。

「ありがとうございます。では、二日前、九月五日の夜の行動を細かく教えていただけますかね。札幌におられたのですね？」

「……取引先と仕事を終え、そのうちの三人と夕食を摂った。私と尾花が宿泊しているホテルのレストランだ。その相手の詳細やホテルのことは、後で尾花から聞くといい。十時半頃には終わっていたはずだ。それからは、尾花と打ち合わせをしていたな。私のスイートルームの続き部屋で。真夜中頃までかかったのではなかったかな」

「警察としては証人がほしいでしょう」尾花の言葉がごく自然に挟まれる。「零時少しすぎから、私ども二人はバーカウンターに参りました」

「ああ、そうだったな」

「そこに小一時間おりました。バーテンダーの方たちなら、商売柄、私どものことも記憶してくれている公算が高いでしょう」

「お気を回していただいてどうも。痛み入りますな。ありがたい対応に甘えさせていただき、今日の行動も併せて教えていただけますか」

主従間でどういうやり取りがあったのか、ここでは最初から尾花が説明を始めた。

「札幌から朝早く、小樽駅に到着しました。最初の行き先である天狗山の小樽スキー資料館まで出向き、九時少し前までいました」

これを聞き、浅見とルイは顔を見合わせた。

「じゃあ、僕たちの前にオープン前から仕事関係の見学者が来ていたというのは、あの二人のことだったのですね」

「奇遇です」

二人の反応に興味を示す後ろにいる面々――龍之介、光章、一美らに、浅見は話して聞かせた。自分とルイが取材した施設の一つが小樽スキー資料館なのだが、一時間ほど前にも二人の男性にいろいろとお話をしたのです、と職員が話題として伝えてくれたのだ。なかなか面白い偶然で、その二人が、比留間久展と尾花壮であると判明した。

室内からは鳥羽刑事の声が聞こえてきている。「それは観光ですか？　お仕事？　証人もいてくれそうですかな？」やや皮肉を帯びた口調だ。

「間違いなくいますよ。仕事でしたので、資料館職員とずっと談話をしたり説明を伺ったりしていましたので。手がけている冬季の観光事業計画の一環なのですが、本来でしたら現場の者の仕事で、社長の手を煩わせる事案ではありません。ですが、小樽で重要な面談がありましたので、ついでと申しますか……」

「重要な面談とは？」三村刑事が訊いた。

「進行中の大きな合同プロジェクトの最終同意を取り付けるものです。土地開発業者さんですけれどね。正午から、〝オーセントホテル小樽〟の最上階のレストランで昼食会をひらき、一時半頃から、先方のオフィスに出向きました」

「無論、上首尾に終わった」久展が言葉を挟む。

「こうした共同事業者さんたちには週明けに札幌に集まっていただき、正式な提携契約に至ります」

「なるほど。それで尾花さん。正午前はどういった行動を？」

「小樽市内を見て回っておりましたよ。観光拠点、文化的施設などを。もちろん、この神社には一度も来ていません」

ここで鳥羽刑事が訊く。

「朝早く、海のほうへは行かれましたか？」

「海？」声を出したのは久展だ。「そんな時間はない。すぐに天狗山に向かったからな。午前中なら、運河は眺めたがね。有名な運河も、あの程度の規模なのか？」

浅見は、前原厚子に顔を向けた。

「前原さんはいつから、あのお二人と一緒なのです？」

「合流したのが二時半頃ね。今日の十四時四十分頃。さっきよ」

「急遽……といった印象を受けるのですが」

「あら、そう？」

とぼけるということでもないが、彼女はわずかな間、口を閉ざした。浅見の次の質問、出方を窺っている気配だった。浅見は浅見で、そのペースに乗るのはどうかとの思いがわいた。

お互いを探り合うような数秒の後、一方ならぬ年季を感じさせる厚子の瞳の奥が、ふっと笑みを覗かせた。

「実のところ、前日の商談で、比留間さんは軽視できない失態を演じてしまいましてね。ま、あのような性格ですから、それが良い方向にばかり寄与するとは限りませんので。それでうちのトップが、手綱を締める意味でわたしを派遣したのです。うちの社の機嫌を損ねますと、〝北産コーポレーション〟としましては大打撃をこうむるという関係ですの」

「比留間さんはあなたのことをお目付役と言いましたが、まさにそうした役回りなのですね」

「いえいえ。母性溢れる、おばさんコンサルタントにすぎませんよ」

あえて気取ったコミカルさで煙に巻く気配だが、浅見を見詰める瞳にはどこか、微熱を帯びたような艶っぽさが窺えないこともない。浅見にとっては苦手な、錯覚かどうかも判断できない眼差しで、ここはさっさとリングからおりた。

「前原さんは函館の方ですか？」

「そうです、元町に居住しております。残念ながら旦那がおりますが。今朝方あちらを発ちました。こんなのが来襲すると知って、比留間さんたちは昨夜、戦々恐々だったでしょうね」

浅見は微笑んだ。

「いいえ。頼もしかったでしょう、特に尾花さんにとって」

「そうでしょうかしら」

「そうですとも」一美の声は心から発したという響きを持っていた。「仕事ができる感じに憧れます。トップから単身でテコ入れをまかせられる人なんて、そういないでしょう」

「いや」浅見の表情は、真面目さを崩さぬまま、ふっと緩んだ。「長代さんならじきになれそうですよ。ねっ、光章さん？」

「浅見さんが言うと本当になりそうで、怖いぐらいです」

ここで厚子が、「お見知りおきを」と、綺麗な赤いネイルの指に挟んだ名刺を浅見に差し出してきた。浅見も名刺を渡す。携帯電話の番号も書かれた、三種類めの名刺だ。

室内から、「ひとまずはここまでにさせてもらいますが」と、三村刑事の声が聞こえてきた。細かな確認事項がやり取りされるようになったので、浅見たちは全員、玄関へと向かった。

外へ出て、幸穂や刑事たちが出て来るのを待つ。

姿を見せた幸穂は、不安を隠しつつ、

「あのう、今日中に小樽を発ちたいのですけど、時間は大丈夫でしょうか？」と、三村刑事に半ば懇願している。

「それはなんともいえませんなあ、申し訳ありませんが」

「細島さん」浅見は声をかけていた。どうもお節介を焼きたくなる。「警察署へは僕も同行しますよ」

みんなが驚き、鳥羽刑事もさすがに言った。

「今回は浅見さんが参考人となる要素はなさそうですがねえ」

「付き添いですよ。任意で出向く方に付き添って行くのはかまわないでしょう」

ぽかんとしている幸穂だったが、浅見が、

「地元ではない場所で警察へ呼ばれるなんて不安でしょう。近くに誰かがいてもいいですよね？」と囁くと、こくりと頷いていた。

「しかし……」

三村刑事がそれ以上口に出す前に、浅見は言った。

「署の前で待ちますよ。それは自由でしょう？」

さらに、名刺を幸穂にも渡した。

「なにか判らないことがあったり、不安を覚えたら、遠慮なく電話してください」

3

捜査会議が終わると直ちに、鳥羽部長刑事は江別まで車を飛ばして来ていた。もう辺りは暗くなり、夕食時で、空腹を覚えないではなかったが、無論、そんなことをいっている局面ではない。江別市工栄町にある、山田耕一の個人事務所の捜索に入っているのだ。現地所轄署の二人の刑事と一緒である。

三村刑事も同行していたが、彼は、同じく所轄の刑事と共に山田耕一の自宅の捜索に入っていた。

〝コウエイリサーチ総研〟は、三階建て貸しビルの一階の西側に位置している。二十五㎡ほどの広さだが、意外なほどすっきりとしていて狭くは感じられない。入口正面にスチールデスクがあり、そこが山田の席だろう。右隅に、ごくこぢんまりとした応接コーナー。壁際は棚で埋まっているが、ファイルなどの数はさほど多くはなかった。

「なるほど、そうですか。二、三日連絡が取れなくても、心配はしなかったのですな？」

この調査会社のただ一人の従業員は、小太りの中年女性、宮越年子。現場に出るような調査活動などは一切せず、もっぱら経理的処理や事務連絡をまかされていたようだ。

「調べ物に没頭したりすれば、そうしたことはしょっちゅうでしたから」

応接用のソファーに座らされた年子は、立ったままの鳥羽を上目づかいに見ている。

彼女の知るところ、山田耕一は一匹狼で、独身だという。宮越年子は、ここに勤めて三年半。夫とは死別し、七歳になる男の子がいる。

この部屋で彼女が使っているパソコンの中身も調べさせてもらったが、その内容は確かに事務方のものであり、精算業務や収支決算、伝票整理表などで満ちていた。

鳥羽が聞き取り役であり、二人の刑事が室内を捜索している。すでに発見はあった。デスクの抽斗（ひきだし）から、複数のスマートフォンが見つかっていたのだ。恐らく飛ばしケータイで、通信履歴を残さない手立てを講じている。こうした仕事ぶりを見ていたのだから雇い主が違法なことをしていると察していたよね、と問い質された年子は、知りませんよと、怯（おび）えながら答えていた。刑事たちの捜査ぶりが、殺人事件の被害者の身辺調査というよりガサ入れに近いことは感じているらしく、不安な様子は隠すべくもない。

「小樽へ行くことは知っていたのですな？」

すでに訊いていることだが、相手を少しでも落ち着かせるために鳥羽は再度尋ねた。

「は、はい。泊まってくるようでした。帰ったら連絡する、と」

「調査内容について、なにか思い出せませんか？」

「……人と会うようでしたけど、それ以上のことは……」

「日本刀とか、神社とかいった言葉は耳にしなかったかな？」

年子は不思議そうにした。

「歴史のことでも調べていたのですか、山田さん？　そっち方面は好きそうでしたけど、依頼は滅多にありませんでしたよ」

デスクを調べている刑事が苛立った声を出した。「日程の詳細も、最近の調査内容の断片も、なにも見当たらないですよ」

自分の行動や調査内容の痕跡を残すことを極端に警戒していたらしい。

「それで、宮越さん」鳥羽は質問に戻った。「山田さんからの最後の連絡は、いつ、どのようなものでしたか？」

「あれは……、二日前の深夜でした。でもわたしがそれに気づいたのは翌朝になってからですけど」

「すると、メールか留守電ですね？」

「メールですよ」

鳥羽は多少前のめりになった。「見せてもらいましょうか、それ」

のろのろとスマホを取り出した年子は、「仕事用に与えられている物です」と気もなさそうに言う。

「メール画面を呼び出して」

素直に操作はするが、「でも、見ても無駄ですよ」と言う。

「どうして？」

「メッセージは消えちゃいますもの」

「消したのか？」

「消えちゃうんですよ」

なにを言ってる、との思いで、鳥羽はスマホを引ったくった。一番最後のメールは、五日前。十六時五十一分で、『予定より遅れる。もう鍵を掛けて帰っていい』というものだった。

「一昨日のメールを、どうして消したんですか？」鳥羽は、不快感と疑問を表わした。

「ですから、それじゃないほうのアプリのメールは、消したんじゃなくて、読むと自動的に消えちゃうんですよ」

「えっ？」

若いほうの所轄署刑事が寄って来て画面を覗き込む。

「そういうメールアプリがあるんですよ、鳥羽刑事。メッセージをひらき、読むと、自動的に完全消去されます」

「なんだって？」

「チャット・イレースとか、Signalとか、いろいろありますよ。復元する技術がまだなく、我々捜査側にとっては厄介な代物です」

「なんだってそんなものを作るんだ！」

「ま、弾圧地区での言論の自由を守るための手段だとか。でも犯罪者も、大喜びで使いますよ」

「宮越さん、あなたね」一瞬憤然となり、鳥羽はスマホを振った。「こんな怪しげな通信手段を取る男なんだから、真っ当な仕事をしていないなと判るでしょう」

「だ、だって、依頼内容の秘密を守るためだって、ずっと言われてきましたから。依頼主のことも、調査内容も、どんどん消していきましたよ。一昨日のメールの指示もそれでした」

「どういう指示？」

「最新Rと分類されているパソコンの中のファイルはいつものように消去して、紙の資料は焼却しろ、というものでした」

「最新――。それで、消去は実行したのですか？」

「はい。次の日に出勤してからですね」

「パソコンは、確かに起動できるが……」

デスク上のパソコンを捜索開始早々に一度起ちあげていた所轄署刑事が、再びそれを起動させた。「ロックもかかっていないから、変だと思っていたが……」

「消去の指示は、時々受けていました。ファイルは暗号化されてから消去されるみたいです」

「そういうことか。ロックをかけておいても、専門家に探られればいつかはひらかれる。それよりも、完全消去のほうを優先していたわけだ」

助手である宮越年子を使って、自分はどこにいても不都合な情報を消し去れるような手順を組んでいたわけだ、と鳥羽は理解した。勝手にファイル内を覗いたりする器用な悪意は宮越年子にはないと踏んでいたのだろう。いや、ファイル自体にはプロテクトがかかっていると見るべきか。

年子が言い訳がましく言っている。

「通常の事務連絡は、どこにでもあるそのメールアプリで送ってくるのです。依頼と深くかかわるものは、消えてしまうメールできます」

「紙類は燃やしたのかね？」

「言われたとおりに。クリアファイルに入って抽斗にあったものでした。裏の手作りパン屋さんは窯の火に薪を使っているんですけど、紙も喜んで燃やしてくれるんですよ」

（そこまで用意周到に隠蔽を図っていたのか――）

ほぞを噛みつつ鳥羽は、山田耕一はやはり恐喝者か企業スパイの類いなのだろうとの認識を強くした。

苦い思いが込みあげる。事務所を洗えば、山田耕一の最新の仕事内容と、小樽で誰と会う予定だったのかもすぐに判明すると捜査関係者は誰もが思っていた。しかしその期待が根底から覆されてしまっているのが現状だ。

失望をもたらす報告しかできないというのは、刑事の本能として避けたいことだ。

「宮越さん。消去指示のメールの着信は何時頃か、覚えていますか？」

「真夜中近くでしたよ。十一時……五十分台だったと思います」

死亡推定時刻の範囲内である。メールの送信直後に、凶行は発生したのだろうか。

鳥羽は次の質問を考えながら、自分でも棚のファイルの捜索を始めた。

「そうだ、宮越さん。山田さんは、写真撮影が趣味だったとか、カメラマンをサイドビジネスにしたりとかしていましたか？」

「そっちでお金を稼いでいたなんて聞いていませんけど……。ああ、あれですね。なんでも、張り込みにはカメラマンのふりをするって、言っていましたよ。三脚みたいな道具も持って出ることがありました」

その点は、見立てと一致している。

鳥羽が目を通していった綴じ込みの書類は、ここ数ヶ月の間に処理した仕事内容の記録だった。浮気調査。もう一つ浮気調査。社内セキュリティー検証。古書の著作権者調べなどというのもある。

依頼主の秘密厳守のために完全消去に神経を使っていたというのならば、浮気調査された当事者もそれを望むだろうに、と鳥羽は思う。（やはりここには、表の仕事としての実績になるものを残しているのだ。絶対に表に出したくはない裏の取引は徹底して消去する）

棚の隅に、鳥羽は、懐かしい物を見つけた。フロッピーディスクだ。七枚ある。他のAV機器に紛れるようにして、読み込み用のドライバーもあった。

宮越年子が、

「刑事さ～ん」と、時間を持て余す様子で腕時計を見ている。「わたし、まだいなきゃいけませんか？　息子がいるんですよ。姉の都合がつかなかったから、ヘルパーの染野（そめの）さんに延長料金払ってるんですけど」

「もう少し待ってもらおうかな」

鳥羽は、函館に戻る時間を気にしていた細島幸穂の事情聴取を思い返した。長く引き留めることになってしまったが、署の外で待っていた浅見光彦が、うまく取り計らってくれそうだった。

「山田が一番最近取り組んでいた仕事は、どこかの会社の営業妨害的な中傷メール調べじゃないのかな」所轄の、年配のほうの刑事がパソコンを見ながら口にした。「ファイルはひらけないが、タイトルは『内紛メール調査』。更新日が三日前の朝だ。それに、デスクの上に出ているメモや書面も、その内容に沿っている」

「ああ」年子が反応した。「そのお仕事は、しばらく前からわたしも少し手伝っています」

事情を知る鳥羽が、二人の刑事に説明した。

「細島幸穂の先祖に関する調査は、他の仕事の合間を縫いながらの進行計画だったらしい。ここしばらくは、その内紛メール調べがメインの仕事だったのだろうね。それは完全消去する性質の仕事ではないということだろう」

（小樽まで、山田耕一はなんの用件で出向いたのだろう……）

「宮越さん。紙にまとめられていた資料は燃やしたということだが、持ち歩いている時などに、文章の一部でも目に入ったりしなかったかな？」

「目に入っちゃうこともありますよ。いえ、本当にうっかりね。たまたまそうなっちゃう時はあります。でも今回はそれもありませんでした。本当ですってば」

そこは残念ながらあきらめ、最終的に、宮越年子が渡されていたスマホや、山田耕一のパソコン類を押収することになった。他にも、最近の山田耕一の動静が窺えそうなプリント類も見繕う。預金通帳も手に入ったが、裏帳簿ではないがこれにも他に隠された貌があるかもしれない。

さて、と室内を見回した時、鳥羽の頭はなぜか、浅見光彦の言葉を思い出していた。でも、便利さから離れることで生まれる価値もありますよね、というものだ。

足を止めた鳥羽を、怪訝そうに二人の刑事が見詰める。

「そういえば、あれは……」

鳥羽は棚の隅に戻った。

「どうしました？」後を追って来た二人は、不審そうでもあり、問い質すようでもある。

「このフロッピーディスクですよ」

白手袋をはめ直して、鳥羽はその七枚を取り出した。

「なぜこんな古い物がここにあると思います？　微妙に違和感がありませんか？」

「内容もツールとしての機能も古すぎて、役に立たないから放置してあるのでしょう」

若い刑事の意見には賛成できなかった。

「だったら捨てているのでは？　紙も随時燃やして完全消去する男ですよ。無用の古いデータを後生大事に取っておくはずがない」

「確かに……」年配のほうはがっしりとした顎をさする。「すると……」

「解析してみて損はない。押収して、データを呼び出してもらいましょう」

「そうですな」

所轄署刑事たちの顔にもようやく、成果を得られたかもしれないという晴れやかさが生まれたところで、鳥羽のスマホに着信があった。

まだ若い相棒、小栗刑事からだったが、いやに急くその声は震えていた。

『平警部補です』

用をなさないそんな言葉から、彼の電話は始まった。

「警部補がどうした？」

『いえ、あの……』いっそう声を潜める気配だ。『浅見さんたちとかなりオープンに事件の検討をしていたことが、平警部補に伝わったようでして……。いろいろなところから、細かく情報が集まって……。必要性のない詳細さで捜査内容を伝えていたことを問題視するみたいです。その辺、厳しそうな方ですよね』

へたをすると地方公務員法違反にも問えるかもしれないが、組織の様々なところに痛撃を与えるそれは自分にも跳ね返ることになるのだから、そこまで荒立てることはさすがにしないだろう。

（そういえば、浅見さんが刑事局長の実弟であることを知っている者が、今の署内にはいないんだな）

その事態を、鳥羽は改めて実感した。署長は代替わりしているし、刑事課長も異動になっている。次長は病気休職中。だから、当時は小樽署にいなかった平警部補も、浅見光彦のかつての捜査協力は聞き知っていても、浅見が持つバックボーンは知らないのだ。

警察組織の中で物を言う、浅見の兄の肩書きを持ち出そうかと鳥羽も思った。しかし、浅見自身が兄のことを口外したがらないことも、鳥羽は充分に感じている。勝手に持ち出していいものとも思えない。

そもそもそこまでする必要はないかもしれず、鳥羽は、小栗があまり悲観しないようにあえて言った。

「二つもホトケを抱えた署がしゃかりきになっている時に、滅多なことはしないさ」

『さ、先ほど、私にこの件を手短に問い質した平警部補は、今、上の人たちと話しているみたいです』

(――けっこう大事(おおごと)になることも覚悟するべきか)と、鳥羽にも不安が突きあげてきた。

(個人の裁量でおさめられる段階を超えそうだ……)

『海岸線の現場で、牧野ルイも浅見さんと一緒にいたのを見ていた一課の刑事もいますからね。動機の面からは、彼女は完全な白になったわけではない立場ともいえます。そんな相手にも上司の許可なく、捜査情報を明かしていたのかと、そこを突かれそうです』

厳格に見ればそこは確かに、ややルーズではあった。

「だがそれらを判断したのはすべて俺だ。お前はなにも知らなかったことにしろ」

鳥羽には、信念に近い思いがある。あの浅見光彦という青年の才覚は特別なものだというこ と。それは間違いない。努力して得られるものとは明らかに違うなにかだ。あの兄弟にはそれが与えられている。

（被害者のためにも殺人犯の早期確保のためにも、なくてはならない力として協力してもらうべきだ）その思いを、鳥羽はフロッピーディスクを握り締めて強く新たにする。

（しかし——）

そのやり方に小栗を巻き込むわけにはいかない。すべての罪を自分がかぶれば、彼は訓告ぐらいで済むのではないか。

（いや——）

彼のキャリアに少しでも傷をつけるべきではない。

「お前が俺のそばにいたのは、ぺらぺらとしゃべる俺を止めるためだったことにしろ。引き留めていた、とな」

『えっ、でも……』

この小栗がそんな言い訳をし続けられるだろうかと、鳥羽も危ぶんだ。身を守るためであっても鉄面皮を通す図太さはないだろう。査問の席どころか、上司が顔を並べて詰問しただけでボロを出しそうだ。そうなっては逆効果。印象が悪くなって傷を深くする。

（どう対処すれば……。やはり、浅見刑事局長のことを出すか）

鳥羽は奥歯を嚙み、膝を揺すった。

『あっ。平警部補です。課長もやって来ます』

緊張を高め、小栗は慌てている。

『――は、はい』

向こうの人間にそう応じ、通話を切ろうとしているが、それにもまごついているような空気の乱れが伝わってくる。

『――えっ⁉』

課長の声がした後、小栗はしばらく動きを止めたようだ。

4

牧野ルイが二人を誘った小樽駅前のおでん屋はにぎわっていた。

窓際の席に幸穂はいて、隣がルイ。正面には浅見光彦がいる。おでんの店として看板は出ているけれど、創作料理の居酒屋であるらしく、おしゃれな料理が運ばれている席も見受けられた。

幸穂がちょっと冒険して選んでみた鶏肉と野菜の煮込み料理は、アスパラを一本食べてみてそのおいしさにホッとした。浅見の前にあるのは、香草を少しまぶした、おでんの具を盛り付けた一皿だ。

焼き鳥の肉を串からグイッと口で引き剝がしたルイが弾むように言う。

「現代の刀匠さんたちの取材、本当にＯＫですね？」

「はい。お連れしなさいとのことです」

　参考人として聴取を受けて署を出ると、風も強まる中、本当に浅見光彦は待っていてくれた。ルイも一緒だった。そして、明日の昼食時間までに函館に行く必要があると知ると、浅見は提案してくれた。

「夕食を食べて一休みしたら、車で送っていきましょう」と。

　そして、「下心があります」と付け加えた。四条派の鍛刀所を見学させてもらって、刻國の子孫である刀匠たちのお話を伺いたいのだ、ということだった。函館での目的地が鍛刀所であることもあり、その話はあっさりついた。だから幸穂は浅見の申し出に甘えさせてもらうことにしたのだ。刑事たちにあれこれと事情を訊かれ続け、そんな慣れない時間にさらされた神経は思いのほかまいっていた。これから列車を手配して夜を徹して走るよりも、ゆっくり食事も摂りたく思っていたのだ。

　浅見が宿泊する予定だったホテルはこれからの時間帯でもチェックアウトできると確認できたので、移動計画を立てることになった。函館まで行くルートの一つ、倶知安や長万部を通る道は、工事区間が長くて時間がかかりそうだった。それで、千歳経由のルートを選んだ。夜のうちに千歳までは行っておくことにする。無理をせずとも苫小牧ぐらいまでは行けそうだったが、夜を直前にした時間に宿を確保することを考え、ホテルなどが圧倒的に多い千歳を目的地にした。そのおかげもあってか、三人それぞれが部屋を取ることができた。

　警察は、幸穂が江差へ帰ることはもちろん、函館へ行くことも許可してくれていた。それ以上遠方へは行かないようにと釘を刺されたが。

「でも、牧野さん」浅見がそう声をかけている。「函館に同行することを、編集部は許可したのですか？」

「もちろんですよ、浅見さん！　流星刀作りにかかわった刀匠の子孫のお話を伺えるチャンスなんて、まずないことですよ。ぜひ話を聞いてこいとのことです。正直、小樽を観光や経済の視点で取りあげる記事なんて腐るほどありますからね――あっ、ごめんなさい。掃いて捨てるほどありますからね。でも流星刀公開式典に合わせて、刀作りの歴史を掘りさげるルポを載せるなんて、とても斬新じゃないですか。それを浅見さんが書けば、画期的な誌面になりますよ」

「ははは。おだてられているというより、ハードルを高々とあげられている気がしますけど」

「おだてなどではなく、期待と予想です。ただ、月曜の十時から、ポスターのラフ制作現場への立ち会いなどが始まりますから、それまでに戻るプランで動かなければなりませんよ」

「立ち会いといっても、僕たちは飾りでしょう。万一の場合、電話かスマホ画面を通しての参加でいいのではありませんか」

「う〜ん。そんな調整ができるかどうか、当たっておきます」

笑顔には前向きの色合いがあり、（仕事のできる人なのだろうなぁ）と、幸穂はルイをうらやましく感じた。

このおでん屋に入ってからも、食材の新鮮さや料金の安さを口にしているけれど、それはこの店だけを喧伝(けんでん)しているのではなく、小樽の料理店のほとんどに通じる美点をアピールしていると感じられた。小樽の人たちの味覚や気質にも触れ、それらはすべてルポに役立ててもらうための情報なのだろう。

取り揃(そろ)えられている日本酒に喉を鳴らしながらも注文しなかったルイには、まだ仕事をしているという自覚があるに違いない。

これからドライバーになる浅見はもちろん、お酒の注文とは無縁だ。

「細島さん。本当に、お酒はなにかいらない？」と、ルイが尋ねてきた。

「い、いえ、けっこうです、……すみません、つまらなくて」

えっ？　という顔になってから、ルイはひらひらと手を振った。

「なに言ってるんですか。注文なんて自由ですよ」そして笑いを付け足す。「つまらない注文の仕方なんて、うちの雑誌でもさすがに特集したことありません」

「僕がお世話になることが多い『旅と歴史』では、苦し紛れでやったかもしれないけれど」

笑いを誘う浅見のまぶしさは、幸穂に屈折した思いをもたらす。

（とてもいい家庭環境で育っているのでしょうね……）

自分のように、父親から虐げられ、母親から無視されたりした経験はないのだろう。

何十分か前の電話を思い出す。どうやら鳥羽という刑事から浅見にかかってきたものだ。

相手は大層興奮していて、響き渡る声はそばにいる者にも聞こえた。

『浅見さん。あなたのお兄様に救われましたよ！』

「ど、どうしました、鳥羽さん。いきなり」

『実はですね……』

鳥羽刑事と部下が、困ったことになりそうだったという話がされているようだ。

『追い詰められましたが、私が兄上のご威光を持ち出したわけではありませんからね、浅見さん』

「まさか当人が顔を出したのではないでしょうね？」

『そうではありませんが、絶体絶命のあの時、道警本部長から連絡が入ったのですよ。道警本部長ですよ、浅見さん！』鳥羽刑事の声の興奮度は、また跳ねあがる。『私、あなたのお名前と一緒に、海岸でのあの推理を上司に報告していたのですよ。山田耕一は密入国しようとしている一団の案内役だった可能性もわずかにあると。武装していた一団だとしたら、目前に迫っている国際刑事局長サミットの安全面に一考が必要にならないかとも具申しました。この見方に上のほうは予想以上に敏感に反応し、サミットの警備担当セクションに伝えたようなのです。それで今は、刑事局長浅見陽一郎氏の名は本部中に鳴り響いている時期ですからね、情報も行き渡っている。本部長は、局長の弟さんに名探偵がいると思い出したわけです』

「ああ……」

『それで、直々の通達です。まあ、正式のルートではなく、意向ですが。小樽にいるのが浅見光彦氏であるなら、全面的にバックアップしろ、とね。サミットの安全を左右するかもしれない、と』

「それはまた大げさな。あの時は推理の過程であああした説も持ち出しましたが、現時点で総合的に判断すれば、この連続殺人にテロは関係なさそうですね」

『それでも、関係が一パーセントでもあれば大変ですからな。まあ正直、ここの捜査本部にとってはこの通達は、やや迷惑な重荷かもしれません。武装した一味を追い立てる捜査態勢を見せるとなれば、規模が変わりますから。それに、道警本部の注視を受けて発破もかけられる』

鳥羽刑事が山田耕一の事務所を捜索したと知った浅見光彦は、進展に期待したようだったが、相手の返事ははかばかしくなかった。小樽行きに関連するデータは完全消去されており、ただ、テロに結びつくような大物感は山田にはないとのことだった。仕事の傾向もまったく違うらしい。

耳に入ったあのやり取りを思い出すと、ひがむまいとしても幸穂はやはり、不公平なほどの生育環境の違いを痛感する。刑事局長さんがいるような一家は、知的で立派な顔ぶれの人たちに違いない。恵まれた中で才能を開花させる。

（だめだめ。卑下した目で見て、相手を勝手に妬(ねた)んじゃ――）

自分にも、身近なところに誇(ほこ)れる人たちがいる。名工たちを輩出(はいしゅつ)した血筋。職人魂を全(まっと)うして生きる人たち。……でも、その過去に、ちょっとした乱れを感じるので、気になって仕方がない。

浅見光彦にはあの後、兄が刑事局長だということはあまり知られたくないのでと、ルイと二人、他言無用をお願いされた。

「ところで牧野さん。こうして夜も時間を費やしたり、明日も遠出したりと、お父さんのことは大丈夫ですか？」

問われたルイはまず、幸穂に、

「うちの父は体が少し不自由で、外出もほとんどしない人なんですよ」と説明してから浅見に答えた。「もうさっき電話を入れましたけど、調子は良さそうで問題ありません。重病人というわけではありませんから。……お気づかいいただいて、ありがとうございます、浅見さん」

　幸穂の見るところ、ルイはけっこうしおらしく頭をさげた。

　それからもう一皿の甘そうなカボチャを口に入れ、ルイは気の置けない調子で訊いてくる。

「神社の所で比留間さんが言ってましたけど、お店を叔母さんたちがどうとかって。細島さんのご両親は？」

「もう亡くなってるんです。事故と病気と」

「そうでしたか。お気の毒ね」

　豚肉の欠片を小さくつまみ、「そうでもありません」

「えっ？」

「いえ。店は継いだのですけど、名前だけの店長で、お客あしらいもできないし、経営のセンスもないし……。叔父さん夫婦とパートさんが切り盛りしてくれていて……」

「あなたがいいというお客さんも多いはずですけどね」変に確信ありげに浅見が言う。

「真っ直ぐな商売をなさるでしょう」

「さあ？　真っ直ぐ？　わたしには判りません。土地柄なのかもしれませんけど、元気にしゃきしゃきと動き回る活きの良さがないと、お客さんとの活気が生まれません。わたしが刺身を扱うと、鮮度がすぐに落ちそうで。いいんですけどね、どうせわたしは店長なんて向きませんし」

「駄目ですよ、そんな言い方しちゃ」ルイが真顔になる。「どうせ、なんて自己評価してたら、刺身を腐らせますよ。――あっ、ごめんなさい。すぐに口に出しちゃうタイプで」

いいえ、と幸穂は首を振り、

「わたしもこう見えて、言う時は言うのですよ。でもまあ、そんな風に気弱さがひっくり返るのは稀ですけど」

口を突かせるのはあなたの正義感よ――そう言って評価し、励みをくれる人はいた。初めて心から信頼し、ついて行こうと思えた。見習って自分を変えよう。信じてなにかを肯定しよう。そう思わせてくれる力を持った人だった。

人々が交わす声が心地よいざわめきになっている空間で、浅見とルイの会話を傍らに、幸穂は、時折そうなるように鬱々とした自分の思いに囚われていた。暗く内向する思考の癖を変えようと思いはしても、回路がそう組み立てられてしまっている基板同然である性格はどうしても変えようがない。リセットするには、基板そのものを初期化しなければならないだろう。

運命を初期化するための最終手段を、人はよく自殺と呼ぶ。

脳を研究している人の解説を読んだことがある。暴言を繰り返されることで、脳の神経は傷を負うという。萎縮してしまって柔軟な成長を止める。肉体的な暴力は体に傷を残すけれど、言葉による暴力も、目には見えづらいだけで形ある傷を残す。

自分は――と、幸穂は自分を仮定する――手首にこそ傷はできなかったけれど、心を設計する脳が傷だらけだ。重なり交わるかさぶたで硬くなってしまっている。

傷が少しでも薄れ、心がわずかにでも違う反応をするようになるまでに、どれほどの時間が必要だろうか……。

「山田耕一さんは、刻國さんの影が薄い謎に近付けそうだったのかもしれませんね。少なくとも、たぐれそうな糸を見つけていたのではないでしょうか」

刻國の名が浅見の言葉の中に出たので、幸穂は彼らの会話に再び気持ちを戻した。

「その手掛かりは、山田さんのオフィスには残っていなかったのですね?」と、ルイが確認する。

「鳥羽刑事によると、小樽の件に関するデジタルな記録も紙の資料も、すべて消されてしまっていたそうです。そして、刻國に関しての調査資料はまったくない。この二つを結びつければ、急いだ様子で消去されたのが、刻國に関する調査資料だったとなりますね」

「残念ですねえ」

「その資料のタイトルは、最新Rだったそうで、Rは流星刀のことかもしれません」浅見の扱う箸の先は、ダイコンを切り分けていた。「山田さんは殺害される直前に、その資料を処分させた」

「どうしてそんなことをしたのでしょう？」

「犯人と、なにか密約を交わしたのかもしれません。――いや、もしかすると、犯人が山田さんを脅して消させた可能性もありますね」

「あっ、それはあるかも、ですね。ねっ？」

顔を向けてくるルイに同意を求められ、幸穂はすぐに頷いておいた。

しかしルイのほうは、「あれっ？」と、なにか別のことも思いついた様子だ。「山田さんって、ちょっと怪しげな人だから、細島さんの依頼には全然着手していなかったとも思えませんか？　やっているふりをして、調査費の請求だけをする」

ああ……。「わたしって、だまされやすそうですしね」

「やだなぁ、違う違う」ルイは手を左右に振った。「そんな意味で言ったんじゃありませんよ。調査実態の想像です」

少し間が外れた調子を戻すかのように、ルイはまた浅見を話し相手にする。

「山田さんと樫沢静華のつながりを示す手掛かりも見つからなかったのですね？」

熱そうにがんもどきを呑み込んでから浅見は言った。

「あったとは聞きませんでしたね。共通点は、まだ不明なのでしょう」

樫沢静華の、独善的で厚顔なブラックインフルエンサーぶりに嘆くような憤懣をぶつけた後、ルイは重く息を吐き、

「どうしてあんな人間が存在しちゃうのでしょう……。長年あんな調子みたいですから——だったみたいですから、生まれながらの怪物なんだと思いますけど」

「途中で、少しでも軌道修正してくれる人が一人もいなかったのかもしれませんね」思わず、幸穂はそんなことを口に出していた。

意外にも感じたが、これに浅見が同調する。

「道を逸れそうになっている時に、グッと引き止めてくれる……いや、真剣に寄り添ってくれるだけでもいい。そんな存在がたった一人でもいてくれたら、違う結果になったかもしれませんね」

「でも」と言うのはルイだ。「教師的な人や親友のような人との出会い一つで人生観が大きく変わっていくなんて、ドラマみたいなことはなかなかないでしょう」

幸穂は箸を置いていた。

「わたし……」自然と背筋がのびている。「うじうじしていて、頼りなくて、何事にも消極的なこんなわたしにも、心に力を与えてくれる人はいました。……今から思えば、わたしの両親は育児などしてはいけない人たちだったのです。わたしは心理的に虐げられて育ちました」

浅見は「そうですか……」と、ルイは「そうなのね……」と、それぞれが、痛みを覚え、それを思いやるような色を瞳に滲ませた。

「母が乳がんで亡くなってわたし一人になったのが、高校を卒業する年でした。小売店を引き継ぐことになりましたけど、途方に暮れるだけでした」

両親によって深層心理に押された烙印のままに、自分のことを〈無能〉で〈用なし〉と思っていたのだから、一人で生計を立てていくことなどできるはずもないのだ。いい思い出などない住居ごと店を燃やして、自分もその中でこの世の辛さを終えようとまで思い詰めた。

「そんな時に、日菜子さんと出会ったのです。久展さんの弟、藍公さんの恋人でした。婚約者同然の」

「弟さんというと……」浅見が確かめるように口にする。「刀匠である益刻さんですね？」

「ええ。本名が藍公なのです。本条日菜子さんは、もちろんまだ若かったですけど、育ての親のようで、保母さんのようでもありました。自分の人生を終わらせかねなかったあの頃のわたしの相談に乗ってくれました。藍公さんもそのお父さんもそうですけど、わたしに優しい言葉をかけてくれる人はいました――けれど、日菜子さんはなにかが大きく違いました。浅見さんがおっしゃった、寄り添ってくれる感覚がとても温かかった。わたしの、自己否定で凍りついていた心を少しずつ溶かしてくれました。あの頃、あの人がいなければ、先へ進めていなかったと思います」

　今、言葉を先へ進めさせるのは、浅見の眼差しだった。

「とても遠すぎる夢でしたけど、日菜子さんは目標であり、理想になりました。そして、その人がただ、同じ空の下にいてくれるだけでもいいと思えていました。でも、日菜子さんは突然亡くなってしまったのです」

　ルイは、えっ⁉　という顔になった。浅見は静かに受け止める。過去形で話していたことから、半ば察していたのだろう。

「嵐の時、工事現場の囲いが強風で倒れてきて……」

「それは大変残念でした……」浅見の瞳が沈痛さを湛えた。

「哀しみはいうまでもありませんが、同時に、わたしの前から温かな道筋を奪って、なにかが冷ややかに笑っているとも感じました。お前には似合わない。お前には与えない……というかのように」

　ルイがなにか言いかけて口には出さなかったが、言いたいことは幸穂にも判った。

　そもそも、心の命綱のようにして誰かにすがること自体、自立の意識からは程遠いと重々承知している。けれどあの喪失以来、なにかに期待をかけることすら臆病になってしまった。

　失う痛みが何倍にもなる。

「日菜子さんは救いの手をさしのべるために舞い降りてくれたみたいで、わたしなんかとかかわっているうちに、地上にいる時間を取りあげられてしまったようにも……」

「それは駄目よ。そんな考え方は」ルイは引き締まった顔で言う。「悪い方向に自意識が強すぎるわね、それは。日菜子さんは日菜子さんで、自分の人生を全うしたの。あなたの生き方とは関係ない。夢なんて自作自演で見るものだけど、それだけに、現実の人に割り振る役には慎重にならなければ」

（そうですよね……）

　幸穂は、ぬるくなっているお茶を口にした。まるで、それが濃いアルコールであるかのように、心の箍が奇妙に揺れる。幸穂としては、話を少し変えるつもりだった。

「わたし、けっこう変わった体質かもしれないんですよ。寝ている時の夢って、悪夢しか見ないんです」

「へえ！　そうですか」浅見は驚き、ルイは、「そうなの？」と、どう理解していいか判らないという顔だ。

「せいぜい、よく判らない変な夢はありますけど、見て良かった夢なんて覚えがありません」

　浅見はまず、「黒柳徹子さんは、自分はほとんど夢を見たことがないと主張していますけどね」と、そんな話題を出したけれど、その表情はふと、真剣なものになった。「ですけど、悪夢しか見ないというのは嫌でしょうね。たまらないでしょう。夜、眠りに就くのが心地よいことにならないのでは？」

「あまりにもひどい悪夢が続く時は、眠るのが怖くなりますね。強い薬で夢も見ないように眠ろうともしていますが、夢よりもっと遠くへ行きたいと思う気持ちになることも……。あっ、すみません、また辛気臭いことを言ってしまいました」

　ここではルイもたしなめるようなことは言わず、夜ごとの悪夢はしんどいかもね、とだけ呟いた。

　幸穂は今度こそ、思い切って話題を変えた。当面の問題だ。

「先ほど、牧野さんは、山田さんは調査をしているふりをしていただけではないかとおっしゃってましたが、それは違うと思います。北斗(ほくと)市に住んでいるかなり遠縁のおばあさんのところへも、聞き取りに出かけているのですよ」

　浅見が身を乗り出すようにした。

「刻國さん存命当時の昔から、分家となっている血筋の方ですね？」

「そうです。でもそのご家族は、刀のことなどなにも知らなくて……。ただ、おばあさんは、昔のことを知っていそうな誰かを思いついて、教えてくれようとしたそうなんですけど、それをうまく思い出せなかったんですね。かなり高齢で、意思疎通もなかなかむずかしいものですから。でも山田さんはもしかすると……」

「面白い」浅見は両手を細かくこすり合わせている。「その誰かを訪ねて、なにかをたぐっていたのかもしれませんね」

「小樽には、比留間刻國さんの血筋の方はいないの？」とルイが訊いてくる。

「聞いた覚えはありません」

「山田さんの調査記録が残っていないのはイタイけど……」店員に新しく、そぼろ冷や奴を注文してから、ルイは声を高める。「そういうことなら手掛かりはゼロじゃないですね」

「そのおばあさんを訪ねて、もし記憶の回路がつながっていれば、一歩前進できます」と浅見も意気込む。

「函館行きの楽しみが増えましたね！」

元気に言って、ルイは手洗いに立って行った。

北斗市は、函館のすぐ隣だ。

「あっ、ありがとうございます」

目の前の青年が、サラダを取り分けてくれた。

（この人は、悪夢など見るのだろうか？）

そんなことを思う。仕事の疲れが残っていても、基本的には朝起きた時からさわやかだというイメージだ。

「僕はあまり悪夢を見ません」

　いきなりの浅見の言葉に、幸穂はギョッとしたというかドキッとなった。これほどの読心術があるだろうか。この人には、自分の心はこんなに透けて見えるのだろうか。

　あわあわとしか唇が動かずにいるうちに、軽やかに浅見の声が続く。

「時間に追われるシーンはよく出てくるのですけどね。ははは っ、これは、締め切りに追われる商売の性ですよ」

「は、はあ。……楽しい夢って、どんなものなのでしょう?」

「綺麗な景色とか。カラーで見ることもあります。有り得ないほど美しい場所へ行くことができますね。おやつをどうしても食べ損なうのも、面白い夢かな。犬や猫がいっぱい出てくるのもありますね。奇妙に笑えるのは、有名人が出てくる夢でしょうか。取り立ててファンでもないのに、なぜその人が出てくるのか、不思議です」

　潜在意識で気にしているから? とか、分析は加えなかった。

　そうした夢を想像していると、浅見が言った。

「愛の反対は無関心だ、などと言うじゃないですか」

「えっ?　ええ?」唐突だ。

「細島さんが生活の中で辛さと出合うのは、あなたがこの世や周りの人に無関心ではないからではないでしょうか」

「――」

「傷ついた心が死んでいれば、何事にも反応せず、恨みつらみ以外では世間と関係を結べないでしょう」

彼の箸先から、煮玉子（にたまご）が逃げている。

「細島さん。あなたには、生きている素晴らしい感性があるということです」

幸穂は、浅見から、よく知っている誰かの人格に似たものを感じた。

「悲しみを何度も知って独特の色に染まっていても、後ろ指を差されるようなところは一つもない感性です」

（ああ。日菜子さんか……）

「それぐらいはちゃんと承知して、あなたを認めてくれている人も多いはずですよね」

自分のような者を、養子に、と言ってくれている人たちも確かにいる。同情などではないと受け取ろうとしているけれど、それよりも、相手のなんらかの期待を裏切ることしかできないのではないかとの不安に苛（さいな）まれる。

「殺人事件に巻き込まれて不安だと思いますが、罪がないなら心配することはありません」

「あなたがいるからですか？」

「えっ、まさか。あれ？　でもそうかな？　はははっ、なんだか判らなくなってしまいました」

（意外と可笑しな人だ）

「ただ、ボディーガードとしては僕はあまり役に立たないかもしれませんよ。でもできるだけ力になりますし、事件解決にならら寄与できると思います」

「……すごい自信ですね」

言いつつも幸穂は、自信がなければ守るものも守れないのだろう、とも思った。

「自信というより、これは不思議な経験則です。根拠となるほどのものはないのですが。頼りないですよね？」

日菜子の言葉を思い出しながら、幸穂は「いいえ」と応じた。画家は、自分はうまい絵が描けるなどという根拠は持っていない。ただ現われる結果に向かって筆を動かすのだ――と、本条日菜子は言っていた。

そして一方、漏れ聞いた、浅見光彦の兄のことも幸穂は思い浮かべていた。そんなすごいお兄さんがいれば弟も推理力が培われているだろうし、捜査においての後ろ盾にもなってくれるのだろう。

しかしここでふと、奇妙な連想が鋭く生じた。この浅見光彦は、兄をただありがたがっているのではないのではないか。もちろん兄のコピーでもない。時には自分でもうんざりするほどの競争心に悩み、鬱屈した日々も経験したのではないか。好青年にもあるコンプレックス……。

そして、それとはまたまったく別の深い哀しみも、この浅見光彦は心の奥深くに持っている。

「浅見さんには恋人がいるのですか？」

口にしてから幸穂は驚いた。自分がこんな質問を口走るなんて。慌てて、赤面もしてしまう。

「いいえ、お恥ずかしい」浅見は頭を掻いている。「こんな歳にもなって、てんでですよ」

それもいいではありませんか、と幸穂は思う。特別大きな物を得れば、耐え切れないほど大きな哀しみも付いてくる。

「ますます頼りないでしょうけど、事件のことも刻國さんのことも、協力して謎を解いていきましょう」

自分も力になれる、と聞かされたのは久しぶりのような気がする。そして、力になれるかどうかはともかく、信じてくれているのなら、そばを歩いてもいいのだろうと思えてくる。信じてくれるものは信じたくなる——。

（でも……）

と、幸穂の本質的な悲観思考が、不安を先読みして新しい心の動きにブレーキを掛ける。

（浅見さん。わたしの希望の騎士になどなったりしたら、あなたも死んでしまいますよ）

5

風が荒れてきたが、観光スポットである運河にはまだ人出があった。

私たち三人からは少し離れ、手すりがアーチ形に運河に張り出している場所に、千小夜さんと優介がいる。千小夜さんはこれから同窓会に出る予定だ。

髪を押さえる千小夜さんは、ライトアップされた水面を背景に、半ば逆光になっていた。

優介は風に向かって大きく口をひらき、「あーあー」という自分の声を呑み込んでいる。

二人を見詰めている龍之介がぽつりと言った。

「綺麗ですね」

——んっ？

龍之介のことだ、直截に千小夜さんのことを言い表わしたのではないだろう。母と子の光景がそう見えるという意味か……。

だがまあ確かに、夜の小樽は大抵の女性を美しく見せる。

〝大抵〟のところをうまく変えれば、小樽の観光キャッチコピーに使えるか？　そんな公募企画もあったはずだ。

千小夜さんはまあ、いつどこで見ても綺麗だが。

私が横顔を見ようとした一美さんが、口をひらいた。

「浅見さん。函館へ行くのね」

先ほど、その報告電話が入った。

「ルポ取材ではあるけれど、山田耕一さんの調査内容も追えれば、ということだね」

龍之介が言った。「興味深いですが、気をつけてもらいたいですね」

「なにに?」

「山田耕一さんと同じ手掛かりをたどっていくことです。その先で、山田さんは殺害されてしまったのですから」

「それは浅見さんも充分承知しているだろう」

「そうでしょうけど、もう一つ気になることが……」

「なに?」と、一美さんが心配そうに訊いた。

「犯人からのメッセージである詩です。函館は、石川啄木所縁(ゆかり)の地としては、小樽よりずっと有名ですからね」

それはちょっと気にかかるが――

「浅見さんなら心配ないさ。大丈夫だ」

「ええ。そう思います」

細島幸穂を車の中に残し、浅見はホテルに入って部屋へ向かった。カードキーで解錠してドアをあけた時、携帯電話が鳴った。

発信者の名は浅見和子。

「これは義姉さん。珍しいですね、どうしました？」

『佐和子さんが、乗る便の時刻を知らせてきたものですから、光彦さんにもお伝えしておこうと思ったの。今、大丈夫？』

「ええ、どうぞ」

兄さんは素敵な女性を射止めたなと、生活していても浅見はよく思う。しかしこのようによく出来た女性だから、〝居候〟も居心地がよくなるわけで、それがいいのか悪いのか。

浅見は部屋を引き払う準備をしながら電話の内容に耳を傾けた。

ニューヨークを発つ末っ子が成田経由で新千歳空港に到着するのは、明日の夜になるという。

『その電話で佐和子さんは、やはり、しばらくは日本にいると言っていたわ』

「そうですか」

楽しみだなとの思いが声に出た浅見だが、義姉の口振りに懸念らしきものが若干こもっていたことに気がついた。

「なにか、気になることでもありましたか？」

『気になることというか……。アメリカでの仕事で疲弊(ひへい)することがしばらく続いて、佐和子さんはリフレッシュしたくなったようなの』

（疲弊——）

浅見は、シャツをバッグに詰めようとしていた手を止めた。

「仕事が大変だったと？」

『仕事そのものの厳しさでしたら、誰もが直面してクリアーしていくものでしょうし、転職とか長期休暇とか、対処法もいろいろとあると思うの。……ただ、佐和子さんの場合、もっと広く仕事環境に失望して、力が抜けたといった感じだったわ』

「それって、どういうことです？　仕事環境のなにに失望したのでしょう？」携帯電話を握る浅見の指には少し力がこもっていた。

『きっと、ジェンダーの問題ね。ガラスの天井です。巧妙に、時には洒脱(しゃだつ)なムードに紛らせながら糊塗(こと)されているそうですけど、待遇上の不平等は厳然と存在しているみたいなの』

「佐和子が——。えっ？　ニューヨークで？　勤め先は、通信社ですよね。しっかりとした会社だと聞いていますよ。不平等さなどの払拭(ふっしょく)を体現するべき職種であり、企業なのでは……」

『光彦さんは今、唖然としていると思いますけど、佐和子さんもまさにそうなったのだと思うわ。当事者だけに、もっと深刻に打ちのめされたのでしょう……。彼女一人への扱いではないそうなの。業界の女性たちに本音を訊いて回って知った、と佐和子さんは言っていたし、よくても形を整えているだけで、本音では男性有利を当然としている組織が多いと』

訴訟社会で権利意識の強いアメリカで、まだそんなことが？　と浅見は驚き呆れる。しかしすぐに残念な納得にも至る。ショッキングなニュースは幾らでも聞こえてきていたではないか。

ハリウッドでは〝セクハラ狩り〟とでも呼べそうな旋風が吹き荒れた。長年の功労者も大物プロデューサーも次々と追放された。下世話で扇情的な通俗犯罪小説めいた扱いが、信じられないほど多くの女性に行なわれ続けていたという。

昔から隆盛を極めた虚飾の中心地で、当時からの乱脈の風潮が続いていたということだろうが、それが近年になっても根絶されていなかったという事実には弁解の余地などない。

しかし国際舞台を常に意識しなければならないイメージ産業界で、それほどの膿がよく溜まり続けていたものである。浅見には疑問が押し寄せる。マスコミの目は光っていなかったのか。きらびやかな大女優たちに発言力や発信力はなかったのか。厳格なまでの個々の権利は、人権ではなく、互いの表向きの地位を守るためにしか機能していなかったのか……。

最先端の洗練されたセンシティブで時代性を見るべき業界にしてそうだったのだ。佐和子のいるメディア業界でも、また法曹界であろうとも、同じ体質から抜け切っていないことは普通に有り得るだろう。

(どの国にも多かれ少なかれあることなのだろうけれど……)

暴力的な人種問題も終息しないあの国においては、男尊女卑的差別が潜在的に横行していてもなにも不思議ではないということか……。

『日本人で、女でもある佐和子さんには、地位があがるほどに抵抗が強くなったようね。いろいろな闘いをしてきて、疲れ切ってしまった様子だったわ……。それもあって、日本の様子を見るためにも、しばらく滞在したいそうよ』

「それがいいですね。神経がまいってしまう前に、息を吐くことも必要でしょうから」

少なくとも、浅見家は絶対に、心を休める憩いの場になるだろう。

義姉との電話を終えた浅見の手には、折り鶴があった。千代紙を折ったものだろうか。ウェルカムのキャンディーが置かれていた小さな籠に添えてあった。女性従業員が折ったのだろう。

窓辺に立って夜景を眺める。

運河に面した窓だ。歴史を感じさせる建造物の向こうに、黒々とした海原をイメージできる。

海外にいる佐和子のことを思いつつも、

（明治動乱期の志士たちは、どんな思いで海と対していたのだろう……）

そんな風に頭が働いたのは、やはりルポの内容からの連想だろう。

海から押し寄せる外敵。

しかし進む道と見れば無数の航路を描ける。

海に生かされ、海に死す。

（榎本たちも見ていた海か……）

その光景は今も変わっていないのだろう。

第六章　第三の死の影

1

千歳の駅前駐車場。朝七時三十分。普段の浅見光彦からすれば、まだ布団の中にいる時間帯だ。

もちろん高速道路を使うが、函館までは三時間ほどかかるだろうから、この時刻に発たなければならない。

朝日は厚い雲に隠されている。

一人だけ別のホテルになっていた牧野ルイが駆けて来た。昨日と同じ銀色の玉のペンダントに、旅支度でパンパンのバッグ。仕事上の付き合いから固さが取れたことを表わすかのように、昨夜の小樽での集合時には明るめの色のパンツスーツに着替えてきていたが、それは弱いながらも陽の光のもとで見るとさらにプライベート感がアップしている。

「お待たせしてごめんなさい！」

とソアラに飛び込んで来る。

「わたしたちも、今来たところです」後部座席の隣で幸穂が小さく言う。

「よし。では、行きましょう」

浅見はキーを回した。

昨日も朝が早かったが、そのせいかぐっすり眠れ、体調は良かった。

「朝のニュースは、台風の速報がほとんどでしたね」

ルイが持ち出した話題に、二人は言葉を重ねていく。

沖縄に甚大な被害をもたらした台風6号は九州を横断中だ。すでに土砂災害で各県道が十六ヶ所で寸断。最大瞬間風速五十メートルの突風でビニールハウスは飛び、パネルトラックも横転し、死者も出てしまった。宮崎県では二万戸以上が停電に陥っている。

カーラジオの番組から流れてくるのは、今はポップな洋楽だった。

日曜日ということもあって市内の道路も混雑しておらず、千歳インターから道央自動車道に乗った車は順調に走行を続けた。

「皆さんのお話を聞いたおかげで、わたし榎本武揚に興味がわいてきて、もっと詳しく調べ直しました」

ルイは、取材メモでも見るかのようにスマホ画面に視線を落としている。

「あの勝海舟ですら、新政府では海軍卿として一時期を担っただけなのに、元反乱軍の将が大臣を歴任して、三十五年近くも政局に深く携わったのですよ。どうしてこんな、数奇なスーパーテクノクラートの知名度が低いのか、不思議です。浅見さん。今回のルポで、もっと知ってもらいましょうよ。雑誌記事だけじゃなくて、部長たちに書籍化も談判してみようかな」

「いいですねえ。小樽と函館から、歴史の一ページを盛り立てましょう」

景気のいい会話や、軽い調子の言葉を交わしながら時間は経過し、苫小牧も白老町もすぎていた。

すでに大型台風の影響か、太平洋の波は荒れていた。

海岸線を走り続けていると、

「うはあ」と、ルイが奇妙な声をあげた。「こんな海岸で、写真撮影していますよ」

浅見もチラリと左へ視線を飛ばした。モデルであろう女性が岩に腰をおろしているのが小さく見える。カメラマンに、助手らしき若い男女の一組。

「プロカメラマンみたいですね」幸穂が、まぶしい才能でも見るかのように言う。「荒れた海や大気の感じが、特別な味になるんでしょうね」

視線は前に戻していたが、浅見の中でなにかが警告音を鳴らしていた。（なにが気になったんだ?）海岸線でのカメラマンとなれば、山田耕一殺害事件のシチュエーションと同じだが、それだけではない。視野に入ったなにかが注意を喚起している。

車のスピードを控えめにして、網膜に残るものを慎重に探っていく。

（あれか――！）

事件の推理に関係することだった。

ちょうどパーキングエリアに差しかかったので、浅見はそこに車を入れて停めた。シートの背に肘を乗せ、遠い撮影現場を振り返って凝視する。

「どうしたんですか、浅見さん。ヌード撮影でもないのに」

軽口を言ったルイは、「いいえ、ちょっと、見過ごせないことを発見しました」と言う浅見の態度に真剣さを感じ、自分も表情を引き締めた。

浅見は携帯電話を手に取った。

「どなたに電話を？」ルイが尋ねる。

「天地光章さんです」

「〝光光コンビ〟のお相手ですね」

「ええ。……この時刻、大丈夫かな。彼らなら、もう起きていると思うんだけど」

独り言のように言い、浅見は番号を呼び出した。

ホテルの朝食用レストランに入る直前の彼らとつながった。光章と龍之介は、ロビーに留まって浅見の電話に応じてくれている。

『気づいたことって、なんでしょう、浅見さん？』

電話は、光章から龍之介に代わってもらっていて、スピーカーからその声が流れる。

「山田耕一さんの事件のほうです。例の傘の件ですよ」

『なにかありましたか？』

「僕たちの推理では、傘は犯人が持って来たと判断していました。被害者側には傘を持っていく理由がないからです。だから、犯人がメッセージのために傘を用意して行ったのだと思ったのです」

『そうですよね。天候や、その予報からしても、それは間違いないはずです。他に理由も思いつかない』

「ところが、山田耕一さんには、あの傘を持って行く理由がありました。あれは、彼が常に使っていた撮影器材なのですよ」

『えっ？　傘が？　そんなはずはないと思いますが……』

「それは、龍之介さんが真面目だからそう思うのです」

『えっ？　どういう――？』

聞き返したくなるのも無理はなかった。

ルイと幸穂も、息を詰めて聞いている。

「あれはディフューザーなんですよ、恐らく」

『……ディフューザーと言いますと……あっ！』

「ええ、それです」浅見は取材でカメラマンと同行する場合があるので、専門用語や知識も頭に入っていた。「光源と被写体の間に置いて、光を和らげる器材ですね。露光比を小さくします。普通は、光を反射させる部分は白か半透明、またはシルバーですが、山田さんは実際に撮影をするわけではないですよね。ですから、それらしく見えれば傘で充分だったのです」

『――そうか。ふりでいいのでしたね』

「ディフューザーには、まさに傘の形状をした物が多いです」つい先ほど目にしたのもそれだった。「調査であちこちに出向く時、折りたたみ傘はもちろん雨対策になり、同時に、山田さんにとってはコンパクトな偽装撮影器材になります。二重に利用できる重宝な道具なのでしょう」

『それは間違いなさそうです』

ルイと幸穂も頷いている。

浅見は、事件の時の暗い海岸を頭に描いた。

「長時間の密談場面が、稀に通る車のドライバーに万が一にでも怪しまれないように、山田さんは夜間撮影をしているという演出をしていました。しかし、三脚とその上のカメラだけでは、遠目では見えづらく、撮影中という演出に気づいてもらえないことも有り得ます。そこで、傘を使ったディフューザーです。こうした道具立てが揃えば、視野にパッと入ったシルエットの印象でも、『撮影をしているんだ』と納得され、注意を引かず、記憶からも消えやすいでしょう」

『ディフューザー代わりの雨傘は、夜間や遠目で用いれば実に効果的なんですね』龍之介の声にこもる興奮の度合いも高まっていた。

しかし浅見の声音は、考え込むかのようにここから低い調子になる。

「龍之介さんはちょっと気にしていましたよね。犯人は、傘は持参したのに、窓を連想させる物のほうは用意していなかったのかを。古い窓は廃屋から持って来たらしいのですから。でも逆だったとすれば、調和が取れることになります。傘も、古い窓を連想させるものも、犯人は用意などしてこなかった」

『それは……』龍之介の声にも懸念の色が表われている。

「犯人は、あの現場にあったあり合わせの品で死体に演出を施したのです」

『でも、そんなことが有り得るでしょうか……』

「僕も、有り得ないと思います。啄木のあの詩を暗示する品が、たまたま殺害現場に揃っていた――などということは金輪際有り得ないでしょう」

『つまり、これもまた逆なのですね』

「ええ。もしかすると、あの現場にあった物を道具立てとして使えるから、啄木のあの詩は選ばれたのかもしれません」

どういうこと？　と、唇だけ動かして、幸穂はルイに問いかけの顔を向けている。ルイにしても、首をただ横に振るだけだが。

『だとすると……』思案がちに龍之介は言う。『窓硝子／塵と雨とに……というあの啄木の詩には、犯人の思い入れなどなかったことになりますか……？』

改めてそう言葉にされると、浅見はゾクッとするものを背筋に感じた。

『あの場で、咄嗟に作り出せるから使ったものにすぎないのかもしれない……』

（咄嗟に作る——）

それだけでも犯人の機略は凄い。

『浅見さん』その声は、天地龍之介のイメージにないほどの深刻な響きを持っていた。『とても嫌な予感がします』

「ええ。僕も……」

もしかすると自分たちは、犯人によって思考パターンをコントロールされていたのかもしれない。

『充分気をつけてください』

「そちらも」

車を再び走らせ、しばらくすると、浅見はバックミラーに目をやった。

三十秒後にまたそうして、じっと観察する。

それに気づいたルイが、今度は〈ヌード撮影〉という言葉は出さずに率直に尋ねた。

「なにか気になるのですか、浅見さん？」

「後ろの車なのですけどね、パーキングエリアに入る時も一緒だったのですよ。そして同時に走り出しました。運転手は一度も車をおりていません」

えっ？　と驚いた二人が後ろを見ようとしたので、浅見は「動かないで！」と止めた。

「振り返らないでいてください」

二人の顔に不安の色が差したので、教えないほうがよかったかと、浅見は後悔した。

「まあ、同じタイミングになることはありますよね」

オフホワイトの、ややコンパクトなフォードアだ。プレートのナンバーは読み取れない。

2

バイキング形式の朝食の席で、浅見との電話でのやり取りを一美さんに伝えた。

ヨーグルトを掬ったスプーンを止め、一美さんは目をパチクリとする。

「それって……つまり、どういうこと？」

　私に目顔を向けられた龍之介が解説役になる。

「石川啄木の詩に見立てた動機など、犯人にはないのかもしれないということです。目くらましですね。喩えれば、金銭目的の犯罪に、詩のレッテルを貼って捜査をミスリードしたということです。今のは一例で、犯人の真の動機は判らなくなりました」

「じゃあ……。樫沢さんの事件の時のニット帽なんかも、そういうことなの？」

「恐らく」と、龍之介。「第一の事件で啄木の詩を持ち出したので、第二の事件でもそれを継承しなければならなくなった。したほうが効果が高まります」

「……でも、真の動機を隠すためにそこまでするのかなあ……」

　ヨーグルトを食べることも忘れて、一美さんはぼんやりとコーヒーカップを唇に運んでいる。

　こうした姿も、可愛らしくて綺麗だな。どうだ、龍之介？

「光章さんはどう思うの？」

「えっ！　ええと、なに？」

　当の一美さんからボールを投げられて、慌ててしまう。

「動機を偽装するために、あそこまでするのかどうかってことよ」

「ああ……。廃屋から窓をはずして来たりね」

「樫沢さんの時は毒殺だから、亡くなる時に犯人が近くにいる必要はなかった。それなのに、小道具のニット帽や丸めたカレンダーを仕込む必要上、死亡直前に接近しなければならなくなった。危険が増すような気がするわ。動機なんて、そこまでして隠さなければならないことかしら……。まあ、樫沢さんの時は、なにかを奪うために近付く必要もあったのかもしれないけれど」

「そこも、推理の観点ですね」龍之介は新たな難問を見詰めているようだ。

一美さんは言う。

「龍之介さんはさっき、継承しなければならなくなった、と言ったけど、犯人にはもっと積極的な、そうしたほうがいい強い目的があったのじゃないかしら」

「素晴らしいです、長代さん。的確な指摘です」

私もなにか言っておかなければという気持ちになる。

「ええと、遺体に窓枠を載せたりして、思い詰めている復讐の鬼みたいな犯人像もイメージしてたけど、全然違うのかもしれないわけだな。扇情的な直情径行タイプではなく、咄嗟に、冷静な策略を巡らせた奴なのかもしれない」

「油断なりません」と、龍之介。

そのとおりだ。思いもよらず、真犯人は油断ならない知略家で、狡猾に捜査側を振り回す力を持っている。

チェックアウトを済ませ、私たち三人は、ロビーのふかふかの長椅子に腰をおろした。時々姿を現わす宿泊客たちも、カウンターで落ち着いてやり取りをするだけの静かな空間だ。団体客が集合する時だけはにぎわいを見せるけれど。

そのうち予定どおり、中嶋千小夜、優介の親子もやって来た。向こうのホテルまで迎えに行った清水恒拓も同行している。

その清水が、笑顔を向けてきた。

「石川啄木の詩のメッセージ、紙面に載せることになりましたよ。記事を組みあげて、渡してから出て来たんです。デスクたちをなんとか説得しましてね。スクープという以上に、詩と殺人の動機を結びつける見解などを、読者から募るべきだって」

胸を張る清水だったが、我々の微妙な表情に気がついた。

どうかしましたか？　と訊かれ、一美さんが、あの詩の演出は、咄嗟に急造されたダミーかもしれないという新たな見方を伝えた。

「じゃあ……、犯人の手玉に取られたってこと？　それを記事に――」

満面に弾けていた高揚の色は一瞬で消え去り、青ざめた清水は椅子に腰を落とした。

千小夜さんは、幼なじみの肩に手を置く。

「仕方ないわよ、清水くん。あの時点では警察だってあの見立てだったのですもの」

そうそう、と、口々に皆が言った。

清水は、「はっ」と顔をあげる。「差し止めないと」

電話をかけに、彼はロビーの隅へと走った。

清水を待つ間、私たちは今日の行動予定を話し合った。台風による大きな影響はまだないとはいえ、千小夜さんの故郷である洞爺のほうまで、少しでも近付いていたほうがいいかもしれないとの案も出る。午後からは札幌に移ろうか……。

差し止めが間に合ってホッとした様子で戻って来ていた清水が、「チサちゃん。どこまでも乗せて行ってあげるよ」と、アピールする。ここからは気持ちを切り替えて、もらった代休にたっぷり浸（ひた）り切るつもりらしい。

そんなところへ、浅見からまた電話が入った。

鳥羽刑事から、捜査状況を代理で聞いておいてほしいということだった。浅見は、できるだけ急ぎたい車での移動中なので、話をじっくりと聞く時間がない。こっちのチームで話を聞いて、必要不可欠の内容にまとめて伝えてくれると助かるということだった。

天地龍之介との対話は捜査に充分役立つはずだと、啄木の詩ダミー説の推理と抱き合わせのようにして鳥羽刑事には言い含めたようだ。

待っていると十時すぎに、鳥羽刑事は一人でやって来た。

3

明らかに気乗りはしていない様子だった。

彼は刑事として浅見光彦を信頼しているのであって、ここにいるメンバーが浅見光彦に匹敵するなどとは思えずにいるのだ。

――まっ、当然といえば当然だな。

彼と浅見光彦との間には、かつての事件で共闘したという絆があり、その上に推理力への賛嘆が加わっている。それでも彼は、浅見の言葉を信じ、また彼に便宜を図るためにもここへ来たようだった。

龍宮神社での時よりさらにしっかり、テーブルを囲んで改めてこちらが自己紹介していると、清水恒拓のところで鳥羽刑事はハッとなった。

「その声――そうか。電話での時、啄木の詩だと気づいたのがあんただな」

「ええ、まあ……」

「あなたたちも浅見さんに聞いているかな、あの詩の演出は、犯人がこっちを誤らせるための策略らしいということ？　……そうですか。……ええ、本部でも評価された着眼と推理で、捜査方針にもいい転換をもたらしましたよ」

浅見光彦への賛嘆がこもっていた声も、ここからは一転して渋くなった。

「で、啄木の詩に気づき、飛びついたのがあんた、清水さんてことだね？　ふん。九月五日の夜、あんたはどこにいたね？」

一瞬顔をしかめたが、清水はそれを苦笑に変えて答えた。

「あの日は定時に帰れたので、夜は普段どおり家で過ごしていましたよ。でも独り暮らしなので、それを証明してくる人はおりません。アリバイ調べ、以上」

「では、ここでの同席もここまでとしてもらいましょうか、小樽北門新報の清水さん。いくらなんでも記者の前で捜査状況をぺらぺらとしゃべるわけにはいかない。一社独占なんてもってのほかだ」

「う～ん。そうでしょうねえ」

「そこでお願いもしておきたいが、こうして民間の捜査協力を得るのは異例のことで、公（おおやけ）にしていいことではない。捜査上の実利を優先した特例だ。こうした席があったということを、わざわざ記事にはしてもらいたくないが」

「……いいでしょう。そこは紳士協定ということで。上に伝えると厄介（やっかい）そうなので、僕が口をつぐんでおきます」

それでも清水にすれば、私たちや浅見光彦が充分な情報源になるという判断だろう。殺人の話が続くので、この席は優介にもふさわしくない、ということで――

「じゃあ、その辺の見学をしていましょう」

と、清水は、千小夜さんと優介の手を取って離れて行った。

席が四人になると、鳥羽刑事は再度念を押した。

これは公式な情報提示や討論の場ではない。最上層部の意向を踏まえて、現場のうるさがたは目をつぶっているというのが現状。それも本来は浅見光彦を相手にしてのことである。こうした事情を汲んで、この先も行動してほしいとのことだった。

「さて、では……」

朝の捜査会議を終えて、鳥羽刑事はすぐに駆けつけて来たという。

まずなにを訊きたいですか？　と問われて真っ先に口をひらいたのは一美さんだった。

「山田耕一さんと樫沢静華さんの共通点は見つかったのですか？」

「いえ。そこがなかなかむずかしくてねえ。まあ、捜査はまだ始まったばかりですしね。樫沢が山田耕一になんらかの調査を依頼していたという形跡も、今のところまったくなし。まずは、山田の身辺調査で判明したことを伝えましょうか」

山田の事務所を捜索したのが鳥羽刑事だそうで、真っ先にそこから話したいというか、話しやすいのだろう。留守番役の女性も使ったデータが完全消去されるやり方が語られ、鳥羽刑事が七枚のフロッピーディスクを押収した顚末（てんまつ）も語られた。

「内容は読み出せました。案の定、強請（ゆす）りネタでしたよ。フロッピー四枚にはそれぞれ、映像が――写真が一枚ずつ残されていた。容量の関係だろう、粗い画像だが、内容は判る。残り三枚のフロッピーには、その写真に写っている場面の説明文が記録されていた。日時、当事者の素性、行なわれていたこと」

「強請りを長年していた割には件数が少ないようですが……？」私は言ってみた。

「件数としては三件でした。つまり、厳選されたものを残したのでしょう。そうそう、山田耕一が強請り屋だった傍証が他にも出ていることはお伝えしておきましょう。自宅から、別の預金通帳が発見されています。これには、何ヶ月もの間隔をあけて不定期で、そこそこの額の入金が確認されました。裏表の帳簿や口座があるうえ、この入金パターン。強請りなどで口封じ料を要求する連中に典型的なものです」

　鳥羽刑事はさらに、口座などの金の流れで判明したことだとして、山田の調査所の経営分析を加えた。

「かなり苦しくなっていたようですよ。事務の女性も再度の聴取に答えて、給料が出るのか心配した時期があったと明かしました。しかし二ヶ月ほど前に、あの会社は一息つきます。金額としては二百万ほどですが入金があり、これは大助かりで、干天の慈雨のように負債箇所の穴埋めに振りまかれます。しかも架空口座からの送金で、相手の正体も追えずにいましてねえ」

　大金が必要で、かなり危ない橋を渡ったとも考えられるな。架空口座とは怪しすぎる。

「厳選したということは、フロッピーに残されていたのは大きなネタなのですね？」と龍之介が確認する。

「そうです。当時人気のあった若手政治家のスキャンダルなどです。時間が経てばさらに大きなうまみが出てきそうな事案でしたよ。しかもそれらの件はここ十年以内に起こっていますから、今も日常的に使われているメモリーなどに情報はインプットできたはずです。それをあえて、フロッピーディスクに落とし込んだのですな。一般的なメモリー類はすぐに捜査対象になりますが、あえてフロッピーにして、忘れ去られた過去という偽装を施したわけです」

　ほう、と、私たちは変に感心する。

「浮気などの細かな強請りネタは、役目が済めば完全に消し去っていたのでしょうな。そこからは足はつかない」

　他の意味もあるだろうと、私は想像した。強請られる側からすれば、この一回で済むのかという不安が付きまとうのではないか？　そこで山田耕一は確約する。自分は、そちらが約束を守ればネタもその時点で完全消去する、と。そしてそのやり方や過去の事例をなんらかの方法で相手に見せ、二度はないからと安心させる。もしかすると、〝裏の社会〟では一度ですべて完全消去する男としての定評を得て、それを看板にしていたとも考えられる。

「狡猾で慎重な奴ですから、情報入手が極めて困難でしてね。肝心の、小樽に来た件も詳細がつかめない。いや、正直――」鳥羽刑事は指を立てて頭を掻いた。「詳細どころか大枠もつかめません。事務所や自宅は、もちろんその観点からも洗いましたし、山田の小樽での宿泊先ホテルの部屋も調べ、従業員たちにも聞き込みましたが、具体的にはなにも引っかかりません。事件発生時に海岸線道路を走っていたドライバーからの目撃情報なども入っていませんでね」

鳥羽刑事は、話を樫沢静華についてのものへと進めた。

樫沢静華は東京都足立区の中古マンションで独り暮らし。捜査に足をのばしてもよかったが、捜査本部の指導部は、出張の脚を懸念した。大型台風の接近で現地から帰還できなくなれば、余計な宿泊費など出費がかさむというわけだ――鳥羽刑事はそう説明して苦笑した。

樫沢の自宅捜索は、地元警察に協力願った。

「こっちは山田耕一とは逆ですな。脇が甘くて調べやすい。パソコンはロックされておらずひらけたそうで、ＳＮＳに、自分の日常の細々したことはもちろん、行動予定も書き込んでいる。無論、本名は出していませんが、あれでは隠すつもりがないも同然で、顔写真まで出していますから、判る者には判る。ネット上で〝荒らし〟をしているのも間違いなく、不快なヘイト活動家ですな、ありゃあ。しかしそんなネットユーザーが、プライバシーセキュリティーがおろそかってこと、あるんですかなあ」

「無敵というつもりなのではありませんか」一美さんが言った。「なにをしてもいいと思いあがれるタイプの中には、信者に近況報告して喜ばせていると思い込める人もいます。自分には守るべき弱みなどないと意識付けされている、攻撃的な女王様ですね」

「それはあるでしょうなあ。いますわ、そういう人。それで、ツイッターには得意げに、九月七日に小樽に行くとも書かれています。二週間以上前からね。小樽の翌日は札幌で遊ぶ、と計画していました」

「小樽のどこにです？」私は訊いた。「用件は書かれていたのですか？」

「それはありません。小樽での行動は、彼女のＪＲ用ＩＣカードから一つ判明しています。一泊していたのか札幌から乗って、朝の八時四十七分に到着ですな。それから、駅前の軽食店かどこかで軽い食事をしたのでしょう。この時に毒も呑まされたのではないかと推定されます。彼女が自分用の飲料ボトルを持ち歩いていたという話は聞こえてきませんので。毒はトリカブトから抽出されたもの」

　時間を整理するかのように龍之介が尋ねた。

「すると、被害者は九時頃から軽食を摂り、服毒。十時近くに龍宮神社にて死亡したのですね」

「ですな」

「食事をした場所は特定できないのですか？」

「店のレシートもありませんでね。彼女は、その手の物は捨ててしまうタイプのようです。会社勤めはしていないので、そうした習慣がないのでしょう。ちなみに、親の残した不動産で、彼女はまあまあの生活を続けられているようです」

「胃の内容物に、多少の特徴はないのでしょうか？」

「中華ものを食べたのではないかとの報告でしたね。塩辛（しおから）があり、肉まんではないかと思われるものと……、でもちょっと首をひねる食材として、チーズがあり、トーストを食べたようにも連想されるとか……」

あれ？　という顔を見せた後、口にした一美さんの一言は皆をビックリさせた。

「でしたらその店、〝港の風味〟じゃないですかね。モーニングなどの食事も充実している喫茶店です」

――喫茶店？

男たちが瞬きも止めている間、一美さんがすらすらと続けた。

「そのお店の売りの一つに、肉まんワッフルがあるんですよ。肉まんを格子形に押しつぶして少し焼き、ワッフルと名付けています。それに、チーズトーストの塩味に塩辛を使う。こうしたメニューは、小樽ではその店だけのはずですよ。広告を信じれば。駅前にあるお店です」

一美さんからこれは聞かされたことがない。自分のグルメリストには入力していたわけだ。

一拍、間があいた後、鳥羽刑事は急いでスマートフォンを取り出していた。検索を始めている。私も同じくした。確認できるかどうか。

鳥羽刑事のほうがまず、歓声めいた小さな声をあげた。

「あった。――そのメニューもある。駅のすぐ前だ」

私の画面にもそれが出てきて、一美さんと二人で目を通した。昨日土曜日も、もちろん営業日だ。

「長代さんの食いしん坊ぶりが功を奏しましたね」

明るく口走ってから、龍之介は、なにかまずかったかな、という目で一美さんを窺う。彼女は菩薩のような顔をしているだけだ。

「本部に知らせます」

勢いよく立ちあがり、鳥羽刑事はロビーの隅に移動する。

一、二分して戻って来ると、

「本部でも見つけたところだったそうです。駅周辺の店で軽食メニューを検索して、当たりをつけていっていたそうで」

「そうでしょうね」と一美さんは平静に受け止める。

腰をおろした鳥羽刑事も、残念そうな顔はしていない。

「でもまさか本当に、この席で報告に値する発見ができるとは、嬉しい驚きです」

いろいろなパンフレットを見ていた千小夜さんたちは、ホテルの模型が飾られているコーナーに移り、それを眺めて楽しんでいた。優介が笑い声をあげる。

そちらに視線を投げかけていた龍之介が顔を戻し、鳥羽刑事に尋ねた。

「樫沢静華さんにはずいぶんと敵が多そうですが、容疑者も浮かんでいるのでしょうね？」

「三名、洗い出しています。みんな、樫沢に扇動された連中にネット上で蹂躙（じゅうりん）されている人たちです。あれはひどい。殺意がわいて当然でしょうし、追い詰められて精神状態が普通でなくなり、過激な反撃に出てしまったケースも有り得るでしょうな。聴取やアリバイ調べは進行中です。北海道在住者はいません」

「〝港の風味〟で樫沢さんと同席していた人の人相がつかめて、その三人の中に一致する人がいれば、ほぼ解決でしょうけれどね」

「そうなればしめたものですよ、龍之介さん。ただ、その件と山田耕一殺しがどう結びつくのか……」

「私は、樫沢さんは山田さん殺しの目撃者になってしまったのではないかと想像してもいました」

「ああ、目撃者ね。それで口封じですな」

「目撃されたために、小舟で遺体を海に流そうとした計画を中断するしかなかったのではないかと考えると、あの現場の印象と一致するからです。ですけど、樫沢さんが昨日の朝小樽に着いたのであれば、それもないことになります。山田さん殺しの時の、樫沢さんの所在は判明していますか？」

「待ってくださいよ……」

鳥羽刑事はメモ書きしてあるらしいスマホの画面で指を動かしている。

「ありました。九月五日は夜の七時頃まで、不動産の管理者と連絡事項を話し合っていた、となっています。メールや電話ではなく、自宅近くで軽く酒を呑みながらのようですな。真夜中までに小樽へ来るのは絶対に無理でしょう」

「そういえば、比留間久展さんが申し立てたアリバイも調べたのでしょうね、鳥羽刑事？」思いついて私は訊いた。

「山田耕一殺しの時、秘書共々札幌中心街のホテルにいたことの裏は取れましたよ。まあ、へたな嘘（うそ）は言わんでしょうな。二十二時半頃まで取引先と会食。零時少しすぎからホテルのバーカウンター。ここでの証言者も複数おり、疑わしくはない。彼らが二人だけでいた時間は九十分ほどになります」

そうだな。

「利用できる最適の移動手段は車です。夜の国道5号線はほとんど混まないので、高速に乗った時とさほど差は出ないでしょう。いずれにしろ片道五十分ほど。往復で百分。数字の上では微妙な差かもしれませんが、現実的には、犯行にも時間を費やして行き来したとは到底考えられませんな」

アリバイ不成立として起訴する検事はいないだろう。

「樫沢静華殺しのアリバイに関しては、あの二人は曖昧です。あの朝の九時から十時頃まで、街を視察していたというだけで、その証明はできない」

「でも、あの二人と樫沢静華さんとには、なんの関連も見つかっていないのでしょう？」

「今のところはね。アリバイ調べに関してはもう一人、細島幸穂さんについても伝えておきましょうか。昨日の九時から十時、彼女は函館にいて列車に乗り込むところでした。十時五分に、函館駅でスーパー北斗7号に乗車。札幌駅で乗り換えて、小樽には十四時三十七分着です」

あまり訊きたくはなかったが、それを証拠立てる物はあるのですか？　と口をひらこうとした時、鳥羽刑事が言葉を継いでいた。

「物証はないのですが、函館駅で四条派鍛刀所(たんとうじょ)の若手に見送られています。その男には確認を取りました。虚偽の供述をしていない限り、細島さんのアリバイは成立でしょう。山田耕一事件のほうも、捜査本部は、彼女には無理と判断しました。殺害時刻その時点のアリバイはありませんが――」

「ええ。真夜中ですしねえ」ほとんどみんな、アリバイは証明しづらい。

「ただ、彼女は翌日、朝六時ぐらいから江差の自分の店の開店準備に動いていたのを近所の人たちが目にしています。殺害直後に小樽を発って、六時間かけて江差まで――と移動できないことはないかもしれませんが、これも現実感は乏しいですな。細島さんは自動車の運転免許も持っていません」

今のところ彼女もまた、樫沢静華との関連がまったく見つかっていないし、容疑者とはならないだろう。

「ちなみに言えば、細島さんが乗ったのと同じ列車で、前原厚子も小樽にやって来ていたことになりますけどね」

細島幸穂は真っ直ぐに龍宮神社に向かい、前原厚子は比留間たちと合流したわけだ。頷いておいて、

「もう一つ確かめておきたいことがあるのですが」と龍之介が言いだした。「アザラシの毛です」

「ああ、それね」と一美さん。

「分析などして、多少判ったことがありますか？」

「あれはゴマフアザラシの毛らしいです」鳥羽刑事は答える。「それに、なんといいますか、生の毛ではないようです。つまり、生体から抜けたばかりの毛ではないとのことです。ずいぶん時間が経っているのではないかとのことで、表面にはなんらかの化学物質もある。それは分析中ですが」

私はイメージを口にしてみた。

「抜けたアザラシの毛が、漁船のエンジンにくっついていた、とかですかね。油と埃にまみれた」

「そんな感じかもしれません」

一美さんも言った。

「アザラシの毛のコート、というのもありますね」

「そういうのもありますか」

「動物愛護の観点から、着る人は減っているでしょうけれど」

それに季節柄、コートは関係なさそうだが。私たちが楽しんだおたる水族館の海獣公園は、どうしても頭に浮かぶな。ああいった場所を動いた誰かが、樫沢静華殺しと関係しているのだろうか。

龍之介が推測し始めたのは、樫沢静華の動きだ。

「あの方自身がアザラシの毛のある場所まで行ったとは思えませんね。札幌から列車で到着し、恐らく駅前の軽食店に入った。そこから龍宮神社へと移動しただけのようですから」

「〝港の風味〟に、アザラシの剝製があれば別だけど」一美さんは肩をすくめた。「まあ、ないでしょうね」

「樫沢さんの服の繊維は、毛がからみやすい素材でしたでしょうか？」

と龍之介が尋ねると、おおっ、と鳥羽刑事は声をやや高めた。

「うちの係長と同じ目の付け所ですよ、龍之介さん。係長もその点、鑑識担当者とずいぶん話していましたよ。アザラシの毛は、被害者の内懐にあったわけですが、ジャケットの内側もブラウスの表面も、どちらかというとつるっとした物です。あれでは、長時間付着していたはずがないとの報告でしたな」

「するとやはり、倒れて亡くなる直前に胸元へ入ったのですね」

「犯人由来の遺留品と見て間違いないでしょう。それで、念を入れた確認はしました。被害者が倒れる直前にぶつかっていた八木渡さんと、救命処置を試みた女医の柿沼良子さんに尋ねたのです。調査もしました」

なるほど。念を入れた捜査だ。

「八木さんは、職場も自宅も、ＪＲ路線よりもずっと内陸側の真栄にありましてね。ここ数日、小樽駅より北に行ったことはないとのことでした。もちろん、アザラシの毛などに心当たりはなし。心当たりがないのは柿沼さんも同様で、アザラシなどの海の哺乳類はちょっと怖いほうなので、何事にしろ近付かないとのことでした」

「やはり、犯人が樫沢さんのスマホを盗んだり、ニット帽を押し込んだりする時に、アザラシの毛も移ったのでしょう」

と私が言うと、一美さんが意見を口にした。

「ニット帽にくっついて移ったのかもしれませんね。ニットになら、毛もからみやすそうです」

「有り得ますな」鳥羽刑事も同意見だ。「胸元へ入ってから、一、二分は被害者も身動きしていたでしょうから、アザラシの毛は帽子からは離れた」

「帽子の出所（でどころ）は追えそうですか？」

龍之介の問いに、鳥羽刑事は即座に首を振った。

「いやあ、無理でしょうなあ。新品ではありませんし、メーカーの布タグが切り取られている。手掛かりにはなりませんよ。都合よく、毛髪が残っていたなんてこともありませんし」

浅見光彦に代わって捜査状況を聞く時間は、こうしてだいたい終了した。軽食店〝港の風味〟での聞き込みに期待が持たれるところだ。

なんなら様子を見に、私たちも行ってみるか。

4

途中、国際刑事局長サミットがもうすぐ開催される洞爺湖周辺を通りすぎ、内浦湾をぐるっと回って八雲も抜けた。高速の出口である大沼インターまではもう一息だったが、浅見はサービスエリアで一息つかせてもらった。光章チームから、捜査状況を聞きたくて気が急いたせいもある。

自動販売機コーナーから少し離れた場所で波の高い海を眺めながら、浅見は携帯電話に耳を傾けていたところだ。風の音がかなりうるさい。

山田耕一の裏の仕事ぶりや、現時点で判明している関係者たちのアリバイも頭に入れた。アザラシの毛という遺留品を巡る推測。樫沢静華の胃の内容物。

「その軽食店へ向かっているところなのですか？」

『早めの昼食もいいかと思いましてね』

光章は屈託なくそんなことを言っている。

具体的なことを思い描いてのことではなかったが、互いの健闘を祈って電話を切った。

トイレへ行っている二人の女性はまだ戻って来ていないようだ。

乱れた髪に手ぐしを入れながら車に向かいかけた浅見は、思わず足を止めた。

（なんだ……？）

三十代と思われる男が、ソアラを覗き込んでいた。

しかしすぐに、ふらりと立ち去る。

一瞬、車上荒らしを連想した。そして瞬間的に、途中まで後についてきていた例の車を思い浮かべた。あの車は少しずつ遠ざかって姿が見えなくなり、ここに駐車しているようでもなかった。

（気にしすぎだろうか）

冷静に思い返してみれば、ポケットに両手を入れていた今の男に変な緊張感はなかった。ソアラに興味があっただけかもしれない。

それでも浅見は、周りを点検してから車に乗り込んだ。

尾行者を窺うような目を、鳥羽刑事は私たちに向けてくる。追跡しているわけではない。聞き込み班と合流するために、彼も〝港の風味〟に行ってみるというから、目的地が同じだけだ。珍しそうなメニューのある軽食店を、千小夜さんも楽しみにしている。

国道5号線から一本奥の通りに入った街角に、その店はあった。

そして、入ってすぐ、店内がいつもと違う空気であろうことは察せられた。雰囲気の硬い男たちが三人立って、女性店員になにかを問い質しているのだから。お客は二人連れがいるだけで、男たちの話がやはり気になるようだ。落ち着かない雰囲気にもなっている。店としても迷惑なことだろう。

鳥羽刑事は、一番近くに立っていた若い男に、

「よう、小栗」と声をかけた。

小栗刑事は、声を抑えて、「問題の時間帯と、従業員は同じメンバーだそうです。厨房もフロアも。あの席に、樫沢静華は座っていました」

店へ入ると左へのびる短い通路がある。その左側に二つの席があり、通りに面した窓側の席はそこだけだ。小栗刑事が示していたのは、通路側から見て右側の席である。壁である右側に作り付けの小さめのテーブルが備わり、それに向かって座る二人掛けの席だった。

小栗刑事は補足する。

「手前側に、です。予約を入れていたそうですよ」

顔を見せた別のウェイトレスに、私は子供を入れて六人であることを伝えた。壁面がソファーになっているテーブル席に、もう一つのテーブルを並べてくれた。優介用の椅子も用意してくれる。

席が調うのを待つ間も、私の聴覚は刑事の聞き込み内容に向けられていた。

「予約の電話があった、と。そして男の声だったのですね？　なんと名乗りました？」

「もう記録は残っていませんから、はっきりとはお答えできません」と、年かさのウェイトレスは受け答えしている。彼女が樫沢静華の担当をしたのだろう。「ごく普通の名字だったとしか……」

山田、とか？　まあ、名乗るだけなら好きな名字を言える。

「ずっと最後まで一人だったのですね？」

「一人でした。間違いありません。予約を入れた男性はいらっしゃらないのだな、と思っていましたから」

樫沢静華がこの店で一人きりだったとは憶測がはずれたが、龍之介は特に困惑している様子でもなかった。

私は改めて店内を見回した。テーブル席が九つあり、まあまあ広いスペースだ。レンガによるあしらいもあるけれど、ライトカバーがチューリップ形だったりテーブルクロスにピンク色のフリンジがあったりするのは、乙女心にも対応した内装といえるだろうか。アザラシの剝製(はくせい)はない。

メニューに目を通しながら、刑事たちの声にも神経を注(そそ)ぐ。

「目を引く行動はなにもなかったのですね？」

「普通のお客さんでしたよ。もちろん、スマホは何度も見ていましたけれど」

質問役だった刑事に目顔を向けられた年下の刑事が、店の奥へと向かった。他の従業員にも、樫沢の様子を確認しに行くのだろう。

小栗刑事がウェイトレスに、

「九時少しすぎに来てから三十分ほどいる間、コーヒー付きの例のメニューを食べた以外、ここにいた女性に変わった動きはなかったのですね？」

と、回りくどいほど再確認したのは、後から来た鳥羽刑事に聞かせるためなのだろう。しつこいなあという顔に一瞬なったウェイトレスは、自分が知る限りそうだと、自信もありそうに答える。

私たちがそれぞれ注文を通した頃、刑事たちは引きあげる気配になった。残念ながらめぼしい収穫はなく、彼らの顔色は曇りがちだ。

反対にホッと表情を緩めたウェイトレスだったが、その彼女に、「あっ、そうだった。もう一つ尋ねたいことを思い出しました」と声をかけたのは鳥羽刑事である。

「あの女性のジャケットのここに」彼が指差したのは、右側のポケット辺りだ。「コーヒーの染みがあったのですよ。もうすっかり洗われていて、ほとんど目につかなくなっていましたがね。湿気っていたから鑑識の注意を引いたのです。こちらで心当たりありませんか、その染みについて」

他の刑事たちも、そうだったと思い出した顔だ。その件は私たちも初耳だった。

「コーヒーをお洋服にかけてしまうような粗相はいたしておりません」

引き締まった顔で言ったウェイトレスは、「ちょっとお待ちください」と自ら店の奥に入って行った。他の店員にも尋ねるのだろう。

戻って来て、誰もそのようなことはいたしておりません、と彼女はきっぱり告げた。

いよいよ引きあげ始めた刑事たちだったか、ごくごく小さな声で、鳥羽刑事が質問役だった同年輩の刑事に耳打ちした。

「同席者がいなかったってことは、ここの従業員が毒を盛ったセンも生じるだろう」

「んん……」

「全員の顔を見ながら、それとなく様子を探っておくよ」

「判った。でも鳥羽さん、単独行動は控えめにな」

三人の刑事は出て行き、鳥羽刑事はことさらのんびりとした足取りで奥へと歩いて行く。

そうこうしているうちに、私たちの席には料理が並ぶ。一美さんは、肉まんワッフルとチーズトーストを注文していた。

毒で死んだ樫沢静華が最後に食べたのがそれらしいとすでに聞かされている清水が、

「それ食べるの怖くありませんか?」と、半分冗談口調で言った。

「無差別殺人鬼が相手なら、あなただって安全とはいえませんよ、清水さん」

「う〜ん。そうか。でも真面目な話、トリカブトから毒を抽出して連続殺人を犯すような犯人なら、まだ毒を持っている危険はありますかねえ」

なるほど、と私は思った。「その可能性はあるかもしれないな。どう思う、龍之介？」

「危険はありますね。犯人の狙いが二人だけだったのか、早くはっきりするといいでしょうけれど」

三人も四人も手にかける動機なんてあるだろうか。

ポットから自分のカップに千小夜さんが紅茶を入れると、それを清水が手に取った。そして、一口、二口と飲んでしまった。

「毒味です」と笑う。しかし千小夜さんに向けられるその両目は、変に熱っぽくて真剣だ。「僕は……君を守るつもりでいるよ、チサ。優介くんもね」

おっ、という目を向けてしまった私に、清水は照れ笑いを浮かべながらもやはり真剣に言った。

「騎士（ナイト）じみた口をきくなんて柄じゃないです。自分でも驚きます。でも、気持ちは――、中嶋千小夜に対してそんな気持ちを持ってしまったのは事実みたいで……」

「事実なら仕方ないわね」と一美さんは鷹揚（おうよう）に言う。「だってさ、チサ」

テーブルナプキンを息子の襟元に付けてやっている千小夜さんが、「ありがとう」と、清水に顔を向ける。気持ちは読み取りづらい表情だ。

昨夜、同窓会で共に過ごすうちに、清水の気持ちが高まっていったらしい。今日はそんな話しっぷりがちょくちょく出ていた。

千小夜さんのカップに、清水は新しく紅茶を注いでいる。

「リョウのこと、忘れるなんて、まあ無理だとは思うよ……」

そう言う声は、少し口の中にこもるようだった。彼は、数秒前とは逆に背中を丸めている。

「でも、意識してでも風化させていかないと、優介くんに、新しい家庭が生まれない。優介くんにはもう、父親がいる次の楽しい記憶があっていい。時間があくと……」

優介は自分の名前が出ている話題よりも、目の前のシフォンケーキに没頭し始めている。

清水が持ち出したのは、確かにむずかしい問題だ。故人となった恋人や連れ合いへの思いは簡単には振り払えないだろうが、子供はどんどん成長する。意識、判断力が育ち、明確な自我となる。

清水はまた一転して、陽気な振る舞いになった。

「どうだい、優介くん。楽しく遊べるパパ候補は？」

楽しく遊べる、というなら、龍之介も負けてはいないと思うがな。

優介は清水に目を向けているが、質問の内容がピンときていないようだ。まあ、急には無理だろう。

った。

「将を射んと欲すればまず馬を射よ、をやってるの、清水くん？」千小夜さんが上手に笑

「どっちが将なのよ？」

一美さんも笑った。そして、ナイスなアシストに出る。

「龍之介さんはどう思う？」

口にしようとしていた玉子トーストが急にしゃべったかのように、龍之介はビクッとした。それを皿に戻すと、

「親子の関係を乗ったり乗られたりする喩えにするのはむずかしいでしょうけれど、優介くんはまだ小さいので、さすがに乗っているほうでしょうね」

——そこじゃない。

微妙な笑いの中で、「あっ、鳥羽刑事さん」と、千小夜さんが声にした。

引き返して来た鳥羽刑事が、横を通りすぎながら、冴えない表情で首を左右に振った。

犯人がいそうな手応えはなかったのだろう。

肩を一度揺すって、鳥羽刑事は店を出て行った。

「さっ、安心して食べましょう」

と言った一美さんに、千小夜さんが笑いかける。

「あなたはもう充分食べてるわ」

5

十一時すぎに函館市内に入り、細島幸穂の案内で浅見は車を走らせた。

南下していた国道5号線を、五稜郭駅の手前で左折、やがてのぼり傾斜となる住宅街をさらに進んだ先に比留間の家はあるようだ。細かく曲がりくねった道を慎重に進むと、緑に覆われた一画に出る。何台も停められる広さがある駐車場にソアラを停め、「長い時間ありがとうございました」と幸穂に労われながら外へと出た。多少高台にあるためか、風が強く感じられる。

塀の中、幸穂を先頭に進む踏み石の道は、少し先で左右に分かれていた。左側に見えるのは、二棟の建物だ。まず、小さめの平屋の、一般的な建物が小道の左手に見える。小道の奥、右側にあるのは、歴史を感じさせる瓦屋根の和風建築だった。

分かれ道の右側に望めるのが私邸だそうだが、なかなか広壮な佇まいだ。

「先ほど電話したら、鍛刀所にいるとのことでしたので」と、幸穂は左の道へと案内する。

さっそく刀を打っている現場を目にできるのかと、浅見はわくわくした。カメラ入りのバッグを肩からさげている。牧野ルイの足取りも軽やかだ。

瓦屋根の建物まで進み、黒々と歴史の染みた引き戸を少しあけ、幸穂が中に声をかける。

槌を振るっているらしい大きな音がすでに聞こえてきていたが、それが止まった。

「すみません」と、幸穂がルイに小さく頭をさげる。「ここから先、女性は入れませんので」

「あっ、判りました」

幸穂の手によって引き戸が大きくあけられると、浅見の眼前に、日本刀を生み出す鍛錬の場が現われた。窓が小さく明かりが乏しいが、その仄暗さが、特殊な職人たちの気を集中させる遮断幕であり、雑念を消すための奥深い森林の闇でもあるようだった。工業的な匂いのする神域だ。

その空間に、赤々と目立つ火の神がいる。

ここで流星刀が打たれたわけではもちろんないが、過去を覗く窓口の一つとして浅見は貴重な場所にいると感じた。

火に照らされて二人の男がいた。

七十歳を超えていると思える痩身の男は、作務衣風の上着を羽織る和服姿だ。

四十代半ばの男は、作刀家の装束である。髪の毛を頭巾で覆い、柔道着を思わせる服装のズボンは、足首で締められている。上から下まで白だが、それらはもちろん、晒される鉄粉や炭などを煤のようにまとっている。

幸穂が紹介してくれた。

彼女が大おじさまと呼ぶ年輩のほうが、比留間雄太郎。先代の刀匠だ。おじさまと呼ばれたのが、益刻。本名藍公。雄太郎の次男である。

雄太郎の妻はすでに病没し、ここに住む比留間の者はこの二人だけだと聞く。

「こちらが、ルポライターの浅見光彦さんと、編集者の牧野ルイさんです」

「ああ、これは」

雄太郎が笑顔で踏み出して来た。

「幸穂がなにかとお世話になったそうですね。ありがとうございました」

年齢の割に白い歯が際立つ笑顔も、手を差し出す仕草も、予想外に気さくだった。浅見は握手をして挨拶を交わす。

雄太郎は戸口の外にいるルイとも笑顔で握手をした。

藍公は頭巾を取り、頭をさげている。こちらは無口なようだ。

「刀を作る過程も取材したいのでしたな?」

雄太郎に問われて、浅見は聞き返した。

「今お邪魔してもかまわないのですか?」

「ええ、かまいません、かまいません。どうぞ」

藍公は頭巾をかぶり直し、

「私は作業を続けさせていただきますが」と、大きな機械に向き直った。

藍公――益刻が機械に向かって差し出している赤く焼けている四角い鉄の塊に、大きなハンマーが打ちおろされる。火花を散らして轟然と鉄を叩くリズミカルな作業に圧倒されつつ、浅見は雄太郎に問いかけた。

「これはもしかして、玉鋼を延べていく作業ですか？」

「そうです。薄く叩いて何度も折り曲げ、材料を調合しつつ鍛錬していきます」

「しかしこの作業は、槌を打ちおろす相方と二人でするものなのでは？」

雄太郎はにこやかに、

「それを行なっている所はごくごく限られていますね。相槌師と二人の職人を作刀だけで生活させるのはむずかしいですから。また、二名の名人が揃わなければ刀を打てないというのでは、鍛刀所の数は減る一方でしょう。槌で打って見せているのは、観光用の演出であったり、撮影用のパフォーマンスであったりが多いです」

「そうなんですか」

「我が四条派でも、戦後からこうしたエアーハンマーに切り替わっていきました」

それでも見事な日本刀を作り出してきたという自負があるのだろう。

説明を聞きながら、浅見は所内各所に目を留めていく。

コークスや藁灰(わらばい)が溜められている場所。ホドと呼ばれる炉には、灼熱(しゃくねつ)の炎が赤々と燃え、それは鞴(ふいご)で風を送られればもっと燃え立つだろう。真夏のこの場所の温度は想像したくもない。

素手で鉄の棒を握る益刻は、火花を散らして刻一刻と貌(かお)を変える刀の源(もと)に、静かに鋭く視線を注いでいた。先端まで太い指は、灰などを染み込ませて黒々としている。

壁際の細長い台には、日本刀の大きさをした三本の鉄の棒が並べられていた。

「刀になっていく途中経過が、順に並んでいます」

確かに、四角く長いだけのものから、刀の形へと変わっていく過程が見て取れる。

「取材や観光の方が見えることもあるので」

ならば、と浅見は思い立った。

「写真を撮影してもよろしいですか?」

「かまいませんとも。神棚以外でしたら、ご自由にお撮りください」

「ありがとうございます。——そうだ、牧野さん、そちらのカメラでも撮りましょうか?」

ルイはメモを取っていた手を止め、

「そうですね。そのほうが効率いいかもしれません。じゃあ、すみません、浅見さん。お手間かけますけど」

「すみませんな、牧野さん。ご不便なことで」

「いいえ。大事なしきたりでしょうから」

カメラを浅見に渡したルイに、幸穂が囁くように言う。

「この流派の禁忌で、火の神に女を近付けてはいけないものですから」

撮影しながらのこの場での取材は、だいたいまとまったと、やがて雄太郎が察したようだった。

「では、陋宅のほうへ参りましょう。さらにお訊きになりたいことがありましたら、あちらでどうぞ」

「お父さん。私は一区切りつけてから行きますから」

そう言う益刻に挨拶を残して、四人は細い道をたどり始める。

「幸穂さん」雄太郎が軽く呼びかけた。「友野くんが先ほど戻って来ていたよ」

「そうですか。いつもより少し遅いですかね」

「珍しく、悔しそうに怒っていたな」

「どうしたんでしょう?」

「数日前に、財布を落としてしまったそうなんだ。駅の構内でらしかったが、駅事務所や交番に何度問い合わせても、落とし物として届いていないそうなんだな」

「あら……」

「嘆かわしい。昔の日本なら、ちゃんと戻ってきていたはずだ。……どうかされましたかな、浅見さん？」

「申し訳ありません。友だちを思い出したものですから」

「落とし物をされましたか？」

「いいえ。拾うほうです」

「ほう？」

「細島さん」浅見は幸穂に言った。「あなたも、無視できない品を拾ったら、百パーセント届けるでしょう？」

「は？　さ、さあ。どうでしょう……」

微笑んで、雄太郎が、友野というのは刀工を目指して修業中の身の若者です、と説明してくれた。

玄関から中へ入ると、若い男性が出迎えてくれたが、彼は友野ではないらしい。身の回りの世話やビジネス上の助手をしてくれているという。昔風に言うと書生か。茶髪だが。

通された和室は変わった造りだった。左手に土間がある。冬場は襖で仕切られるのだろう。

見事な紫檀の机を挟んで雄太郎と二人の客が席に着くと、「手伝って来ます」と、幸穂は、ルイが差し出した土産を手に離れて行った。

「拾得物の横領や置き引きどころではなく……」雄太郎の佇まいが端然となっていた。「幸穂は殺人事件の参考人として警察署に呼ばれたそうですね。その折、ずいぶん助けていただいたと伺っております」

「そばにいてお節介を焼いただけです」

と浅見が言えば、ルイは、

「わたしは助けるどころか、同じく参考人扱いの経験者になっただけです。容疑者かもしれません。もしかしたら今でも」

「真相はやがて明らかになりますよ。ところで、雄太郎さんは、樫沢静華という女性にお心当たりはありませんか?」

報道で名前を耳にしたが、記憶にはない女性だという。山田耕一に関しても同様だが、昨夜の幸穂からの電話で警察に事情を聞かれたことの報告の中に、彼女が調査を依頼した人物であることが含まれていたようだ。

「参考人と言われながら強引に疑いをかけられたりすれば……」雄太郎は心配そうな面持ちで、「刑事に食ってかかったりもしたかもしれませんが、そんなことはしませんでしたかね?　幸穂は気弱そうでいて、枉げたくないところではなかなか強情なのですよ」

「聴取の間立ち会っていたわけではありませんので詳細は判りません。しかし、その後の刑事たちの様子では、幸穂さんが手を焼かせたとは感じられませんでした」

その答えに一礼するかのように頭を一度上下させ、雄太郎は、

「子供の頃から、正論を通したがる子でしてね、幸穂は……。しかしそれは煙たがられ、反発を招き……、そのうちあの子は、身の内に生まれる意見や感想を押し殺すようになっていった」

そこで彼はふと、我に返ったような顔になって浅見を見詰めた。なぜ自分はそこまでのことを彼に話しているのだろうかと訝しむ目の色だった。そして、そんな感覚をもたらした元を探るように眉間をわずかに寄せる。

「……幸穂の電話であなたのことがずいぶん出てきて……。幸穂と浅見さんは、今回が初対面でしょうな？」

「はい。無論そうです」

「そうでしょうな。初めての、それも男性のことを、幸穂が好感触であそこまで語ったことがすでに珍しかったのか……」最後は独り言のように言って、「いや、失礼。余計なことでした」そこから雄太郎は口調を変えた。「浅見さんと牧野さんは、流星刀のことを知りたいのですな？　それは事件に関連することとしてですか？　記事の取材としてですか？」

ルイと目を見交わしてから、浅見が答えた。

「細かくお尋ねするのは、ライターとしての仕事の上でのことになります。しかしその内

容の中には、捜査に反映できるものもあるかもしれません」

　ここで、茶髪の若い男性と幸穂が盆を持って姿を現わした。「いやいや、ありがとう」と雄太郎に声をかけられて男性はさがり、幸穂は机の横に腰をおろしてお茶と和菓子を配った。

「今の男性が、昨日の朝、細島さんを函館駅まで見送った方ですか？」と浅見は見当をつけた。

　そうなのです、と幸穂自身が答える。「今日の面談のこともあるので、朝、ご挨拶にここへ寄ったら、雄太郎大おじさまに言われて車で駅まで送ってくれたのです」

　彼のことを雄太郎は手短に話してくれた。知人の息子で、高校三年生だが学校に通えず、ここで諸々の手習いをしながら生活しているという。森という名字だ。

　各々がお茶を口に運び、「おいしい！」と、ルイが歓声をあげる。

　確かに、と、浅見も内心大いに同意した。母の雪江が茶葉にこだわり、お手伝いの須美子が長年淹れてくれているお茶に匹敵する。

「流星刀にまつわる記録は、ここには本当になにもありませんぞ」

　雄太郎自ら、そう話し始めてくれ、浅見は姿勢を正した。

「制作した刀匠、國宗に関する資料もありません。うちの先祖と國宗との付き合いも、記録には残っていませんね」

「ご先祖というのは、刻國さんですね。幸穂さんによりますと、その刻國さんの記載がある資料には、奇妙な点が多いらしいのです。そもそも、実績に比べればいないも同然の扱いしか受けていないとも受け取れるようです」

「実績というのも、あまりにも過去のことで、もうつかみようもないことですよ、浅見さん。確かにいささか記録が少ないが、戦禍や災害で記録が抜け落ちてしまい、そのままで過ごさざるを得なかったということかもしれません」

先代刀匠は特に奇異さは感じていないという素振りだ。

彼は、幸穂に顔を向ける。

「今度こそ、過去の幻を無駄に引っかき回すことはやめたらどうだ？　人の死に遭遇するなど、験のいいことでもないぞ」

幸穂はうつむいて黙っている。

浅見とルイに、雄太郎は苦笑を見せた。

「どうです？　なかなか頑固でしょう。お二人に、実のない記事を追わせることになっているようで、心苦しいです。それに浅見さん、やはりどうしても不安でもありますよ。山田という人が亡くなったのは、幸穂の調査依頼とは別の理由でと思いますが、実際どうなのでしょう？　解決の方向性は見えているのでしょうか？」

浅見は捜査の大筋を伝えた。樫沢静華が死の直前に立ち寄った軽食店は見つかったが、毒殺方法は依然不明であることや、彼女の身辺から重要な容疑者が洗い出されるかもしれないことを。

「刀剣に関していろいろお伺いするうえで……」

話を取材へと戻すように、ルイが切りだしていた。スマホではなく、手帳を広げている。

「こちらの四条派のことを教えていただいてよろしいでしょうか」

それでしたらでは、歴史からお話ししましょうか、と雄太郎が応える。

「四条派の開祖といえる刀匠は、京都におりました。後鳥羽上皇に求められて剣をおさめたのです」

(上皇――‼)

浅見はいきなり驚かされた。

「すごいですね。存じあげませんでした。勉強不足ですみません」

「いやいや。狭い世界でのことですから。その刻藤から数えて、今の益刻が二十六代めになります。ありがたいことに、公家などから神聖な剣を作るようにと下命されることも多かったようです」

「武士たちの剣も作ったのでしょうね?」ルイもすっかり興味津々の面持ちだ。

「それは何百本も」

この時、外に通じている土間の引き戸があけられた。頭巾を取った出(い)で立ちの藍公が入って来た。会釈(えしやく)で挨拶が交わされ、彼は、畳敷きと隣接している板間にあがり、黒い座布団に正座をした。

そして幾分(いくぶん)、表情を和らげた彼の口から、

「ここですとこうして、この格好のままでお客様の対応ができます」

と聞けば、なるほどと思う。刀鍛冶(かじ)を生業(なりわい)とし続けている家系ならではの設計だ。見れば、あれだけ黒々としていた彼の指が綺麗に洗われている。ほんの薄く、火傷(やけど)の痕(あと)が一つ二つあるだろうか。

幸穂がさり気なく和室を出て行った。

「藍公。何百本も刀剣を作ってきた一族だとお話ししていたところだ」

「その時代も変わりました。しかし刀を武器にしなくてもいい平和な時代に、年に五本、六本と打たせてもらえるのは幸せなことです」

雄太郎が説明を足した。「幸いなことに、仕事は途切れずにいただいております」

「今は、どういう方が注文主になるのですか？」とルイが尋ねる。

「コレクターの方もおられますが、他は多く、記念品や贈答品として求められますね」雄太郎がそう答える。「老舗(しにせ)企業の、大きな節目になる開業記念日に寄贈されたり、外国人への格式ある記念品として渡されたりします。外国人向けが少なくないのが、現代の特徴

ですかね」

そうした需要を知るだけでも浅見には興味深かった。そこで少し踏み込んで尋ねた。

「しかし一般的に、刀剣作り専業という刀鍛冶は少ないそうですね。ナイフやハサミといった日用品も作って収益にすると聞きましたが」

答えたのは雄太郎だ。

「そのとおりです。彼らはハサミ類にも見事な技術を発揮しますよ。作刀家としての技能と誇りがこめられています。ただうちの場合、誇りといいましても、もっと窮屈な……時代錯誤(さくご)と笑われるかもしれない自尊の気位(きぐらい)がありましてな。日用の刃物などは作らないという家訓を貫いてきました」

「作らなくても済む制度が四条派にはあったともいえるでしょう」

この息子の言及を雄太郎は受けた。

「恐らく当家にしかないでしょう、階層的な家元制度です」

(ほう。刀匠の家元制度……)

「国家試験を通った者に実地試験を受けてもらい、技を認めれば四条派として初段の免状を授けます。ランクこそ違え、こうした門弟は全国に三十二人おり、ささやかなものですが収益配分も行なえます」

免状発行の料金や、年会費もこの本家に入ってくるのだろうことは容易に想像がつく。

浅見は、この邸宅を含め、敷地の中に富裕な空気が重厚に満ちているのを感じていたが、その理由が判った。

宗家として崇められ支えられてきた歴史があるのだ。

「ご長男の久展氏も事業を大きく動かしているようですし、経済的な力を操ることに慣れているご一族なのですね」

「それはどうでしょう」雄太郎は穏やかに苦笑している。

「ご長男が刀匠を継がれなかった理由を伺ってよろしいでしょうか?」

相手の顔色を読む限り、これは立ち入りすぎた問いかけだったのかもしれない。

「一言で申せば、適性でしょうな。技量というより、心情の面においてです。伝統に則って地道に物を造りだしていくことが性に合わないようです。成長するにつれて、家業に背を向けるようになりました。今回、龍宮神社の講演によく出向いてくれましたよ」

小さな盆を捧げて戻って来た幸穂が、湯飲みを藍公の前に置く間に、雄太郎は話の筋を元に戻していた。

「江戸の文化華やかなりし頃は、大勢の門弟たちが集まる四条派の総会は雅で、時には皇族が臨席くださったそうです」

(だとすれば……)

流星刀作りに少々手を貸したぐらいは、四条派の作刀の歴史においては特筆すべきことではないのかもしれない。その点、浅見にとっては新しい知見だった。

「さて……」

腕時計を見てから雄太郎が言った。

「少々早いが、幸穂、我々は食事をしながら別室で話をさせてもらおうか」

「はい……」幸穂は行儀よく立ちあがる。

「申し訳ありませんが、浅見さん、牧野さん。身内の話し合いがあるものですからここで失礼させていただきます。後は息子がお相手しますので」

かえって恐縮です、と頭をさげてから、

「一つお願いがあるのですが」と浅見は、立ちあがっている雄太郎に声をかけた。

「ほい、なんでしょう？」

「刻國さんのことを文章で知ることのできます資料、可能なものは拝見したいのですが」

「う～ん。大抵のものはお見せできます。とはいっても数はほんの二、三点ですよ。まあ、揃えておきましょう。昼すぎも所用がありますので、そうですなあ……三時半にでもまたいらしていただけますかな？」

「承知しました。ご無理を申してすみません」

幸穂は視線をチラリと浅見に送ってから、和室を後にした。

二人の足音が完全に消えたところで、浅見は藍公に言った。

「車の中で細島さんから伺いました。細島さんがこちらの養女になる話が大詰めなのですね？」

「はい。これから正式に話されます。ま、決まるでしょう。私の娘となります」

「端から見て勝手なことを言うようですが、素晴らしいことに思えます」

藍公は頭をさげる。

彼は端然たる正座姿勢のままだ。両手をそれぞれ太股に乗せ、背筋がのびている。

「両親に恵まれず、辛い生育環境におりましたから、不安定な面を持っていますが、幸穂はいい娘です。子供の頃から、親類の中で距離が一番近い場所にあるここへ、幸穂はよくやって来ていました」

家庭にいたくはなかったのだろうと思うと、浅見の胸は痛んだ。江差と函館の距離は、子供にとっては近いものではない。バス代や列車代が自由になったとも思えない。

「私は数年前、結婚も考えていた女性を喪いまして……、ご存じですか？」

「本条日菜子さんですね」

藍公の表情は静かだ。

「はい。その後、私は子供を作れない体であることも医学的に判りまして、誰からということもなく養女の話が出てきたのです」

「もしかしますと、その養子縁組には、修業中だという友野さんのことも関係しますか？」

浅見が想像を言うと、藍公は一瞬目を見張った。

「……ご慧眼のとおりです。友野くんが、ここを継げる刀工になってくれれば一番だと、私どもは期待しています」

そう言って、藍公は事情を話してくれた。友野秋博、二十二歳。ここの鍛刀所で一週間の体験作刀を企画した時に参加した高校生の一人だったという。彼の筋の良さは明らかで、なによりも熱意がすごく、弟子入りしたいと目を輝かせていた。しかし雄太郎と藍公、そして彼の両親は、もう少し社会と接する勉強も必要だと判断し、最低限大学を卒業するまでは弟子入りを待つようにと友野を説得した。

それで今、友野は、日本刀制作に役立つ鉄鋼の講座を持っている苫小牧の大学に通っている。そして時間の許す限り、週末にはここへ顔を出し、刀剣作りに接しているという。

「友野くんが二十七代めとなり、当家の養女となった幸穂と結婚してくれれば安心できますね」

藍公は主にルイに視線を向けながら、

「こうした縁組はなにも、血統を存続させるための画策ではありませんよ」と静かに言った。「幸穂自身がこの縁組を大変歓迎しており、彼女と友野くんは、なんといいますか……互いに意識する関係でもあるようなのです」

「彼女、いい男がいるんですね」

ルイの明確な表現は、いささかシンプルに先走りしすぎたようだ。

「それほどはっきりとした関係ではまだありません」と藍公は言う。「恐らく当人たちも戸惑いつつ見定めようとしているような淡いもので、この先どうなりますことやら……」

「細島さん、もっと気分をあげてもいいのに。わたしなんて何年もカレシいませんし」

ルイは笑ったが、藍公は微妙に間をあけた。

「彼女にとって新しい人間関係は、試練や混乱との出合いでもあるのです。恋愛も、ただ楽しくハッピーなものではない……のだと思います。大きな気持ちの変化、環境の変化は彼女を不安定にします」

藍公の視線は、浅見とルイの目の中に触れていった。

「お二人は兄ともしばらく時間を共にしたそうですから、彼から聞いているでしょう。幸穂は少女の頃から、自傷行為以上のことを何度かしてしまっています。もちろんすべて未遂で、今のところ事なきを得ていますが……。彼女を娘としてこの家に招きたい理由の一つが、そばに置いて見守っていたいからということでもあるのです」

細島幸穂がいい夢を見る時がくるように、浅見としては願うばかりだ。

刀工の後継者についていろいろ尋ねていたルイが、「武器であった日本刀を作っていた刀工と現在の刀工では、なにが大きく違いますか？」と、藍公に問いかけた。

「いうまでもありませんが、自分が手がけた創作物が人を殺めるのが当然であってみれば、それは言い知れない重荷を負っていくことになるでしょう。しかしその時代は、社会そのものがそうだったのです。誰もが生き死にの真っただ中にいた」

「そうですね……」

「それを除けば、刀と刀工の関係は、今も昔もそう大きく違っていないと思います。自分に羞じない良い刀を打つということは、武将や権力者に認められて名をあげるという功名心や実利と結びついていたかもしれません。しかし別の意味もあるでしょう」

　表情が乏しいとさえ見えるほど物静かな気配だった藍公に、わずかながら熱っぽさが生じていた。

「人の命を奪うかもしれない物であるならばなおさら、命という美と拮抗しなければ、死に対する厳粛さを失ってしまう。そして武器であるということはつまり、身を守る要でもあるのですから、少しでも隙のある物など渡せない。両者の生死に直結する物を、刀工もまた命を懸けて作っていたはずです。そこは変わっていないのです。現代はたまたま、そうして生まれた刀剣が武器としては使われないということです」

　浅見は、先ほどの鍛刀所での藍公を思い出していた。熱く焼ける鉄の塊に向けられた、強い瞳。

比留間益刻は、日頃は息を潜めさせている思いの丈に違う形の勢いを与え、創造の時の一打ち一打ちに集約させるのかもしれない。創造の燃料とするために、静かに溜められていくもの……。

それからしばらく藍公と言葉を交わした後、浅見とルイは丁寧に礼を述べて比留間家を辞した。

6

北一硝子の関連施設や小樽オルゴール堂などを見て回った私たちは、駅前の高層ホテルの一階喫茶コーナーで一息入れていた。落ち着ける場所で、並んだ席二つを六人で使っている。

落ち着けるとはいっても、龍之介は電話でのやり取りに集中しているところだ。完全休養のはずだったが、所長ともなるとなかなかそうもいかない。緊急の事案で問い合わせがきたり、龍之介も気になるところはこそっと電話で訊いたりしていた。

職員と今詰めているのは、明後日の台風対策だった。

この超大型台風は勢力が大きいが速度は遅く、それが甚大な被害をもたらしているようだが、明後日の朝方に、〝体験ソフィア・アイランド〟のある秋田県を直撃する。これは、龍之介によれば、最も信頼できるアルゴリズムでパラメタリゼーション項を加えた（なんのことか判らない）数値気象モデルを扱っている民間気象観測会社が割り出した時刻だそうだ。

明日月曜は〝体験ソフィア・アイランド〟は休館日だが、火曜日はどうするか？

「出歩かせては危険です。臨時休館としましょう。そしてそれを周知しなければ意味がありません」

龍之介は耳を傾ける。

「……そうですね。ホームページ上のそれは、真っ先に目につくように。それと、常連さんで連絡手段のある方には直接お知らせしてください。……ええ。すみませんがお願いします」

少しして次の指示を出す。

「でも、近付かないことに関しては皆さんも一緒ですよ。様子を見に行ったりしないでください。不要の外出です。……そうですか。警備会社側が無理なく動いてくれるというのであれば、お願いしてもいいかもしれませんね。……ではそれで、よろしくお願いいたします」

龍之介が電話を終えると、台風関連の話題といえようか、清水が口に出した。

「札幌方面へ早めに移動するというのも、なかなか踏み出せませんね。どうにも落ち着かない」

落ち着きを奪う理由の一つは、やはり事件のことだ。袖振り合うも……といった縁を結んだ人たちが聴取を受ける立場になっている。細島幸穂。牧野ルイもそういえるだろう。もしかしたら、ここにいる清水恒拓もその一人かもしれない。

さらになにより、私たちは、捜査に積極的な浅見光彦と鳥羽刑事との中継チームの役割が今与えられている。

少なくとも当面は札幌には発てない。待ち合わせをしているからだ。

時刻はそろそろ一時半。その男がやって来た。他でもない、鳥羽刑事である。

軽く手をあげてからあいている椅子に座ると、やって来た店員にオリジナルコーヒーを注文した。

「浅見さんからはなにか連絡ありましたか、皆さん？」と、彼は真っ先に訊いた。

「これというものはありません」と私が答えておいた。

清水は聞き返す。「そちらこそ、めぼしい進展はあったのですか、刑事さん？」

「あったとしても、あんたには明かせない」

「はいはい。ではまた、私は席をはずしましょう」そう言って清水は立ちあがった。

「その後の調べですが……」

密談でも始めるかのように、鳥羽刑事は少し背中を屈め、つられるように私たちもそうした。ただ、優介と千小夜さんは、こうした話とあまり距離を縮めないかのように姿勢は変えず、千小夜さんは息子が始めた窓の外の景色の話に付き合っている。

「樫沢静華に殺意を懐(いだ)いていそうな三人。彼らにはアリバイが成立ですよ」

鳥羽刑事はスマホのメモ画面を見て話し始める。

「芝山辰樹(しばやまたつき)は、二十七歳のエンジニア。彼自身、学校へ爆破予告メールを送って逮捕された前歴があります。そういったところを樫沢静華たちに軽蔑をもって突かれていましたが、芝山のほうでも口汚く罵(ののし)り返していましてね。憎悪のぶつけ合いになっています」

「理性が切れて過激なことが起こりそうですけど、彼にはアリバイがあるのですね？」

美さんが言った。

「鳥取県鳥取市在住で、昨日は本業は休みですが、朝九時から十三時まで、バイトに出ておりますな。コンビニの店員で、これはもう何人もの証言者がいる。

二人めは、朴夏準(パクハジュン)。韓国籍の高速バス運転手。四十一歳。浜松町在住。妻と子がいます。樫沢静華がしていたのは、こうした国籍の人たちへの理由なき嫌がらせですが、これも度を超して卑劣です。異常な執拗(しつよう)さと表現の悪質さで、ターゲットは精神的にまいってしまうでしょう。しかも樫沢は子供の通学先も突き止め、友達も巻き込んだ生活環境破壊を始めていた。しかしこの朴も妻も、アリバイがある」

あってよかったという感じだ。

「朴当人はバス運行所に出勤したところで、妻はママ友のサークルに参加中。三人めは、岩瀬光。三十九歳の船員。樫沢とは関係のない連中の仕業ですが、性的なデマ情報に苦しめられて二年ほど前に妻が自殺」

「ひどい……」一美さんが目を閉じて呟く。

「それ以来岩瀬は、ネット荒らしたちを憎み、樫沢たちとも敵対していた。岩瀬には粗暴なところもあるようでね。でもこの男もアリバイ成立です。事件の前日の明け方から、海外航路のフェリーに境港から乗船している。ウラジオストク行きです。事件の時は船上におり、ずっといたに決まっているだろうと船員仲間が証言しています」

一、二秒して、龍之介が尋ねた。

「樫沢さんの身辺に、動機はないのですか？　巨額の金銭にかかわっているとか？」

「それらもつぶしてありますよ、龍之介さん。彼女には縁の濃い身内はいませんし、巨額の資産があるわけでもない。恋人も元恋人もいないようで、痴情のセンも薄い。近所トラブルは意外とない。……そして依然として、山田耕一とのつながりもまったく見つかりません。ま、啄木の詩に乗っかる必要はなくなったようですが、山田耕一と樫沢に対する共通する殺意は過去の因縁から発している可能性は依然あります。探っていきますよ」

鳥羽刑事は画面を閉じたスマホで一度テーブルを軽く打ち、それからポケットに仕舞った。コーヒーに口をつけてから、

「誹謗中傷メールで樫沢静華が傷つけていた者の中にはまだ身元がつかめないのもいますし、その点、もっと洗います。アリバイでいえば、比留間久展たちと途中から合流した前原厚子の所在も念のために当たりました。夫、馴染みのコンビニの店員、駅員らによって、樫沢静華死亡時に彼女がまだ函館にいたのは間違いありません。山田耕一殺しの時間帯も、日常に変化はなく、ま、アリバイは成立ですな」

鳥羽刑事は続けて、首筋を撫でながら、

「明かしてしまえば、牧野ルイさんの追跡調査もしましたよ。彼女には、樫沢殺しにはアリバイがありますが、共犯者がいるのかもしれなかったのでね。しかし見つからなかった。恋人はおらず、強い利害関係で結ばれた友人や身内もいない。父親はもう、ほとんど行動力がありませんし」

可能性が洗い出されているとはいえ、捜査の停滞も感じられる話を受けて、私は例の件を口にした。

「せっかく〝港の風味〟という店を見つけたのに、結果が出なかったのは残念でしたね。新しい発見はないのでしょう？」

「店員に怪しい身元の者はいませんでしたしね」鳥羽刑事は腕を組んだ。「まったく調子が狂いましたよ、あれは。あそこで毒が盛られなかったとは。では、どこでどうやったのか。歩きながら近付き、毒入りの缶コーヒーを手渡したとか？」

龍之介はその件に口をひらかなかった。しかしなにか、彼の頭脳の中では思考の起点が幾(いく)つか用意されているように、長年の勘で感じられた。

腕組みをして椅子に寄りかかっている鳥羽刑事は、離れた席で電話している清水に胡乱(うろん)な目を向けていた。そして低めの声を漏(も)らした。

「彼も、どうも気になってね。山田耕一殺しではアリバイがなく、樫沢静華殺しでもアリバイは曖昧だ」

「えっ？」鳥羽刑事のその発言には、千小夜さんも反応した。「樫沢さんが亡くなる時、彼はわたしたちと一緒にいましたよ」

鳥羽刑事は椅子から背を起こした。

「樫沢が倒れた時には、ですな。しかしその少し前、清水記者は、同僚に挨拶をすると言ってあなたたちの前を離れている」

「あっ……」

「その時に、樫沢に接近したのかもしれない。相手の同僚に確認を取ったとしても、正確な時刻や時間といった情報は得られないでしょう。一、二分の自由行動時間は作れたかもしれない」

私はすぐに尋ねた。

「その同僚の人には聴取したのですか？」

「いいえ。相手の答えの信憑性がどこまであるか判りませんしね」

同僚としてかばい立てをするかもしれない。そしてそんな聴取をすれば、新聞社とせっかく紳士協定を結んでいるのに蜂の巣を突くようなものだ。

一美さんが千小夜さんに声をかけた。

「本気で疑ってたら、聴取に踏み込んでいるわよ、チサ。そこまでする必要のない段階だし、小さな思いつきにすぎないということですよね、鳥羽刑事？」

鳥羽刑事は、苦いものを嚙んだような顔ながらも、とぼけている。

私も重ねるようにして言った。

「動機だってあるわけないでしょう。清水さんは人を殺すような人じゃない」

――それも二人も。

まさかそんな話題が耳に入っていたとは思えないが、少しにやつきながら戻って来た清水がこう言った。

「また私のアリバイが問題になっていたりしませんか？　それとも、まだおよびじゃないから、離れていたほうがいいですかね？」

「いい勘だ」鳥羽刑事はゆっくりと腰をあげた。「でも、もう引きあげるから、お仲間と一緒にどうぞ」

「勘がいい、って、アリバイ調べのこと？」清水は目元を少し硬くする。

「気になさるな。勘の悪い奴が、神経質になっているだけだから」

「いや、かまいませんよ」すれ違う鳥羽刑事に、清水は半分笑いつつ言葉を投げつける。

「遠慮なくどうぞ。そちらの取り調べ方も、ジャーナリストとしての闘い方も心得ていますから」

「闘う……ってかい？」

「報道機関は、権力者側を監視するために闘うものです」

「その関係は、闘いとは違う気がするが」

片方の肩をすくめるように回し、鳥羽刑事はレジへと歩いて行く。その背中に、龍之介が「お知らせありがとうございました」と礼を伝えていた。

「疑われるっていうのも、燃えるものを感じていいな」

鳥羽刑事を見ながら、スポーツマンのような目の輝きで拳を握っている清水がそんなことを言っている。

その横に千小夜さんが立って、穏やかに話しかけた。

「容疑をかけられてるわけじゃないからね、清水くん」

「いいんだよ、チサちゃん。エネルギーを感じられるからね」

そして清水は千小夜さんに目を合わせた。

「こうして過ごしてみて、君がエネルギーの源になっているのが判ってきたよ。一緒にいると心が活性化する。で、そのエネルギーで君たちを守りたい」

千小夜さんは少し目を見開き、黙って清水を見詰める。

「うん、ほんとほんと。闘って守る大切なものがあるって、重要だね。だから……、リョウとも闘うよ。悪いけど、あいつとの思い出や生活にも勝ちたい」

堂々と言うと、彼は私たちのほうにクルッと顔を向けた。

「最初から思ってたんですけど、皆さんは、チサも含めて男女二組だった。長代さんと天地光章さんはどうやら恋人ですよね？」

そう問われると、躊躇なく「うん」とは言いかねる気分に未だになるが、否定はせず、一美さんも、まあねという態度を見せる。

「でも、チサと龍之介さんは、そういった関係ではないのでしょう？」

これも四人は否定できない。

「龍之介さんはどうなんですか、友達意識？　その手前の、単なる仲のいい知り合い？」

龍之介は言葉に詰まりつつ、

「……友達であってくれれば……そうであれば光栄です。でも、男の友達には生じたことのない感情の起伏や揺れがあり、これは戸惑いますが……」

龍之介にしてはよく言った。だが、清水にすればその〈感情〉に名付けてほしい物足りなさを感じるのだろう。もしかすると千小夜さんも？

「僕はすでに」清水が言う。「チサと遼平が婚約した時に感情の大揺れは経験している。そこからは後悔も生まれていたから、今、この気持ちの流れで後悔はしたくない。ありったけの力で三人の関係をつかんで守り切りたいと思うんです。龍之介さんは、そこに待ったをかけたいですか？」

「えっ……？」

「僕以上にこの二人を守れます？」

「……守るべきなのは当然ですが、私はまあ……、なにぶん非力で不器用で……」

へなちょこで頼りない部分が多いのは否めない。だが、彼も、ひょこっと離島から出て来た時から比べればかなり成長している。大型施設を守り、来館者を守り、従業員たちを守り通そうとしている。

「異性としての保護欲は？」

清水のこの問いには、龍之介は目を丸くして言葉を失った。思ってもみなかった視点のようだ。分析する回路が未整備なのだ。

清水が勢いに乗るようにして、

「リョウの面影を完全に追い越せるまで、なにがあってもがむしゃらに働いて、チサ、優介くんともども苦労はさせないよ。楽しませたい。まず手始めに優介くん」

彼は優介の手をつかんで立たせた。

「飛行機の模型、好きだろ？　さっきいいの見つけておいたから、買いに行こう」

優介は歓声をあげて清水の横についた。

千小夜さんは、半ば目を閉じるような、散歩を急かせる愛犬に送るような微苦笑を浮かべてから二人の後に続いた。


カップの底に残ったコーヒーの模様に暗号でも見いだそうとしているかのような龍之介だ。


「守るということに……自信は……」

「うん」私は言ってみる。「でも、守るなんてのは、どっちか一方がすることじゃない」

「そうよね」と、一美さん。

「二人なら二人、三人なら三人で、それぞれがやればいい。俺たちもそのはずだ」

「そうよ」と、一美さん。「わたしの食いしん坊ぶりが目立たないように、光章さんがもりもり食べてくれるのも助け合いの一つよ」

……一美さんは、なにかを根に持っているだろうか。

龍之介は考えつつ、悩み迷っている。

「中嶋さんの亡くなったご主人のことも、打ち負かすべき対象とは思えませんが……」

「まあな。それぞれの考え方だろうな。でも、龍之介、もっと意思表示しないのか」

「一緒にいて楽しみませんか、とか。少しでも次の一歩の役に立ててくれ、とか」

「……僕が、言うだけの責任を取れる人間だとは……」

責任などといえば、誰もがそうかもしれない。

そうかもしれないが……。

「あのね、龍之介さん」一美さんが静かに言う。「口から出す言葉がすべて、約束じゃなくていいのよ」

無銭飲食しそうになって、清水が慌ててレジに戻っていた。

●

殺人はまだ続かなければならない――か。小樽の海岸。神社の境内。樫沢静華があんな誘いに乗ってくれたのは好運だったのか。もし彼女が死ななければ……。いや、彼女はどこかで必ず死んだはずだ。狂った運命の歯車は強固に回り、自分はこの手を、また穢す。

偽装計画は、今度のものが最も手が込むことになる。

うまくやり切れるのだろうか。

こだわりといえばこだわりだ。しかしうまくいけば、確かに効果的である。

罪深い――。

あまりにも罪深い。でもそうしなければ自分の破滅だ。死命を懸けた背水の陣だ。

……本当にそうだろうか？

それしか道はないのか？

自分が恐ろしいが、現実的な恐れは、素人探偵たちに感ずる。警察が彼らを侮らないのも当然か。石川啄木の詩の偽装も見破った。だがあれは、咄嗟のアイデアにしてはよく保ったほうだろうし、実はまだ心理的な効果を残している。

機会を得て次の殺人を必死に敢行すれば、あの防衛策は活きるだろうか。

第七章　嵐の寸前

1

時間は遡って十二時四十分——

浅見光彦は北海道新聞函館支社にいた。五稜郭の近くに建つ六階建てのビルだ。そのロビーの椅子で浅見は相手を待っていた。案内カウンターの奥には、雑然とした活気に満ちた数々のデスクの島がある。

「これは浅見さん、お久しぶり！」

「お元気そうですね」

浅見は立ちあがって挨拶をした。木谷洋史報道部長は以前会った時より少し太ったろうか。メガネの上に癖のある前髪がかかり、笑顔には変わらず愛嬌がある。

「でもほんと、懐かしいですなぁ」と目を細める。「地下倉庫で、作文コンクールの綴じ込みに目を走らせた」

「その節はすっかりお世話になりました。木谷さんのおかげで、あの事件は真相までたどり着けたようなものです」

　余市で消えた男の消息を尋ねると北前船の歴史を追うような旅になり、松前から石川県の加賀、そして福岡県の津屋崎まで日本を縦断することになった事件である。

「お忙しいでしょうに、お時間大丈夫ですか、木谷さん？」

「なんとかなりますよ」

　二人は、お膳のように小さなテーブルを挟んで座った。

　手にしていた書物などの資料をテーブルに載せると、上目づかいになった木谷の両眼からは、なにかを狩ろうとしているかのような幾ばくかの険しさが覗いた。

「それに、今回のことも、興味深い独占記事になるかもしれない。時間ぐらい大いに割きますよ。なにしろあの事件の話でしょう。小樽での連続殺人。大事件だ」

「二重の大きな悲劇です」

「あなたはいつも、奇妙な事件に引っかかるものですなぁ。それで、まずこちらからお訊きしますが、犯人が被害者二人への殺意を石川啄木の詩で暗示したというのは見当違いだったのですか？」

「恐らくそうだと思います」

　こうしたことも含めた捜査の概要と、今回の依頼を、浅見はサービスエリアからの電話で木谷に伝えてあった。

「いやあ、そうですか」木谷は顔をしかめて頭を掻く。「残念だなあ。詩に託された暗い恩讐――なんて、記事として〝絵〟になったのですがねえ。近頃珍しいストーリーですし」

「珍しい劇場性が、目くらましだったわけです」

未練がちに、木谷は文庫を手に取った。石川啄木の詩集だ。

「まあ、こちら函館は、石川啄木との縁も深いですしね」気持ちは判る、と浅見は声にした。「啄木小公園があり、石川啄木函館記念館があり、文学館や図書館でもよく特集を組むのでしょう?」

「日本文学研究家で、石川啄木への愛着と造詣の深かったドナルド・キーンさんも訪れてくださり、絶賛なさった資料なども大変貴重なものです。あの先生も先般、亡くなられてしまいましたが……」

地元の文学にも携わる者として、木谷はそんな述懐もした。そして、めくっていた詩集で目当てのページを見つけたらしい。

「この二首ね。窓硝子と古い帽子。次の句も読んでみましたが、これは平和な光景ですね」

こころよく

春のねむりをむさぼれる
目にやはらかき庭の草かな

「まあこれでは、犯人の秘められた動機を仮託するなんてできないでしょうね」

「まさか木谷さん、三つめの事件の想定ですか」浅見はちょっと驚いた。

「いやいや、すぐ横にあって目に入ったから懐いたイメージにすぎませんよ」

ここで、彼のスマートフォンが振動したらしい。

「ちょっと失礼」と断って席を離れた。

浅見は詩集を手に取り、気まぐれに文字を追っていった。

すみません、と意外に早く木谷は戻って来たが、浅見はページから目を離さなかった。

「どうかしましたか、浅見さん？」

「……あっ。いえ、興味深い文章を見つけたものですから」そこから急いで浅見は言葉を足した。「事件やそちらの記事には関係しませんよ。取材中の僕のルポの対象が榎本武揚でもあるのですが、妙につながるな、と思える一節を見つけましてて」

腰をおろした木谷は、それなりに興味を懐いた顔になる。

「榎本武揚の？　啄木の詩集で、ですか？」

「巻末の評論に書かれていました。啄木は、真の詩人像を語っているのですが、その姿が榎本武揚にも通じるのですよ」

「ほう！」

「啄木はこう書いているそうです。真の詩人とは、『自己を改善し自己の哲学を実行せんとするに政治家の如き勇気を有し、さうして常に科学者の如き明敏なる判断と野蛮人の如き率直なる態度を以て、自己の心に起こり来る時々刻々の変化を、飾らず偽らず、極めて平気に正直に記載し報告するところの人でなければならぬ』」

「……それが榎本武揚ですか？」

「僕が今回の取材で知ったところではそうです。榎本はとても多面的な男であったようです。江戸っ子気質丸出しで気さく、酒飲みで闊達、時には野蛮人のように戦うが、明敏なる判断力を持つ科学者でもあった。そして勇気ある政治家でもあり、官位で飾り立てることをしない、己の心に正直な人なんです」

（真の詩人――）

「だから流星刀か」奇妙に納得して浅見は独りごちた。次いで、木谷に目を向ける。「僕たちが話している時はロマンチストと表現していましたが、詩人とも言えるのですね。その感性が隕石由来の日本刀を想起させ、流星刀と名付けさせた」

「なるほど」

嚙み締めるように時間を取ってから、木谷は、

「流星刀。今度の事件の誘因でもありそうな物ですな。それで、その事件に、この財閥が関係しているのですか？」

そう言って、もう一冊の資料、ある財閥の企業要覧に指で触れた。

「まだ判りません。が、事件に直接関係してはいないでしょう。ただその方に、参考までにお訊きしたいことがあるのですよ」

木谷は呆(あき)れたような声を出す。

「通称大鹿(おおが)財閥のトップ、大鹿大佑(だいゆう)にですか！　殺人事件の聞き取りに協力してくれ、と？」

「木谷さんも確認してくれたでしょう。比留間久展さんの〝北産コーポレーション〟の大きな共同事業に指揮を振るっているのがその財閥です。比留間さんの事業の現状を知りたいですし、事件前後の比留間さんたちの行動に、指示や予定をはずれた違和感がないかなど、伺(うかが)ってみたいのです」

少し前に、光章チームからメールで連絡が入っていた。記者の清水が——というより社の取材班がまとめた、〝北産コーポレーション〟についての概要だ。従業員百六名。久展の一人娘もこの会社のポストに就いているという。ここ数年の平均年商は四億五千万円ほどだが、去年辺りから同業他社に押されて急速な業績不振に陥(おちい)り、苦しい経営状況にあるらしい。

そんな時期に社運を懸けたビッグビジネスが進んでいるようなので、その客観的な見通しなどを知っておきたいのだ。

「無論、最高責任者の方というのは第一希望です」浅見は言った。「急にアポも取れないかもしれませんから、現場のことをよく把握なさっている管理職の方でもかまいません」

「南北海道に雷名を轟かせている大鹿会長へのアポなんて、浅見さん、うちの支社長でも簡単には取れませんよ」

だがここで、木谷はにやりと笑った。

「でも浅見さん、あなたはついている。大鹿会長は今、商工会議所のシンポジウムに参加していて、宴もたけなわのはず。場も開放的だし、なにより、我々北海道新聞も協賛企業でしてね。話は通しやすいです」

「それは好運でした」

「ただ、正直、私程度のポストの者にはいささか荷が重いとも感じていますよ。面識のないあの人に近付き、犯罪を調査中の人を紹介するというのはね……」

「一つ、話の取っかかりはありますよ、木谷さん。小樽で僕は、前原厚子という女性と知り合いました。その女性は、財閥のトップ、つまり大鹿会長から直接の命を受けて動いているやり手なんです。その前原さんも巻き込まれている事件の解決に役立つかもしれない協力をいただきたいと伝えれば、嫌とは言わないかもしれません」

「そうでしたか」木谷の表情は、ホッとほぐれた。「財閥の中堅メンバーと面識がありましたか。それですと話も通しやすい」

その直後、木谷はなにかに思い当たったかのように、ん？　という顔になった。

「榎本武揚ですって、浅見さん。榎本はたしか、華族に列せられたのではなかったですか？」

「そうですね。五十二歳の時に爵位を授けられ、子爵となっています」

「子爵。素晴らしい。大鹿さんは皇室崇拝者で、神道を熱烈に信奉しているような思想家――いや、思想家では語弊がありますか。まあ、いってしまえば……極端な右派でしてね。慎重に扱わなければならない極右としての一面があります。例えば……三十年春の叙勲では、函館では旭日小綬章、瑞宝小綬章合わせれば十人弱が受章しています」

「ほう、そうなんですか」

「こうした方々の後援会や親睦会などには、大鹿会長は惜しみなく援助をして恵比寿のように接しますが、学校行事で国歌斉唱時の起立を拒んだ先生方はどうなったことか」

「えっ？」

「いやいや、暴力的なことはまったくありませんよ。しかしあの先生方、果たして教師を続けられるかどうか。次の就職もむずかしいんじゃないかな……。あっ、これは北海道を代表するブンヤにもあるまじき――」

「北海道を代表する——ですか？」

「あっ、今笑いませんでしたか、浅見さん。——まあしかし、物証があるわけではないのに、もっともらしく伝えてしまいました。背景の構図から、まずそういうことに間違いないのだろうなということです。大鹿会長の前では浅見さんも、発言には気をつけてくださいよ」

「事件がらみでビジネスの内容に踏み込むだけではなく、榎本子爵の話題でも交えながら、ですね？」

「それがいいような気がします。ご承知かと思いますが、函館はとにかく土方歳三が好きな都市でしてね」

「そういえば、〝土方・啄木浪漫(ろまん)館〟というのもありましたね。榎本武揚が多少目立って取りあげられているのは、五稜郭と五稜郭タワーぐらいでしょうか」浅見は苦笑した。

「その箱館五稜郭祭でも、土方歳三コンテスト全国大会の盛りあがりが尋常じゃありませんしね。ただ一筋を貫いて散る悲壮感と美学が、日本人の儒教的感性にマッチするのですかねえ。……ただね、浅見さん。それまで近代的な大戦(おおいくさ)のなかったここで開戦された箱館戦争は、地元に霹靂(へきれき)の痛手を負わせたという当然の事実も忘れるわけにはいきません。大勢の軍人の糧秣(りょうまつ)確保などのため、榎本は様々な税金を地元民に課しました。それに苦しんだ民衆は、武揚は〝ぶよう〟とも読めますから、あいつは人の血を吸うブヨだと悪口を言い広めたそうです」

「ブヨですか……」

「戦争によって先祖伝来の土地から追い払われ、親子、家族で敵味方となる憂き目に遭った者たちもいる。もちろん、銃弾に倒れ、砲弾に散った者も。昔のこととはいえ、そうした家族の悲痛な歴史や遺恨が、今も消えない影となっていないわけではないのです。ですから榎本軍を、箱館と五稜郭を占拠した脱走軍という卑俗な表記しかしない向きもある。土方はその中でも、大義に潔く殉じたから、心情的に、物語的に許しやすいという背景があるのかもしれませんな」

「……考えさせられるお話です」

木谷はメガネをひょいと上下させて表情をほどくと、

「まっ、大鹿会長も土方は好きですが、通のように、榎本子爵のことに触れることができるのは喜ぶかもしれません」

そうだ、と立ちあがり、木谷報道部長は榎本武揚の資料本を手にして戻って来た。小道具として持参してみるとのことだった。彼自身、経済界の癖のある巨人との対話を楽しみにしているのは間違いないところだ。

いろいろ気づかいしてもらっていることに改めて感謝を伝え、浅見は木谷をソアラに誘った。

シートベルトを締めながら、「行なわれているシンポジウムは、それなりに大きな規模のものなのですよ」と言う木谷の声には、いささか自負がこもっているようだった。「政界からも、かなりの顔ぶれが出席しています。函館を通って今後道都へとのびる北海道新幹線を包括的にどう活用するか。道南経済圏構想ですな」

車を出しながら、浅見は予備知識として求めた。

「大鹿会長はどういった立場なんでしょうか？」

木谷はどこから話そうかと、瞬時迷ったようだ。

「財閥の母体は、戦中戦前にニッケルやコバルトなどの戦略物質からあげたグレーな利益のようです」

ニッケルやコバルトと聞き、浅見は流星刀を生んだ隕鉄（いんてつ）の成分を思い浮かべたが、無論これはただの偶然にすぎないものだ。

「大鹿会長の祖父は戦犯として投獄されていたそうですが、むしろそうなった思想やこうした経歴で同志的な人脈を強固に築いていったようです。主に鉄鋼業界で利権の争奪に勝っていったので、苫小牧や室蘭（むろらん）で勢力を拡大した一族です。会長の父親の代で函館に移り、貴金属なども扱い、国際間の関税率や為替変動も味方につけて財を膨（ふく）らませました。函館に移ったのは、北海道経済の玄関口として発展性に期待したからのようですね。……

そうそう」

　思い出したというように、木谷は、一人頷いた。

「新幹線について、大鹿会長はこんな発言をしていましたよ。今のままでは、本州という心臓部からのばした延命用の金属製の筒・ステントにすぎない。周辺部の末梢血管は多くが閉塞し、壊死しかけている。北海道全域に血流を満たす血管を作らなければ、と」

　それを実現させる方策が容易なものではないのだろうと浅見が思っていると、木谷が口調を軽く変えた。

「そういえば浅見さんは、昼食は〝五島軒〟のカレーを食べたのですね？」

「五稜郭タワーのお店でですが」

　訪ねる直前に木谷に連絡を入れた時、そんな話題も出たのだった。浅見は急いでいる時は、全国どこでもカレーかラーメンを食べると決めている。当たりはずれがまずないし、名物である〝五島軒〟のカレーは、以前食べた時、おいしかった。

　比留間邸を出てからは、牧野ルイとは別行動になっている。彼女が函館へ派遣された理由には、社用としての別件もあったのだ。当地の大口スポンサーとの商談だ。彼女はそらに回っている。

「その〝五島軒〟の創立にも、箱館戦争がかかわっているのですよ」

「そうでしたか。どのように？」

「旧幕府軍側で戦った五島英吉という男が、敗戦の折、命からがらロシア正教会に逃げ込んだそうです。そして、かくまってくれれば何年でもどんな働きでもすると懇願した。そうして働く中でカレーの味を知り、調理できるようにもなった。世の中が落ち着いてから、彼は、この味を大衆にも知ってもらいたいと望むようになり、その思いにスポンサーがついたそうです」

そうだったのですね、と浅見は頷いた。支社のロビーで木谷報道部長は、昔のこととはいえ、と口にしていたが、昔のことがはっきりと枝葉をのばしている例は身近に幾つもあるようだ。歴史を知ろうとする時は常に感じることだが。

カーラジオは、ロシアに拿捕されていた漁船の船員たちが十日ぶりに解放されたというニュースに続き、四国での台風被害を伝え始めた。避難勧告が出ていた地域でも逃げ遅れた住人がいて、亡くなったという。

木谷が真剣な目をしている。

「避難の重要性とそのタイミングを、適切に伝えるのも報道機関の務めです……」

2

あまり歴史は感じさせない駅前のホテルにあるレセプションフロアで、浅見と木谷は受付カウンターに進んだ。社員証を示して木谷は話を通し、二人はパーティー会場に足を踏み入れた。

きらびやかな広い空間に、大勢のざわめきが歓談の空気となってこもっている。立食パーティーの形式で、酒も揃っているようだ。鹿部ワインやはこだてビールなど、地元の酒を試飲、評価しておこうとの名目らしい。人の隙間を縫いながら、木谷は大鹿大佑を捜した。

立ち止まった彼は、あっ、まずい、と口にした。「大物と話していますよ。ちょっと待ちましょうか」

その大物に、浅見は見覚えがあった。

「あの方なら、かえってご挨拶しやすいです」

「えっ、顔見知りなんですか、浅見さん⁉　北海道局長ですよ、国土交通省の」

「元の、北海道沖縄開発庁長官ですよね」

そしてその前は、防衛庁の長官だった。

浅見は、北海道局長秋元康博と大鹿大佑に近付いて行った。遠慮がちに、割り込む間を測っていると、相手方の二人が同時にこちらに振り向いた。

秋元はそろそろ老齢と呼べる年齢だが、それでも表情には充実ぶりが見え、姿勢がよく、健康体であるようだった。

大鹿大佑は五十代後半か。顎がシャープな顔立ちで、目は場にふさわしい笑みを見せているが、心が温かくなるようなタイプのものではなかった。

秋元は、ペーパーを当てた恐らくブランデーのグラス、大鹿はワイングラスを手にしている。

秋元はまず、おっ、と口を動かし、「浅見さん」と声に出した。

その全身から、胸襟をひらいてハグまでしそうな喜びの気配が浅見には伝わってきた。しかしその気配は表情そのままに、表に出てくることはなかった。

「懐かしいですね」穏やかにそう口にしただけだった。

秋元康博と深くかかわったのも、大きな事件がらみだった。彼が北海道沖縄開発庁長官であった時代だ。刑事局長の兄を通して秋元の意向が伝わってきたもので、光彦が民間の目立たない立場で自衛隊の大変なスキャンダルを追った。あの事件の真相も経緯も表沙汰にするにはふさわしくないのだから、あまりにぎにぎしく再会を喜ぶ様を人に見せるべきではないだろう。

それにまた、秋元は当然、浅見光彦の〈探偵〉としての側面を知っている。今も隠密裏にその活動中かもしれないと気を回せば、対応も慎重になる。

「貧乏暇なしのライターとして、また北海道にやって来ました」と浅見は笑顔で応え、身軽な身分だということを暗に伝えた。

「大鹿さん。こちらは浅見光彦さん。お兄さん共々お世話になったことがあるのですよ」

浅見は大鹿と挨拶を交わした後、木谷のことも北海道新聞の報道部長だと紹介した。

その間も、浅見？　兄？　と呟いていた大鹿は、「はっ」と思い出した顔になった。

「あなたのお兄さんというのは、浅見陽一郎氏のことかね？　警察庁刑事局長の？」

浅見も秋元も驚いたが、大鹿はさして表情も変えず、

「秋元局長ほどの方が世話になったことがあると認める兄弟。そして洞爺湖でのあのサミット。……ちょっとした連想ゲームだったが」

その情報網と察しの良さには、やはり侮れないものを浅見は感じた。

「こちらの光彦さんも、端倪すべからざる洞察力と調査手腕の持ち主なのですよ」

「弟さんはライターなのですな」

大鹿は浅見と木谷を等分に見て、幾分警戒感を持つ冷めた目の色になっている。

「それで私たちに、なにか取材なのですか？」

「アポも取らずに申し訳ありません。実のところ、ルポライターとしてのテーマは榎本武揚なのですよ」

「ほう！　榎本武揚公」両目には、にわかに、好奇心と好意的な光が弾けた。

策がはまった形だが、浅見と木谷は、その意の目配せなど素振りにも見せなかった。察知されれば、大鹿は即座に腹立ちを見せるだろう。

「箱館戦争以降の活躍とあの方の心情を、もっと多くの人に知ってもらいたいと思ったものですから」

「もっともだ」

「しかし……」秋元が怪訝そうな顔になる。「大鹿さんは榎本武揚のことに詳しいのですか?」

大鹿は薄い苦笑を見せ、

「いいえ。興味があって多少知っていますが、専門家などではありません」

浅見は承知していますという顔で、

「お伺いしたいのは、榎本武揚の史跡を追っています時に出合った出来事で、無粋ですが、ある犯罪です。流星刀と無関係ではないものでしてね」

「流星刀……」大鹿の目の光が絞られたようになる。「流星刀公開式典——。犯罪というのは、小樽での連続殺人か。あれを調べている?」

「はい。行きがかりですが」

「申しあげたでしょう、大鹿さん」秋元は甥っ子の自慢でもするように、「天性の調査手腕がそうした事件を追わせるのですよ。猟犬の前には、謎めいた鳥が飛び出す宿命なのです」

そう言われて、大鹿は、改めて浅見を眺め回すように観察した。浅見も逆にそうしたが、相手からは動揺も警戒の色も窺えなかった。

大鹿はすぐに問いかけてきた。

「あの殺人で、流星刀に穢れが降りかかることはなかったろうな？」

「まったくなかったと確信しています。その点、前原厚子さんからもご報告があがっているのでは」

今度は大鹿が驚いた。二、三秒、浅見を見詰めたままだ。

秋元はグラスを軽く傾け、興味深そうに眺めている。

浅見が一番先に口をひらいた。

「前原さんや比留間久展さんとお会いしているのですよ。タイミングとしては、ちょうど、皆さんが聴取を受ける時でした」

「アリバイを中心に訊かれたと、エリア統括長の前原は報告してきている」

「第一の事件の被害者は、流星刀の過去と関係することを調べていて殺害された可能性もあるのです。ですので、比留間家の方々の動静や性格を知るのは無駄ではないと思います。大鹿さんの目にはなにが映っているのか、教えていただければと、こうしてお邪魔した次第です」

「……いいだろう」

再度、事件の概要を知りたいと大鹿に請われ、浅見は話しだした。

整理された要点を聞き終わると、大鹿大佑は、中身を一気に飲み干したグラスを近くのテーブルに置いた。

「改めて、不快の念がわき起こってくるな。その犯人には憤りがわく。神前を人の死で穢すなど、正気の沙汰ではない。まして、殺人」

浅見と木谷は、今度は素直に視線を合わせた。犯人に直情を向ける大鹿にならば、事件に関しても訊きやすい。

「大鹿さん」丁寧な口調で浅見は切りだした。「比留間さんの〝北産コーポレーション〟が今進めているプロジェクトは相当に大きなものといえますか？」

「経済界の一角の出来事にすぎないが、〝北産コーポレーション〟にとっては運命の分かれ道だろうな」

「その途中で、比留間久展さんは感心できないしくじりを犯したのですね」

話しかけようと寄って来た恰幅のいい二人の男を、大鹿は手で制して追い払った。

「あの男――比留間が怪しいのか？」

「いえいえ、推理するうえでの一つのピースということです。秘書の尾花さんや前原厚子さんも聴取を受けていています。僕も参考人として警察署に出向いていますよ」

「あの比留間社長は、共鳴、心酔、共存意識を向けてくる仕事相手には少なからぬ高揚を与えられる。それが八割。残り二割の相手とはたやすく不調を来たし、余計な対立さえ生む。だが、この大事な一戦では、そんな好戦的な強引さは抑えられると思ったが……」

「大きな契約が崩れかねない事態ですね？」

「契約などではなく、一つの事業体系が崩れかねない。比留間社長の所と、他二社が手を組もうとしていた。それぞれが先の見通しを得たい経営状態だが、比留間社長の所が最も深刻だ。今回の合同プロジェクトで大きく巻き返しつつ、合併的な新体制にしなければ先はない」

「ならなければ、大鹿さんの所にも影響は出るのですか？」

大鹿は、わずかに目を窄（すぼ）めた。

「出さないさ、浅見さん。今回のプロジェクトは、うちの子会社〝万世（ばんせい）ソリューション〟がまとめ役として動いている。しかしどこかが船を沈没させそうなら、水に濡れることなく離脱する退路は整っている。救助船を出す義理はない」

「ただ、今回の不始末に関しては、救助船を出したのですね？」

「小舟程度で済むのだから、こちらとしても当然、成功をまだ求めるさ。だが、子供の喧（けん）嘩（か）話にオバさんを出すような不格好なことだし、類する口出しも二度はない」

「樫沢さん殺害の前日。その夕方に、前原さんの派遣を、彼女自身と比留間久展さんに伝えたのですね？」

大鹿は、やや不快そうに言い渋った。

「そうだ」

その短い答えからも、大鹿が聴取されているような気分になり、ビジネスの内幕をこれほど伝える必要があるのかと疑念を懐き始めていることが伝わってきた。それを敏感に察したためか、木谷が話の方向を変えた。

「大鹿会長は、比留間家が、日本刀を作り続けてきた名のある家系であることはもちろんご存じなのですよね？」

「ああ。知っているよ」大鹿は目元を柔らかくして頷いた。

「雄太郎氏にお会いになったことは？」

「一度だけある。人物だな。ああした清冽に極められた伝統の道は、絶対に絶やすべきではない。まだ具体的な援助をさせてもらったことはないが、事あらば助力は惜しまない。……訊かれる前に言っておこう。比留間社長があの家の嫡男だから気にかけたという側面は否定できないな」

そうでなければ……と言いたげに、大鹿の口元は結ばれた。

「大鹿さん」秋元がかすかに微笑しつつ、言葉を挟んだ。「流星刀。小樽まで見に行きたかったですか？」

「時間が取れれば行ったかもしれませんね。しかしやはり、本当に拝みたいのは、皇室に献上されている流星刀ですよ。いえ、無論、どの奉納品も収蔵品も至宝ですがね」

それらの一端からでも眼福を得られれば、全霊での喜捨も帰依も厭わないと、異様な眼光が語っているようだった。

浅見はこの話の流れをしばし活かすことにした。

「ルポの最終段階は、榎本武揚の真の姿が広まらなかったのがなぜなのかを描きたいのですが、大鹿さんにはどのようなお考えがありますか？」

元は敵対していた政権の中では賞揚する者も少ないだろうと語っていた大鹿は、そのうち福沢諭吉の名をあげた。

「『瘠我慢の説』は知っているかな、浅見さん？」

「福沢諭吉が、勝海舟と榎本武揚に送りつけた質問状ですね」

「あの質問事項……というより、理想論を語るその舌鋒、批判的な響きが当時の大衆に与えた影響は一方ならぬものがあったことだろう」

浅見の記憶によれば、その文の中で福沢諭吉は、箱館に脱走して必敗を覚悟しながら西軍に対し武士の意気地すなわち瘠我慢をもって抗戦したのは天晴れの振る舞いである、と、榎本武揚の戦いぶりを評価しつつも、後段では、非を改めろと糾弾している。

榎本武揚は新政府に出仕して富貴を求め、出世し、安楽豪奢な生活にふけっている、と福沢諭吉は見ていた。目に余るとし、戦死した者に対して慚愧に堪えないものであるから、身を慎んで遁世せよ、と強弁している。

　これに対し勝海舟は見解を返しているが、榎本武揚は、いずれ、という態度を見せただけでなにも語ることはしなかった。

「そもそも、ああした私見の応酬は、世に出す性質のものかという点に疑問も感じます」

と語ったのが秋元康博であったから、浅見は（おっ？）と思った。秋元もこの辺りの歴史を知っていて、意見を持っているらしい。

　大鹿も浅見と似たような表情を浮かべてから、秋元に顔を向けた。

「福沢先生がこれを書いたのがたしか明治二十四年で、発表したのはその十年後ぐらいのはず。公表には慎重であったのでしょう」

「それは間違いないでしょうね」秋元は、グラスの水滴をペーパーで軽く拭いながら、「二人に書簡を送る時も、『いずれ時節を見て公表のつもり』と注釈を付けているはずですが、勝からの応答内容を見たり、時間をかけて榎本のことを知るうちに、より慎重になっていったのではないでしょうか。というのも、『瘠我慢の説』の榎本像は、どうにも深みがありません」

　大鹿は同意の面持ちだ。

「福沢先生には失礼ながら、義憤を燃え立たせる出来事は一つたしかにあったでしょうが、その感情のままに、思い込みややっかみの念に衝かれた者が書いた文章のようにさえなってしまっている。榎本公の投獄時に、助命などに動いた明察の士の冷静さが感じられません」

「『瘠我慢の説』の送付後、新政府での榎本の人となりを、客観的に見知る時間が増えていったのではないでしょうか。榎本は立身出世など求めていませんでした。出世は、彼の能力に対して周囲が与えたものでしょう」

浅見も記憶している。ロシア公使任官の内諾を求められた榎本は、死力を尽くしてご奉公たてまつる、と、国へ再度身を捧げると決意するが、海軍中将の肩書きはかたく辞退し続けた。

「榎本公が、共に戦った者たちへ生涯気を配ったことに、私は感銘を受けますがね」

大鹿の声には、数分前からの会話の中で一番、情感がこもっている。

「箱館戦争時の勇士が困窮しているらしい姿を街角で見かければ、自分の馬車に招き入れて話を聞き、就職を世話する。こうしたことは日常茶飯事で、赴任したロシアの地からも仲間の面倒をみる手紙を何通も送っている」

浅見も、有名なエピソードを口にのぼらせた。「榎本の自刃を止めようとした折に負傷して指が不自由になった元小姓のことも、生涯面倒をみましたね」

「そうした人物が、戦死した者たちの菩提を弔う心性を持っていないはずがない。福沢先生は、こうしたことを知っておられたのか？」

そう言った大鹿は、浅見に向き直った。

「浅見さん。あなたの問いかけに答えよう。当時、小説や芝居といったフィクションの世界では、榎本武揚公は感心しない役回りを与えられることが多かった。負け戦への拘泥、二心ある変節漢、立身出世を目指す利に聡い男。こうしたイメージ像に、福沢諭吉のような、知識人である大先生の見方までが決定事項のようにして加わったので、表立った高評価は世に広まらなかったのだろう」

お愛想ではなく、心から浅見は言った。

「大いに参考になります」

木谷のほうは質問を口にした。

「福沢諭吉も公表に躊躇を感じ始めていたのかもしれない『瘠我慢の説』の中身が、なぜ世に出たのですかね？」

先に答えたのは秋元だ。

「たまたま内容を知った者たちが、名を伏せたりしつつも活字にし始めたことが大きかったようですよ。伏せている意味が薄れて、福沢諭吉も完全発表を認めることになった。しかしそれが本意だったのかどうか……。亡くなる一ヶ月前の判断だそうですから」

「いずれにしろ」大鹿は言う。「福沢先生自ら書いておられますが、先生も、ひいきがあれば好悪の感情も持つ生身の人間です。その一言半句をそのまま金科玉条などにしないことですな」

秋元がここから、いわゆる「脱亜論(だつあろん)」でも始めそうな気配を浅見は感じ、

「あまりお時間をいただいてもなんですから……」

と、話を事件のほうへと切り替えた。

「神前を穢した犯人逮捕のためにも、最後に一つ二つお訊きしておきたいことがあります。大鹿さん、前原厚子さんから事件の報告を受けていると思いますが、その際、前原さんから事件への見解や分析、推測としての心当たりなどお聞きになりませんでしたか？　また、会長ご自身になにかお心当たりはありませんか？」

「心当たりなどあるはずもないさ」そこから記憶を探る気配だった。「前原も特に推理や分析は加えていなかったはずだな」

「では、これはお願いでもあるのですが、山田耕一という名前に心当たりのある社員の方はいませんでしょうか。リサーチ業をしていたので、おたくのどこかのセクションで仕事を依頼していたかもしれません」

「ほう……。調べる必要性を感じたら、調べさせよう。名刺をもらっておけるかな」

浅見が差し出すと、木谷報道部長もその機にさっと乗じた。

秋元と大鹿に深く礼を述べて廊下に出るなり、木谷は陽気にぼやくといった調子になっ

た。

「驚かさないでくださいよ、浅見さん」

「えっ？」

「北海道局長とまでお知り合いとは。この調子では、あの会場の全員と親しく口をきけるのではと思いましたよ」

「兄ならどうか判りませんが、それは僕には無理ですよ」

浅見は、エレベーターホールで目立たずに立って、こちらにそれとなく視線を向けている黒服が気になった。無線の音声を聞いているらしく、イヤホーンを押さえている。

秋元康博か大鹿大佑、どちらかの警備担当だろうか。

3

浅見は足を急がせた。

（どうにも嫌な予感がする——）

恐ろしい自然災害の被害を何度もニュースで見聞きしているせいだろうか。大物の影がちらついて不穏な空気を感じたためか——。

この、ティーショップ形式の土産物（みやげもの）店に到着したのはほんの数分前だった。市電沿いに西の端へと向かい、南西へ舵を切って外国人墓地をすぎた辺りである。細島幸穂と牧野ルイを迎えに来たところだった。

別件の社用を済ませたルイに、幸穂から電話が入ったという。どこにいて、今後の予定は？　と。養子の話は正式に受けさせてもらった彼女は、気持ちも頭ものぼせているようで、風に当たりたいという。少しやり取りして、ルイは、土産物選びに幸穂に付き合ってもらうことにした。会社用、父用、そして夕刻から向かうことになるかもしれない、北斗市の高地家——山田耕一が話を聞いたという比留間家の遠い分家に当たる家——に持参する手土産を見繕っておこうと思ったのだ。

タクシーで来た幸穂に拾ってもらい、何ヶ所か歩いて最後のショップがここだった。そこへ浅見が、二人を迎えに来たという経緯である。

店内の休憩スペースに、ルイが一人で座っていた。熱心にノートパソコンのキーを叩いている。向かいの席に置いてあるのは幸穂のバッグだ。

「あっ、浅見さん」

気づいて彼女は笑顔を見せた。

「わたしなりに、浅見さんにお見せする取材内容のまとめをやっているところです。榎本武揚のあれだけの功績が歴史の中にさほど書き残されなかった点を、榎本の性格から分析しちゃったりして」

「ありがとうございます。その辺がまず、一つの落としどころですよね」

土産物の箱がすでにけっこうあるようなので、浅見は訊いてみた。

「細島さんはまだ買い物？」

「いえ。散歩して来るって……」腕時計を覗いたルイは、あれっ？　というように表情を変えた。「そういえば、ちょっと遅いですね」

浅見の中に急に不安が膨らんだのはこの時だ。それがはっきり顔色に出たのだろう。ルイの表情も硬くなった。

二人は外に出て、二手に分かれて幸穂を捜し始めた。

浅見が選んだのは、のぼりの傾斜が続く海岸への細道だった。急ごうとする脚も、強風で止められたり、ふらつかされたりする。

（本当にこんな所に、細島さんはいるのか？）

縁組の話を上々に進めたばかりの女性が来る場所だろうか。

林そのものが風に唸らされているような中、細島幸穂の姿が見えた。細道から崖のほうへと出る脇道の先だった。海を望む崖の上だ。

背中を向ける幸穂の向こうには、巨大な波の牙を剝く灰色の海原が遥かに広がっている。無数の波頭が砕け、飛沫が景色全体を白く霞ませていて寒々しい。

力なく立っている幸穂は、今にも風に吹き飛ばされそうだった。

声をかけるのもためらわれた。驚いた弾みで、彼女の体が落ちていきそうに思われる。

もう少しだけ距離を縮めようと思い、浅見は慎重に脚を動かした。足音は風が完全に消してくれる。

しかしその風が、ちぎれた葉を浅見の目元に叩きつけた。その瞬間の反射的な動きとわずかな声。それが幸穂に届いたらしい。ゆっくりと振り返る。

浅見と目が合うと、夢から覚めていくかのように彼女の表情が動いた。

「浅見さん……」

「こんな所でなにをしているんです？　危ないですよ」

もう一度荒波を見て、幸穂はぼんやりと視線を戻してきた。

「魅入（みい）られちゃいました……荒々しさに」

じっと見ていると確かに、奇妙な感覚にはなりそうだった。あまりに大きな波に遠近感が狂い、水面に手が届きそうにも感じる。向かい風に乗って身をまかせ、飛び込みたくもなりそうな――。

浅見は、こっちにいらっしゃい、と身振りをする。

幸穂はゆっくりとそれに従った。

浅見は風を遮（さえぎ）る位置に立ち、幸穂と坂道をくだり始める。

「わたし、嵐の日にも不安定になるみたいで……」幸穂は小さく言う。「子供の頃からじゃなくて、たぶん、いい大人になってからの、あの……」

「本条日菜子さんの――」

浅見はそこで言葉を切った。本条日菜子が死んだのは嵐の日。強風がもたらした事故だった。

幸穂が否定しないところをみると、浅見の想像は当たっているのだろう。

林を抜けると、凶暴なまでの暴風の唸りは、背後に多少遠ざかった。

浅見は言った。

「とても大事な人を喪えば、誰でも心に大きな影響を受けます。どんな人でもね」

思いや記憶を探るかのように、幸穂の声までは少し間があいた。

「……あの藍公さんですらそうでした。そうですよね、婚約者同然の方が突然亡くなったのですもの」

「ええ……」

「懸命に哀しみをこらえていましたけど、一本、刀作りに失敗したんです」

「そうですか……」

「雄太郎大おじさまが代わりに作ったりもしたんです」

「そんな時は、人の手を借りてもいいんですよね」

浅見は携帯電話で、幸穂の発見をルイに伝えた。

二時四十五分頃、牧野ルイと細島幸穂を比留間邸におろした後、浅見はソアラのガソリンを補充しておくことにした。国道まで戻り、スタンドをしばらく探した。満タンにすると、懐具合にけっこう響くことを痛感してしまう。

帰り際、雑草地の脇で車を停めると、浅見は光章を電話で呼び出した。樫沢静華殺害に至りそうな動機を持つ人物が洗い出されたが、全員に完璧なアリバイがあったということはすでに聞いていた。状況を確認すると、光章は樫沢静華が立ち寄った〝港の風味〟という店での聞き込み結果や従業員にも怪しい者はいないということを教えてくれた。それ以外に新情報がありますか？　と問うと、一つ面白い知らせが鳥羽刑事からあったという。

「なんでしょうか、それ？」

集中力の高まった浅見は、ステアリングを握り締めた。

『樫沢静華さんのブログ内容などを探り続けていた刑事さんが見つけたそうなんです。二年半ほど前、彼女は数ヶ月間、五本めの流星刀があると信じて、その所在を探し当てようとしていたそうなんですよ』

「五本めの流星刀！」

『伝説的に、これはよく語られるそうなんですけどね。資料によっては流星刀の本数を五本と書いてあるのもあるそうですから。樫沢さんも、満州の地に埋められているのかもしれないとか、五本めの流星刀の幻を追ってみたのでしょうね』

「それでどうなりました？」

『夢はすぐに覚めたのでしょう。その数ヶ月で書き込みはなくなったそうですから』

「ああ……、そうですか」

五本めの流星刀とは壮大な話だが、（今回の事件には無縁か……）と、浅見は、妥当とも感じたし、若干残念だなとも感じていた。ふと、大鹿大佑の顔が浮かびはしたが。

「でもそれで、樫沢静華さんが流星刀に興味を持っていたのははっきりしましたね」

『そうなんですよ、浅見さん。彼女が小樽へ来た理由がこれで判る。少なくともその一つが。素直に、流星刀に興味があったから、龍宮神社は樫沢さんの目的地の一つだったのでしょう』

「だからって万引きするのが普通の感覚じゃないですけどね」

浅見のほうは、大鹿大佑と対面できたことを伝えたが、手掛かりとなりそうな内容までは、残念ながらなかった。


外の外来客用の駐車場にソアラを停めた浅見は、比留間邸の敷地へと入った。時刻は三時二十分になっている。雄太郎が資料を用意してくれる約束の時刻までもう少しだ。

　私邸の玄関へゆっくり歩を運びながら、浅見はルイから見せられた取材内容のまとめを思い返していた。自分の業績を吹聴し、それを褒め称える者で周りを囲む者は名声を勝ち取りやすいが、榎本はまったく逆のタイプだったと、ルイは書いていた。

　①ここでも江戸っ子の気っぷ。小っ恥ずかしくって、手柄話など端から性に合わない。

　②そしてやはり、死なせてしまった盟友たちに感じ続けていた胸の痛み。彼らのことを思えば、業績や肩書き、勲章などに高揚を感じることなどできなかったろう。

（損得ではない生き方、いいなあ……。豪快で、それでいて、なにがしか物悲しい）

　ぼんやり足を止めると、家族用の駐車場に停まっている車が目に入った。なにかに引かれる思いでふらりと近付くと、白っぽい小型車の陰から不意に二十歳くらいの青年が姿を見せた。

　相手も浅見を目にして驚いている。

　なんとなく、ナンバープレートの〝わ〟ナンバーが目に留まり、浅見はふと思いついた。

「あなた、友野秋博さんですか?」

「は、はい」

　地味めの半袖ポロシャツを着た青年はおとなしそうで、目もあまり合わせてこない。これで刀作りに関しては積極的で熱いという。一面、比留間藍公と似ているのかもしれない。

「僕は浅見光彦といいます。細島幸穂さんと一緒に小樽から来ました」

「ああ……」

浅見にはさらに直観が働いた。

「友野さん、もしかしてあなた、僕の車の後ろにしばらくついていました？」

彼の反応は判りやすく、そして複雑だった。赤面し、わずかに怯え、恐縮し、ごまかそうかと思案して……そして諦めた。

「偶然ですけど、少し……」

「偶然ですか」

「高速のパーキングエリアで駐車している時に、目の前を横切っていった車に細島さんの顔が見えたのです」

疑問がわいてくる。

「そういう偶然もあるかもしれませんが、そのことをどうして隠すようにするのです？途中、同じパーキングエリアに停まっていたこともあるのに声をかけてこない。その後は身を隠すかのような走り方になりましたね。ここへ着いてからも話題にはしていないようです。それはなぜ？」

三秒四秒と時間が経ち、もう口はきかないのかと思った時に、それは動いた。

「前の晩、雄太郎さんから電話があったのです。細島さんが殺人事件に巻き込まれた、と。もちろん心配していました。そのうえで、今朝の細島さんの予定を伝えられました」

「そうでしたか。それで、護衛するように言われた」

「はっきりとは言われていません。ニュアンスを感じただけです。でももちろん、僕も心配でしたから、なにかできればな、と思ったのです」

　話をさらに詳しく聞くと、こうだった。友野は、週末は大抵、苫小牧・函館間の往復はJRを使ってする。しかし今回はレンタカーを借りた。出発の予定時刻や車がソアラであることは、幸穂との電話でそれとなく聞き出していた。その時刻に合わせて早めに出て、樽前のサービスエリアで待っていてみると、うまいことソアラを発見したという。

「本当にそううまくいくか半信半疑でしたが、うまくいかなくても仕方ありません。そもそも、うまく見つけられたからって、それでなにかをするわけではありませんから。細島さんにはもう同行者がいるのですから安全でしょうし、だから、僕がしたのは、気持ちの上での勝手なガードです。大きな問題でも起きれば、そばにいて助けられるかな……と」

「そうでしたか」

　そして雄太郎たちもそうだが、護衛まがいのことをしたと、わざわざ幸穂に伝えることはしなかったというわけだ。

　尾けられていた気配に説明がついて、浅見は胸のつかえがおりた。先のサービスエリアでソアラを覗き込んでいた者がいたが、あれは無関係の一コマに違いない。

「友野さん。細島さんともう一人の女性、どこにいるか知りませんか？」

「しばらく前ですが、離れにいましたよ」

離れとは、敷地入口から見て左側の小道にある建物のことだった。鍛刀所（たんとうじょ）のもっと手前にある一棟（ひとむね）だ。パンフレットなど広告宣伝物を製作したりもする作業場で、見学者の待機場所として使うこともあるという。

玉砂利を踏んで近付いた。

ドアをノックしてからあけ、覗き込むようにして声をかける。

返事はなく、靴を脱いであがると、ドアの向こうはカーペットが敷かれた広い和室だった。

あるものに視線を吸い寄せられ、浅見は立ち尽くした。足元が奇妙に生暖かいようにも感じている――全身の血が一気に冷えたためだろうか。

「細島さん！」

細島幸穂が机に突っ伏している。机の上には、バッグやノートパソコン、コップ。彼女の爪先のそばには、ロープが丸まって落ちていた。

浅見は足を急がせ、もう一度名を呼んで体を揺さぶった。反応がない。

首にロープの跡はない。体温があり、血色も悪くはない。そして――呼吸が感じられた。

安堵したが、それはまだひとまずのことだった。

ここまでして意識が戻らないのはおかしい、と思っている浅見の目に、コップが映った。

（睡眠薬――⁉）

大きく体を揺さぶり、耳元で名を呼んだが、やはり無反応だ。

浅見は外に飛び出した。

「友野さん！　友野さん！」

高い生け垣の向こうから、少し驚きつつ友野秋博が顔を見せた。

「……なにか？」

「すぐに駆けつけてくれるお医者さんはいますか？」

「えっ……⁉」

それからは大車輪で救命処置が講じられた。

4

かかりつけの個人病院の院長が駆けつけて来た時、細島幸穂はぼんやりと意識を回復していた。院長の診断では、胃洗浄の必要もないとのことだった。

「これは、睡眠導入剤をちょっと服みすぎただけですよ」

そう告げる院長と比留間雄太郎の間で視線が交わされるのを、浅見は見ていた。

その言葉は、額面どおりなのかもしれなかったし、事態を軽めにおさめる配慮を含ませたものなのかもしれなかった。（はっきりしているのは――）あの院長は、かつての幸穂の自殺未遂を診たことがあるということだ。

予後の注意事項を告げて立ち去る院長を玄関の中で見送りながら、浅見の横でルイが囁いた。

「自殺……ってことはないんでしょうね、浅見さん？」

「意識が戻った細島さんと少しだけ話せましたけど、なにが起こっているのか判らないという様子でしたよ」

「じゃあ、自殺しようとしたなんてことはありませんね。服用しすぎた事故みたいなもの……」

「でも、こんな時刻に睡眠薬を服むでしょうか？　それに、服用したとしたらそのことを覚えているでしょう。事態が判らないというのは変です」

「ああ……」

「まあ、薬の過剰な影響で記憶が混乱しているのかもしれませんが」

浅見には他にも気になることがある。ロープの存在だ。先が輪になっていた。まさに首吊り用のもので、それを重要視すれば自殺未遂説が有力だが、果たしてそうか？　睡眠薬の誤飲も、まだ完全には否定し切れない。

「はっきりとしたことを知りたいですね」

雄太郎と茶髪の森は邸内に引きあげている。幸穂の体は応接間に移されているのだ。院長が到着する前に、雄太郎が命じてそうしていた。

浅見は外へと出た。ルイも黙ってついて来る。

離れに入り、あの部屋を覗き込む。机のそばの床にはロープがなかった。それがむしろ自然であるから、浅見としてもあれは目の錯覚だったと思いたいところだった。

そんな時に、木谷報道部長から見せられた石川啄木の詩が思い出された。

　　こころよく
　　春のねむりをむさぼれる
　　目にやはらかき庭の草かな

眠る——。ただそのことに着目すれば、今回のことに結びつかないわけではない一首ではある。

中に進み、幸穂が意識を失っていた辺りを見回してみるが、特に目につくことはない。

すでに彼女らから、事件前の動きはざっと聞き出してあった。幸穂に誘われて離れに入り、ルイはパソコンをひらいた。この頃に、気をきかせた森が飲み物を運んで来てくれた。入れ違いにルイは手洗いを使わせてもらうことにし、私邸までついて来て幸穂が場所を教えてくれた。引き返したルイは離れで幸穂としばらく一緒にいて、途中から、鍛刀所の外からの写真を撮りに行った。もちろん、記事に載せる必要もあるかもしれないと考えたからだ。その後のことは、ルイはなにも知らないという。戻った時ちょうど、幸穂の異変を知った浅見が友野を呼び寄せているところだった。

ルイの席は幸穂と向かい合っている。どちらにもあるコップの中は空である。近くには幸穂のバッグもあった。

浅見はさらに観察範囲を広げてみた。すると、すぐ背後の板壁に発見があった。目の高さに、フックが複数並んでいる。作業用のエプロンらしき物が二、三さげられているのだ。そのフックの一番左端の一つが、壊れていた。相当の力をかけたのか、フックごと壁から剝がれかけている。板の割れ目は新しい。

「なんです、それ?」と、ルイが不思議そうにしている。

「推理の手掛かりです」

もう一つ、ロープと関連付ければかなりの意味が生じるが、それは伝えないでおいた。

裏口から外の地面を観察してみるが、雑草交じりで乾燥し切っていて痕跡はなにも見当たらない。右手には板作りのごく小さな物置き小屋があり、ここにロープは戻されたのかもしれなかった。

戻りましょうと浅見が言うと、ルイは幸穂のバッグを手にした。そうして二人、また無言のままで離れを後にした。

屋敷内を進み、遠慮がちに応接間に近付く。ドアはあいたままで、中から藍公の声が漏れてきた。

「しかし、実際になにが起こったのか、知らなければ」

対する、雄太郎の声。

「もうしばらく待って、幸穂の口から直接聞けばよい」

「なにも判らないと、すでに語っています」

お邪魔します、と小さく声をかけて、浅見はルイと一緒に部屋に入った。中にいるのは、幸穂以外は三人。雄太郎、藍公、友野だ。幸穂は、ソファーを簡単に変形して作ることができる簡易ベッドに横になっている。

浅見の声に気がついたのか、幸穂は細く目をあけた。ルイがそっと近付き、近くのテーブルに幸穂のバッグを置いた。

「ありがとう……」と、幸穂はかすれた声で礼を言った。

「差し出がましいようですが、比留間さん」浅見は、親子どちらにともなく声をかけた。「幸穂さんと二人きりで話をさせていただけませんか？　幸穂さんのこれからの安全のためにも、知りたいことがたくさんあるのです」

すぐには返答できずにいる彼らに、浅見は問い質した。

「あの部屋に落ちていたロープを片付けさせたのは、雄太郎さんですか？」

項垂れるように、雄太郎の首が落ちた。

「そうです。院長に見せる気もなかったが、とにかく片付けさせた。友野くんに頼んでね……」

ゆっくりと立ちあがった雄太郎は、幸穂の表情も読み取ったようで、言った。

「ここは浅見さんにおまかせしよう……」

部屋を出る直前、雄太郎は、「浅見さん。幸穂をいち早く見つけ、救ってくれてありがとう」と頭をさげた。

心配顔の友野は未練を残し、それでも比留間父子に従った。ルイも部屋から出たが、すぐそばの廊下にいる気配だった。

椅子に腰掛けた浅見は、容態を尋ね、幸穂は大丈夫だと答えた。

「頭が少し痛いですが、それでかえって意識がはっきりします」

ちゃんと話せます、と彼女は告げた。

「細島さん。自分で睡眠薬を服んだりしていないのですね？」浅見は最初にきっぱりと尋ねた。

幸穂は首をゆるゆると左右に振った。

「そんなことは絶対にしていません」

その後、事態の流れを話してもらった。浅見の車からおりたのが二時四十五分頃で、約束の時刻まで三十分以上も時間があり、幸穂はルイを離れに誘った。パソコン仕事をしたいだろうと思い、ちょうどいい場所だった。離れへ向かうこの時、二人を見かけた森が、「なにか飲み物をお持ちしましょうか」と声をかけてきて、幸穂はそれをお願いした。ルイが文章を打ち込む仕事を始めてしばらくすると、彼が、レモネードのグラスを二つ持って来てくれた。この時に、ルイが手洗いを使いたいと、席を立つ。

「その時、森くんは、まだあの離れの部屋にいたのですか？」浅見は尋ねた。

「はい。いましたよ」それがなにか重要なのかと、幸穂は不思議そうにしている。「案内しようとしてわたしも離れを出かかった時に、彼がコップを並べ終えたんです」

判りましたと言って、浅見は話の先を促した。

屋敷の玄関ホールまで入ってトイレの方向を教え、玄関から出たところで、近くの鉢植えに水をあげていた友野としばらく話をしていた。やがて戻って来たルイと離れに戻り、レモネードに手をつける。二人とも喉が渇いていたからすぐに飲んでしまった。

（これだと数分以上は、レモネードのコップは人の目に触れていなかったことになるな）
と、浅見は改めて認識した。二人の女性が離れへ戻るまでの間だ。敷地への出入り口は大きく開放的で、その周辺は緑地であって人目はまったくない。外部の者でも離れに侵入できそうである。

三時すぎ、幸穂は私邸の玄関へ向かった。この頃に、来客が帰ると知っていたからだ。程なく、三人の客人が邸内から出て来た。彼らは、幸穂の養子縁組のことを雄太郎たちから伝えられた、馴染みの元家庭裁判所職員や四条派後援会の代表らだった。幸穂は彼らと丁寧に挨拶を交わしている。

「離れへ戻ると、牧野さんが、写真を撮りに行くとおっしゃって出て行かれました。するとそのうち、意識がなくなったみたいで、その先の記憶が全然ありません……」

ここ一時間ほど、彼女が口に入れたのはレモネードだけだという。

「ありがとうございます。大変なところ、ご負担をおかけしましたね。……あっ、でももう一つ、教えてください」

「なんでしょう？」まぶたは重たそうだったが、なんでも答えるという意志は見える。

「自宅を離れているのですから、睡眠薬を持って来ていますね？」

はいという答えを聞いてから、浅見は幸穂のバッグを手にした。それを彼女に渡す。

「その薬があるかどうか、確認してもらえますか？」

緩慢な動きではあったが、幸穂はバッグの中を検めた。そして、小さなビニール袋に入った錠剤を二粒見せる。

「全部あります。一粒ですぐに眠れる強いお薬です。昨日使わずに眠れたので、二錠残っているのです」

「判りました」

浅見は立ちあがった。

「しばらくお休みください。誰か呼びましょう」

5

廊下へ出ると、少し離れた場所にルイがいて、その数メートル先に友野と森がいた。

「牧野さん。細島さんについていてもらえますか。それと男手もあったほうがいいでしょう」

浅見は友野に声をかけながら近付いた。

「あなたも、細島さんのそばにいたほうがいいでしょうね。……と、その前に、あなたと森くんに訊いておきたいことがあります。まず、森くん」

廊下の壁に背を着けるようにして、彼は少し硬くなっている。

「レモネードを運んだ時のことを訊きたいだけですから。離れへ向かう細島さんと牧野さんの姿を見かけて、あなたが自発的に飲み物を用意しようと思いついたのですね？」

「は、はい。思いついたんです。それがなにか……？」

「いいえ、別に。立派な接客の心がけだと思いますよ。それはいいのです。それで、レモネードを作る時は、一人でしたか？」

「そうです」

「そばに誰もいなかったのですね？　このお屋敷から外へ出て離れへ行く間、誰かと立ち話をしたということは？」

「いいえ」と大きく首を左右に振った。「ずっと一人です」

「そうですか。そして離れにコップを置き、女性二人の後に部屋を出た。そうですね？」

少し警戒したように、黙って頷いた。

「なにか気になることを見たり聞いたりしませんでしたか？」

首を傾げていたが、「気になったことはなにもありませんでしたけど……」との答えが返ってきた。

「判りました、ありがとう。……次は、友野さん。お願いします」次の言葉を口に出す時、浅見の声は自然とこもりがちになった。「床に落ちて丸まっていたロープを、雄太郎さんに言われてあなたが片付けたのですね？」

「ええ……。離れの裏口のすぐそばに小さな物置があり、そこへ……」

「ロープ以外に、なにかに手を触れましたか？」

「いいえ、まったく」

浅見としてはこれも口にはしたくなかったが、尋ねないわけにはいかない。

「長さが一メートルほどのあのロープ、先が輪になっていましたね？」

「ええ！」友野の目はきつく閉じられた。網膜に残る映像を粉砕しようとするかのようだった。忌まわしい、あるいは恐ろしいものを拒むのだろう。「輪になっていました。そう――結ばれていました」

「不吉な物ですよね」

「ええ。触りたくはなかったですが……」友野は目をひらく。「見ていたくもなかったので、急いでほどいて投げ入れました」

禍々しい死の気配を放り出す様が、浅見の目に浮かぶ。気持ちは判ると思っていると、友野がやや口調を変えて、ふと言った。

「気にかかることといえば、浅見さん」

「はい」浅見は気を高めた。

「あのロープ、この家にはない種類でしたよ」

「えっ⁉」

「ロープはあの物置にあるだけですが、太いのと細いの、その二種類だけで、どちらも束になって丸まっています。輪に結ばれて離れに落ちていたのは、そのどちらでもありませんでした」

この時は森も、一歩踏み出すようにしてすぐに言った。

「友野さんに言われて、お医者さんが来ている時に僕も物置の中を見ましたけど、あのロープはここの物じゃないです」

（どうやらその事実に間違いはないらしい……）

そこから生まれる推理に頭を働かせながら、最後に浅見は二人に確認を取った。

「細島さんが意識を失っていた席の後ろのほうの壁にフックが幾つかありますが、その中の一つが壊れていました。あれは以前からそうですか？」

「フック……。ああ、ありますが……」それは思い出したようで、森が答える。「壊れていましたか？　気づきませんでした。どんな風に？」

「いえ、いいのです」

同じく記憶にないと友野も答え、浅見は二人に礼を述べた。そして森には、比留間雄太郎の所へ案内してほしいと頼んだ。

「大事なお話がありますので」

最初の時に案内された、土間と隣接している和室である。時刻は四時半を回った。端座している雄太郎と、浅見は二人きりだった。

「それで、浅見さん」気を安定させようとするかのように、雄太郎はゆったりと呼吸をしている。「今度の騒動は、幸穂の自殺未遂ではないのですかな？　違うのでしょうか？」

「自殺未遂であったのなら、細島さんはその行為に白を切ろうとしているということになりますね。それも、沈黙や曖昧な態度でそうするのではなく、はっきりと言明して否定しています。そんなことをする理由は思い浮かびませんが……」

「私も同感です。理屈が通りませんし、今までの幸穂からは考えられないことです」

「これが自殺未遂であって、なおかつ細島さんの言動に説明がつくのは、睡眠薬の影響で記憶が飛んでしまっているケースです。睡眠薬を服んだのは意識を鈍くさせて恐怖を紛らわせるためであって、こうした手を打つ自殺者は少なくありませんね。興味深い物証は、壊れていた壁のフックです」

「フック……？」

意表を突かれている雄太郎に、浅見は発見した痕跡を伝えた。

「……その壊れ方というのは、設置された壁板ごと斜め前に落ちかかっている様子で、まさに荷重がすぎたことを示しています。そして、長さが一メートルほどのロープ。これは、梁などに結びつけて首をくくろうとした場合には短い長さです。しかし、非定型縊死にはうまく適応します」

「ひていけい……？」

「全身でぶらさがることをしない首吊り方法です。今回の条件に当てはめますと、壁のフックに、先が輪になったロープをさげる。これに首を入れて、脚を前にのばした姿勢でぶらさがります。踵（かかと）が床に着いている格好になるでしょうが、体重の相当量が頸部（けいぶ）にかかり、これでも縊死してしまうのです」

「そういうものですか……！」

「細島さんがこうしたとしたら、その後、フックが重さに耐え切れずに壊れたということになります。意識が朦朧（もうろう）としている彼女はさして深く考えることもできず、同じ手段を取ろうとしていたけれど、ロープを次のフックに掛ける前に眠りに落ちてしまった……となるでしょう。でも、これは起こらなかったのです」

「えっ？」浅見の断定口調に雄太郎は意外そうだった。「幸穂がそうしなかったと、判るのですか？」

「細島さんの首ですよ。ロープが首にかかっていなかったのは、朦朧としている時に無意識にはずしてしまったとも考えられます。しかし、非定型にしろなににしろ、一度首吊りに失敗すれば、その人の首にはかすかな傷や内出血痕が生じるでしょう。でも、細島さんの首は一切それがありません」

「おお……っ」

「また、細島さんの話を信じるのであれば、彼女が持参していた睡眠薬は減っていないそうですから、自ら睡眠薬を服んだということ自体否定できそうです。これには他の推論が入り込む余地がありますが、首が無傷であることと関連付ければ、自殺否定の傍証としてかなりのウェイトを占めると思います」

「……浅見さんのおっしゃったことは、よく理解できました」雄太郎の顔は憂色を浮かべている。「しかし、そうなりますと、これは……」

「殺人を試みた者がいるということです。その人物は、用意した睡眠薬で細島さんを深く眠らせ、意識のない体を移動させてフックからさがったロープの輪に首を入れようとした。この方法ですと、天井近くまで人体を引っ張りあげるような大変な労力はまったくいらなくなります。ただこうする前に、犯人は意識的にフックを一つ壊したのでしょう」

「意識的に？」

「細島さんの体重がかかってアクシデントで壊れたのなら、彼女の体が机に戻っているのはおかしな話です。犯人にはそのような手間暇かける理由はまったくありませんから。彼女の体を動かす前に、犯人は準備としてフックを壊したのです」

「それはまた、なぜ？」驚きが深すぎるか、雄太郎は目を丸くしている。

「縊死にしても絞殺にしても、自他殺の判断には首に残った索条痕が大きく物をいいます。これは徹底して研究されていて、絞殺したものを縊死に見せかけることはほとんど不可能です。特別な方法はありますが、犯人はとにかく、不自然さは残したくないものです。細島さんが自分で首を入れたのか、他人が入れさせたのか、ロープによる傷に差が出るかもしれません。しかしここで役立つのが壊れた最初のフックです。傷のずれなどがあったとしても、最初の首吊りの失敗跡として説明がつきやすくなるでしょうから」

雄太郎は唸るようだった。「なんということだ……」

「実に巧妙な偽装縊死プランです」

浅見の話が進むごとに深刻さを増していた雄太郎の顔は、その血色も失いつつあった。強張った顔の中で、両眼は翳りの奥に埋まるかのようだった。

「浅見さん。幸穂は、連続殺人犯に狙われているのですか？　狙われる理由は、刻國のことを探っているからですか？」

「そのどちらもまだ不明です。しかし無関係とは思えませんね」

「あの娘が殺されずに済んだのは、邪魔が入ったからでしょうか？　あなたが離れへ行ったから？」

「そうかもしれません」

「今、あの娘は大丈夫でしょうね？」

「二人の人についてもらっています」

あなたならそうするだろうな、とでも言うように頭を揺すると、しばらく、雄太郎は無言だった。

そして、太股の上に両手を突いて言った。

「命が危ないというなら是非もない――」

雄太郎はすべてを懸けるような視線を浅見の目に合わせた。

「殺人事件にどう関係するのか判りませんが、四条派の秘史を明かしましょう。刻國の秘密です」

（――!?）

浅見は居住まいを正した。

「このことを明かしていなかったために捜査が後手に回った、などとなって被害が拡大しては耐えられない。知っている限りのことをお伝えします」

「刻國の秘密、伝わっていたのですね」

「あくまで口伝。真実かどうか判りませんけれどね。知らぬふりをしてしまい申し訳なかった」

「それは致し方ないでしょう」

そうして、四条派第二十五代めの刀匠が語った。

「流星刀作りにも携わった比留間刻國は、女だったのですよ」

第八章　歴史の門

1

「女——」

　予想していなかった方向からの一言は、意味を咀嚼するにつれて浅見の中に大きな揺れをもたらした。

（この四条派においては——）

　女人禁制。火の神。神聖なる奉納——。

　どこから尋ねればいいのか、浅見が呆然と考えあぐねているうちに、雄太郎のほうが口をひらいた。

「歴史上、女の刀鍛冶は何人かいます。しかし、それと四条派はまったくの別です」

　神官が誇りを告げるかのように言って、雄太郎は、

「明治二十年代、三十年代頃の比留間家には、二人の子供がいたらしいのです。外見は大変よく似た二人であったとか。長男の下に女子。しかしこの女子、体格もよく、幼き頃か

ら作刀技術が抜きん出ていた。よって、女子であることを周囲には隠して、四条派の名（みょう）跡（せき）を継がせ、刻國の名も与えた」

「しかし……」浮かぶ疑念を浅見は抑え切れない。「女人禁制は、四条派にあっては根幹的な戒律といえるものではありませんか？　その代の比留間家では、その禁忌（きんき）はあまり重視しなかったということでしょうか」

「流派全体の歴史から見れば、その誹（そし）りは免（まぬか）れないでしょう。だからこそ、秘史として封印されたのです。ただ……。これは藍公の想像なのですが……」

「ええ」

「男、女と、単純に線引きできなかったのではないかと。刻國自身、自分が男なのか女なのか定められなかった」

「えっ？　――ああっ」

雄太郎は短く頷く。

「今では、性同一性障害と呼ぶものでしょうか。あるいは、身体的に、両方の性を具有していたか。兄と似た風貌（ふうぼう）だったといいますから、身体的には男として育ってきたということかもしれません。しかし成長する刻國の内面は女を主張し始め、彼にして彼女は、混乱の迷いに落ちる。身体的な特徴も、女性の面が優位になっていったのかもしれません。家族一族にしても、当時ではこれは慮外の極み。怪異とすらいえたかもしれず、常識が揺らぎ、判断は断固としたものになり得なかった。恐らく、刻國の作刀の才はあまりにも素晴らしく、捨て去るのは惜しまれたのでしょう」

「それに、神域とされる鍛刀所（たんとうじょ）にすでに何度も立ち入って作刀にもかかわっていたのなら、今さら、という思いも働いたのかもしれませんね」

「ええ」

と頷いた後、ただ、と雄太郎は言葉を継いだ。

「今のは一つの想像にすぎませんが、刻國は身体的には女性だったとする言い伝えは残っています。彼女——と言うことにしますが、彼女は本当に刀作りが好きで、その入魂の時間こそ自分の人生そのものだと思い定めていた。ところが成長すると、女だから駄目だと言われたわけです。この時、覚悟を示すため、また本物の男の体に近付くため、刻國は自ら女性器（ほと）の陰核を切除したと伝わります」

数秒、浅見には意味がつかめなかった。（えっ？）なんとなく想像が至った瞬間、痛みや血に弱い浅見はふらっとなった。（そ、それほどまでして——）

壮絶な話が胸を揺さぶる。そこまでして刀匠（とうしょう）であり続けようとした執念も壮絶だが、それほどのことをして挑まなければならなかった禁則の伝統の強固さにも身がすくむ。

「兄とよく似た風貌だという点がはっきり言い伝えられていることから臆測すると、二人は身代わりで刻國を演じていたのかもしれません」

　雄太郎の話が先へ進んだので、浅見は集中力を取り戻せた。

「なるほど。二人一役ですね」

「外の人間たちと身近に接する必要がある時は、兄が対応する、といったことをしていたのではないでしょうか。兄とて、充分な作刀技術があったはずで、相槌師としてか、刻國の刀作りの補佐ぐらいはしていたでしょうしね。そしてとうとう、このような時に、流星刀作りの話が舞い込んだわけです」

「流星刀ですね、いよいよ」

「間接的にではあっても、榎本子爵に請われた形です。否とは言いづらい。組成が満足ではない素材を扱うことに長けている才で、刻國は岡吉國宗に助力した。……しかしこの後に、比留間家は知ったのです。流星刀と名付けられた長刀の一本が、皇室に献上された、と」

　浅見は胸中で唸った。四条派統括者の中には激震を覚えた者もいたはずだと容易に想像できる。しかし、神に奉る霊験の剣さえ打ち続けたと自負し、実際に何百年もその意志を受け継いできた一族にしか知りようのない痛恨の念はあるだろう。

「本来、女が打つはずのない四条派の剣が存在する。それでも、打ちあげた刀匠の名は岡吉國宗のみであるからまだよしとしていたものが、まさか天皇家へ奉納されるとは。皇室に永遠に残り続けるのです。御用達とも自ら任じていた業、朝廷との信頼関係、それらに自ら不敬を働き、裏切ったも同然でした」

「皇室側は、それを不敬だなどと感じることはまったくないでしょうけれどね」

　雄太郎は強く頷く。

「しかし……」

「判(わか)ります。判る気はします」浅見の想像力は、その気持ちを引き出す。「神に代わって自ら罰するほどの厳しさがなければ、超絶的な領域の業師とはいえないのでしょう」

「神罰ですよ、浅見さん。当時の比留間家の者がそう感じたとしても、私はなにも不思議に感じませんね。半ば女である刻國はもうここまでとしなければならない——という重大な契機が訪れたと、一族は感じたでしょう。ですので、刻國の名はそのまま、兄へと受け渡されたのです。本来の刻國は家を出されたと聞いています……」

　浅見は、細島幸穂がなんとか見つけ出した資料から得た情報を思い出していた。比留間の家系図では刻國の代は子供は一人となっている。しかし、兄弟でよく刀を作ると記した記録があった。（そう。そして——）國宗の使いの者が刻國と会えなかったばかりか、妙な対応に感じたとの雑感も残っていた。その時すでに、本物の刻國は家の者ではなくなっていたのだろう。そしてこの後、比留間家はその土地を去って函館に移って来たのだ。（並々ならぬ技術と情熱を持ちながら、家を追われるとは……）それを思うと、浅見の胸は重たくなった。

「それで、雄太郎さん。こうしたことを、細島さんに教えようとはなさらなかったのですね？」

「恥辱と警戒の思いで、比留間直系の刀工だけに伝えられている秘密ですからね。彼女が刻國に興味を持ったのが高校生の頃でした。じきに熱も冷めると思っていましたが、そのとおりになりましたよ。そして今回もそうなるだろうと思っていました。まさか、調査員にお金を払ってまで長期的に調べているとは知りませんでした」

「今回の養子縁組で、細島さんはある意味〈直系〉となるわけですが？」

「まったく……。縁は奇なものですなあ。しかしだからといって、刻國の秘密を幸穂に明かすかどうかは慎重に判断したいところです。〈女〉という条件で刻國がそのような目に遭っていたと知れば、幸穂がどう反応するか、読み切れないところがあります。まさか、縁組を解消するとは言いださないでしょうけれど……」

　幸穂がそれほど激しい反応をするとは浅見には思えないのだが、親族はそう感じているのだろう。

「雄太郎さん。比留間直系の刀工だけに伝えられている秘密ということでしたが、ご長男には伝えてあるのでしょうね？」

「いえ。久展にはなにも知らせていません」

「えっ、そうですか」

「あれは、刀作りを早くから厭わしがっておりましたからね。興味もないでしょう」

小樽では久展も、作刀家としての家名を大事にしているように浅見には見えた。だが、祖先を少しでも敬うこととと、家族間の感情の軋轢とはまた別なのだろう。

「はっきり申して、久展と、私どもの間には溝があります。久展は、鍛刀所を会社化して私と藍公を社員にしようと画策していたこともありました」

雄太郎は膝を半分ほど、浅見のほうに進めた。

「浅見さん。どうでしょう？　過去のこのような話が、今回の殺人事件に関係しているでしょうか？」

浅見は小考した。

「まだ、はっきりとお答えはできませんね。山田耕一さんが小樽でなにを追っていたのかが判明しないので。刻國の謎を追っていて誰かに会い、死に追いやられたとしたら……」

そこで浅見は、気が差したが問いかけた。

「すみませんが、雄太郎さん。山田耕一さんが殺害された時のアリバイをお訊きしてよろしいでしょうか。藍公さんにもお訊きします」

言葉に詰まった気配だったが、雄太郎はすぐに平静な表情になった。日時は？　と問い返す。

「九月五日の深夜ですか……。木曜日ですな？」少々苦労をしながら、雄太郎は記憶を引っ張り出した。「思い出しました」

雄太郎の話によると、こうだ。来週末に近くの公民館で行なわれる作刀の勉強会のためのゲストを、打ち合わせに招いていたという。藍公も一緒に夜十時頃まで打ち合わせをし、それから割烹(かっぽう)料理店で食事をした。この時は森も一緒だったという。彼は酒は呑まないが。全員が真夜中近くまでその店にいたのだから、到底、ほぼ同時刻に小樽にいることは不可能だ。

こう話した後、雄太郎のほうから問いが発せられた。

「久展のアリバイは確かなのでしたな、浅見さん？」

「ええ。秘書の尾花さん共々、札幌にいたのは間違いありません」

雄太郎は、弱く頷(うなず)く様子だった。安堵(あんど)するようでもあり、困惑がすっかり払われたかを探るようでもあった。

「なにか……？」

浅見は気になって尋ねたが、「それならいいのです、もちろん」と、雄太郎は言うだけだった。

浅見が携帯電話を取り出すのを目にして、雄太郎はハッと緊張の色を浮かべた。

「その電話はどこへ……？」

「もちろん警察です」

「警察に届けなければなりませんか？」

浅見は一度、携帯電話を膝の上に置いた。

「当然です、雄太郎さん。事は殺人未遂事件らしいと判明してきたのですから」

かなり動揺しているだろうし、できる限り穏便に事態を収束したがっている気持ちは浅見も理解できた。（しかし――）

「細島さんを殺そうとした犯人が野放しになりますよ。他の事件の解決に役立てるためにも、捜査は必要です」

「そうですな。それは当然のことでした。……晒しました醜態、お忘れください」

浅見が一一〇番通報すると、雄太郎は腰をあげた。鍛刀所にいる藍公に事態を伝えるという。浅見から聞いた幸穂に起こったことの推理、そして、刻國の秘密を話したことも。

浅見は細島幸穂のいる応接間に出向き、彼女と牧野ルイ、友野秋博に、警察に通報したことを知らせた。そしてすぐに、廊下に友野を誘い出した。尋ねると、彼の五日のアリバイは、苫小牧のカラオケ店でバイトをしていたということだった。

浅見はその足で、離れへ――というよりは正確にはその隣の物置小屋へ向かった。万が一にでもう起きないであろうけれど、証拠のロープを処分されたりしても困る。物置の戸をあけると、作業台の上に二束のロープがあり、その上に投げ出されるようにして一メートル少々のあのロープも確かにあった。

戸を閉めた浅見には、集中したいことがあった。アリバイを訊いて歩いているうちに、自分の中で、大きく姿を変えようとしている発想が見え隠れしていることに気がついたのだ。今度こそ、事件の真相に迫れそうなのだが、もう一つ二つ、なにかが足りない。

こんな時に頼りになる仲間たちが、今回は身近にいる。

浅見は携帯電話を取り出した。

2

私たちはまた、小樽北門新報のロビーのお世話になっていた。受付の女性も優介と仲良くなっている。

清水が車で札幌まで送ってくれる予定でいるのだが、それも先行き不透明だ。代休のはずなのに、かなり上の指示でまた仕事に駆り出されてしまったのだ。清水はしきりに謝っていたが、仕方がないし、急ぐ旅程でもない。

私はトイレから帰って来たところで、見ると、ソファーにいる龍之介に優介がよじのぼっていた。猫とキャットタワーを彷彿(ほうふつ)とさせるが、「りゅうぐう」という龍之介の言葉が聞こえてきた。

腰掛けて、訊いた。

「その遊び、龍宮神社に関係あるのか？」

「えっ？　ああ、違いますよ。〝りゅうぐう〟は、小惑星の名前です。〝はやぶさ2〟が無事にタッチダウンして岩石の粒子を採取したじゃありませんか。僕が〝りゅうぐう〟で、優介くんが〝はやぶさ2〟です」

――まあ、どっちでもいいけどね。

清水が龍之介の気持ちを確かめつつ、千小夜さんに交際宣言みたいなことをした後、千小夜さんは龍之介の耳元で囁(ささや)いていた。「気にしなくていいですからね」と。

彼女と一美さんは、なにか、コスメ情報を交換している。

と、私のスマホに着信があった。

「浅見さんからだ」

皆の動きが止まった。そしてすぐに千小夜さんが動き、息子を龍之介から引き剝(は)がした。まだ遊ぶとせがむ優介を抱え、千小夜さんは我々とは少し距離を取った。

『細島幸穂さんに魔の手が迫りました』

スピーカー機能で聞こえる浅見光彦の第一声は、衝撃的だった。

睡眠薬。どこからか持ち込まれたロープ。非定型縊死。

「それで本当に、細島さんの自殺未遂ということはないのですね？」一美さんが確かめるように訊いた。「自殺の兆候はなかったのですね？」

『そうですねえ……』

と浅見は、外国人墓地近くでの出来事を語った。わざわざ断崖の上で、荒れ狂う海に見入っていた幸穂には、危ういものを感じたという。

『でもそれは、一時の気の揺らぎのようなものでしょう。非定型縊死を計画して細々と準備するような、決然として深い自殺欲求とは異なるものだと思います』

確かに、と、私たち三人も納得する。

浅見はそれから、仕組まれた偽装縊死を暴く推理を語った。

これもまた、納得だった。龍之介の表情からも、見事な推理であることが判る。

『僕はこの殺人未遂を、連続殺人の三つめと考えてみることにしたのです』

それが妥当ではないのか。

『すると、そちらにいる関係者の全員に強固なアリバイが成立します。でも同時に、今度の連続殺人ではそのアリバイが捜査の流れを阻んでいるように感じ始めたのですよ。第一と第二の事件に限っても、警察が絞った容疑者——といいますか関係者の中で、両方の事件でアリバイが曖昧なのは記者の清水さんだけではありませんか』

浅見もそう見ていたか。

『しかも、容疑者が大勢見つかりそうだった樫沢静華さんの周辺を探っても収穫がありません。この予想外の事態によって、容疑者はこれ以上広がらずに限られていると見ることができます。それなのに、ほぼ全員にアリバイが成立している。龍之介さんはこれをどう見ますか？』

ほんの少し間をあけて、龍之介は答えた。

「真犯人が容疑者の網の中に入っていないか、そうでなければ、アリバイに関してこちらが大きな罠の中に入っているか……。浅見さんは後者だと考えるのですね？」

『そうです。両方の事件に共通する動機が見つからないのも気になり始めました』

大きな罠——。頬の肉や背中が、少し硬くなった。

「個々のアリバイが成立する場合、共犯関係も疑いますが、一連の事件ではそれもないと僕は思います。利害が一致する人たちが助け合ってるという構図はありません」

『そうなんですよねえ。表立っては見えません』

この時、龍之介が、フッとわずかに顔色を変えた。

「待ってください——。あの石川啄木の詩。あれが咄嗟に事件の演出に組み込まれた意味を、ここで考えてみるべきではないでしょうか」

『ああ……！』

「現場にあった品で啄木の詩が暗示され、第二の事件では——」

龍之介はゆっくりと口を閉ざした。顔色がわずかに白くなっている。

「浅見さん。僕たちは、一、二と続いていると、印象操作されたのではないでしょうか」

電話の向こうでも、息が固まるような気配があった。

「つまり、山田さん殺しと樫沢さん殺しはまったく別個の事件。動機も異なり、関連はない。これらは、だから――」

二人の名探偵の声が重なった。

「『交換殺人』」

3

「『交換殺人』」

龍之介と浅見の声が重なった時、鍛刀所から歩いて来ていた雄太郎と藍公がちょうど居合わせていた。

殺人と耳にした二人の男はぴたりと足を止めた。ちょうど、日常に影を差すようなパトカーのサイレンの音も聞こえてきている。

「交換殺人とはなんです、浅見さん？」

雄太郎に説明しようとして、浅見はその前に電話に向かった。

「龍之介さん。交換殺人であるならアリバイは無効になりますね。そちらでも推理を進めておいてください。ひとまず切ります」

　パトカーを迎えに歩き始めた浅見に二人は歩調を合わせ、今度は藍公が、

「アリバイが無効になる、ですって？」と訊いてきた。

「はい。交換殺人というのは、被害者と加害者の間につながりがありません。犯人は最低でも二人以上で、仮に、AとBとしましょう。Aが殺意を向けるのがα。Bが殺意を向けるのがβとします。それでこの二人の犯人は、標的を交換するのです。Aがβを殺害し、Bがαを殺害する」

「交換……」呟くように言った後、藍公は察しのいいところを見せた。「完璧なアリバイができるのですね」

「はい。αが殺害され、動機が濃厚なAが疑われますが、鉄壁のアリバイを用意しておけるのです。Bも同じく。AとBのつながりが発見されなければ、これはシンプルでいて完全な計画になり得ます。通常の共犯関係と違うのは、AB両者は一般的な利害の上でも生活環境においても無関係ということです。ですから、両者の結びつきは調べようがない……といいますか、調べようともしないのです」

「なるほど……」雄太郎は重く息を吐いた。「それで浅見さん。今回の連続殺人事件がそれだと？」

「どうやらそうらしく思えます」

三人は門前で、パトカーを迎える形になった。

「通報なさったのは、ここですね？」

風で飛ばされないように制帽を押さえておりて来た二人の制服警官のうちの、少しだけ年かさのほうがそう声をかけてきた。両者とも中年で、年齢がわずかに上で脂肪のつきもいいほうが、吉田ですと名乗った。階級は巡査らしい。

雄太郎が丁寧に応対をし、事態を説明しながら案内を始めた。

離れの前で立ち止まり、話を聞き終わると、

「う〜ん。それさあ、本当に、しくじった自殺ではないんですかなぁ」と、疑っていることを隠そうともせず、吉田巡査は制帽を持ちあげて親指で頭を掻いた。「まず、話を聞かせてくださいよ。その細島さんの所へ案内してもらえますか」

一同に混ざって浅見も屋敷へ向かっていると、携帯電話に着信があった。見慣れないナンバーだったが、立ち止まって出ると、意外な名前が聞こえてきた。

『こんにちは、浅見さん。前原厚子です』

「あっ、これはどうも。あれ？　なにかありましたか？」

『あったか、じゃありませんよ』前原の声には、どこか、甘く怨ずるような響きがあった。『あなた、大鹿会長になにを吹き込んだのですか？』

「え？　別に、吹き込んだ覚えはありませんが……」

『なぜ浅見光彦のことを報告しない、と叱られてしまいましたわ。あなた、会長に強烈な印象を残したのね。それと、比留間社長は容疑者ではないと確信できているかと問われましたよ』

「人間性を問われたのであれば――」

言いかけて、浅見はハッと気がついた。

「すみません、ちょっとお待ちください」

そう断って携帯電話を遠ざけると、浅見は足早に一同を追った。彼らは玄関にいて、藍公が警官たちを招じ入れている。まだ靴を脱いでいない雄太郎に、浅見は外に出て来てもらい、

「雄太郎さん」と、顔を向けた。「あなたは、細島幸穂さんが進めていた調査に関して、ご長男、久展さんには動機ができることを気に懸けていたのですね。大鹿さんがもし、あのことを知れば、久展さんのビジネスに大打撃が生じると、最悪のシナリオを描けます」

視線を逸らす雄太郎は、無言だった。

「それでもまさか、久展さんが細島さんに実際に危害を加えるなどとはあなたも思えなかった。しかし殺人が起こったと聞き、危惧は現実化しているのではないかと不安に駆られた。その思いが電話で友野さんに伝わり、こっそり護衛する行動にまでつながったのですね。――そう、交換殺人に組み込めば、久展さんのアリバイは無効となる」

浅見は電話を口元に戻し、言った。

「お待たせしました、すみません。ところで前原さんは、比留間久展さんとご一緒なのですね？　今、どこにおられます？」

『小樽駅のプラットフォームですよ』

「では、申し訳ありませんが、そのまま小樽に留まってもらえませんか」

『えっ？』

「絶対に外せない仕事の予定が入っていますか？」

『今日の仕事は終わりましたけれど……。切符も無駄にして、ここにいろ、と？』

「事件と捜査で、新局面が動きだします。そこにいらっしゃれば、捜査に協力できますし、この先、かえって効率的な行動計画が立てられると思いますよ。比留間久展さんに言うことをきいてもらうのは大変そうですから、大鹿大佑さんの名前を出して、あの方の指示だと伝えればいいと思います」

『まあ！』勝手に会長の名前を使うという大それた行為に、驚き呆れるというより、不安にびくついた気配だった。

「後で知っても、大鹿さんなら許してくれますよ」

前原は溜息をついた。

『それで、駅を出て、どこでどうしていればいいのですか？』

「そうですねえ……、警察署になど出向いてくれるわけもないでしょうし——」

『警察署！　……本当に、事件の捜査がらみなのですね』

「そうだ。駅前に、〝港の風味〟という喫茶店があるはずです。そこで待っていてもらえますか」

浅見は通話を切って、邸内へ向かった。

4

交換殺人とはどういうものか龍之介に聞いてから、私は段階を踏んで考えた。

「つまり、山田耕一さんを殺害したのは、彼にはなんの動機も持っていない人間である可能性があるわけだな」

「そうですね」

「そしてその交換条件で、山田さんを殺してもらった人物が、今度は樫沢静華さんを殺害した。彼女に対してはなんの動機も持たない、無関係と見える人物が」

「そうなります」

言って、龍之介は目の焦点を絞るような顔つきになった。半ば、自分だけの集中のシェルターに入ったかのようだ。

「当初から僕は、第一と第二の事件の性質が違うことが気になっていました。犯人複数説は当然浮かんでいましたが、いたずらに推論を増やしても無益ですから、明確な手掛かりを待ってもいました。……交換殺人であれば、解き明かされることがずいぶんあります。しかしそうなると、また別の……」

龍之介が考え込んだ様子になって十秒ほどした時、浅見光彦から電話が入った。

今警察が来ていて、浅見は、細島幸穂が横になっている応接間近くの廊下にいるとのことだった。

『関係者はほぼ揃っています』

浅見のその声はなぜか、裁判の開廷でも告げるかのように私には聞こえた。――いや、一美さんらの表情を見ても、同じ印象に打たれたと察せられる。

龍之介の童顔にも、似合わない真剣な静けさが湛えられている。

「浅見さん」と、彼は呼びかけた。「あなたの推理の畑には、疑いの芽が幾つか育ってきているのでしょうね。心理としてそれを見たくはなく、また合理的な推論においてもそれらは否定される要素があるから、真相ではないと半分思っている」

『……思いたがっている、との指摘ですね。そうかもしれません。しかし龍之介さん。実際、今僕の中にある仮説には不合理さが多く、とても、罪を糾弾できる域には達していないのです』

二人が事件のどの点を話しているのか、私にはよく判らなかった。あるいは、容疑者の一人のことを論じているのかもしれない。

探偵能力に秀でた彼らだけに通じる、これは会話なのだろう。

「一番大きな不合理はこれでしょうか」龍之介が具体的な例を出すようだ。「犯人はなぜ、首吊り自殺の偽装にそれほどこだわったのか」

——それが不合理なのか？

こっちはちんぷんかんぷんだったが、浅見はもちろん即座に反応していた。

『それです。それは大きいと思います。睡眠薬を服ませることができたのなら、なぜ、大量に服ませて睡眠薬自殺としなかったのか』

——あぁっ。

納得の指摘で、私は一美さんと視線を合わせた。確かにね、と頷き合う。

しかし探偵たちはもっと先を考えているようだ。

『これはまあ、細島さんが睡眠薬の味に慣れているから、大量に服ませると気づかれてしまうと恐れたためとも考えられます。ただ、だからといって、縊死の偽装のほうがリスクが少ないわけではありません。ロープを用意しなければなりませんし、多少の力仕事も必要になる。首を吊れるような場所はどこにでもあるわけではなく、それにふさわしい場所を知らなければならないでしょう。睡眠薬を多めに服ませるよりは、こちらのほうが困難が多そうです』

それでも犯人は、首吊り自殺に見せかけることを選んだのか……。

龍之介が言う。

「もっと重要なのは、縊死よりも、睡眠薬よりも、ずっとたやすくて安全な殺害方法を試みる機会が、犯人には何回もあったはずだということではないでしょうか」

『あったと僕も思うのです』浅見の声には確信がこもっている。『最もチャンスであったのは、崖の上ですよ。犯人は、身近にいてずっと細島さんを見張っていたのは間違いなく、それは肌感覚で僕もうっすらと感じていました。その犯人にとって、あの時ほどのチャンスはありません。何気なく近付き、背中を押せばいいのですから。……死体さえ見つからないかもしれません』

「見つかったとしても、自殺と事故の両面で主な捜査がされるでしょう。風も荒々しい場所だったようですから。殺人も当然視野に入れますが、物証もなにも出てこない」

『他にも細島さんを狙う機会はあったはずで、あの崖の上は最適でした。しかし犯人はみすみすそうした機会も使わず、実行したのは首吊り自殺に見せかける工作でした。でもこの計画は、周りに人が多い場所で決行するしかなく、結局はそれが犯人には災いして計画は未遂で済んだのでしょう。なぜ、こうなったのか……』

私は龍之介に訊いてみた。

「交換殺人の三つめで、細島さんは殺されそうになったんだよな、龍之介？」

「それが自然で、合理的です。ですから普通であれば、他殺と明確になる殺害方法が取られてもかまわないはずで、それでも、細島さんに対して殺意を持つ容疑者には完璧なアリバイが成立するはずなのです」

それが交換殺人だ。

「とはいえ、自殺や事故死に見せかけられるのであれば、それはそれで大きな価値があります。殺人事件としての捜査が始まらなければ、犯人たちにとってそれが最良のことなのですから」

「そりゃそうだな。いうまでもない」

「今回の実行犯には、自殺の偽装にかなりの自信があったのでしょう。あるいは、そうしたほうがいいのだという思いが……」

龍之介はスマホに顔を寄せた。

「浅見さん。それで思うのですが、離れの現場には、もしかして足りない物があるのではないか、と」

『……足りない物？』

「犯人の計画どおりであれば、このような現場になっていたはずです。壊れたフックが一つ。睡眠薬を少し服んで、非定型縊死をしている女性。壊れたフックはなかなか生々しく、自殺の光景として効果的ですが、刑事さんによっては、浅見さんが推理したとおり、索条痕をごまかすための細工かもしれないと疑いを持つかもしれません。ただこの場に、細島さん手書きの遺書があったとしたらどうでしょう？」

浅見は応接間に近付いた。廊下には友野と藍公がいて、ドアがあけられたままの室内には、雄太郎とルイが立っている。幸穂はソファーの上で上体を起こしていた。

椅子に腰掛けている二人の警察官に、ルイが「何度も違うと言ってるじゃないですか」と抗議口調を放ったところだった。

「しかしそうなると、あんた」中年二人組の、わずかに年下の警察官は苦虫を嚙みつぶしたような顔をしている。「何者かがさ、自殺に見せかけて殺そうとしたっていう大事になるよ。それでいいんかね？」

「大事もなにも、それが事実なら調べるのが警察でしょう」

幸穂は自殺など試みていないと何度も主張したのだろう。やや涙目にさえなっており、腹の前で両手を握り合わせている。

「ちょっとお邪魔いたします」

浅見は室内に声をかけた。龍之介とつながっている携帯電話は、接続をまだ切っていない。

「細島さんとは小樽からずっとご一緒させてもらっている、浅見光彦といいます」

と、警察官たちに名乗り、その二人に言った。

「ところで、問題の現場に、細島さん手書きの遺書があったとしたら、自殺未遂の心証は決定的になるでしょうね」

「もう言うことはないな」厳しい目になって、吉田巡査は一同をにらみ回した。「あんたら、遺書を隠したのかね？」

「そのようなことはしていません」浅見が代表して否定し、肝心の話に触れた。「ただ、その件に深く関係する物が、細島さんのバッグに入っているのです」

「なにっ⁉」

巡査たちの視線がテーブルの上のバッグに突き刺さった。

「細島さん」彼女自身、言われた内容に驚いており、浅見は丁寧に声をかけた。「龍宮神社の境内(けいだい)であなたが転んだ時、バッグの中から手紙のような紙がこぼれ出ましたね。あれは遺書の類(たぐ)いでしょうか？」

「ち、違います！　そうしたものではありません……」

「しかし、文面は遺書を連想させてしまうものでしょうか？」

彼女の声は極限まで小さくなり、「そうかも……」の先が聞き取れない。

「それが大変重要な手掛かりになりそうなのです。これは僕だけの意見ではなく、龍之介さんがまず着目したことなのです」

　浅見は、通話中の携帯電話を幸穂に見せた。

「どうでしょう、細島さん。あの文章を見せていただくわけにはいきませんか？」

　そう頼み込んだ浅見に、藍公が疑問を向けた。

「浅見さん。あなたは自殺未遂ではないと見立てているようなのに、そんな個人的な手紙を公開する必要があるのですか？」

「殺人未遂と考えるからこそです。犯人側がしようとしていたことが判ります」

「幸穂」雄太郎が、昔味わった怯（おび）えや不安を押しやるようにして声をかけた。「遺書ではないんだな？」

「違います。……日菜子さんが亡くなった後に、心に思ったことを……」

「彼女の……」藍公が目を伏せた。

「思い出が……、好きだった楽器にもイメージが重なって……」

「それって、ピアノですか？」ルイの声がした。

「えっ？　いいえ。ヴァイオリンですけど……」

「いずれにしろ」浅見にしても心苦しい面はある。「とてもプライベートな文章でしょうから、この場だけでの開示となるように配慮しますから」

「浅見さん、あんたね」吉田巡査が目を剝く。「そんなこと、勝手に話進められても駄目でもないのでは？」

「これは失礼しました。しかし、自殺未遂にすぎないのでしたら、別に問題になることだなあ」

「いや、それは……、まだ決まってはおらんからね」

その時、幸穂の声がした。

「判りました。お見せします。真相が見えてくるのでしたら……」

バッグを引き寄せると、彼女は二枚の紙を取り出した。ひらいて、恥ずかしそうなためらいを見せてから浅見に渡す。

あの時はまったく目に入らなかったから、浅見にとっては文字も初見だった。（少女が書いた印象が強く残っていて――）

「気持ちを刻むかのように、じっくりと丁寧に書かれていますよ、龍之介さん。すみませんが、細島さん、龍之介さんにも知らせる必要がありますし、皆さんで情報を共有しないと話が進まないので、読みあげていいですか？」

うつむくように、彼女は頷いた。

死んじゃいけない理由を探しましょう。家族がどんなに悲しむかって、テレビの人が言ってた。悲しむ家族がいるなんて幸福よ。チャンネルを変えましょう。歌があふれてる。泣けるのもあるけどさ、結局みんな幸福。ＣＭでさえ別世界。リズムなんて、心に重い鍵がかかっている者にはないのよ。何十人も救ったらしい学者さん、盤石の自立理性の心で腹をくくってそれですまそう、って望んでる。そんなご立派な首かせは、リボンも似合わない私には最初からとてもムリ。私がぶら下がっているこの世の糸は、耐えられないぐらいに細っこいの。助けがいるでしょ？　いろいろ考え過ぎてるの？　ヒトのことはないがしろに、憂さを晴らして生きてればいいの？　思考を止めたい。神経のない生き物になりたい。

読み手の浅見は、二枚めへと目を移した。

そう思ってた。
でもさ、わたしの心と頭が懸命にかき集めた、泥まみれピースは、すこしずつ正しいのかもね。わたしにも悲しんでくれる人がいる。できた。二人でいると空気がちがう。……だから、空気だったんだと思うことにする。ふてぶてしく、強引に、わたしは決めた。その人が死んじゃったから。人も星も、分子より小さな同じ物でできているんだって。あの人の体は空気の中の幸福の分子になった。それは他の分子と結びついてこの宇宙のなにかになる。弦になって幸福の音色を奏でる。人を癒やす樹木になり、楽器になる。自殺したら私は、良くない悲しみの素材になっちゃう。なにかを、また悲しくさせてしまう。地球の外までも出て、どこまでも旅してみよう。


「これは……」

言わずもがなだが、浅見は声に出した。

「遺書ではなく、想像力を豊かに使った決意書ですね」

弱気になった時などに自分の目を覚まさせる、お守りのような、自分自身への手紙だといっていいだろう。文面から浅見も、胸に残したいと思う言葉、感慨を感じた。

室内は静かだった。

「龍之介さん。聞こえましたか？」

『はい。ありがとうございました、浅見さん、細島さん』龍之介の声は、そこからは、感情が低く抑えられたものになり、『思ったとおりでした。そして、発見もありました。これは決定的かもしれなく……』

浅見は思わず、携帯電話を鷲づかむようにしていた。「事件の解決に至れるということですか？」

『そちらの事件に関しては、ということです。その前に浅見さん、一つ確認させてください。細島さんのその文章は、丁寧に書かれているということですが、字間なども整っているほうなのですね？』

「字間……。ええ、そうですね。原稿用紙のマス目のように、とはさすがにいきませんけれど」

『でしたら、一行は三十文字ぐらいではありませんか？』

（えっ――⁉）

驚くような指摘で、浅見は半信半疑で文字を数え始めた。そして愕然とする。

「三十文字です――」

場がざわめいた。呆気に取られている者もいる。当の幸穂自身、初めて知らされた事実といった様子だ。

「龍之介というその人、千里眼？」友野の独り言が、呆然とした感じで聞こえてくる。

以前の山梨での事件の折、浅見自身が龍之介の推理にそう感じたのを思い出していた。

部屋に満ちるそうした反応には無頓着に、龍之介は言葉を続けていた。

『そちらには、浅見さんとの推論が伝わっていない方が多くいらっしゃるでしょうから、そこをまず理解していただいたほうがいいでしょうね』

浅見はすぐに反応する。

「細島さんを狙った犯人が、自殺の中でも首吊りの偽装にこだわったように思える点ですね。細島さんはずっと狙われていたはずなのに、彼女の死を目論む犯人があえて手を出さなかった機会が何度もある点も奇妙なのです」

「あのねえ、浅見さん」吉田巡査が眉間に皺を寄せている。「よく判らんことを。また勝手に話を進めとるねえ」

「すみません。僕の話は聞きたくないというのでしたら、この天地龍之介さんに順序よく話してもらいますから、お聞きください」と、浅見は携帯電話を巡査たちに近付けた。

「この龍之介さんは、小樽警察署の鳥羽刑事と長く協力関係を結んでいます」

ややオーバーだが嘘ではない。

巡査たちは「うっ」と若干息を止め、取りあえずは話を聞く態勢になった。

龍之介が、先ほどの推理の過程を過不足ない要領で説明した。

『……ということで、断崖から突き落とすような殺害方法は、人が消えてしまうのですから捜索が始まり、警察の注目を長く集める事態になってしまうでしょう。それに比べれば、周囲が自殺だと納得する方法を成功させれば、犯人は安全だと考えたのです。そのための遺書もあると、犯人は固定観念を持っていた。つまり犯人は、細島幸穂さんが〈遺書〉を持っていると印象づけられていて、しかもそれは、〈首吊りをしようとしている者が書く遺書〉だったのです』

「なるほど」浅見は深く頷いた。「遺書に合わせて、偽装の殺人計画は練られたということですね」だがここから先は、浅見にとっても謎だった。「しかし龍之介さん。細島さんのこの文章のどこに、首吊りなんて書かれていますか?」

誰もがそれが疑問だったらしく、同意の顔が並ぶ。

『問題は一枚めです。パッと目に入っただけでは遺書のように見える。そこで細島さんにお尋ねです。その文章を人に見せたことはありますか?』

幸穂は驚いたように頭を大きく振った。「そんなことしません。できません……」とんでもないことだと言わんばかりの顔色である。

『すると、龍宮神社の境内で地面に落ちた時が唯一の機会といっていいでしょう』

「細島さんは転んでしまって、バッグから出てしまったのです」

という浅見の追加説明に、龍之介がさらに付け加えた。

『その上に、プラタナスの葉が落ちたりもしました。そしてあの時、比留間久展さんが、細島さんは前から遺書を持ち歩いていたと話していましたから、文章の一枚めを見た人は、これがそうだと思い込んで不思議はありません。それで、ここでもう一つの錯誤です。その文章の、『腹をくくってそれですまそう』という一文とその近くに注目してください』

まだ手に持っていた紙を、浅見はテーブルに広げて誰もが覗けるようにした。

『その一文の行頭からは、どのような文になっていますか？』

浅見が読みあげた。「〝盤石〟の〝石〟の文字から始まっています。『盤石の自立理性の心で腹をくくってそれですまそう、って望んでる。』となっていますね」

『その用紙の上のほうを、プラタナスの葉が隠していたのです。その結果、『くくってそれですまそう』と見えるようになっていたと考えられます』

（くくる——！）

浅見の目には、その一言が飛び込んでくるようだった。

『さらにその左側を見てください。『首かせは』といった一行があるはずですね。前の行の〝くくって〟のすぐそばに、〝首〟の文字があるはずです』

「あっ！」と、誰かが声を張りあげた。浅見もそうしそうだった。龍之介の言った二つの文字群は隣り合っている。しかもその次の行には、〝ぶら下がって〟の文字も！

『首をくくる——という一群を形成しますね』

ほとんどの者が凝然となっていた。幸穂も、恐ろしいものを見せられたかのように口をあけ、それを手で覆っている。

『一行につながって見えたということではありません。まとまって一つのイメージが点火し、印象の印画紙に固定されたという意味です』

浅見たちはただ、龍之介の話に耳を傾けた。

『幼児期を脱して生活実感を重ねていきますと、人は五感が得る情報の空白部分を自動的に補うようになります。音でもそうですね。途切れ途切れにしか聞こえていなくても、経験的に意味を了解し、すべてを聞き取ったと意識する。視覚ではもっと日常的にそれは起こっています。アモーダル補完は、見えている部分から全体を想像する経験的な認知作用です。錯覚も起こしますが、こうして環境を常識化しておかなければ不自由すぎますから。誰の意識においても、マンホールの下には下水道が流れているものです。文意をつかむ認識において、あの瞬間、犯人にもそれが起こっていたのです』

浅見にとっても気が重くなる瞬間が近付いているようで、それまでのわずかな間を作るかのように、

「龍之介さんはカメラ並みの視覚的な記憶力で、あの瞬間の文面を記憶していたのですね」

『いえ、遠くて文字はほとんど見えませんでした。見えていたとしても犯人とは角度が違うので、読める文章は多少異なっていたはずです。チラッとだけ見えた印象から、たぶんこうであろうと類推したのです。……もちろん、その紙に書いてあることがまるまる都合のいい遺書として使えるとは犯人も期待していなかったでしょう。必要な箇所だけを残す

という手を使えばいいと考えていたと思われます。燃やされた遺書の一部だけが残っているなどの演出手段ですね』

「利用し尽くさなければならない格好の利器と考えていたのでしょうね」

『はい。それで、まとめますとこういうことになります。境内でその文面を目にすることができたのは、細島さん本人を除けば三人だけ。私と、従兄弟の光章さん、そして、牧野ルイさんです。牧野さんは、細島さんを助け起こせるほどすぐ近くにいました。この中で、私と光章さんは、ここ小樽にいるので、細島さん殺人未遂事件の実行犯としては完全に白になります。……残るのはたった一人、牧野ルイさんです』

一番驚愕したのは幸穂だろう。信じられないという表情でぽかんとしている。その気持ちは、浅見にも痛いほど判った……。

(それにしても……)

プラタナスの木。龍宮神社のご神木だと聞いた。そこから落ちた一枚の葉が……。

皮膚を張り詰めさせるような空気の中心にいる牧野ルイが、口をひらいた。

「近くにはいましたけど、文章を見てはいませんよ、龍之介さん。利用できる遺書と思い込んだなんて、お門違いです」

『いいえ。あなたは見ています、牧野さん』

一瞬、反応が凍結してから、ルイは、

「わたしの網膜の情報が読み取れるのですか、龍之介さん?」と、好感は持てない余裕の笑みを見せた。「何十時間も前のことを? そんな遠くにいて?」

『で、ではお尋ねしますけれど、牧野さん。あなたはなぜ、その文章にピアノが関係すると思ったのです?』

虚を突かれたように反応にまごついたルイだが、ハッと顔色を変えると、テーブルの上にある用紙から目を背けた。この素振りには、二人の巡査も注視せざるを得なかった。

『浅見さん』と龍之介が言う。『先ほど、〝盤石〟という単語が出てきましたね。行末に〝盤〟の文字がきている。その右側すぐ近くに『重い鍵が』という文章があるはずで、その〝鍵〟は漢字ですね?』

そのとおりだと、浅見は龍之介に伝えた。〝鍵〟は、〝盤〟の右上にある。

『〝盤〟のすぐ右上の〝鍵〟。ここでも先ほどと同じく、一瞬目にした人が意識付けされたのですよ、〝鍵盤〟と書かれている、と。なにしろその前の文章が、音楽を思わせる内容ですし』

ああっ、というどよめきが起こる。

『その紙の上のほうをプラタナスの葉が隠していました。その状態で〝くる〟という文字が見え、そのそばに〝首〟の漢字がくる。なおかつ、〝盤石〟と〝鍵〟が近くにくる文字の配列は、少なくともこれらの漢字が含まれている部分では、一行が三十文字平均でなければ起こらないのですよ』

浅見は雷鳴の音を聞いたように思った。

(なんという頭脳！　知と推理力の超人だ‼)

浅見はかつて、これほどの感銘をもって知的な驚きを経験したことがなかった。

(龍之介さんは、やはり他に類を見ない天才だ)

見ると、牧野ルイはもはや抵抗の力もなさそうだった。唇が青ざめている。

龍之介の声が、実に残念そうに、悲しそうに聞こえてきた。

『樫沢静華さん殺害の時には浅見さんと一緒にいて完璧なアリバイがあり、細島幸穂さんに殺意などあるはずのない牧野ルイさんですが、交換殺人の一角を成す犯人であれば、すべては問題でなくなります……』

5

日常の貌の下に隠れていた暗い海が、また押し寄せてきているかのようだ。

「ネットを介して、わたしはずっと樫沢静華を監視していましたよ」

上等な畳に座り、わたしは話し始めていた。

移動した告白の場には、他に四人。正面に浅見光彦。左脇に比留間雄太郎。襖と廊下の縁にいる二人の制服警官は、自分たちの態度を決めかねている。小樽から続いた連続殺人という大事件に、自分が直面しているという実感がわかないらしい。多少の、功名心のくすぶりが見えるけれど。

「捨てアカウントを使って、ＳＮＳに樫沢が書き込むことを追い続けていました」

そう続け、わたしはすべてを明かしていった。名前まで変えて移り住んだ場所が、今度あの女に見つかったら最後だと思っていた。一度逃げた獲物を見つけたら、どれほど嵩にかかって攻撃を再開するか、想像するだに恐ろしい。近隣さえ巻き込むあの暴虐の嵐に遭えば、父はもう生きていけないだろう。恐怖と不快と怯えの中で身をよじって死んでいく。ようやく築いた自分の生活も根底から崩壊してしまう恐れがあった。

「そんな時、浅見さん、あの一言を見つけたのですよ。小樽へ行く、というあの女の行動予定を」

「ああ……」浅見は、察するように重い息を吐く。「しかも、なんの目的かは書かれていなかったですね」

そうなのだ。それは決定的に恐ろしいものとしか映らなかった。

「それと時を前後して、山田耕一が電話で声をかけてきました。あなたたち家族の過去を探ってる、と」

「家族の過去……。それはどのようなことなのです？」

「結局判らずじまいでした。その前に事件は起こってしまったので。あの男も思わせぶりを言うだけでしたし。ですがそうした様子やあの男の気配から、わたしは察していましたよ。あの男は樫沢静華の依頼で動いていたのでしょう。わたしたちの祖先に日本人以外の血が混ざっていないかを探っていたのです」

「以前、そうではないとおっしゃっていましたよね」

「ええ。もしくは、あの人たちは、先祖に放火魔でもいたと言いたかったのでしょうか。わたしは電話を聞くうちにすぐに山田の背景を感じ取って、激高しました。怒りと恐怖で気が高ぶりました。すると向こうは場を改めようと言いだしました。直接、言いたいことを言え、と。呼び出しの日時が、九月五日の夜、十一時です」

いよいよその時か、という顔を浅見はした。

「山田は言っていました。お前は大声を張りあげたいようだから、それでも秘密を守れる場所を何ヶ所か選んだ、と。わたしはその中から海岸線を選びました。……あの男の言うとおりです。わたしは、大声をぶつけたかった。喚(わめ)いて、樫沢静華の化身であるあの男に痛罵(つうば)を浴びせたかった」

「一人で、暗い海岸へ出向いたのですか？」

「ええ。あの男が指定したポイントへ行きました。恐れなど感じませんでした。男とか女とか、そのような観念の前に、あの時のわたしにとって山田耕一は憎悪の対象でしかありませんでした。粉砕すべき敵であり、害虫です」

負けてなるかというあの時の無鉄砲なまでの熱さが、身の内に少し甦っている。

わずかに不審そうな顔で、浅見が尋ねてきた。

「一人で？　と訊いたのにはもう一つの意味があります、牧野さん。殺人を交換する相手の存在はどうなります？　その計画が進行していたようには聞こえてこないのですが」

「そんな計画などありませんもの」

「ない？」と驚きの面持ちだ。

「浅見さんたちの推理どおり、交換殺人は動き始めますが、それはもう少し後です」

軽く慌てた様子で、浅見はつないだままの携帯電話で天地龍之介と二、三言葉を交わしていた。

「判りました」浅見はこちらに言う。「先を聞かせてください」

頷き、わたしはあの夜の話を再開した。撮影器材を持って来ていた山田は、安心させるようにカメラを操作し、メモリーカードが入っていないことを見せた。

「ＳＤメモリーカードは入っていなかった？」

「犯人が持ち去ったという推理が支持を集めていましたが、あれは最初から入っていなかったのです。山田は言っていました。『撮影現場というカムフラージュのために持参しているが、あんたの姿を撮ったりしないから安心しろ』と。でもそれが、心理を突いた罠だったのですけれどね」

「ほう」

「樫沢にわたしたち親子の居場所を伝えたのかどうか訊きながら、わたしはたちまち激高していました。ろくでもない者たちに怒りがわいて抑え切れなかった。山田も挑発的で、そのうち、わたしにつかみかかってきたのです。そしてわたしは、あの男を突き飛ばした……。倒れたあの男は岩に頭をぶつけて動かなくなり……死んでいました」

ここで、ひっそりとしているがよく通る声を出したのは雄太郎だった。

「しかしそれでは……、あなたの罪はせいぜい、過剰となってしまった正当防衛か、傷害致死でしょう。そこで警察に出頭すれば、同情の余地もあり、罪はさほど重くはないのでは？」

迷いはしたけれど、わたしは闇に踏み出したのだ。

「ですけど、その罪だけでもわたしたちの家庭は終わりだと思いました。吊しあげられ、マスコミが殺到し、結局、樫沢静華たちがもたらす惨禍と同じになります。それに――業腹でした。知れば、樫沢はあざ笑うでしょう。『それがお前たちの正体だ』と高笑いするでしょう。それは絶対に許せなかった。自ら沈まず、どこまで行けるか、わたしはやり抜かなければならなかったのです」

　雄太郎は目をきつく閉じ、顔を伏せた。

　二人の警官は、顔つきが変わり、前のめりになっている。自分たちが自供を引き出したとでも感じているかのように。

「わたしは、山田耕一の体を、そばにあった小舟に入れました。何十分かしたら沈みそうな船でしたから、遺体を海底に消し去るには打ってつけと思ったからです。でもその時です。恐ろしい声が聞こえてきたのは」

　聞き手の男たち全員が、何事か？　と驚くように瞬きをやめた。

「不気味な声が聞こえてきました。姿は見えませんでした。最初の言葉ははっきりと覚えていませんが、『ちょっと待て、その死体の処理は早まるな』といった意味だったと思います」

「目撃者ですね」確かめながらも、浅見は、知りたくてたまらないという顔をしている。

「しかし、不気味な声で、姿が見えなかったというのは……？」

「わたしの行動を、動画カメラを通して見ていたのです、その声の主は。カメラは形だけだと安心させた山田は、他の撮影器材に紛(まぎ)らせて、小型の動画カメラを隠していたのです。この場のやり取りを記録するためですね。いえ、記録だけじゃありません。ライブ配信していたのですよ」

さすがの浅見光彦も驚きを隠せない表情だ。

「不気味な声は、山田のスマホから発せられたものでした。声を変える装置かアプリを使っていたのでしょう。自分のことは俺と言っていましたが、それよりも、あの話し方は男だと思いました。山田はその男の指示を即座に受けられるようにスマホの通話もオンにしていたのです。声を変えている男は、わたしが山田を殺して隠蔽(いんぺい)工作をしている姿を録画してあると言いました。わたしの死命を制したのです。その上で、あんたの罪を暴き立てる気はない、協力関係を結ぼうと持ちかけてきたのです。計画を練るからしばらく待っていろと指示されました」

天罰で地獄に引き込まれたかのようなあの時間。黒い海と闇の中で、自分も黒い生物になっていくかのようだったあの時間――。ああした思いは、伝える必要もないだろう。

「再開された話しぶりだと、その男が、わたしを探し当てる今回の依頼をしたスポンサーであるようでした。あの時の印象では、その男が所長かなにかで、山田が手下なのかとも思いました」

その点に、浅見が注釈を加えた。

「山田さんの仕事は最近急速に持ち直したそうですから、その男がテコ入れしたのかもしれませんね。架空口座まで使って身元を隠していますし。その男はそうやって、山田さんに対して発言権を持ったのでしょう」

「そういうことなんですね。ただその男、樫沢静華のことは初耳みたいでした。『お前にとっては、その女が仇敵であり、存在させておくと危険極まりないのだろう』と言ってきました。そして、あの悪魔の提案です。『俺がその女を殺してやるから、お前は、俺の邪魔者を殺してくれ』と……」

浅見は息を呑みつつも、目には新発見を味わうような光があった。

「すると、あの事件の最中に――といいますか、山田耕一さんの殺害が終わった後から、交換殺人は起動したのですね……」

彼の手元の携帯電話から声が流れ、浅見はちょっと失礼という仕草をしてからそれを耳に当てた。

『予想外でした。山田さん殺しは、交換殺人の第一段階ではなかったのですね』

天地龍之介の声が浅見の鼓膜に届く。

「僕にとってもまったく同じですよ。思いがけないことに驚いています。でも判りました。このせいで、今一歩、犯罪計画の全体像が見えにくかったのですね。龍之介さん流に言えば、数式といいますか公式といいますか、これが成立しづらいようなものでしょう。異分子のせいで」

『目撃者、共犯者など、どのケースでもその場にその人物がいると、私は想定してしまっていました。まさか、映像と音声で生まれた関係とは……』

「誰でも龍之介さんと同じイメージを懐きますよ。僕もそうでした」

確かに、遠距離に目撃者がいるということも普通に起こる時代なのだが……。

「あの殺人現場が動画で飛ばされていたという情報がなければ、さしもの龍之介さんも推理の起点を作りようがないですよね」

『さしもの浅見さんも、ですね。それにしても、その点を活かした犯人の計画は巧妙でしたね。心理的に縛られてしまいました。交換殺人だとの発想を得て、事件は一、二ではなく、別個の、一と一だと見破った気でいました。ところが……』

「なるほど、そうですね。一と一ですらなかった。交換殺人としては、〇と一ですね。これから一、二、と連鎖する、真の交換が始まるところだった」

『それを浅見さんの活躍で防げたわけです』

「それはたまたまですが、よかったですよ……。被害者はもちろん、加害者が生まれないためにも」

「わたしは、人生破滅の瀬戸際にいましたから、樫沢静華も破滅させることに賭けてもいいと思いました」

短い中断の後で浅見に促され、正視しづらい自身の内奥もわたしは語っていった。

「あの女は母の仇でもありました」それはわたしの確信だ。「あんな女は、いないほうが絶対に世のためでしょう？　自分は完璧に安全な立場にいてそれが実行できるというのは、悪くはないとさえ思えました……すでに人を殺している人間としては」

浅見は感情を抑え込んだ目で、

「その時、あなたが殺害すべき相手のことも聞かされたのですか？」

「いいえ。あの海岸で聞かされたのは、クスリを盛れば方がつくはずだということだけでした」

「クスリを……。判りました、先を続けてください」

「山田耕一の遺体はそのままにしておけとの指示でした。これから連続した事件が続くと見せかければ、同一犯と思わせておける限り、互いのアリバイが強固になるから、と。それに、遺体を消されては、わたしを脅迫する最大の物証がなくなりますからね。それに続いて、カメラで周りの様子を映して見せろとも言われました。しばらくすると、廃屋の窓を取ってこい、などといった命令がきました」

「ああ……。窓と傘。うまく仕込まれてしまいましたよ。相手はかなり頭が切れます」

「こちらからは、わたしが知っている限りの樫沢静華の情報、追跡の仕方などを伝えました。声を変えた男からの最後の命令は、山田耕一のスマホからメールを送信しろというものでした。最後の仕事のファイルを消去させる指示でした。男は、『山田のこうした面は病的なまでに完璧で、信用できる。そのスマホも正式の登録ではない』と言っていました」

「その男自身、接触を持っている自分の痕跡は絶対に残すな、と山田さんに厳命していたのでしょう」

「三脚などカメラ器材はそのままにしておけとの指示でした。遺体発見を遅れさせないためとのことでした。死亡推定時刻がある程度絞られていないと、アリバイ工作になりませんからね。それでわたしは、山田耕一のスマホを持っただけで現場を離れました。ちょうど真夜中ぐらいの時刻だったと思います……」

6

『男には海岸で話している時に、七日から八日にかけて、樫沢静華が小樽や札幌にいると伝えました。でも、いつどこで彼女を手にかけるのかは、こっちにはまったく伝わってきませんでした』

浅見の携帯電話を通して、牧野ルイの声がかすかに聞こえてきている。

途中からやって来てこの重大な話の内容に気づいた清水は、慌ててデスクも連れて来ていた。

『ただ、一応、ここ何日かはアリバイをしっかり作ることを意識しろとは言われていました。アリバイを作りづらい真夜中などに決行することはないが、とのことでした』

たまたま長期ルポの同行者であったから、浅見光彦が牧野ルイの〈アリバイ保証人〉になってしまったわけだ。

「でも……」一美さんが呟いていた。「アリバイを用意しておけと言われても……、それでも、なにも起きないことを望んだりはしなかったかしら……」

同じ気持ちだろう、浅見が問いかけていた。

『牧野さん。樫沢さん殺害は必ず起こると信じていましたか?』

『……悪夢のレールの上を歩かされている感じでしたから、夢が覚めるように、このまま何事もなく過ぎ去ることもあるのではないかと、ぼんやり夢想もしました。でも、それは無理でしょう。わたしの運命を握ったあの男が、すべてを忘れ去るはずがありません』

――確かになあ。

『そしてそれは、龍宮神社で起こったのですね』浅見が言う。『しかし今までのお話からしますと、あなたはあの境内で樫沢さんが亡くなることなど知らなかったということですね？』

『そうです。こんな早くに決行されるなんて想像もしていませんでした。ですから、規制線を越えた所で変死事件だと知らされても、まだ別の事件だと思っていました』

『遺体を目にして初めて、樫沢静華の死を確信したのですね』

『はい。そして……正直に言いますが、本当に殺してくれた！　とわたしは理性的ではない歓喜を覚えました。そして、あの女への恨み辛みを口走りました。もうお判りのとおり、あれがわたしの性格ですから、完璧なアリバイがあって本当によかったと思いました。思いの丈を隠さなくてもよかったのですから』

龍之介が小声で言っていた。

「気持ちを隠せていたら、後でかえって大変な不利になっていたでしょうね。樫沢静華さんと牧野さん一家の過去は、警察は絶対に見つけますよ。そうなれば、遺体を見た時にどうして黙っていたのだと、厳しい追及が始まります」

「うん。動機は隠さずアリバイで守る。ここは、交換殺人が最も効果を発揮する場面かもな」

樫沢静華殺しに関しては、具体的な発見や思いつきはないとルイから聞き出してから、浅見は言った。

『向こうはこれで約定を果たしたことになります。次の命令がきたのではありませんか、牧野さん？』

『事情聴取されて署を出た後、社と連絡を取っている間に、山田耕一のスマホにメールが来ました。その指示に従い、浅見さんがチェックインしている間に返信を打ち、電話で話しました』

『どんなことを言ってきました？』

『……わたしが手をくださなければならない相手のこと……、つまり、細島幸穂さんの素性、その他を伝えてきました。方法も機会もまかせるから、二、三日中にやってもらいたい、と』

私は、なんとなく一美さんと視線をからめた。重く問いかけ合う。殺意もない相手に、殺害の手をのばせるものだろうか……。

いよいよ、細島幸穂を殺そうとした段に話は進むことになった。自然と、雄太郎の姿を視野から外す姿勢になっていた。

「あの男とは、函館へ向かう前、千歳の宿泊先でもう一度、電話がかかってきて打ち合わせをしました」わたしは自ら状況を明かしていく。「細島さんに使う予定だった毒薬は樫沢静華に使ってしまったから、どのような殺し方でもいいということになりました」

「恐らく……」浅見が推測を口にした。「向こうの当初の計画では、細島さんは服毒自殺をするという偽装だったのでしょう。でも、毒薬は樫沢さんに使う必要ができてしまった。それ故の変更なわけです」

「当初の計画もそうだったからなのでしょう、向こうは自殺に見せかけるのが一番だと、終始口にしていました。わたしは、首吊り自殺の遺書に使えるかもしれない物が手に入るはずだと伝えました。向こうはそれを天佑と喜び、食いつき、首吊り自殺の偽装を目指せ、と命じてきたのです」

もし浅見に、相手の男に心当たりがないですか？　と問われれば、わたしはある人物の名をあげられると思う。でも、口にはしないだろう。間違っていれば濡れ衣を着せることになる。もう、どんな罪も犯したくはなかった。

それに、浅見たちももう、当たりはつけているのではないだろうか。

「牧野さん……」

浅見は沈痛とも見える面持ちだった。

「細島さん殺害未遂が発生した時、僕は、近くにいた人たちに容疑をかけないわけにはいきませんでした。あなたにもかけましたが、二つの理由で犯人ではないと思いました。一つは、断崖の上の時間です。あなたが犯人ならば、あの絶好の機会を逃すはずがないからです。ですがこれは、後に、偽装遺書のこと、交換殺人のことが判明して無実の理由とはならなくなりました」

「もう一つの理由はなんだったのですか？」

「睡眠薬です。細島さんのバッグには、彼女が持って来たままの錠剤が残っていました。あなたならこれを利用しないはずがないと思いました。まず犯人は、偽装自殺にどれほど自信があったとしても、法医学的な検証に備えて、細島さんが常用している睡眠薬を使うはずです。そして身近な女性同士は、相手にバッグを預けるようにして席を離れることはよくありますね。あなたにもこの機会は何度もあった。僕も目にしています。つまり、彼女の睡眠薬を入手するチャンスはいくらでもあったのに、手がつけられていない。これは、あなたとは違う、細島さんのバッグにたやすく近付けない者が犯人だからだ、と推理したのです。……しかしこの点は、こうだったのではありませんか？」

澄んだ目で、浅見は問いかけてくる。

「前日すでに、あなたは細島幸穂さんが標的だと知っていました。そして彼女が睡眠薬の世話になっている女性だと知り、彼女を前後不覚にする場合、その睡眠薬を服ませるのが妥当だと見ていました。それで、夕食を共にしている間などを通して、バッグを覗いて薬の種類を知ったか、それとなく彼女の口から聞き出していたのでしょう。強い薬ですから、処方箋なしには容易に入手できません。でも細島さんの薬は、あなたのお父さんが使っているのと同じ種類だったのではありませんか？　お父さんも、睡眠薬が必要そうですものね」

「凄いです、浅見さん。そのとおりです」

「着替えを取りに家に戻った際、お父さんの睡眠薬を入手、あなたは函館へ向かったのです。首吊り偽装のプランが出てきたのは千歳以降のようですから、ロープはそれから入手したのですね」

「千歳のホテルの駐車場脇に落ちていました。購入すれば、店の人に顔を見られ、記録が残りますから、できれば避けたかった。その点、ついていたといえるでしょうか……」

「話はいよいよ、ここの離れでのことになります。確認させてください。森くんが、レモネードをどうですかと声をかけてきた時、あなたはこのチャンスを逃すべきではないと決心したのですね？」

「はい。それで離れへ入ってから、懸命に頭を働かせて観察しました。フックは比較的すぐに目に留まり、ここでなら首吊り自殺を装える（よそお）と思いました。それで、飲み物の前から細島さんを引き離すこともしました」

「牧野さん。あなた、玄関の外で鉢植えに水をあげていた男性も目に留めていて、それも利用できると踏んだのではないですか？」

「ああ！」浅見さんの推理力は本当に凄い。「そうなのです。細島さんならきっと、一緒に水をやるかおしゃべりを始めるでしょうから、離れに無人の時間を多少作れるのではないかと思ったのです」

「それで、トイレへ行くふりをしたあなたは、屋敷をすぐに抜けて、離れへ行ったのですね。そしてコップに睡眠薬を入れて私邸へ戻り、玄関から出た」

　少し間をあけて、浅見は不思議な目の色でわたしを見詰めた。

「あなたはカメラ撮影をしに行くと装って、細島さんが昏睡するのを待った。そして、恐らくふさわしい長さに切った首吊り用のロープを用意し、フックに細工をし……、そこまで準備を調えながら、最後の最後に、遺書の偽装作業にも移れず床に座り込んだまま動けなくなった。どうしても、殺人などできなかったのですよ」

　全身が衝撃に打たれた。

――ど、どうしてそれを⁉

「牧野さんには、罪もない人間を、憎しみもなにもない人間を手にかけることなどできなかったのです。まして、二日にわたって一緒に過ごしてきた相手ですからね。殺すことなどできずに座り込んでいたあなたは、玉砂利を踏む僕の足音を耳にして、慌てて裏口から逃げ出したのですね」

「……どうして、わたしが身動きできずにいたと？」

「あの部屋に入った時、僕の足の裏は床の微妙な温かさを感じました。曇り空なんですから陽の光の熱であるはずがありません。誰かがあの場に、体温が移るほど座り続けていたのです。それは犯人でしかなく、あそこまで現場の偽装を終えた後に座り続ける理由など、一つしかありませんから」

――ああっ‼

涙が溢(あふ)れそうだった。

判ってくれた。判ってくれた人がいる。それがこの人、一人だけでも――。

肩が大きく震えた。

「もちろん、それでよかったのです。それで当然です。……でも、牧野さん。先ほど雄太郎さんがおっしゃったとおりです。あなたは誤って山田耕一さんを殺(あや)めてしまった時に、すぐに罪を償(つぐな)うべきだったのではありませんか」

第九章　記憶の門

●　1

和室の外の廊下では、巡査が上官と連絡を取っていた。興奮し、事態の複雑さを的確にまとめられないこともあってなにかと手間取っていたが、私服刑事が送り込まれて来るまでわたしはここに留め置かれるようだった。

わたしもどうにか立ちあがり、廊下へ出た。浅見光彦と比留間雄太郎もすでに立っていた。

浅見が声をかけてくる。

「牧野さん。山田耕一さんのスマホ、提出してもらえますか」

「応接間に置いてあるバッグの中にあります」

「警察に渡してくださいね」

「もちろんですけど、メールは読んだら消えてしまうんですよね。通話はもちろん非通知ですし」

「ええ……。でもなにか、手掛かりは得られるかもしれません」

「はい」

ここで雄太郎が、「浅見さん」と声をかけた。

股の付け根に綺麗に両手を添え、きちんとした角度で頭をさげた。

「刀を打ちあげる場に立ち会ったかのような時間でした。見事なものですね」

「えっ、いえいえ、とんでもないです。そんな……」

おたおたしそうになるのを避けるかのように、浅見は「ええと……」と、わたしに目を向けた。

「一つ訊いておきたいことができました。ルポのほうの話です。いや、推理に必要なことでもあるのですけどね。天狗山の小樽スキー資料館で、職員の方から話を聞いていた時のことです。ゾンベルスキーとかいうのがありましたね」

「ゾンメルスキーです。変わったスキーでしたね」

「ええ。スキーの底がね」

「動物から得た撥水性のあるシートが貼られているということでした。雪の斜面を真っ直

ぐでものぼりやすいように、逆毛になっているんですよね」

それ以上のことは、ちょうど職場の連絡事項が伝えられて話が逸れ、詳しくは聞けなかった。

「そう、それです。ゾンメルスキーでしたか」

浅見は自分を納得させるように頷くと、携帯電話の電話帳を調べ始めたようだ。

そして、

「ああ、小樽スキー資料館さんですか？」と話し始める。

雄太郎が、わたしの胸元をじっと見ているように感じ、怪訝に思ったが、彼の視線がわたしの目に移った。

「つかぬことをお伺いしますが、そのペンダントはご自分で買われたのでしょうか？」

「あ、これですか」銀色の粒をわたしは手に取った。「母や祖母からずっと引き継がれている物なんです。先祖からの名字を受け継いでいる女にですね。高価でもなんでもないんですけど。凝った美しいデザインでもないし」

そういえば、わたしは名字が変わってしまった。これはどうしようか……。

浅見の問いに対して相手がなにかを調べている間が生じているらしく、浅見もこちらを見ていた。

「ただの丸ではなく、味のある凹凸がありますね。僕は、真珠のゴシックタイプを思い浮かべますけど」

銀の下が変形真珠であったとしても、

「値打ちがある物ではないですよね。祖母の代で銀メッキを施したみたいです。元の玉がなんだったのかは判らないです」

「代々受け継がれているということですと、なにか謂われがあるのですか?」と雄太郎に訊かれた。

「それが、別にないのです」苦笑してしまう。「ただ、朱鷺おばあちゃんが女を見守ってくれるから、と」

「その方は?」

「六代前のおばあちゃんです。でも、その人が特になにかをしたという話も聞かないのですけれどね。立派な経歴があったようではないですし、神通力があったわけでもないそうですし」

雄太郎が一瞬目を閉じた。まるで、受け止めがたいものを受け止めようとしているかのような気配だ。

どうしたのだろう?

「牧野さん。あなたとお父様は名字を変えられたとおっしゃっていましたね? 元の名字はなんですか?」

「藤宮ですけど……」

今度こそ、雄太郎は目を閉じた。なにか大きなものを受け止めている。

たっぷり十秒もそうしてから、彼は目をひらいた。なにかを悲しく懐かしんでいるような、それでいて感動しているような、曰く言いがたい感情が瞳の奥にある。

「流星刀と刻國のこと、あなたにもお伝えしましょう」

雄太郎はそうして、一族が秘めていた過去を要領よく語り始めた。中性的な肉体であったためか、心と体の性が一致していなかったためか、女として神域から追われた名匠。

ほぼ語ったというように雄太郎が一息ついた時、浅見も電話を終えてこちらに注意を向けていた。制服警官たちは、手錠を掛けるタイミングを測ろうとしているようだった。

雄太郎が、問いかけるように浅見に言った。

「浅見さん。山田耕一という調査員は、樫沢静華とはまったく関係なかったのではないでしょうか？　彼女からの調査依頼など受けていなかった」

「えっ？」

「彼は、幸穂からの依頼を追い続けて、この牧野ルイさんにたどり着いたのでは？」

「それはつまり……？」

わたしもまったく同じことを問いたかった。

「山田耕一さんは、刻國の秘密に迫る証人として、牧野ルイさんを見つけたのです。この女性の過去を探って」

言うと雄太郎の視線は、わたしの目を捉えた。

「最初の刻國の、その本名は、カタカナでトキ。比留間家を出されて養子に入った家の名字が、藤宮なのです」

感情も理解も追いつかず、わたしの中には大きな真空だけができた。それはとんでもない崩壊の力をもってわたしを揺さぶった。

浅見でさえ愕然としていたが、わたしはその比ではなかった。

雄太郎の声も、遠くから聞こえるようで――

「朱鷺おばあさんの数奇な運命、その大変な苦労を知っているから、名を継ぐ女性たちには遺品が受け継がれていった。牧野さん。ペンダントになっているその玉は、もしかすると、玉鋼の一部ではないのかな。焼けて飛び、小さな塊になっていた刀剣の元。それも、わざわざそうして持ち出して肌身離さない品にしているのだから、トキにとっては重要な物。運命の一刀。流星刀の一部ではないかと思いますが」

巨大な波がぶつかってきたような衝撃。あの深夜の海の荒波が、再現されていた。来る波に足元を掬われ、引く波に体ごとどこかに連れ去られる――。

浅見が考え込むようにして口を動かしている。

「分析的に見れば……。刻國に起こったとされることは、口伝のみによる秘説。比留間家の皆さんが口をつぐむか、否定すれば、誰も反証はあげられない……はずでしたが、ところが……。ルイさんの遺伝子と比留間家の遺伝子の一致を調べれば、先祖はつながっていることが証明できるかもしれません。それは、比留間から藤宮へ家を移ったとされる刻國さんの〈伝説〉を立証します。さらに、そのペンダントの成分と、もし流星刀の成分が非破壊的に鑑定できて一致すれば、これはもう最重要度の物証になるでしょう」

その説に力を得たかのような雄太郎の声が、わたしの耳に響いた。

「牧野さん。山田さんは海岸で、あなたにつかみかかろうとしたということでしたが、それは、そのペンダントを手にしようとした動きではなかったでしょうか」

言葉もない。黒い渦のような記憶に振り回される。

もしそうなら、樫沢静華の名を出して問い詰め、詰っているわたしに、なぜそのことを言わない？　まるで別件だと。……言っていたのだろうか？　悲鳴が迸りそうだった。

比留間雄太郎の声――

「その玉鋼には、女性を護りたいというトキの想いがこもっているのでしょう」

感覚の深いところが思い出す――

自分が闇の生物になり、その道を進むしかないと思い詰めていた海岸で。それを引き留めるような声が、海の向こうから轟いてきたように感じたことを……。

「牧野ルイさん」雄太郎が言う。「とても信じられないようなことですが、あなたと私たちは、遠いところで血がつながっているのです。幸穂ともね」

2

港町が暮れなずむ中、浅見からの連絡を受け、私たちは〝港の風味〟に向かっていた。そして、その店の前でばったりと、刑事たちと鉢合(はちあ)わせした。向こうは三人、鳥羽刑事、小栗刑事、捜査一課の三村刑事だ。一様に高揚が感じられたが、緊迫感をもって集中もしているうえに、事態の成り行きに不透明感も感じているのだろう、三村刑事はしかめっ面に近かった。

「あなたたちも、浅見さんから声をかけられたんですか?」

鳥羽刑事が寄って来る。

「はい」私が説明役になった。「龍之介にも意見をもらいながら最後の詰めを行ないたいそうです」

うまくいけば刑事さんたちを護衛役と法執行役として同席させられると思う、ということだった。その説得がうまくいったようだ。恐らく、牧野ルイが自供したことを伝えたはずで、それならばうまくいって当然だ。

「交換殺人のことは聞いたかね?」鳥羽刑事の血色はよい。

「ええ。牧野ルイさんがそれを認めたことも、ご存じなんですよね？　彼女に降参させたのは龍之介の推理なのですよ」

「手堅くまとめて、牧野ルイの身柄を確保したのですから、浅見さんの手柄だと充分いえます」

その見方はひいきがすぎて一方的な気がするが、こだわるところでもない。龍之介だって問題にしていないから、我々はそのまま、ぞろぞろと店内に入った。

浅見から聞いていたとおり、彼ら三人がすでに座っていた。比留間久展と秘書の尾花壮。そして前原厚子だ。被害者、樫沢静華が事件の時に座っていた席の、細い通路を挟んだ向かい側に、三つのテーブル席があり、その真ん中の席を占めていた。コーヒーなどを飲んでいる。

久展は明らかに苛立っていた。しかし、刑事たちの姿が現われたから捜査活動であることは察することができたろう。激高することまではなかった。

ただ、「足止めしたことに、満足のいく理由はあるのだろうな？」とにらみつけてくる。

「実況見分の一種ですよ、比留間さん」三村刑事が無表情に応じた。「お望みどおり、取調室よりは事情聴取の場としては空気がソフトでしょう」

若手の小栗刑事が店側に話を通しに行った。樫沢静華が座っていた席には若い女性客が一人で座っていたが、店員が事情を説明して席を変わってもらうことになった。その時、前原厚子が店員に声をかけた。「お客が寄りつかないとか、明示できる損害が出たら言ってちょうだい。補償はするから」

確かに迷惑は最小限に押さえなければならないから、私たちも注文をした。千小夜さんと優介は、奥の席へと待避する。そこに一美さんも同席した。

私と龍之介と清水記者が、比留間たちの隣の席に腰をおろす。刑事三人は、樫沢が使っていた席の近くで立っていた。

それぞれ位置が決まったところで、私は浅見光彦をスマホで呼び出した。


新たな聴衆のために電話越しの浅見はまず、交換殺人なるものの図式を確認し、その計画のもとでの殺人未遂を牧野ルイが認めたと話した。始まりである、彼女が山田耕一に死をもたらした海岸での出来事も。

「すると、浅見さん」厚子は、頭の中を整理したいというような顔をしている。「その時から命令する立場になった男が、牧野ルイに代わって樫沢静華を毒殺したってことなの？」

『そのとおりです、前原さん。ですから、その男には、樫沢さんを殺害する動機などなくていいのです。その代わり、細島幸穂さんに対しては執拗に殺意を向けています』

話の流れから、そして、浅見が設定したこの状況から、厚子にも重要な容疑者の顔が見えてきたという様子になっている。今までとはまったく違う視線を、比留間久展と尾花壮に向けていた。

次に口をひらいたのは龍之介だ。

「しかし浅見さん。厳密にいいますと、山田耕一さんが、樫沢静華さんの依頼で牧野ルイ親子の居場所を探そうとしていたのなら、謎の男が樫沢さんの意向を代行しているとしか思えません。するとその男は、樫沢さんと利害がある関係者の中に入ってしまいませんか?」

動機を探られれば、網の中に入ってしまう立場にいないのだろうか。

『ああ、その点は、まだそちらに伝えていない驚くべき話と直結しているのですよ』

そうして、浅見はその驚くべき話を伝えてきた。

山田耕一は、細島幸穂から依頼された調査を進めるうちに、牧野ルイにたどり着いたというのだ。刻國の謎だ。まさに衝撃、牧野ルイは刻國の子孫であり、胸のペンダントは流星刀制作時に出た玉鋼の一部ではないかという。

刑事も清水も、誰もが驚愕している。……いや、久展と尾花は表情を変えていない。

『山田さんの調査所に、最近持ち直した形跡があるのは間違いないのですよね、鳥羽刑事?』

「そうです、浅見さん。支払いの景気のよさと、債務の縮小、そして事務担当の女性の供述などから、それは確かでしょう。ただ、誰が送金したのかまではつかめていないのですが」

『こちらで牧野さんにはもう伝えてあるのですが、身元を隠してまでテコ入れをしたその人物が、謎の男であることも間違いないでしょう。男は、山田さんの刻國追跡調査に大変興味を持っていた。それで調査を続行できるよう援助し、同時に支配的な立場にも立ったのです。そうでなければ、海岸での牧野ルイさんとの対面を映像などで配信させるように指示もできないでしょうし、またそんな動機もないことになります』

そんな強い動機と聞けば、また比留間久展を意識しないわけにはいかない。しかしどうして殺意につながるほど刻國の正体を気にするのかは、今の段階ではよく判らないが。

判らないといえば、先ほどの浅見の話の中にも説明不足があるような気がする。刻國は藤宮家へ養子として移ったということだが、なぜなのだろう？　家系図の中に刻國が残っているのは問題ないのか？　その辺の、刻國の真の謎の詳細は、つかめていないのか……。

『牧野ルイさんが、接触して来る山田耕一に、なにかうさん臭い、信用できない印象を懐(いだ)いていたのもそのせいでしょう。彼は本来の依頼主である細島幸穂さんのためではなく、ある意味裏切って、謎のスポンサーの指揮下で動くようになっていたのですから』

「なるほど」と、厚子と清水が呟(つぶや)いている。

『対面している時、山田さんは牧野ルイさんの勘違いを正さなかったようでもあるのですが、これは、牧野さんが興奮していて聞く耳を持たなかったせいかもしれませんね』

「いや。山田耕一は意図的にそうしたのさ」と発言したのは、意外なことに久展だった。

刑事たちも興味を向けたし、それは電話の向こうの浅見も同じようだった。

「山田の稼ぎ方の中には、強請りまがいのものもあったのだろう？　そんな男の前で、完全に人目につかない場所で会う選択をしてきた女が、なにやら顔色を変えてまくし立ててきている。相当の意味を持つ秘密を抱えていると勘づくさ。だから山田はあえて挑発して、秘密の内容を知ろうとしたんだ」

今度は、浅見と龍之介が、なるほどと感心の声を漏らした。ま、全員の思いだったろうけれど。こうした方面の心理分析、久展はやはり長けているようだ。

『そうだとしますと、いささか自業自得の面もありそうですが、山田さんは不幸にして亡くなってしまいます。謎の男にとっては、予想もしていないことでしたが、これは見過ごすべきではない犯罪計画の手づるに思えたでしょう。尻尾を握って、殺人者を操れるかもしれないのですから。……僕は想像するのです。この時まで謎の男は、細島幸穂さんを殺そうとまでは思っていなかったのではないか、と。行動を阻止し、口をつぐませればよかった。でも、交換殺人を思いつき、細島さんの殺害に関しては絶対の安全圏に入ることができると信じた時に、殺意が目覚めたのではないでしょうかね』

「大きな不幸は……」厚子は思案深げな顔だった。「周りに余計な不幸も生んでいくわね」

「浅見さん。謎の男が、詩を使って動機の暗示を偽装したのも、交換殺人の伏線なんですよね？」と訊いたのは清水記者だった。

『そうです。捜査側に、同一犯による殺人がスタートしたのだと印象づける手段ですね。二つの事件に通しナンバーを振れるのであれば、なんでもよかったのです。あり合わせの小道具で石川啄木の詩を演出したのは大したものです。そう思うでしょう、尾花さん？』

突然名前を呼ばれて驚いた秘書は、「え、ええ」と答えたが、すぐに口を閉ざした。

「さて、尾花さんの名前も出たが、比留間さんとお二人の、山田耕一殺害時のアリバイはこれで無意味なものとなってしまいましたね」

言った三村刑事に、久展はギョロリと目を向けた。

「殺害犯はもう捕まっているだろうが」

「謎の男のほうのアリバイですよ。映像と音声で殺人現場を知った男。この範疇にはあなたたちも入るでしょう、比留間さん、尾花さん？」

二人が黙っているので、三村刑事は続けた。

「札幌のホテルであなた方が顧客と別れたのが二十二時三十分頃。二十三時から始まる小樽の海岸での密会ライブは受信できる。そして、すべてを終えて牧野ルイが海岸を立ち去ったのが真夜中頃だそうです。比留間さんたちはその少し後からバーに顔を見せる。アリバイ作りのために酒を呑みに行ったかのようなタイミングですね」

「当てこすりはやめろ」と、久展。「どうも俺のことを疑っているようだから、犯人を俺の名前にして話していいぞ。ただし、警察がそうやって名指しする以上、罪を立証できなければただでは済まないがな」

　三村刑事は出方に少し慎重になったようだが、鳥羽刑事が話を続ける。

「浅見さん。比留間久展さんを犯人として仮定するなら、彼と尾花壮さんは、一心同体の動きをしているとしか思えませんが、共犯と見ていますか？」

『樫沢静華さん殺害の日の動きを見ても、そうとしか思えませんね。比留間さんが単独で樫沢さんの毒殺に動いていたなら、アリバイを問われた時に、無関係の秘書であれば、何十分間かは一人でいたと供述するでしょう』

　もっともだと思い、私は思いついたことを言った。

「事件の通しナンバーについてはこういうことなのかな……。小都市小樽で二人も殺せば、自然に同一犯が想定されるけれど、念を入れて、詩を連想させる小物を残していった、と」

「それは……、微妙に違うところがありますね、光章さん」

　龍之介に言われ、えっ？　となった。「そうなのか？」

　浅見はすぐに説明に移ってくれた。

『そもそも犯人は、小樽で樫沢静華さんを殺すつもりなどなかったはずなのですよ、光章さん』

「えっ？」

『交換殺人で身を守るつもりでいても、犯人側の大前提としては、自分たちが容疑者としてまったく浮かばないことがベストです。その意味で、人口百九十万人の大都市札幌は、舞台として打ってつけではありませんか。褒（ほ）められた話ではありませんが、殺害方法もたくさんあるはずです。交通量の多い車道に突き飛ばすとか、ビルなどの高所から突き落とすとか。肝心なのは、札幌で樫沢さんの殺人事件が起こっても、動機もない比留間さんたちが容疑者となることは絶対にないということです。目撃されてしまうなどといったへまをしない限りは』

「翌日には樫沢さんが札幌へ行くという情報は、比留間さんたちも得ていましたからね」

と龍之介の合いの手も入り、私は納得したが、同時に疑問も浮かんだ。

「ではどうして、樫沢さんを小樽で殺したのです？」

『それは、お目付役の前原厚子さんが来ることになったからですよ』

名前の出た厚子は目を丸くした。「わたし⁉」

『あなたに張りつかれたら、比留間さんたちはなにもできません。あの日の午後二時半頃には合流する予定でしたね。だからその前に、決行するしかなくなったのですよ。昼頃から会合もありましたし、午前中しかない。その限られた場所、時間では、殺害に適した手段などそうはありません。だから、本当なら細島幸穂さんに使いたかった毒薬をここで使うしかなかったのです』

「そういうことか！」

目の覚めるような謎解きで、清水なども顔を紅潮させている。

『犯人も、樫沢さんが龍宮神社で亡くなるとは思わなかったでしょうけれどね。それに、その事件で比留間さんの講演は中止になりましたから、彼らにすれば龍宮神社イコール犯罪現場に近付く必要もなかったのです。ところが前原さんの指導で、顔を出さざるを得なくなったというのが経緯です』

必然といえば必然だが、誰もが流星刀に引き寄せられたかのようだ。

「知らずに、わたしがずいぶんと犯人の計画を引っかき回したようね」厚子の顔には、多少の苦々しさと憂鬱（ゆううつ）さがあった。「会長に、こんな報告をすることになるのかしらねえ……」

『前原さん』浅見は言う。『比留間久展さんにこれらを計画させた動機には、知らずして、大鹿大佑会長さんも関係しているのですよ』

3

浅見がいるのは応接間だ。他には、細島幸穂、比留間藍公、友野秋博がいる。

牧野ルイは離れにいて、刑事たちの聴取を受けている。雄太郎はそれに立ち会っていた。

携帯電話から、久展の声が飛び出してくる。

『会長まで出す気か？　幸穂への殺意だって？　交換殺人って推理に俺を巻き込みたいなら、動機ってのも疑問の余地なく論証できなければならないぞ』

（やはり、言わなければならないか……）

気が進まないながら、浅見は口を切った。内容を公開する許可は、雄太郎と藍公からもらっていた。

「先ほど、刻國さんが比留間家を出た事情に説明不足を感じた方もおられるかもしれませんね。その事情は刻國さんの謎の根幹にかかわっていて、すでに判明しています」

こうして、浅見は、性別の狭間にあった刻國のことを明かしていった。こうした真相は、先ほど、藍公から幸穂に大筋が伝えられていた。

『では、献上の品に女の手が加わっていたことを隠すために、本物の刻國は刀匠の歴史から抹殺されたということ？』厚子の声には、大きな困惑と、そして義憤がこもっていた。

浅見としては、もっと困惑する感覚や価値観を語ることになる。

「四条派としては、一部にとはいえ女性をかかわらせてしまった剣を、実態を伏せたまま皇室におさめたのは不敬の極みだったのでしょう」

この事を口にする度に思うが、皇族がそのようなことで眉をひそめることなど万に一つもないだろう。問題を生じさせるのは常に、偏った崇拝を向けている人間たちだ。

浅見は、不敬や不浄の極端な感じ方をイメージしようとして、仮定の事態を作り出したりもしてみた。相撲の土俵の上はどうだろう。伝統に則り、今でも女性をのぼらせることはないという。人命救助で駆けつけた女性たちに、すぐにおりてくださいとアナウンスがかかる。式典での立入を要望する女性市長などに、「禁制が、あるべき姿なのだ！」と怒鳴りつける役員。子供相撲から女の子が排除されもする。

そうした国技館の土俵で、天覧相撲の折、〈女〉であることを隠した関取が加わっていた……ということだろうか。

「そして、これはまさに許されざる不敬だともっと強く感じ、その憤りを強硬に実行する人が身近にいませんでしょうか……前原さん？」

表情を強張らせるほどの様子で沈黙する前原厚子が見えるようだった。

「比留間久展社長としては、四条派のこの秘史は、大鹿さんには絶対に知られたくないことだったはずです。皇室とも関係を持てる、神聖なる刀剣技術を受け継ぎ続ける四条派であるから、大鹿さんも好意的な目を向けているところがありますね？　でもそれが、裏切られたという激怒に反転しかねなかった。いえ、まず間違いなく、怒りの矛先（ほこさき）は果断に振り回されます」

もし想像どおり、刻國が性的なマイノリティであったなら、とも浅見は思考した。大鹿大佑はまず確実に、こうした少数者へも強烈な差別意識を持っているだろう。

「比留間久展さんの会社の再生や拡大化に、大鹿さんの子会社は大変な助力をしていますが、そこから手を引くことは簡単にしてしまうでしょう。大鹿さん側に痛手はほとんどありませんが、比留間さんの〝北産コーポレーション〟にとっては致命的です。これは比留間社長にとって、人生も、自我を支えるプライドも失うことに等しいのでしょう」

動機としては、まだ一つ二つ、加えることがある。

「さらに、大鹿さん勢力の怒りが、四条派そのものに向かう恐れも充分あります。動機で格好をつけることもありませんが、久展さんは、比留間家も守りたかったといえるのかもしれません」

鳥羽刑事の声が聞こえてくる。

『比留間家の者が、探ることなど無駄だからやめなさいと言っても、細島幸穂さんは調べ

続けていたということなのですな』

「こうした過去を知った細島さんが沈黙してくれることは期待できないと、比留間家の人たちは思っているようです。それに、今は時期が悪いともいえます。一族内の秘密、で済まない注目度になりそうです。何十年に一度しかないであろう流星刀公開期間ですし、天皇が世代交代し、新しい令和という元号の中で世の中が動き始めた年でもありますし」

傍らで聞いていた友野が、ああ、とも、ううとも聞こえる声を漏らして首を縦に揺らした。細島幸穂は姿勢を保っているが、睡眠薬の強制摂取の後よりも顔色が悪かった。

『おい、浅見くん』久展の声が投げつけられてくる。『刻國が女だったなんてことは、俺は知らなかったぞ。そもそも動機の生まれようがないだろうが』

「お父上と弟さんだけが伝えられていたというのは事実のようですね」

『そのとおりだ』

「しかし、数日か、一、二週間前にはあなたも知っていましたね。山田耕一さんが調査によって突き止めていたからです。違いますか、久展さん？」

沈黙が訪れる。

『どうやら図星のようですよ、浅見さん』光章の声が聞こえてきた。『久展さんも刻國の秘密を知りたくなって、調査を進めさせたということでしょうか？』

「そう思います。細島さんから、専門家による調査についての相談を受けた時、秘密を暴

けば自分の武器になるかもしれないと久展さんは初めて意識したのでしょう」

『武器？』

「刀匠としての弟さんや父親と、久展さんの間には、大きな溝や確執があるのだそうです。もし、刻國の秘密が比留間家にとって不都合なものであるならどうでしょう？　それは、有利な発言権を自分にもたらす交渉材料になるかもしれません」

『なるほど』

「それで久展さんは、目をつけていた山田耕一さんを細島さんに勧めたのだと思われます。仕事ごとの完全消去のやり口にある意味感心し、自分が黒幕になってもその存在を残さない関係を構築できると踏んでいたのでしょうね。この山田さんをさっそく、細島さんのケースに利用したのです」

『それで……』三村刑事の声だ。『途中経過は自分のほうに知らせるように山田には指示し、当たり障りのない報告を細島さんに送り続けた……』

次に聞こえたのは光章の声だ。

『調査の結果は驚いたことに、自分の首も絞めかねないものだったのですね』

「諸刃（もろは）の剣（つるぎ）ですね、まさに。自分と一心同体である会社の首を斬りかねない武器は、返す切っ先で四条派宗家の弱みを突くこともできます。想像で言えば、調査経過はこのようなものだったのではないでしょうか。山田さんは、刻國の問題が起こっていた当時、比留間

家と多少はつながりのある家が養子を迎えたことを突き止めた。しかしそれは女性ということで、当初は関係のない出来事と思われていたでしょう。こうした調査には無論、久展さんも可能な限りの助力をしていました。そして彼らは気がついたのです、それ自体が秘密だろう、と。成人している人物が、なぜ、結婚したわけではないのに養子として他家に入ったのか。その女が刻國だったとしたら……」

龍之介の声がした。

『あまりに過去のことで、普通でしたら立証はできません。ですが今回のケースでは、秘話を現実のものとする傍証が得られそうだったのですね。牧野ルイさんは、いわば生き証人だったのです』

「はい。ＤＮＡ鑑定が証拠となりそうですね。藤宮家の子孫を捜していた山田さんは牧野さんを突き止めた。それでコンタクトを取ったのですが、思い違いをした牧野さんの反応は荒々しいものだった。この時、牧野さんは樫沢静華さんの名前を出していませんから、山田さんサイドにすれば、よほど重大な秘密が刻國の秘史にはあると受け取ったことでしょう。深刻な秘密を牧野さんは知っていて、それに触れられるのを恐れている、と」

鳥羽刑事が言った。

『キーパーソンである牧野ルイの出方は大変重要だった。だから、それを映像で配信させて知っておく必要も比留間久展にはあったわけだ』

「久展さんにとっては、秘密を知ってしまった山田耕一さんも危険人物となっていたかもしれませんね。細島さんよりよほど、山田さんのほうが、うまみの生じそうなネタで自分の利益を図りそうです。その山田さんの口が永遠に封じられた衝撃的な光景を目にして、久展さんは細島さんにも消えてもらおうと発想してしまったのかもしれません」

浅見は、先程重い口を動かしていた藍公をちらりと見てから加えた。

「動機に関してはもう一つあるのではないかという、ある方の想像があります。細島さんが比留間家に養女として入ることの阻止です。藍公さんは、数年前に婚約者同然の恋人に急死されています。そして今回、細島さんにまで死なれる……〈自殺〉などされたら、この家に女性を迎えようとする気など起こらなくなるかもしれません」

『跡取りの問題に影響が出る、相当のダメージか……』これは清水記者の声だ。

「刀工は招き入れることができそうですが、比留間一族の血筋はどうなるか。作刀に興味を向けない長男を、四条派宗家としては活動の外に置いてきましたが、その禁も破ることになるかもしれない。次代の刀工に長男の娘を添わせることも検討され得るからです。それが実現すれば、長男夫婦が宗家の運営に介入してくる余地が大いに生じます。全国に門弟を持つ宗家の頂点に立つことも、久展さんの野望を満たすのかもしれません」

4

いつの間にか、一美さんが近くまで来て立っていた。こっちで驚きの溜息や興奮の声があがるので、やはり気になってきたのだろう。千小夜さんにも、「付き合ってくれていなくていいからね」などと言われたに違いない。

場の空気には、浅見光彦が語った刻國の秘密、そして犯人の動機の解明などがもたらした感慨が染み渡っているようでもあった。

そこにまた、私のスマホから浅見の声が流れる。

『ここまで比留間久展さんを犯人と断定して話させてもらいましたが、それも、物証が得られたと確信できたからなのです』

「物証だと⁉」久展が怒鳴るようにして、椅子の背から身を起こした。

尾花荘の表情も最大級に引き締まる。

もちろん、刑事たちも同様だ。表情の緊迫感には期待の色が弾けて加わり、鳥羽刑事が声高に叫ぶ。

「物証って、なんのことです、浅見さん？」

『樫沢静華さんの胸元からは、アザラシの毛が発見されていましたね』

「え、ええ」

『龍之介さん』浅見はそう呼びかけてくる。『ゾンメルスキーはご存じですか？』

「ゾンメルスキー……。あっ！」

『さすが、ご存じのようですね』

「なんだ？」私は龍之介に訊いた。「ロシア人か？」

「いえ、雪山で使う、あのスキーですよ、光章さん」龍之介がやや興奮している。「斜面を垂直にでも進みやすいように、スキー板の底に、逆毛にした動物の皮を貼り付けます。アザラシの皮が使われることが多いですね」

『アザラシの種類も確認しました。ゴマフアザラシの皮が使われることが多く、天狗山の小樽スキー資料館に収蔵されているのもそれでした』

　拳（こぶし）を握るようにして鳥羽刑事が叫ぶ。

「証拠の品の毛も、ゴマフアザラシのものでした。あのスキー資料館にそのスキーがあるのですか」

『確認しましたよ、もう一つのことも。僕と牧野ルイさんが取材する直前、比留間久展さんと秘書の尾花壮さんがあそこを訪れていたそうですが、事実でした』

　コートでも剝製（はくせい）でもなかったか、との思いで、私は一美さんのほうに目を向けた。トコトコとやって来ていた優介が、彼女の横に立っていた。

――それにしても

アザラシの毛が指し示すのが、海ではなく山とは。

『あなたたちがゾンメルスキーに触れたことは否定できませんよね？』

そう問われても、二人は無言だった。ほとんど目を閉じた久展は顎をさすっている。尾花の目はなにも見ていないかのようだ。

『では、こちらで確認したことをお知らせしましょう。僕と牧野さんはガラスケース越しに拝見しただけですが、先の二人は実際に、ゾンメルスキーを手に取ったそうです。正確には、比留間さんお一人だけですが。そして、その収蔵ケースは滅多にあけられることはなく、前回あけられたのは、一月以上前の掃除の時だそうです』

「ゾンメルスキーを手に取って眺めていた比留間久展の袖か胸元に、アザラシの毛が抜け落ちたのですね」小栗刑事の声が張り切っている。

『その毛が、小道具として用意して胸元にでも隠したニット帽にからんだのでしょうね。そしてそれは、龍宮神社の境内で樫沢静華さんの服の内側に移動したのです。ケースをあけた時に近くにいた職員の方々は、資料館の営業が始まりますから誰も山をおりていません。ゾンメルスキーのアザラシの毛を被害者の胸元へ移せるのは、あなたしかいませんよ、比留間久展さん』

刑事たちが堂々たる自信をもって詰め寄ろうとしているが、その中心にいた比留間久展

が、

「待った待った」と声を張る。「待ちたまえ、浅見くん。被害者の胸元にあった毛が、そのスキーのものだと決めつけていないかね？　アザラシの毛など、この小樽ではどこにでもあるだろう」

『ここから先は科学捜査です、比留間さん。証拠の毛の表面からは、若干の化学物質が検出されているのですよね、鳥羽さん？』

「そうです」と答えが返る。

『ゾンメルスキーに海獣の皮が用いられているのは、撥水効果が高いからだそうです。水や雪に強いのですね。でも長年使っていればその効果は薄れてきます。ですので、撥水スプレーなどを追加で吹きつけます。小樽スキー資料館の物もこうして、そのまま何シーズンも未使用だそうです。……比留間久展さん。比較対象物があれば、科学鑑定は一発です。毛の表面の化学成分やその劣化具合を調べれば、両者は完全に一致するはずですよ』

三村刑事は、もはやぐうの音も出ないだろうという顔で、

「さてそれでは、比留間久展と尾花壮。ご同行願おうかな」

だが久展は、椅子に座ったままで刑事たちをにらみあげた。

「それもまだ早計だろう、お巡りさん方。科学鑑定の結果は出ていないのだからな」

「署でゆっくりと、その結果を待ってもらいましょう」

久展が急に立ちあがったので、刑事たちは身構えた。

「樫沢静華を殺害したのが俺だというなら、いつどこで、どうやったというのだ？　犯行を立証できるのか？　手口不明の犯行で、人に容疑をかけるのか？」

鳥羽刑事が不安の色をかすかに見せた。その捜査が一歩も進んでいないことが弱みだと感じていたのだろう。

でも私には不安はなかった。浅見光彦は最終的な推理の場にこの店を選んだのだ。それなりの勝算があってのことだろう。

『ではちょっと、実証的に検分してみましょう』

と、浅見光彦は言った。

『比留間久展さん。今おられるその店をご存じですか？』

「ん？　ここか？　初めてだろうな」

『樫沢静華さんは、亡くなる数十分前から、そこで軽食を食べていたのですよ』

「ほう、そうかい」久展は店内を見回してみせる。「俺があの被害者と待ち合わせし、ここで毒を盛ったというのかね？」

『そうであれば簡単だったのですが、樫沢さんはずっと一人で食事していたのですよ』

「では最初からお話にならんな！」久展が侮(あなど)るような笑いを放つ。

『ですが、そうでもありません。どなたか、樫沢さんと同じ席に座ってくれますか』

浅見が指示を出すと、清水が勇んで名乗り出たが、ここは小栗刑事がその役になって席に着いた。久展は、その席を初めて知ったという顔をしている。

『では、久展さん。同席するのは無理なわけですから、それを除いて、樫沢さん役の人に一番近い席に座ってください』

久展はためらった。が、やがて座った。

樫沢の二人掛け席は角に位置しているので、隣のボックスは一つしかない。四人掛けで、久展はそこの、小栗刑事と背中合わせになる席に腰をおろしている。

——わっ。

驚いた。足元に優介が来ていた。大人たちが立ったり座ったりしているから、お芝居でも始まったか、と思ったのかもしれない。そのそばにいちゃ駄目、と保護するかのように、前原厚子が優介を引き寄せて膝の上に抱きかかえた。

『同席するより、もっと安全確実な手段もありますよね』と浅見は言う。『しかもそれですと、店員さんたちの記憶にまず残らないです』

すかさず、龍之介が言っていた。

「コーヒーの染みですよね、浅見さん」

近くに来ていた一美さんが、「なんのこと？」と私の耳元に囁く。

「さあ？　樫沢さんの服に、ほとんど洗い落とされていたコーヒーの染みがあったっていう、あれだろうけど……」

『そうです、それですよね、龍之介さん。皆さん、今、樫沢さん役の人の右のポケットが見えていますね？　そしてそこは、染みがあった場所のはずです』

小栗刑事の体の右側と、久展の左側が背中合わせで見えている。

「見えています、浅見さん」と、私が返事をしておく。

『では、久展さん。その人のポケットまで、左手を動かしてみてください。簡単に届きますよね？』

久展は小栗刑事のほうをチラリと見ただけで、腕を動かそうとはしなかった。

「なにをさせるつもりだ」と、不快そうに言うだけだった。

代わるように、龍之介が説明する。

「道具はなんでもいいでしょう。スポイトでも、フレッシュミルクが入っているミニカップのような容器でも。それにコーヒーを入れ、気づかれないように樫沢静華さんの服にかけるのです」

スマホに夢中の人間は、まず気づかないわな。

「そしてそっと声をかける。『コーヒーの染みがあるみたいですけど』と。樫沢さんは慌てて洗面所へ立つでしょう。この間、樫沢さんの席には飲み物と食べ物が置かれたままです」

刑事たちも、しんと聞き入る様子だ。

「後は、犯人自身もトイレに立つふりをするか、落とし物を探すふりでもして、樫沢さんの飲み物に毒を混入させればいいのです」

「すると――」鳥羽刑事が眼光鋭く比留間久展を見据えている。「犯人はあの朝、その席に座っていたのか」

小栗刑事が言った。「店員を呼びましょう、鳥羽さん。ここに座っていた奴の人相風体が比留間久展と一致するか、訊きましょう」

「ああ。協力してもらおう」

『いや、鳥羽さん。そこに久展さんを座らせたままでは駄目です。証言者に先入観を与えることになりますから。純粋に、店員さんたちの記憶を引き出したほうがいいでしょう』

「まったくそのとおりだ！」

荒々しく言うと、久展は元の席に戻ってどっかりと腰をおろした。

呼ばれて来たのは、前回の証言者でもあった年かさのウェイトレスだ。問題の席のことを訊かれて彼女が思い出したのは、「あの時ここは予約席でした」というものだった。「うちで予約は珍しいのに、二つも塞がったのでよく覚えています」

「どんな人物が来たのですか？」と訊いたのは清水だった。記者根性が出始めている。

「……お一人様でしたね。男の方でした」

そこで彼女は、ちょっとお待ちくださいと言い置くと、奥へ戻って他の店員たちとも話し始めた。そして戻って来ると刑事たちに、

「ご注文なさったのは、コーヒーか紅茶か、ごく一般的な品だったと思います。年齢は四十代か五十代で、やや大柄、白っぽい服装で、サングラスをかけておられました。それ以上は、はっきりとは……」

高笑いが聞こえる。比留間久展だ。

「それはそうだろう、人の記憶なんてな。モンタージュができるとでも期待したか？」

あざ笑いの調子を高め、彼は刑事たちをにらみ回す。

「それともなにか、大柄な男であれば俺なのか？　サングラスはしていても口髭はない男なんだろう、そいつは？」

「そういえば……」呟きがこぼれる。大柄という以上、その男は尾花ではなく久展のはず。「それなのにどうして、目撃証言に髭が出てこない？」

――本当に別人なのか？

龍之介はこう言っていた。

「今どうして、口を突いて髭のことが……」

浅見の声もする。

『髭……？』

この時だった、大人たちが「髭」を連発したからだろう――優介が久展の髭へと手をのばし、そして――それを簡単にむしり取った。

一瞬、すべてが停止した後、

「お前‼」激高した久展が優介に飛びかかる。

テーブルが飛び、悲鳴をあげた厚子の膝から優介が転がり落ちた。髭のない久展の顔は、怒りとそして恥辱のためか赤黒く怒張しており、見境ない腕力が優介に追い打ちをかけようとしている。咄嗟に身を挺したのが龍之介だ。優介に覆い被さって亀のようになる。私は、倒れてきていたテーブルを押し返したところだ。

妨害が入って、もう怒りの本能しかなくなったか、久展は龍之介を蹴りつけながら引き剝がそうとする。変な声をあげながら龍之介が耐えているうちに、一美さんが久展の顎を蹴りあげた。体の浮いた久展に刑事たちが全員で飛びかかり、ねじ伏せていく。

血相を変えた千小夜さんが乱闘の場から優介を引き離して抱き締めた。「大丈夫？」を連発しながら全身を点検していく。どうやら無事のようで、優介はきょとんとしているだけだ。

震えを残しながらも、千小夜さんは龍之介に目を向けた。

「あ、ありがとう、龍之介さん……」

「いえ……」

床に膝を突いている龍之介は、蹴られた背中が痛そうだ。

優介の手には、付け髭がぷらんとさがっている。

そして店内には、狂ったような高笑いが轟いた。場違いなほどの大笑いをしているのは尾花壮だった。

「いや、傑作だ！　比留間久展の悪知恵と悪運が尽きるシーンがこれとは」

床に組み伏せられている久展は、首をねじ向けて秘書をにらむ。「貴様――‼」

「だが、悪知恵では私のほうが勝っているか」

たまらなそうな笑いに途切れながら、尾花壮の言葉は続いた。

「浅見さん。あんたの見立てどおり、今回の計画のほとんどの立案者は私だ。あんたには、要注意人物の雰囲気があったな、後ろ暗い人間から見れば。もう離れて行ったから安心と思っていたが、まさか、そんな遠方から……」

――そっちが交換殺人なら、こっちは交換探偵ってことだな。

「皆さん、大丈夫ですか？」と声をかけながら、鳥羽刑事は尾花にも手錠を掛けた。

立ちあがっていた龍之介が、「血？」と一声漏らした。

見ると、手首の近くから少しだけ血が出ていた。

「傷だ……」青くなっている。「傷です。光章さん、これ、傷です！」

「へえ、そうかい。初めて見るよ」

「……そんなはずはないと思いますけど」

無粋(ぶすい)か！　理詰めかよ。この軽妙な切り返しも通じない朴念仁(ぼくねんじん)だ。

ひっくり返ったテーブルや割れたカップ類を見回しながら、前原厚子が損害額を査定しているようだった。

千小夜さんと一美さんは、両側から優介を抱き締めている。清水が撮影していた付け髭はもう、証拠物件だからないけれど。

連行されて店を出る時も、尾花壮はまだ笑い続けていた。

5

これは後日、私たちが鳥羽部長刑事から知らされたことだけれど――

尾花壮は得々と自供をしたらしい。自供というより、レクチャーか解説のようであったという。

ごく短時間で石川啄木の詩を利用するナンバリング計画を思いついたのは自慢であるようだ。明けた翌日は、樫沢静華殺害計画が練られ、準備されていった。浅見、そして龍之介の推理どおり、本来ならば札幌でそれは実行されるはずだった。ニット帽は中古品を購入し、汚しも入れた。六年前のカレンダーも出力した。比留間久展の口髭はなにかと目立つので剃り、付け髭を入手してそっくりになるように細かなカットも加えた。

ところが夕方になって、前原厚子を助言役に回すと知らされた。樫沢を葬るのは小樽にいる午前中に限られると尾花たちは判断した。この一両日を逃すと樫沢は東京に帰ってしまうし、牧野ルイを殺人実行役として確実に追い立てるためにも樫沢の死は早いほうがいい。

また、単独犯に見せかける計画は、牧野ルイにメリットを感じさせる意図も大きかったと尾花は明かした。細島幸穂の生活圏で彼女を殺害するのを念頭に置いた場合のことだ。彼らの思惑では本来、細島と牧野にはなんの接点も生じないはずであった。龍宮神社で偶然遭遇したために、顔つなぎができてしまったのだ。

ただ、接点がない関係であったとしても、細島殺しの捜査の過程で、牧野ルイが浮上しないとも限らない。こうなると、牧野ルイは、山田耕一殺しと細島幸穂殺しの両方の現場近くにいたことになり、有力容疑者になってしまう。これを防ぐのが、同一犯と見せかけた上での第二の殺人、樫沢静華の殺しである。札幌で行なわれる予定であったこの殺人には（小樽であったとしても同様だが）牧野には完璧なアリバイがあるのだ。これと同時に、細島幸穂殺しの動機がないとなれば、牧野ルイの嫌疑は晴れるだろう。この利点を強調して、尾花たちは牧野ルイをそそのかし、操ったのだ。

いうまでもなく、六年前の過去や、ありもしない被害者たちの関係を追って捜査が混乱することも大きな狙いであった。

小樽での朝、樫沢静華を襲う幾(いく)つかのプランのうち、毒殺計画が整っていった。まず、SNS上で樫沢へメッセージを届けることができたのが大きい。樫沢がごくたまに短文をやり取りする相手のハンドルネームに似せた名前で発信すると、彼女は疑わずに反応を返した。それで尾花は、樫沢が食いつきそうなネタを、彼女の過去の書き込みなどの中から探した。それは成りすました相手が言及しそうなネタである必要もある。それで尾花は、五本めの流星刀の新ネタだと樫沢に送った。実際に会って話をしたい、と。

落ち合う場所はネットで探した。〝港の風味〟は店内の様子も掲載写真で判り、計画に適していた。通りに面した窓際の席、といえば二席しかない。その両方に、時間をずらして別人を装(よそお)い、予約を入れておいた。

朝九時にやって来た樫沢は、指定されていた二人掛けの席に座る。遅れるかもしれないと伝えてあったので、樫沢は食事をしながらその席で待っていた。天狗山から急いでおりてその店に比留間久展が入ったのは、九時二十分頃だった。何事でも主役になりたがる久展は犯罪においてもそうで、尾花はそれに従ってサポートに回った。万が一真相が露見した場合に備えれば、実行役の主犯になる必要はない。

樫沢が二人掛けのどちらの席に座っていても問題はなかった。窓側の席に座っていたら、コーヒーは肩にでもかければよかった。

九時三十分ぐらいには、待つこともやめて樫沢は店を出た。そして龍宮神社に向かったのだ。尾花たちにすれば、人目につかない場所で樫沢には倒れてほしかった。そうすれば、介抱するように見せてスマホを奪い、ニット帽などを押し込める。境内の人混みは避けたいところだった。しかし好機が訪れた。樫沢をじっと観察していた比留間は気がついたのだ。彼女が万引きをしたのを。比留間は近付き、その悪さについてちょっと話をしようか、と、樫沢を敷地の脇へと引っ張り込んだのだ。この時すでに、樫沢の具合は悪そうだった。執拗（しつよう）に話しかけて引き留め、悪化するのを待った。そのうち、比留間は、救急車を呼んでやるからスマホを貸せ、と差し出すことを強要。ニット帽などを内懐に押し込んでからその場を去ったのだ。

樫沢静華に送ったメッセージは削除し、彼らは動機なき殺人のバトンを牧野ルイに渡した。だがその牧野の伴走者として、浅見光彦がいたのだ。

6

浅見は函館山麓（ふもと）の斜面をのぼって来て、碧血碑（へっけつひ）の前までたどり着いた。箱館戦争での旧幕府軍の戦没者を慰霊するために建立されたものだ。碧血とは、〝義に殉じた武士の血は三年経つと碧色になる〟という中国の故事に由来するという。榎本武揚も建立のために協賛している。

六月下旬の慰霊祭には、榎本家も含め、旧幕臣の子孫らが集まって、焼香や合掌などの供養が行なわれる。

暗くなってから、それもこんな悪天候の時に来る場所ではないだろう。しかし、浅見はこの碑を目にしたかった。今回の事件を通して去来する思いを、ここで見直したかった。轟々たる風の中、見あげる大きさの碑は、不動の重々しさでこちらを圧する。

（それにしてもここも……）

密生する木々に囲まれた慰霊の場で、浅見は残念に思う。ここも、箱館五稜郭祭で巡るコースに入っているとはいえ、知名度が高い歴史的なスポットとはいえないだろう。主立った観光資料にも、碧血碑は載っていることが少なく、解説文は目にすることも珍しい。もっとも、観光名所になる必要もないことだ。慰霊の地として守られていればいいのだから。

浅見は、比留間家を追われた刻國のことを思い、（でも、どうしてなのだ……）と慨嘆せずにはいられない。

女だから……。なぜ、それがそれほど……。

浮かびあがってきた、過去に秘められていた一景は、首をひねらざるを得ないほど極端で大きな卑しめだったように思える。だが、時代のすべてがそうだったわけではない。取材に歩き回って、浅見は榎本武揚にもそれを見た。龍宮神社の宮司は榎本の評価の中で「彼自身、人そのものをなによりも大事にしていた男だったのでしょう」と言っていたが、この「人」の中には彼の場合、〈女〉も入っていたのだ。当然のはずなのだが、それが不思議なほど当たり前ではなく、特に当時は蔑ろな扱いこそ自然だった。明治の志士だ、思想家だといっても、愛人を持つのは当然で妻の人格は軽視し、男尊女卑思想は省みない。

ところがここでも榎本武揚は開明的だった。愛妻家の彼は、海外を忙しく動き回っていても、こまめに手紙を書き、土産を気にし、妻の健康を気づかった。妻亡き後も最後まで榎本の身の回りの世話をした姉は、榎本の死後、その隣室で断食同然に過ごして後を追った。女性や家族を蔑ろにする男には有り得ないことだ。

（榎本像から現代も照らし出してみましょうか？）

浅見は、ルポの助手であった牧野ルイにそう問いかけた。

浅見は自分にも、固定観念としての女性像や無意識の性的分け隔てがあるのだろうとは承知している。しかしそんな自分でもあまりにひどいと思うことが、世の中にはまだ多すぎると思えてならない。報道で耳目にしたことや取材で知ったことが、浅見の胸中に押し寄せる。

ＴＶ業界では女性キャスターの黎明期、スタジオで男性司会者の横に座るのはまさにお飾りとしてだったらしい。少しでも情報の発信をしたいと希望しても問題にもされず、ライターは男性司会者に聞こえよがしに言ったそうだ。「オレの原稿を女なんかに読ませるなよ」と。

最近も有名医大などの入試で〝女性フィルター〟がかけられていたことが次々と明らかになった。女性や浪人生には最初からハンディを負わせ、門戸を狭めることを笑いながら実行し続けたようだ。入学後の成績の伸び率や、卒業時やその数年後の就職率の体裁をよくする目的だったらしい。浅見などが思うには、何年かけてでも自分の大学を選んでくれた受験生の才能を、在学中に少しでも花ひらかせてやろうとするのが教育の場ではないのだろうか。

国連も、「国際女性デー」だなどと声高に宣言し続けなければならない。スイスの世界経済フォーラムが行なった調査では、総括的な男女格差評価において日本は、インドや中国よりも低い百十位。政治分野への進出においては百二十五位という低さだ。地方議会で女性議員ゼロは二割。冷遇、マタハラ、性犯罪――。

帰国の途にある佐和子のことを思った浅見は、不意に身を斬られるような哀しみを覚えた。不意打ちのように記憶の門がひらき、辛い記憶が溢れ出してくる。佐和子の姉、祐子のことだった。

二十一歳という若さで死んだ祐子。殺されてしまった妹――。

慟哭（どうこく）までしそうになる浅見は、両膝から崩れ落ちそうだった。封じられていた記憶が噴き出して痛みすら覚える場所は、それこそ短刀で切り裂かれたか、流星の熱で溶（と）かされたかのようだった。

祐子は、女としての屈辱を受け、女であるから殺されたようなものだ。妹の死という痛恨の記憶を、浅見の精神の自衛手段は、徹底的に消してしまおうと作用した。

他にも、浅見には消え去っていた記憶というものがある。六歳の彼が軽井沢で見た記憶だ。恐ろしい予感から、彼の記憶は、長い間それをないものとしていた。あれ以来、自分の記憶力にはああした〈癖〉がついたのではないかと、浅見はそう思うことがある。元々の究極の自衛手段がそのタイプだったのかもしれない。

日本中を歩き回り事件に巻き込まれることが多くなった浅見は、若い女性の死とも遭遇する時がある。そうした体験が、なおさら、祐子の記憶を塗り込める方向に作用したのだろう。閉じた記憶の門をさらに壁へと埋め、見えないようにした。悲しみに接する度に大きな傷の痛みを呼び戻していたら、精神作用は停滞してしまう。

浅見家の食卓は平和であるが、誰もが違う形で哀しみを呑み込んでいる結果なのだ。どの家も恐らく、哀しみを乗り越えていかなければならないのだろう。

（人の哀しみ方はそれぞれだ——）

改めてそれを、浅見は痛感する。

細島幸穂もそうだろう。両親に愛されたという実感がない哀しみ。希望の灯火（ともしび）をくれた女性の死。哀しみが彼女をああして、そしてそんな彼女に浅見は無意識に、祐子の事件や幼かった妹たちの姿を重ね合わせたのかもしれない。だから放っておけなかったのだろう。

刀匠藍公・益刻も、恋人を喪（うしな）った哀しみで刀を打つ。

そして、あの天地龍之介もそうではないかと、浅見は思う。彼一人だけの感性や目的意識、上昇意欲だけでは、生涯学習センターの建設と運営などはできなかったし、やろうと発案することもなかったのではないか。あれは、大きな哀しみを乗り越えようとする形のようにも感じられる。

毎日がにぎやかな浅見家のことを思い、（平和に過ごすことが、哀しみの表わし方——）そういうこともあるなと、浅見は感慨を噛（か）み締めた。

山道を一歩一歩おりる浅見は、気持ちと頭を切り替えていた。すると、ルポの最後のまとめのように榎本武揚のことが浮かんできて、彼のイメージはナポレオンと重なるか、との閃（ひらめ）きを得た。ナポレオン・ボナパルトはフランスでは概（おおむ）ね英雄で、それは世界的に共通する受け取り方であろう。しかし、場所によっては彼も、憎まれる侵略者であり略奪者だ。ただ、ナポレオンは英雄として知れ渡っているが、榎本は逆である。

榎本武揚は箱館戦争を引き起こした責任者ではあるが、その志は土方歳三と変わるものではない。榎本も、土方と共に討ち死にしていたらどう扱われたろう？　悲壮美の物語には友情も加わったのではないか。彼らが数倍美化されたとしても不思議はない。

だが榎本武揚は生きのびた。そして生きのびなければ、その後の日本がどうなっていたかが危ぶまれる。

ふと、安部公房が書いた戯曲の一節が浮かんできた。榎本武揚を扱った作品だ。負け戦と承知で戦い続け、士道を理解するとも思えない弱き者にも訓練を施すのはなぜだと問われ、作中の榎本は答える。共和国の種をまくためだ、と。連中一人一人の心の中に、伝説を残したかっただけなんだ、と。

共和国の幻は、もしかすると今もこの北の地に残っているのではないだろうか？　彼らが蒔いた種は育ち、道民の中に根を張ったりしているのではないのか？

北海道を複数の〈県〉に分割して国への発言力を強めようとする、北海道分権も提言されたりするらしい。現代の廃藩置県ともされる道州制でも中核の特区となる潜在力がある。

たしか、ミステリー小説を書いている軽井沢のセンセも、どれだったかの作品の自作解説で触れていたと思う。現地取材をして、「札幌は単なる地方都市というより、それ自体が独立した国家のような風格を備えていて、そこに住む人々には強く高い矜持（きょうじ）があるような気がしたのだ」と。

エピローグ

浅見光彦は函館空港に来ていた。佐和子の乗った便が、気流の関係で新千歳空港に着陸できず、大きく引き返してこの空港に緊急着陸したのである。

若干の混乱は見せつつも閑散としている到着ロビーで、浅見は妹の姿を捜した。

黒人を含めた、体の大きな男たちの輪から少し外れた所に、彼女はいた。

向こうも気づくと、口の中にハートが見えそうな笑顔で歓声をあげ、駆け寄って来た。習慣づいている勢いのままにハグしてきたが、それを受けた浅見が照れもせずに、腕に優しく力を込めると佐和子は驚いた。

「ど、どうしたの、小さい兄さん？」

幼い頃と同じく、彼女はそう呼ぶ。

（どこまでも行くんだ――）

祐子の分まで――という言葉は、浅見の中にはなかった。すでに記憶の門が閉じかけている。

ただ、個人ではなく、姉妹だけのことでもなく、もうちょっと大きなイメージが、浅見の中にはあるだけだった。

中嶋千小夜は、天狗山ロープウェイの明かりが見えるという場所まで来てみていた。今は右手で息子と手をつなぎ、その横に天地龍之介がいた。

斜面を上下する明かりも、頂上を照らす明かりも、せっかく風がやんだというのにガスっていてなにも見えなかった。優介が残念そうだ。

「明かり、どこかにお出かけしてるの？」

「そうだねえ」と龍之介が言う。「手をつないでお散歩中かもしれない」

そんな会話の後、少し間が生じ、千小夜が目を向けると龍之介がまごつきながら視線を外したところだった。

かすかに赤面して、そしてもごもごし、それから龍之介は言った。

「す、すみません。お二人を見ていると、胸が苦しいような……、それでいて、もっとずっと……」

難問を抱えているかのようだった。

「この思いって、高じると、ストーカーにはならないのでしょうか？」

「さあ」千小夜は小さく笑った。「どうでしょう」

千小夜は、雲に厚く覆われたままの空を見あげた。

「さっきね、龍之介さん」

「はい？」

「流れ星が見えたのですよ」

「えっ？　そうですか？」

同じことを、清水と光章の前でも先ほど言っていたのだ。清水は、「写真かなにか、証拠がないと信じられないな」と笑い、光章は、「網膜に閃(ひらめ)いた電気信号みたいなものじゃないの」と言った。

龍之介は黙ったまま、目を凝らしている。

自分も見つけようとするかのように。

もう一度見えるかもしれないと信じるかのように。

千小夜は、彼のその横顔を見詰めていた。


江差へ戻るバスの中で、細島幸穂は軽く眠気を感じた。

そして、あの時のことを思い出す。比留間邸の離れで、睡眠薬を盛られて意識を失っていた時のことだ。

あれはあれで、やはり眠りではあった。だから夢を見ていた。現実的には大変な状況だったのであろうけれど、眠りそのものは、日射しも草も柔らかい春の庭でむさぼっているような、心地よいものだった。夢が穏やかだったからだろう。

はっきりと覚えてはいないのだが、悪夢ではなかった。

（そう！　悪夢ではなかった）

最後はなにか、青年が、なぜかかまくらの中で居眠りしていた幸穂を微笑(ほほえ)んで起こし、肩にブランケットを掛けてくれるのだ。あれは、浅見光彦に似た青年だったろうか？　現実で目覚めた時に、最初に目に入ったのが彼の顔だったからイメージが重なっただけかもしれない。

（でもこれからまたいつか……）

悪夢ではない夢を見る夜がくるかもしれない。

気持ちを多少前向きにしたためか、幸穂は興味深く感じたある話を思い出した。女と刀について語られたことだ。

（たしか……）

女性の美術ライターが言っていた。信長(のぶなが)や秀吉(ひでよし)の時代、侘(わ)び寂(さ)びと言いながら、茶の道は権勢にからめ取られもした。時には血なまぐさい政争の道具としても利用されたそんな茶の文化も、安定した長い時代の中で女性も担(にな)うようになり、今につながる華やかな精神性も持つ新たな文化となった。

刀の文化もやがてそうなるのではないかと、そのライターは微笑んでいた。〝刀剣女子(とうけんじょし)〟ブームなどといわれているけれど、これが真の意味で根付き、時間が磨(みが)きをかけていけば、男が扱う重たい芸術的な古物というものとはまた別物の文化的次元が、刀剣の世界にも加わっていくのかもしれない。

（そんな未来の先駆けが今なのだとしたら……）

こんなふうに思うと、物寂しい田舎のバスの中でも幸穂は、そこに至るまでの時の長さにひるみつつも、少し微笑んだりもできるのだった。

解　説——二人の名探偵の魅力がたっぷり

推理小説研究家　山前　譲

〈なんという頭脳！　知と推理力の超人だ‼〉

「両雄並び立たず」という故事成語は知っているだろう。『史記』に由来するもので、漢の劉邦と楚の項羽が激しく対立していた、紀元前三世紀の終わりの中国の政治状況を背景としている。両雄が並び立たないのは、なにも政治の世界や戦いの場だけではない。企業経営でもツートップの失敗例が幾つもあるように、あまりに秀れた人物が同じステージに並び立つことは難しいのである。

ミステリーの世界も、名探偵の共演（競演）はなかなか難しい。互いの推理が一致してしまっては、あえて共演する必然性はないだろう。また、互いに別の解決に辿りついたなら、そして片方の推理が真相を見抜いていたとしたら、もうひとりの名探偵は敗者になってしまう。名探偵としてのプライドが傷つけられるに違いない。

そんな難題に挑戦したのが柄刀一氏である。ひとりは自身の名探偵である天地龍之介、そしてもうひとりはなんと内田康夫作品に登場する浅見光彦なのだ。この趣向にはかなり驚かされた。最初の共演は二〇一八年七月に刊行された『ミダスの河』で、二〇一九年八月に刊行された本書『流星のソード』は第二弾だ。初共演の舞台は山梨県だったが、ここで名探偵は北海道へと向かっている。

小樽で冬の観光用に、〝雪あかりの路〟を取りあげたポスターが毎年制作されている。今回公募されているコピーに浅見光彦の作品が選ばれた。そのポスターのラフ制作現場への立ち会いと受賞セレモニーに出席するために、浅見は小樽へ向かう。さらに、現地の出版社から、小樽の発展史や観光状況をルポしてほしいと依頼される。東京都北区西ケ原の実家に居候の身としては、一石二鳥のありがたい仕事だったに違いない。

一方、天地龍之介は静養の旅だった。祖父の遺産を元手に秋田県にかほ市にオープンした、娯楽型文教施設〝体験ソフィア・アイランド〟の所長として奮闘している龍之介が、どうやらオーバーワークのようだ。そう見抜いた従兄弟の天地光章が、強引に休暇を取らせたのである。その目的地が小樽……榎本武揚が作らせた流星刀が小樽の龍宮神社で公開されるというのだ。希なことなので、龍之介、光章、そして光章のガールフレンドの長代一美の三人で訪れる。その龍宮神社で女性に死が訪れる。

天地龍之介が小樽を訪れるのは初めてとのことだが、浅見光彦は作中でも触れられているように、かつて小樽で起こった事件を解決したことがある。それは題して『小樽殺人事件』――観光客誘致のためのキャッチフレーズを作ったことが縁で小樽に招かれた浅見が、新潟からフェリーに乗っている。そして早朝、小樽湾に着いたとき、船上から海水に浮かぶ死体を発見してしまうのだ。小樽の名門一家を襲った悲劇だった。

今回もまた愛車のソアラを駆ってのフェリー旅である。地元の箔文堂出版の編集者である牧野ルイと小樽駅前で合流した。そこが出している総合誌に、小樽の歴史と観光をめぐるルポを依頼されたのだ。かつて『化生の海』で訪れた余市のウイスキーの醸造所や、展望台やスキー場がある天狗山を取材した後に向かったのが龍宮神社……天地龍之介と再会する。名探偵の華麗なる共演のスタートだ。

意外なことに、龍宮神社で死んだ女性は、牧野ルイとただならぬ関係にあった。事情聴取を受けるルイに付き添って小樽警察署に赴いた浅見光彦は、新たな事件の発生を知る。おたる水族館のすぐ近くにある祝津港の少し東で、他殺体が発見されたという。そしておたる水族館には龍之介の一行が……。

『小樽殺人事件』で知り合った鳥羽刑事と龍宮神社で再会したことで、浅見光彦の推理行はスムーズなものになった。一九八二年刊の『後鳥羽伝説殺人事件』以来、百以上の事件を解決しているだけに、彼の事件簿には北海道を舞台にしたものも少なくないが、柄刀氏は鳥羽刑事だけではなく、過去の事件のエピソードを巧みに織り込んでいる。余市や函館が舞台となっている『化生の海』に登場したあの人とか、事件簿としては最北端の地である礼文島を舞台にした『氷雪の殺人』のあの人とか……浅見光彦シリーズの愛読者ならば思わずニヤリとするところが多々あるに違いない。

柄刀作品には『御手洗潔対シャーロック・ホームズ』のように、有名な名探偵のパスティーシュがある。名探偵のキャラクター分析は自家薬籠中のものなのだろう。そしてなにより、冒頭での浅見家の団欒風景が楽しい。母の雪江、警察庁刑事局長という要職にいる兄・陽一郎の一家、須美ちゃんことお手伝いの須美子との絶妙な掛け合いもまた、シリーズの大きな魅力なのだ。

浅見光彦は次男坊だが、ふたりの妹がいる。祐子と佐和子だが、ふたりの妹がいた、としたほうがいいだろう。『後鳥羽伝説殺人事件』は大学生の時に死んでしまった祐子にまつわる事件だったからである。一方、佐和子のほうは長らくその消息について触れられることがなかったのだが、『記憶の中の殺人』でニューヨーク在住ということが明らかになった。その佐和子、陽一郎が参加する国際刑事局長サミットのスタッフの一員になったので、日本に帰ってくるというのである。浅見光彦シリーズの読者は興味津々だろう。

浅見光彦の生みの親である内田康夫氏は、未完の長編『孤道』を遺して二〇一八年三月に亡くなった。そこで内田康夫財団公認のもとにスタートしたのが浅見光彦と天地龍之介のコラボレーションなのだが、浅見光彦とその家族がまったく違和感なくここに存在している。

　もちろん名探偵としても、である。浅見光彦は鳥羽刑事に言う。「今、電話をかけますから、共同で推理したいですね。それが効率的ですし、生の討論は互いの意見が刺激になって、相乗効果も生むと思います」と。かくして携帯電話を駆使してのふたりの名探偵のダイアローグによって、推理がブラッシュアップされ、真相に迫っていくのである。名探偵の共演ならではの醍醐味だ。そして、不可能興味やミスディレクションのテクニックは柄刀作品らしい趣向と言えるだろう。

　もちろん浅見光彦シリーズらしい旅情、そして歴史の魅力もたっぷりである。小樽の〝雪あかりの路〟のイベントでは、正式には「小樽雪あかりの路」というようだが、真冬の二月、運河に浮かぶ数百ものガラスの浮き玉にろうそくが灯される。それはさながら水面に浮かぶ天の川だという。もう二十年以上続けられているイベントだ。

　龍之介らの興味をそそった流星刀も実際に龍宮神社にある。榎本武揚が駐露特命全権公使でロシアに滞在していたとき（一八七四〜七八年）、時の皇帝が所有していた隕石から作られた剣に魅了されてしまう。帰国した武揚は富山県で見つかった重さ二十キロを超す白萩隕鉄を買い取り、刀剣を作らせた。流星刀は武揚の命名である。そのうちの一刀、刃渡り約十九センチの短刀が、武揚のひ孫によって龍宮神社に奉納されたのは二〇一七年である。ただ、実際に公開されたのは二〇二〇年六月が最初のようだ。「霊剣の力で新型コロナウイルスが終息してくれれば」という宮司の思いによってだった。

そしてもうひとり、北海道ゆかりの有名な作家がふたりの名探偵を迷宮に誘う。いつもながらソアラに乗った浅見光彦のフットワークは軽い。天地龍之介のほうはじっくり推理していく。雲龍風虎という四字熟語がある。似た同士が互いに引きつけ合うこと、あるいは英雄や豪傑のたとえだが、名探偵のダイアローグはまさに雲龍風虎ではないだろうか。

『化生の海』のラストで浅見光彦に追い詰められた犯人のひとりが、「誰にも分からないと思ってしたのだろうけど、天知る地知る。分かる人には分かってしまう」と心情を吐露していた。そして内田作品の唯一の歴史小説が『地の日　天の海』――浅見光彦と天地龍之介が共演するのは必然だったのかもしれない。

さて、冒頭に引用したのは作中人物の誰かの驚きなのだか、さて誰の？『流星のソード』は名探偵の共演でスリリングな謎解きが堪能できるだろう。

〈編集協力〉内田康夫財団

取材にご協力くださった方々に深く感謝いたします

小樽市鎮座龍宮神社宮司　本間公祐氏
日本製鋼所室蘭製作所　髙田聖司氏
同瑞泉（ずいせん）鍛刀所　佐々木胤成（たねしげ）氏

〈引用・参考文献〉

『近代日本の万能人・榎本武揚』藤原書店　編者　榎本隆充／高成田享
『榎本武揚と明治維新』岩波書店　著者　黒瀧秀久
『一握の砂・悲しき玩具』新潮社　著者　石川啄木　編者　金田一京助
「流星刀記事」　著者　榎本武揚

（この作品『流星のソード』は令和元年八月、小社より四六判で刊行されたものです。なお、本書はフィクションであり、実在の個人・団体などとは一切関係がありません。「流星刀記事録」は「流星刀記事」を参考に作者が創作したものです。また作中に描かれた出来事や風景、建造物などは異なっている場合があります）

流星のソード

一〇〇字書評

切・り・取・り・線

購買動機（新聞、雑誌名を記入するか、あるいは○をつけてください）

□（　　　　　　　　　　　　　）の広告を見て	
□（　　　　　　　　　　　　　）の書評を見て	
□ 知人のすすめで	□ タイトルに惹かれて
□ カバーが良かったから	□ 内容が面白そうだから
□ 好きな作家だから	□ 好きな分野の本だから

・最近、最も感銘を受けた作品名をお書き下さい

・あなたのお好きな作家名をお書き下さい

・その他、ご要望がありましたらお書き下さい

住所	〒				
氏名		職業		年齢	
Eメール	※携帯には配信できません		新刊情報等のメール配信を 希望する・しない		

この本の感想を、編集部までお寄せいただけたらありがたく存じます。今後の企画の参考にさせていただきます。Eメールでも結構です。

いただいた「一〇〇字書評」は、新聞・雑誌等に紹介させていただくことがあります。その場合はお礼として特製図書カードを差し上げます。

前ページの原稿用紙に書評をお書きの上、切り取り、左記までお送り下さい。宛先の住所は不要です。

なお、ご記入いただいたお名前、ご住所等は、書評紹介の事前了解、謝礼のお届けのためだけに利用し、そのほかの目的のために利用することはありません。

〒一〇一－八七〇一
祥伝社文庫編集長　坂口芳和
電話　〇三（三二六五）二〇八〇

祥伝社ホームページの「ブックレビュー」からも、書き込めます。

www.shodensha.co.jp/bookreview

流星のソード　名探偵・浅見光彦 vs. 天才・天地龍之介

令和 3 年 1 月 20 日　初版第 1 刷発行

著　者　柄刀　一
発行者　辻　浩明
発行所　祥伝社
東京都千代田区神田神保町 3-3
〒 101-8701
電話　03（3265）2081（販売部）
電話　03（3265）2080（編集部）
電話　03（3265）3622（業務部）
www.shodensha.co.jp

印刷所　堀内印刷
製本所　ナショナル製本
カバーフォーマットデザイン　芥 陽子

Printed in Japan ©2021, Hajime Tsukatō　ISBN978-4-396-34701-7 C0193

〈祥伝社文庫　今月の新刊〉

飛鳥井千砂
そのバケツでは水がくめない
仕事の垣根を越え親密になった理世と美名。その関係は、些細なことから綻びはじめ……。

真山　仁
そして、星の輝く夜がくる
神戸から来た応援教師が「3・11」の地で子どもたちと向き合った。震災三部作第一弾。

真山　仁
海は見えるか
進まない復興。それでも「まいど先生」と子どもたちは奮闘を続ける。震災三部作第二弾。

南　英男
錯綜　警視庁武装捜査班
ジャーナリスト殺人が政財界の闇をあぶり出した——利権に群がるクズをぶっつぶせ！

柄刀　一
流星のソード　名探偵・浅見光彦VS.天才・天地龍之介
流星刀が眠る小樽で起きた二つの殺人。そして刀工一族の秘密。名探偵二人の競演、再び！

黒崎裕一郎
渡世人伊三郎　上州無情旅
刺客に狙われ、惚れた女を追いかける、訳ありの若造と道連れに。一匹狼、流浪の道中記。

辻堂　魁
乱れ雲　風の市兵衛　弐
流行風邪が蔓延する江戸で、重篤の老旗本の願いに、市兵衛が見たものとは。